अमिता नीरव

पहले पत्रकारिता फिर अध्यापन से जुड़ीं लेखिका अमिता नीरव का पहला कथा-संग्रह 'तुम जो बहती नदी हो' वर्ष 2018 में प्रकाशित हुआ। 2021 में प्रकाशित पौराणिक पात्र माधवी पर आधारित इनका वृहद् उपन्यास 'माधवी: आभूषण से छिटका स्वर्णकण' ने ख़ूब लोकप्रियता बटोरी। कहानी-संग्रह 'तुम जो बहती नदी हो' भोपाल के प्रतिष्ठित वागीश्वरी पुरस्कार से सम्मानित। लेखिका को कमलेश्वर कथा पुरस्कार और वर्ल्ड डिग्निटी यूनिवर्सिटी के बेकन अवॉर्ड से नवाज़ा जा चुका है।

जब इश्क़ तुम्हें हो जाएगा

अमिता नीरव

प्रथम संस्करण: 2023

ISBN: 979-8-88883-963-8

मूल्य: ₹ 369/-

प्रकाशक: प्रतिबिम्ब, नोशन प्रेस का उपक्रम
संपर्क: नोशन प्रेस,
7, मांटिएथ रोड
एग्मोरे, चेन्नई, तमिलनाडु — 600008

Jab Ishq Tumhein ho Jaega
Novel by Amita Neerav

ज़िंदगी से बड़ी
सज़ा ही नहीं

फिर से नया दिन है, सूरज वही पुराना...

इतनी बड़ी धरती है, इतने देश, सभ्यताएँ, संस्कृतियाँ, भाषाएँ, नस्लें, धर्म... एक इंसान की बिसात क्या है? धरती को छोड़ें, तो कितने ग्रह हैं, कितने सोलर-सिस्टम, कितनी गैलेक्सी और फिर एक अंतरिक्ष...। कितनी विराट संरचना है। उसमें एक इंसान क्या है? उसके सुख-दुख कितने हैं और उनका कितना महत्त्व है?

समय की इस परिधि में ही एक व्यक्ति के सुख-दुख की कोई गणना नहीं हो सकती है। फिर भूत-भविष्य के भी कितने दुख हैं। कितना चाहिए था, कितना मिला। कितना करना था, कितना कम किया। कितने के क़ाबिल थे, कितना मिला। कितनों को चाहा था, कौन-कौन मिला। कितने दुख ऐसे हैं, जो गुम हो गए, भुला दिए गए, दफ़्न कर दिए गए। कितने सुख थे, जिनको जन्मना था, फलना था, फूलना था। कितना कुछ वर्तमान में ही होता है, कितना अतीत में होता है और कितने को भविष्य में होना है, कितनी संभावना है... लेकिन उस सबका क्या है? उनकी हैसियत क्या है? कितना सुख-दुख होता है एक ही इंसान के हिस्से... फिर दुनिया भर की अरबों की जनसंख्या के सुख-दुख का हिसाब कैसे रखा जाएगा, कौन रखेगा? फिर रखा भी क्यों जाना चाहिए?

क्या इस दुनिया में बस इंसान ही है, जिसके सुखों और दुखों की गणना होगी, चिह्नित होंगे, कहे-सुने-गाए-बजाए या फिर चित्रित किए जाएँगे? क्या धरती, पहाड़, नदी, समंदर, आसमान, चिड़ियों, पेड़ों, फूलों-फलों, पाताल-अंतरिक्ष और किसी के पास कोई दुख-सुख नहीं हैं? क्या सृष्टि बस इंसानों के सुख-दुख को ही वहन करते-करते उदास होती है और फिर हरी होती है?

मनु के भीतर विचारों का ज्वार आया हुआ है। पता नहीं कहाँ से सोचना शुरू किया था, कहाँ तक आ गई। आख़िर उसने भी जीवन की कितनी ऊँच-नीच को भोगा-जिया-डूब-उबरी है। साल भर हुआ जिया को गए हुए। यही तो दिन था, जब पापा ने सुबह फ़ोन किया था, 'मनु, जिया नहीं रहीं।'

बदहवास मनु जब हॉस्पिटल की तरफ़ जा रही थी, तब ऑटो में बैठे देख रही थी, हँसते-मुस्कुराते लोग, बारातें, अपने-अपने काम पर जाने की जल्दी में एक-दूसरे को ठेल-धकेलकर दौड़ लगाते लोग, स्कूल जाते बच्चे, खुली दुकानें, ख़रीदी करते ग्राहक, फल-सब्जी के ठेले, रोज़मर्रा के काम में लगी दुनिया... किसी को भी मनु के दुख से कोई सरोकार नहीं है, किसी को भी मनु के दुख का अंदाज़ा नहीं है।

ऑटो में बैठे-बैठे वह एक तरह के ट्रांस में चली गई थी। वह न आज में थी, न गुज़रे कल में, न आने वाले कल में। वह कहाँ थी, उसे ख़ुद ही नहीं पता था। मोबाइल की रिंगटोन ने उसका ध्यान भंग किया। कबीर फ़ोन पर था, 'कहाँ हो?' एक सर्द आवाज़ उसके कानों में बर्फ़ की तरह उतरी थी।

'रास्ते में।'

'ओह! ठीक हो?' उसकी आवाज़ में चिंता थी।

मनु ने बिना कुछ कहे फ़ोन काट दिया। पापा ने घर पर भी फ़ोन कर ही दिया होगा। एक फ़ोन ने उसे लौटा दिया था दुनिया के घेरे में...

बस दुख का इतना ही मतलब हुआ करता है, घड़ी-दो-घड़ी का ट्रांस लेकिन यह बस भ्रम था। जिया के न होने का सच उस ट्रांस के भ्रम से बहुत-बहुत ज़्यादा था। यह उसे अगले कुछ महीने लगातार महसूस करना था। यूँ वह तकलीफ़ों से अनजान है ऐसा भी नहीं है लेकिन उसे, जिससे हम बेहद प्यार करते हैं हमेशा के लिए खो देने का दुख शायद और सारे दुखों से बहुत ज़्यादा भारी होता है।

कितने साल तो उसने जिया के बिना ही गुज़ारे थे। हाईस्कूल में दाख़िले से पहले जिया गाँव आई थी दादाजी से मिलने। तब ही उन्होंने मनु को शहर ले जाकर पढ़ाने की इच्छा ज़ाहिर की थी। आज मनु सोचती है, तो समझ नहीं पाती कि क्यों जिया ने ब्रिलियंट भतीजे को छोड़कर औसत भतीजी को चुना था अपने सान्निध्य के लिए।

मनु का बड़ा भाई मधुर पढ़ाई-लिखाई में बहुत होशियार था। जब मनु हाईस्कूल में आई थी, उस वक़्त मधुर भाई ने 12वीं में ज़िले में टॉप किया था। जिया चाहती, तो उसे अपने साथ शहर ले जाती और प्री-इंजीनियरिंग के लिए कोचिंग करवाती लेकिन उन्होंने मनु को ले जाने का प्रस्ताव रखा। शायद माँ जानती हो कारण क्योंकि जैसे ही जिया ने मनु को ले जाने का प्रस्ताव पापा के सामने रखा, माँ के चेहरे की चमक देखने लायक थी। पापा ने दादाजी को देखा था, दादाजी ने जिया को। मनु समझ ही नहीं पाई थी और जैसे उसके भविष्य का फ़ैसला हो गया था।

हालाँकि मनु जिया के साथ आने को लेकर बहुत उत्सुक नहीं थी। जिया बहुत गंभीर स्त्री थीं। पूरे परिवार-ख़ानदान में जिया की धाक थी। शहर के कॉलेज में प्रिंसिपल हो चुकी जिया का संगीत से बहुत

लगाव था। मनु के जीवन का कोई लक्ष्य नहीं था। पढ़ इसलिए रही थी क्योंकि पढ़ेगी नहीं, तो और क्या करेगी? पढ़ाई-लिखाई में बहुत मन भी नहीं था उसका, उस पर जिया का रुतबा, अनुशासन और धाक। मनु कुछ सोचे, इससे पहले ही माँ ने उसे शहर, स्वतंत्रता और जिया के स्वभाव और व्यक्तित्व के बारे में इतना कुछ कहा कि वह अपनी अनिच्छा से बाहर आने लग गई थी। इच्छा तक तो वह पहुँची ही नहीं थी क्योंकि माँ ने उसे इतना सोचने की फुर्सत ही नहीं दी थी। पहली बार माँ ने किसी फ़ैसले में अपनी भूमिका निबाही थी। एक तरह से माँ ही चाहती थी कि वह इस माहौल से बाहर निकले और वह निकल आई।

अब मनु ही जिया की सारी विरासत की वारिस थी इसलिए जिया की देह की भी, उनकी पूरी-अधूरी इच्छाओं की भी विरासत मनु के ही हिस्से आई थी। जिया के दुख, असुरक्षा, अभाव... सबकी साक्षी थी मनु। जिया की अंत्येष्टि तक तो वह भावनात्मक शून्य की स्थिति में ही रही। उससे जो-जो कहा गया, उसने वो-वो कर दिया। सघन दुख तक वह पहुँची ही नहीं थी उस दिन। देर रात, जब जिया का वह एकांत घर लोगों की भीड़ से भर गया था, तब दुख और थकान से मनु को नींद आ गई थी।

शायद नींद भी चक्रों में होती होगी कि ठीक रात दो बजे एकाएक मनु ने ज़ोर से सिसकी ली और बेचैनी से उठ बैठी। नींद ने जिस मर्तबान पर ढक्कन कसा था, वह जैसे भीतर के दबाव से उछलकर निकल गया था। मनु ने अपने मुँह पर हाथ रखा और तेज़ी से कमरे से बाहर निकल गई थी। मेहमानों से भरे घर में सोए लोगों के बीच से अंधेरे में रास्ता ढूँढ़ती वह लॉन के उस हिस्से में जा पहुँची थी, जिसे जिया ने मधुमालती, जूही, अपराजिता और चमेली की बेलों से मंडप जैसा बना रखा था। वह जिया की शाम की चाय के लिए तय जगह थी।

मनु उस मंडप के नीचे लगी बेंत की कुर्सी पर जाकर बैठ गई थी। लहर-पर-लहर आ रही थी। कभी याद, तो कभी भविष्य में जिया के बिना रहने की कल्पना और डर सरसरा जाता था। कभी कुछ भी नहीं होता था। बस, एक गहरी उदासी और वह सिसकने लगती।

एक अकेले दुख में कितनी नदियाँ मिलती हैं। डर, अभाव, स्मृति... और इस सबसे ऊपर दुख। अपनी घड़न में अनूठा, एकाकी, प्रलयंकारी। दुख, जिसका वेग हमसे भूत-भविष्य के किनारे छुड़ा लेता है। हमें असहाय करके अपने वेग में बहा ले जाता है।

जिया उसकी ज़िंदगी का सबसे अहम हिस्सा थी, बेहद ज़रूरी हिस्सा। जिया के सहारे ही उसने ज़िंदगी को फिर से परिभाषित किया था। वह बहुत देर तक ऐसे ही अँधेरे में बैठी रही। दुख की कोई ज़बरदस्त लहर आती और बरबस आँसू बहने लगते। थोड़ी देर बाद वह ख़ुद को संयत करती। समझाती कि वह कुछ नहीं कर सकती थी। जिया को जाना था, वह चली गईं लेकिन फिर बेबसी में आँखों में आँसू भर जाते।

वह यह भी सोचती है कि आख़िर हर दुख कम हो जाता है। किसके जीवन में किसी एक दुख ने स्थायी वास किया है, जो उसके जीवन में करेगा! उसके जीवन का यह पहला दुख तो है नहीं। बारह साल पहले जो दुख उसके जीवन में आया था, वह भी गुज़र गया। कभी-कभी ही टीस उठती है, बाक़ी तो सब ठीक ही है। यह भी गुज़र जाएगा लेकिन सोचती है, समझती तो तब भी नहीं। अभी तो वह जिया के अभाव का विचार करके ही सिहर जाती है। जिया उसके जीवन का आधार है कई वर्षों से। वह उनसे अपने सुख-दुख, अभाव-असुरक्षा, इच्छा-डर सब कुछ कह दिया करती थी। उसे कभी यह डर नहीं लगा कि जिया उसे जज करेंगी। दरअसल जिया ने जिस तरह की साफ़ दृष्टि पाई थी, जो गंभीरता पाई थी, वह

अपने इर्द-गिर्द मनु ने किसी में भी नहीं देखी थी। उसे पता ही नहीं चला कि कब जिया उसकी आंतरिकता का अहम हिस्सा होती चली गई और उस मनहूस शाम जिया ने सबको छोड़कर जाने की तैयारी कर ली, बिना उसे बताए, बिना उससे पूछे।

उसने कुर्सी की पुश्त पर अपना सिर रख दिया, हल्की खुमारी से आँखें बोझिल होने लगीं, उसे फिर से नींद आ गई। पता नहीं कितनी देर वह ऐसे ही सोती रही कि माँ की घबराती आवाज़ उसके कानों में पड़ी, 'मनु, यहाँ क्यों आ गई?' वह जैसे फिर उसी जगह जाकर खड़ी हो गई। माँ की कमर में बाँहें डालकर उसके पेट पर सिर रख दिया और बिलखने लगी। माँ भी रो पड़ी।

दुख किस क़दर हमें बेबस कर देता है। उसके सामने कोई तर्क काम नहीं करता, कोई विचार भी नहीं। हमें उससे हारना ही होता है। माँ ने उसके सिर को थपका। 'सो ले बेटा, ऐसा नहीं करते।' माँ भी तो उसके दुखों की साक्षी है। जिया ने जब मनु को शहर ले जाने का प्रस्ताव रखा था, तब माँ ने उसका समर्थन किया था। एक तरह से माँ ने ही उसे जिया के साथ रहने के लिए तैयार किया था। माँ और जिया के बीच का रिश्ता मनु तब नहीं समझ पाई थी। बाद में धीरे-धीरे जाना था, जैसे जिया ने माँ को भीतर तक पढ़ लिया है और यह भी कि जिया के पढ़ लेने को माँ ने बिना कहे जान लिया है।

वह माँ के साथ भीतर आ गई। माँ ने उसका सिर अपनी गोद में रख लिया और थपकने लगीं। आख़िर तो नींद को भी आना ही था, आ गई। सुबह-सुबह फिर से उसी बेचैनी और सिहरन से मनु की नींद खुली। मन हुआ चीखकर रो ले। वह जैसे ही उठी, माँ की नींद भी खुल गई। माँ उसे छत पर ले आई। माँ की छाती से लगी मनु बिलख-बिलखकर रोने लगी। माँ की छाती में भी जैसे बगूला भर

आया। बेटी का दुख... जिया के न होने का दुख। माँ के सामने चिंता भी थी, अब मनु इस शहर में एकदम अकेली हो गई है। फिर वह नौकरी भी करने लगी है। यूँ भी माँ नहीं चाहती है कि मनु फिर से घर लौटे लेकिन अकेली लड़की की चिंता तो होगी ही न।

•••

साल भर बाद मनु उस सबको फ्रेम-दर-फ्रेम याद कर रही है। अपनी खिड़की से लगे बेड पर दीवार से तकिए को टिकाए मनु का मन भटक रहा है। सूरज घरों की छतों पर डेरा डाले हुए है।

आज साल का सबसे छोटा दिन है। ऐसे भी जिया याद रह जाती है।

मनु ने एक घूँट गले से नीचे उतारा। सुबह के साढ़े आठ बजे थे। उमा ने आकर चाय साइड टेबल पर रखी और ख़ुद सामने की कुर्सी पर बैठ गई।

'सुबह-सुबह क्या सोच रही हो जिज्जी?' उमा ने पूछा।

आँखों में उतरी नमी को जज़्ब करने का वक़्त देते हुए मनु ने उसकी तरफ़ देखा, 'आज जिया को गए साल हो गया उमा।'

उमा उठी और उसके पलंग पर आकर बैठ गई, 'सच, साल हो गया।'

मनु ने उसके हाथ पर अपना हाथ रखा, 'समय गुज़रता ही चला जाता है। कहीं ठहरता ही नहीं। देखते-देखते जिया हवा में उड़ गई।'

उमा सिसकने लगी, मनु की आँखें भी भर आईं। मनु ने उमा का सिर अपने कंधे पर टिका लिया। थोड़ा रो लेने के बाद उमा स्वस्थ हुई, मनु उदास। उमा ने चाय का कप मनु को दिया और अपना कप लेकर वह फिर से अपनी कुर्सी पर जा पहुँची।

मनु अपनी उदासी से निकलने के रास्ते ढूँढ़ने लगी। दोबारा खिड़की से बाहर देखा, तो बिजली के ढीले-से तार पर बैठा कबूतर उस हिलते तार पर संतुलन बनाने की कोशिश में आगे-पीछे हो रहा था, तो कभी अपने पंखों को खोल-बंद कर रहा था।

'तेरा हसबैंड आया?' एकाएक मनु को उमा की पारिवारिक ज़िंदगी की याद आ गई।

उसने सिर झुकाकर जवाब दिया, 'नहीं। अब न ही आए, तो अच्छा है।'

'अरे क्यों?'

'उसे आकर कुछ काम तो करना नहीं है। उल्टे मेरे काम में अड़ंगा डालना है। जब था, तो एक पैसा घर में देता नहीं था और रौब ऐसे गांठता था, जैसे कहीं का लाट साहब हो। मैं अपनी खोली में ख़ुश हूँ।' उमा ने कहा।

'तेरे पापा-भाई और उसके माता-पिता उसे समझाते नहीं हैं? तू उनसे कुछ कहती नहीं?' मनु ने पूछा।

'क्या कहूँ! सब उन्होंने ही तो किया है। न जाने कैसे आदमी के पल्ले बाँध दिया। मैं तो नहीं चाहती थी उससे शादी करना।' उमा ने राज़ खोलते हुए आँखें झुका लीं।

'फिर... तू किसी और से शादी करना चाहती थी?'

उसने सिर झुकाकर अपने कुर्ते के कोने को सहेजते हुआ गर्दन हिलाई, 'हाँ।'

'किससे?'

'जावेद से।'

'यह कौन है?'

'मैं जहाँ पहले काम करती थी न, उस बिल्डिंग में लाइट का काम करता था।' उमा ने बताया।

'फिर?'

'फिर क्या? माँ को बताया, तो माँ ने समझाया कि वह मुसलमान है। मांस-मच्छी सब चलती है उन लोगों में। फिर उनके धर्म में चार शादियाँ तक की जा सकती हैं। किसी भी दिन तेरे से मन भर जाएगा, तो तुझे तलाक़... तलाक़... तलाक़... कहकर घर से निकाल देगा या किसी और औरत को शादी करके घर ले आएगा, तो तू क्या करेगी?' उसने पहली बार रहस्योद्घाटन किया।

'और तुझे लगा माँ की बात सही है?' मनु ने प्रश्न किया।

'ग़लत भी तो नहीं है न जिज्जी। होता तो है न उनके धर्म में। जावेद आज ऐसा नहीं है, कल नहीं होगा, इसका क्या भरोसा?'

'हाँ... लेकिन तेरी शादी तो सब देख-समझकर ही की थी। फिर? साल भर हो गया, तेरा हसबैंड तेरे साथ नहीं रह रहा है!' न चाहते हुए भी मनु ने कड़वाहट से भरकर कहा।

'अब जिसकी क़िस्मत ही विधाता ने टूटी क़लम से लिखी हो, वह किसके सामने जाकर शिकायत करे!' उमा ने सारे प्रश्नों पर क़िस्मत का ताला लगा दिया।

मनु चुप हो गई। उमा चाय के कप लेकर चली गई। थोड़ी देर उन दोनों के बीच का तनाव घर भर में पसरा हुआ दिखा। मनु को लगा कि उसे यह अप्रिय प्रसंग नहीं छेड़ना था।

बारह साल पहले मनु के जीवन में भी तो ऐसा ही कुछ हुआ था। जिया ने लाख चाहा था कि मनु को इस सबसे बचा ले लेकिन मनु के दब्बू और सेफ़ साइडर होने के चलते वो हो गया था, जो जिया नहीं चाहती थी। पापा शिद्दत से चाहते थे और मनु चाहने और न चाहने के बीच झूल रही थी। माँ की हैसियत घर में कुछ थी ही नहीं, पिता और भाई ने जो चाहा, वही हुआ करता था।

मनु लाख जिया के पास रही-पली-पढ़ी हो लेकिन अपनी बायोलॉजी से लड़ा नहीं जा सकता। जब पापा ने वैभव के परिवार से मिलवाया था, तो उसे सब कुछ अच्छा ही लगा था। जिया को भी कोई कमी नहीं लगी थी। उनका पॉइंट तो बस यही था कि अभी मनु बहुत छोटी है। कुल जमा अट्ठारह साल ही तो उम्र है उसकी लेकिन पापा ने जिया को झिड़क दिया था, 'मुझे अपने घर में एक और स्वधा नहीं चाहिए।'

जिया कटकर रह गई थी। मनु की चुप्पी ने भी जिया को तकलीफ़ दी थी लेकिन उनमें जैसा धैर्य और उदारता थी, वैसी मनु ने आज तक किसी में नहीं पाई। बाद में जब मनु उस सब जंजाल से निकल आई थी, तब एक शाम लॉन में बैठकर जिया ने उसे बताया था कि वह बहुत हर्ट हुई थीं। उन्होंने कहा था, 'किसी-किसी वक़्त हम बहुत संवेदनशील होते हैं, छोटी-छोटी बातों से हर्ट हो जाते हैं। किसी वक़्त कुछ भी नहीं व्यापता है। उस वक़्त मुझे तेरी चुप्पी ने भी तकलीफ़ दी थी। बाद में महसूस हुआ कि एक बच्ची, जिसके सामने उसकी अधेड़ हो चुकी कुंवारी बुआ का उदाहरण हो... मनोविज्ञान समझना चाहिए, एक भाई, जिसने अपनी बहन को आजीवन अकेले देखा हो, उसकी आशंका को समझा जाना चाहिए।'

जिया का कुँवारा होना भी तो कड़वा सच ही था परिवार का। दादाजी की लाड़ली बेटी रही जिया तो। धीर-गंभीर लेकिन दृढ़। धुन की पक्की, साथ ही बेहद संवेदनशील। भाभी की तरफ़ से वह कई बार अपने भाई से लड़ी थीं। धीरे-धीरे उन्हें लगने लगा कि उनकी वजह से भाभी का जीवन और मुश्किल हो रहा है, तो वह चुप रहने लगी थीं।

अपनी ज़िद से पढ़ाई की थी। बड़ी मुश्किल आई थी उस क़स्बे से निकलकर शहर में पढ़ाई के लिए जाने में। दादा तो शायद उतने विरोध में नहीं थे, पापा थे। बड़ा भाई यूँ भी हमारे यहाँ पिता की जगह ले लेता है लेकिन जिया बहुत धुनी थीं और दादाजी उन्हें बहुत प्यार भी करते थे इसलिए उन्होंने दादाजी को मना लिया था शहर जाकर पढ़ने के लिए।

मनु सोचती है, आज यदि जिया शहर जाकर नहीं पढ़ रही होतीं, तो मनु कहाँ होती? क्या उस नर्क में रहना ही उसकी नियति होती, जिसमें उसे बड़े उत्सव-आयोजन के बाद भेज दिया गया था। यह विचार आते ही मनु बेचैन हो गई। वह उस त्रासद एपिसोड पर विचार करने से बचती रहती है। अपने उस अतीत को वह याद ही नहीं करना चाहती है।

बहुत वर्षों बाद जिया और पापा के बीच सुलह हुई थी और मनु जिया के साथ शहर आ गई थी पढ़ने। कई बार मनु ख़ुद का ही पोस्टमार्टम करने लग जाती है। उसे लगता है कि वह दरअसल जैविक रूप से तो माँ की ही बेटी है, दब्बू-भीरू। सोचते-सोचते उसका मन घबराने लगा। उसने माँ को सहते हुए देखा है। वह सोचती है, यदि वह जिया के साथ नहीं रहती, तो उसका जीवन भी माँ की तरह ही होता। डीएनए कुछ होता है लेकिन परवरिश भी कुछ तो होती ही है।

उसने राहत की एक गहरी साँस ली और कंबल को कंधे तक खींच लिया। एक गहरी साँस ली, उसे थोड़ी देर होल्ड किया, फिर धीरे-धीरे छोड़ दिया। तीन बार ऐसा किया और फिर आँखें बंद कर लीं।

उमा फिर कमरे में आई, 'नाश्ता क्या बनाऊँ जिज्जी?' उसके स्वर में वही स्निग्धता थी, जो जिया से बात करते हुआ करती थी।

मनु का तनाव ढीला हुआ।

'क्या-क्या खिला सकती है?' मनु ने मुस्कुराकर पूछा।

उमा ने उसे मुस्कुराकर देखा, 'चलो आप नहाकर आओ, तब तक मैं आपको कुछ गर्मागर्म सरप्राइज़ देती हूँ।'

'सरप्राइज़!' मनु मुस्कुराई।

किचन से कुकर की सीटी की आवाज़ें आ रही थीं। बाथरूम में अपने कपड़े रखती मनु का ध्यान बँट गया। वह सरप्राइज़ का अनुमान लगाने लगी। क्या बना रही होगी उमा?

अभी मनु बाथरूम में ही थी कि डोरबेल बजी। बड़बड़ाई थी वह, सन्डे सुबह कौन आया होगा! नल से पानी आने की आवाज़ में वह बाहर की आवाज़ नहीं सुन पा रही थी। उसने उत्सुकता से नल बंद किया, तो सुनाई दी उमा के चहकने की आवाज़, 'अरे, इत्ती सुबो!'

'कहाँ हैं मैडमजी?'

'नहाने गई हैं। आप बैठें, आती ही होंगी।'

'और तुम क्या बना रही हो नाश्ते में?'

'वो सरप्राइज़ है। अभी आपको किचन में नहीं आना है।' उमा ने लाड़ से कहा।

'कबीर है...' मनु के भीतर एक साथ कई चीज़ें उभरीं। सबसे अहम- अपने साथ रहने की अय्याशी अब नसीब नहीं होगी। कबीर आसानी से टलेगा नहीं। कितना काम था, जो उसने इस रविवार के लिए पेंडिंग रख छोड़ा था। अब शायद कुछ नहीं हो पाएगा। फिर यह भी कि यह रविवार बहुत उदास था। उसे रह-रहकर जिया याद आ रही थी। अच्छा है! कबीर होगा, तो मन बहलता रहेगा। फिर भी उसने बाहर आने में अपना समय लिया।

बालों में टॉवेल लपेटते हुए वह ड्रॉइंग रूम में आई, तो नीली-ग्रे स्वेटशर्ट और ब्लू जींस में डॉ. कबीर अहमद बैठा था। लंबा क़द, गोरा रंग, नीली आँखें और कर्ली बालों वाला कबीर जिया की दोस्त अल्पना भारद्वाज का बेटा है।

'आज...! छुट्टी है तुम्हारी?' मनु ने अप्रत्याशित सवाल किया था।

'नहीं, नाइट ड्यूटी है।'

'कब से?'

'आज ही से, कल तो ऑफ़ था न?' इतनी तफ़्तीश से कबीर ज़रा झल्ला गया।

'तेरा सरप्राइज़ कितनी देर बाद मिलेगा उमा?'

'बस जिज्जी, ला रही हूँ।' उमा ने खनकती आवाज़ में कहा।

'तो, क्या प्रोग्राम है आज का?' कबीर ने पूछा।

'आज... आज तो सन्डे है।' मनु ने कहा।

'जी सन्डे है, तभी तो पूछ रहा हूँ मिस मृणालिनी वशिष्ठ।' कबीर ने कृत्रिम रोष से कहा।

मनु मुस्कुराई। उमा ट्रे में नाश्ता और चाय की केतली लेकर आ गई थी।

'अरे वाह... पैटीज़... ख़ूब ख़ुश रहो।' कबीर ने आशीर्वाद की मुद्रा में हाथ उठाया, तो उमा ने उसका हाथ अपने सिर पर रख लिया।

कबीर और मनु खिलखिलाए। मुस्कुराती उमा ने कहा, 'हाँ पंडितजी, आपके आशीर्वाद की बहुत ज़रूरत है।'

एकाएक मनु को थोड़ी देर पहले हुई बात याद आ गई। मनु की मुस्कुराहट उदासी में बदल गई। कबीर ने एकाएक हवा में नमी का अनुभव किया। थोड़ी देर तीनों एक-दूसरे से नज़रें चुराए नाश्ता करते रहे। फिर उमा ने ही उस मौन को तोड़ा, 'पानी तो भूल ही गई।'

उमा ट्रे में पानी के गिलास ले आई, टेबल पर रखे और फिर केतली में से चाय कप में डालकर कबीर के हाथ में थमाई और एक मनु की तरफ़ बढ़ाई।

हवा थोड़ी और नर्म हुई।

मनु ने चाय का सिप लिया, 'क्या चाय बनाई है रे तूने!'

'फिर! मेरे लिए जो बनी है।' कबीर ने मनु को चिढ़ाते हुए कहा।

'क्यों उमा?' मनु ने धमकाने का अभिनय करते हुए उमा से पूछा।

उमा ने शरारत से उत्तर दिया, 'डॉक्टर साब कितने मन से तारीफ़ करते हैं। आप तो रोज़ खा लेती हो, कभी ही तारीफ़ निकलती

है।' कहते हुए उसने कबीर की तरफ़ देखा, कबीर ने भी अंगूठा दिखायां।

रविवार की सर्द सुबह सूरज की धूप से गुनगुनी हो रही थी। उमा ने सारे बर्तन समेटे और भीतर चली गई।

मनु अपने बाल सुलझा रही थी, तब फिर से कबीर ने पूछा, 'हाँ, तो क्या मूड है?'

'कोई मूड नहीं है, कोई प्लान भी नहीं है।' मनु ने स्पष्ट किया।

'चलो, सनसिटी में काइट फ़ेस्टिवल है। थोड़ा चेंज हो जाएगा। यहाँ रहोगी, तो इसी दिन को चुभलाओगी।' कबीर ने कहा, तो मनु एकदम से चौंकी। तो कबीर को भी याद है कि आज जिया के न होने को पूरा साल हो गया।

अनजाने ही मनु की आँखें भर आई थीं। कबीर उसे ग़ौर से देख रहा था, 'चलो, लेट्स गो।'

उसने उमा से कहा, 'उमा, आज तुम्हारी छुट्टी। जाओ सन्डे मनाओ।'

'अरे!' मनु ने टोका, 'अभी मैंने बाहर जाने के लिए हाँ नहीं कहा है।'

'मगर हम बाहर चल रहे हैं।' कबीर ने आदेश दे दिया।

उमा बाहर आ गई, 'शाम के खाने का क्या होगा?'

'तू जा, मैं बना लूँगी।' मनु ने उसे जाने के लिए कहा।

'अभी कहाँ, साफ़-सफ़ाई तो बची हुई है न? अभी तक तो रजनी भी नहीं आई है। जब तक वह काम करके नहीं जाएगी, मैं कैसे जा सकती हूँ?' उमा ने अपनी समस्या बताई।

'इस समय तक आ ही जाती है, आती ही होगी रजनी।' मनु ने कहा और भीतर चली गई तैयार होने।

कबीर क़रीब ग्यारह साल पहले यहाँ मेडिसिन पढ़ने आया था। अल्पना यहाँ उसका एडमिशन करवाने के लिए साथ आई थीं और फिर जिया को कबीर का लोकल गार्जियन बनाया था। कबीर अक्सर त्योहार के दिनों में यहाँ चला आया करता था। मनु तब अपनी ज़िंदगी के बुरे दौर से गुज़र रही थी। ग्रेजुएशन के बाद मनु की शादी हो गई थी। शादी और फिर उससे निकलने की जद्दोजहद में दो साल गुज़र गए थे। कबीर ने मनु और जिया को उन परिस्थितियों से संघर्ष करते देखा था।

जिया को कबीर का आना भाता था। मनु को भी कबीर का आना बुरा नहीं लगता था। धीरे-धीरे कबीर जिया और फिर मनु के जीवन का हिस्सा होता चला गया। जब जिया बीमार हुई थीं, तो कबीर ने बेटे की तरह जिया की देखभाल की थी। अक्सर ऐसे वक़्त में मनु को उस पर बहुत लाड़ उमड़ता था। जिया के जाने के बाद कबीर मनु से मिलने आता रहता है। मनु और कबीर के बीच अच्छा सामंजस्य है। कबीर ने यहीं से पीजी किया और यहीं के हॉस्पिटल में नौकरी करने लगा है।

जिया के साथ-साथ उमा को भी कबीर पसंद है। कबीर जब भी आता है, उमा उसकी ख़ूब आवभगत करती है। कबीर बहुत सुलझा हुआ, मज़ाकिया और नेक लड़का है। अपने सर्कल में वह बहुत लोकप्रिय है। मनु को लेकर वह बहुत स्पष्ट नहीं है। जब तक जिया थी, तब तक मनु और कबीर के बीच एक आड़ थी, अब वह आड़ भी चली गई। अब मनु की उदासी और उसके मूड स्विंग्स से कबीर सतर्क रहने लगा है।

मनु तैयार होकर बाहर आ गई। ब्लैक ड्रेस पर गोल्डन प्रिंट वाला ब्लैक दुपट्टा। आज कुछ अलग लग रही थी। शायद उसने पहली बार मनु को पूरी ब्लैक ड्रेस में देखा था।

'चलें?' अपनी तरफ़ इस तरह कबीर को देखते मनु ने उसकी आँखों के सामने चुटकी बजाई।

कबीर चौंका, फिर मुस्कुराया, 'हाँ।'

सनसिटी में जैसे आधा शहर उमड़ा आया हो। ख़ूब भीड़ थी। बच्चों को ज़्यादा मज़ा आ रहा था। कबीर रजिस्ट्रेशन के लिए चला गया। थोड़ी देर बाद आया, फिर उसे पतंग के काउंटर पर ले गया। वहाँ से पतंग और मांजा लिया। मनु से पूछा, 'पतंग उड़ाना जानती हो?'

मनु ने 'न' कर दी। मनु सोचती है कि पुरुष का साथ जीवन में कई तरह से बदलाव लाता है। कितना कुछ ऐसा है, जो जिया और उसके जीवन में मिसिंग था। मधुर अपने पिता का ही बेटा है। उसने बहन को, बहन की तरह ही रखा। सिवाय टोका-टाकी और पुरुष के वर्चस्व के मधुर और मनु के बीच कोई और रिश्ता बन ही नहीं पाया।

मोपेड सीखने के लिए उसे क्लास लेनी पड़ी थी। कार ड्राइविंग के लिए पहले जिया ने क्लास ली, फिर मनु ने। उसे महसूस हुआ कि पुरुषों वाला घर स्त्रियों वाले घर से अलग होता है। शायद यही बात ऐसे घर में भी होती होगी, जहाँ सारे पुरुष ही पुरुष होंगे। कितनी ऐसी चीज़ें होंगी, जो उनके जीवन में मिसिंग होंगी।

कबीर ने पतंग उड़ाना शुरू किया। थोड़ी कोशिश के बाद उसकी पतंग आसमान में लहराने लगी। वह ख़ुश हुआ। मनु ने उसे ख़ुश देखा, तो वह भी उस सबसे बाहर आ गई। उसने आगे बढ़कर

डोर अपने हाथ में ले ली। लहराती पतंग उसे मुग्ध कर रही थी। ऐसा लग रहा था, जैसे यह ध्यान हो। उसने महसूस किया कि पतंग उड़ाना अच्छा स्ट्रेस बस्टर हो सकता है। उसका ध्यान इधर-उधर हुआ और एक हरी पतंग उसकी लाल पतंग से उलझ गई। कबीर ने जल्दी से डोर उसके हाथ से ली, हाथ तेज़-तेज़ चलाते हुए डोर खींची। हरी पतंग कट गई थी। कबीर उछल पड़ा। मनु ने मुग्ध होकर उसे देखा। कबीर में उसे एक टीनएजर दिखाई देने लगा था। थोड़ी देर बाद कबीर थकने लगा। उसका चेहरा धूप में तप गया था। आँखें लाल हो गई थीं।

'चलें?' मनु ने पूछा, तो उसने बहुत मायूसी से कंधे झटके। दोनों पार्किंग की तरफ़ आ गए। मनु ने महसूस किया कि पतंग उड़ाते हुए कबीर जितना ख़ुश था, ड्राइव करते हुए उतना ही खिन्न है।

'तुम्हें पतंग उड़ाना पसंद है बहुत?' मनु ने पूछा।

ड्राइविंग सीट पर सामने की तरफ़ देखते हुए ही कबीर ने जवाब दिया, 'बहुत... बचपन में तो पूरी सर्दी मैं छत से उतरता ही नहीं था। पापा को भी पतंग उड़ाने का पागलपन था। मैं उनके उस पागलपन का साथी था। फिर माँ-पापा के अलग हो जाने के बाद सब बदल गया।' उत्साह आया और फिर बुझ गया।

'क्यों?'

'उसके बाद ज़िंदगी उलझती चली गई। माँ के पास वक़्त नहीं था, फिर दोनों के बीच सेपरेशन के दौर में माँ ऐसा कुछ भी मेरे पास नहीं रखना चाहती थी, जो पापा से जुड़ा हो। समझ नहीं पाता कि एक वक़्त जिस इंसान से आपने सबसे बग़ावत करके शादी की, किसी दूसरे वक़्त में वह व्यक्ति आपका दुश्मन हो जाता है। बहुत मुश्किल होता है, जब आपके पैरेंट्स साथ नहीं रहना चाहते हों।'

कबीर चुप हो गया। थोड़ी देर दोनों ही चुप रहे। मनु को समझ ही नहीं आया कि वह इसका क्या जवाब दे।

'एक्चुअली बोथ आर डिफ़रेंट पर्सनेलिटीज़।' कबीर कहता है।

'लेकिन यह तो हर कपल के साथ होता है। दोनों एक-से हों, तो जीवन बोरिंग हो जाता है। डिफ़रेंसेस मेक लाइफ़ स्पाइसी।' मनु के कहने में शोखी उतर आई थी।

'पता नहीं... माँ-पापा के मामले में शायद यह सही नहीं था। गॉड नोज़, दोनों ने शादी क्यों और कैसे कर ली?' कबीर अब भी अनमना था।

मनु को लगा एकाएक सब बहुत उदास हो गया। वह चुप हो गई। उसे समझ नहीं आया कि अब आगे क्या बात करे।

'यू नो, मुझे ऐसा लगता है कि माँ ने वो शादी बस एडवेंचर के तौर पर की।' कबीर ऐसे कह रहा था, जैसे वह किसी और के लिए कह रहा हो। मनु ने उसे टोकना ठीक नहीं समझा। उसने बस कबीर के चेहरे पर अपनी नज़र टिका दी।

'अब इस उम्र में दूर से देखने पर मुझे बहुत सारी चीज़ें दिखाई देने लगी हैं। माँ एडवेंचरस नेचर की तो हैं हीं। यंग एज में तो और भी बोल्ड थीं। पापा मैच्योर हैं, तब भी रहे ही होंगे।' कबीर फिर से उदास हो गया।

'क्या दिक़्क़त थी दोनों के बीच? बताना चाहो, तो बता सकते हो।' मनु ने गंभीर होकर पूछा।

'तब तो मैं नहीं समझा था लेकिन अब समझ पा रहा हूँ। देयर इज़ ए ह्यूज मेंटल एंड इमोशनल गैप। जैसा कि होता है, दे बोथ

आर लाइक नॉर्थ-साउथ पोल। पापा ब्रेव और सेल्फ़ मेड, माँ बहुत एरोगेंट... नाना के आर्मीमेन होने का ग़ुरूर था। पापा बहुत हंबल बैकग्राउंड से थे। यू नो, ट्रेडिशनल मुस्लिम फ़ैमिलीज़ और फिर हिन्दू लड़की से शादी करने का विद्रोह। जल्द ही दोनों के बीच का गैप उभरने लगा। पापा मुझे प्यार करते थे लेकिन माँ को लगता था कि वह मुझे भी अपने जैसा बना देंगे। पापा की आर्टिस्टिक एप्रोच थी, माँ की मटीरियलिस्टिक... अजीब है, लेकिन यही सच है।' उसने अपनी बात रोक दी। हिकारत उसके चेहरे पर उतर आई।

ग्रीन हंट रेस्टोरेंट के दरवाज़े पर उसने गाड़ी रोकी।

मनु उतरकर भीतर चली गई। लाउंज पार करके ओपन एयर गार्डन की तरफ़ बढ़ गई। जिया के साथ वह अक्सर यहाँ आया करती थी। वह सोच रही थी कि कबीर की ज़िंदगी के बारे में वह कितना कम जानती है। क्या जिया ये सब जानती थी? यदि जिया ये सब जानती होती, तो उससे भी तो कहती लेकिन फिर सोचा, हो सकता है जिया ने सोचा हो कि ये सब जानने के लिहाज़ से मनु बहुत छोटी है। पता नहीं, जिया ने उसे इन सबसे बहुत दूर क्यों रखा था?

फिर कबीर की माँ आई भी तो एक ही बार थी। जब कबीर का एडमिशन करवाना था। शायद जिया से उनकी ज़्यादा बात भी नहीं हो पाई हो।

'आर यू इन कॉन्टेक्ट विद योर फ़ादर?' मनु ने थोड़ी झिझक के साथ पूछा।

'हाँ, पिछले दो साल से।' उसने सहज होकर उत्तर दिया।

'तुम्हारी माँ जानती हैं ये?'

'नहीं।'

'क्यों?'

'मुझे नहीं लगता कि माँ के लिए यह जानना सुखद होगा। शी हेट्स हर हसबैंड।'

'एंड यू?' मनु ने इंटेरोगेशन के मोड में पूछा।

'आई लव हिम। एक्चुअली पापा हैड ए फ्रेंड और माँ उससे इन्सिक्योर थी।' कबीर ने सहज होकर उत्तर दिया।

'और इसके लिए तुम्हारे मन में पापा को लेकर कोई शिकायत नहीं है?' मनु ने पूछा।

'नोप, दे वर जस्ट फ्रेंड्स।' कबीर ने कहा।

'हाउ डु यू नो?'

'अगर कोई रिलेशन होता, तो डिवोर्स के बाद पापा गायत्री आंटी के साथ शादी कर लेते लेकिन उन्होंने ऐसा नहीं किया। आंटी शादी करके नॉर्वे चली गईं और पापा यहीं हैं। मे बी दे आर इन टच विद इच अदर लेकिन कोई रिलेशन तो नहीं ही था। नहीं तो कौन रोक सकता था दोनों को साथ रहने से! पापा का डिवोर्स हो ही चुका था, गायत्री आंटी भी इंडिपेंडेंट थीं।' कबीर ने बताया।

'तो तुम्हारे पापा को आंटी को विश्वास में लेना चाहिए था, उन्हें बताना चाहिए था कि ऐसा कुछ नहीं है।' मनु ने कहा।

'ऐसा मैं भी समझता था। धीरे-धीरे समझ आया कि दरअसल सतह के नीचे सब कुछ पहले से ही सड़ने लगा था। गायत्री आंटी तो बस

एक बहाना ही थीं।' वह थोड़ा झुंझला गया था, 'एक्चुअली ही केम आउट फ्रॉम ए डिसग्रेसफुल रिलेशनशिप... दैट्स इट।'

मनु यह सब सुनकर थोड़ी असहज हो गई। कैसे एक पुरुष अपने पिता की कमियों को बचा रहा है, जबकि माँ ने उसके लिए अपना जीवन होम कर दिया। उसे याद आया जिया अक्सर कहा करती थी, 'मनु, पुरुष के पास सब कुछ बहुत सीमित होता है। जब तक शादी नहीं होती, तब तक माँ उनके लिए सब कुछ होती है। जब पत्नी आ जाती है, तब माँ उन पर बोझ हो जाती है। बच्चे होते ही वे बच्चों में आश्रय ढूँढ़ने लगते हैं।'

वह सोचने लगी। तभी कबीर ने पूछा, 'क्या हुआ?'

'सोच रही हूँ, तुमने कितनी आसानी से माँ को ख़ारिज कर दिया।' मनु व्यंग्य से मुस्कुराई।

कबीर चिढ़ गया, 'माँ को ख़ारिज नहीं किया है। ऑब्जेक्टिव होकर सब कुछ देख रहा हूँ। पापा इन दिनों नॉर्थ ईस्ट में हैं, गायत्री आंटी नॉर्वे में। वह कोई वजह थी ही नहीं दोनों के अलग होने की। हो सकता है कि दोनों कॉन्टेक्ट में हों लेकिन दोनों किसी रिलेशनशिप में तो नहीं हैं न!'

'तुमने कभी अपने पापा से पूछा ये?' मनु ने कबीर की बातों से बिना प्रभावित हुए प्रश्न किया।

'हाँ, पूछा था। वह कहते हैं कि तुम्हारी माँ से अलग इसलिए नहीं हुआ था कि मुझे किसी और के साथ रहना था। इसलिए हुआ था कि हम साथ नहीं रह सकते थे। दैट्स इट, एंड फ़ॉर दैट आई लव हिम।' कबीर ने अपना पक्ष स्पष्ट किया।

'तुम्हारी माँ ने फिर शादी की?' मनु ने कबीर को टटोला।

'माँ ने यूएस में शादी कर ली है। वह वहाँ ख़ुश हैं। वह कोई अमेरिकन बिज़नेसमैन है, डिवोर्सी।' कबीर ने जवाब दिया।

'अच्छा एक बात बताओ, तुम्हारे पिता की पहली पत्नी और उनके बच्चे के बारे में सोचकर तुम्हें कैसा लगता है?' मनु के मन में उत्सुकता जगी, तो उसने बिना किसी सोच-विचार के पूछ लिया।

कबीर थोड़ा असहज हुआ लेकिन तुरंत संभल गया, 'मेरे विचार करने के लिए है ही क्या? वे तो बाबा के जीवन में मेरे और माँ के आने से पहले से ही थे। अनजस्ट तो उनके साथ हुआ है, मुझे तो उनके बारे में सोचकर शर्मिंदगी होती है। उन लोगों के बारे में सोचकर दुख होता है। कई बार सोचता हूँ कि इंसान भावनाओं में बहकर कितनों के साथ अन्याय करता है, कितनों को दर्द देता है! वे दोनों बाबा और माँ के इमोशनल डिसिज़न का विक्टिम बने हैं। उनका तो कोई कुसूर ही नहीं है।'

मनु ने उसे अपनी नज़र से दुलराया। उसे जिया याद आई, 'जिया अक्सर कहती थी कि हम सब परिस्थितियों से संचालित होते हैं। ग़लत भी करते हैं लेकिन ग़लत को समझ पाने की कुव्वत यदि हासिल कर लें, तो यह इंसान होने के लिए बहुत हो जाता है। बावजूद इसके हम ग़लतियाँ करना नहीं छोड़ते लेकिन ग़लत की समझ हमें अपनी ग़लतियों को जस्टिफ़ाई नहीं करने देती है। यही सभ्यता का शिखर है।'

'पता है, मैं क्या सोचता रहा हूँ कि काश, माँ की जगह जिया पापा की ज़िंदगी में होतीं।' कहकर उसने अपनी आँखें झुका लीं।

मनु असहज हो गई। उसे जिया के जीवन के अभाव याद आने लगे। जिया का जीवन उनकी दृढ़ता और आलीशान व्यक्तित्व का शिकार हो गया। एक प्रेम उन्होंने किया था लेकिन जिससे किया, वह उनके प्रेम के लिए योग्य पात्र नहीं था। वह उनके प्रेम की न तो क़द्र कर पाया और न ही आदर। जिया ने फिर कभी प्रेम नहीं किया। मनु बहुत छोटी थी, फिर भी बहुत कुछ समझ रही थी। बड़े होते-होते कुछ गुत्थियाँ सुलझा ली थीं। फिर भी बहुत चीज़ें अभी ऐसी हैं, जो उसके समक्ष खुली नहीं हैं।

'आज जिया को गए साल हो गया।' मनु बुदबुदायी।

'इसीलिए मैं तुम्हें घर से बाहर लाया हूँ। सॉरी, मैंने तुम्हें जिया की याद दिला दी।' कबीर थोड़ा अपराधबोध से भर गया।

'कोई बात नहीं। अब जब वह नहीं हैं, तो याद ही आएँगी न!' मनु ने उदासी से कहा।

'पता है, इस शहर में मेरे कई दोस्त हैं। अब तो कइयों से पारिवारिक रिश्ते भी हैं, फिर भी मैं तुमसे क्यों मिलता हूँ?' कबीर ने बड़े रहस्यमयी अंदाज़ में पूछा।

'क्यों?'

'क्योंकि मुझे तुमसे मिलने में कोई उलझन नहीं होती। किसी क़िस्म का गिल्ट भी नहीं होता। तुम दूसरी लड़कियों की तरह रहस्यमयी बातें नहीं करती हो। यू आर एब्सोल्यूट प्योर।' कहते-कहते उसका गला भर आया।

'ओ हैलो... व्हाय सो सेंटी!' मनु ने उसे सहज करते हुए पूछा।

'आई डोंट नो। बस मुझे तुम्हारे साथ डर नहीं लगता। तुम और जिया इस दुनिया से बिलकुल अलग औरतें हों। जब मैं माँ के साथ यहाँ आया था, तो एक अजीब-से डर के साथ आया था। जिया से मिला, तो बड़ा डरा हुआ था। ख़ासतौर पर इसलिए भी कि शी वॉज़ सो ग्रेसफुल कि यू कैन ओनली वरशिप हर। फिर धीरे-धीरे जैसे-जैसे मैंने उन्हें जाना आई वॉज़ टोटली इन हर लव। शी वॉज़ एन अमेज़िंग लेडी। एंड सो आर यू।' उसने मनु के पीछे की ओर देखना शुरू कर दिया।

मनु मुस्कुराई। वह समझ रही थी कि कबीर किसी उलझन में है। वह लगातार उससे निकलने का प्रयास कर रहा है। वह बताना चाहता भी है लेकिन नहीं भी बताना चाहता है।

'इफ़ यू आर इन एनी काइंड ऑफ़ ट्रबल, यू कैन टेल मी।' मनु ने सीधे ही कह दिया।

'ट्रबल! नो! एक्चुअली यस।' वह थोड़ा हड़बड़ा गया। 'यार भूख लग रही है, कुछ ऑर्डर कर दें?' उसने मेन्यू कार्ड मनु की तरफ़ बढ़ाते हुए कहा।

उसके बाद के संवाद में अड़चन का अनुभव होने लगा। दिन भर की तरलता जैसे ग़ायब हो गई। समय ने दोनों की ही असुविधा को समझा। घड़ी देखी मनु ने, 'चार बज गए हैं, चलें?'

'हाँ।'

कबीर को कुछ बोझिल-बोझिल लगने लगा। उसने पास बैठी मनु की ओर देखा। मनु खिड़की की तरफ़ मुँह कर बाहर की ओर देख रही थी।

'डिड आई हर्ट यू?' आख़िर कबीर से रहा नहीं गया।

मनु ने उसकी तरफ़ देखा और इनकार में सिर हिला दिया। कबीर ने सड़क किनारे गाड़ी रोकी।

'इफ़ यस, देन सॉरी फ़ॉर एवरीथिंग।' कबीर ने मनु की हथेली अपने हाथ में ले ली।

'नहीं, तुम्हें ऐसा क्यों लग रहा है?' मनु ने उसके हाथ को थपका।

'गॉड नोज़, आजकल जैसे हरेक के नाराज़ होने का डर लगा रहता है। इस डर की वजह से मैं नॉर्मल लाइफ़ नहीं लीड कर पा रहा हूँ।' कबीर ने मायूस होते हुए कहा, तो जैसे मनु अपने आप से बाहर आई। उसने कबीर के बालों को बिखेरते हुए कहा, 'अरे, मेरी तरफ़ से एकदम ही मुतमइन रहना। मुझे अगर कोई चीज़ बुरी लगेगी, तो तुमसे सीधे लड़ाई कर लूँगी। डोंट वरी।' सुनकर कबीर के चेहरे पर इत्मीनान भरी मुस्कुराहट आई। उसने फिर से स्टीयरिंग थाम लिया, 'पता है, जिया का न होना मेरे लिए माँ के साथ न होने से भी ज़्यादा तकलीफ़देह है। जिया के न होने के बाद से मैं ज़्यादा सेंसिटिव और सेंटीमेंटल हो गया हूँ। ऐसा लगता है जैसे अब मैं पूरी दुनिया में एकदम ही अकेला हो गया हूँ, जबकि पापा से, माँ और नानी सबसे ही संवाद होता रहता है। स्ट्रेंज न!' कहते-कहते कबीर भावुक हो गया और मनु उदास।

जिया किस-किस के जीवन में किस-किस तरह से थीं, क्यों थीं? पढ़ा-जाना तो यही है कि यदि आपके जीवन में प्रेम न हो, तो आप किसी से प्रेम नहीं कर सकते हैं मगर जिया... जिया ने तो खुले हाथ से प्रेम लुटाया था। इर्द-गिर्द के हर व्यक्ति के जीवन में जिया

अलग-अलग तरह से धँसी हुई हैं। मनु के, कबीर के, उमा के, माँ के, शुभ्रा के भी तो। ओह जिया! इतनी जल्दी क्यों चली गईं?

जब मनु घर पहुँची, तब शाम के पाँच बज चुके थे। कबीर उसे बाहर ही छोड़कर निकल गया था। उसकी नाइट ड्यूटी थी। मनु ने भी नहीं चाहा था कि इस वक़्त कोई उसके साथ रहे। उमा भी घर जा चुकी थी। मनु को जिस एकांत की ज़रूरत थी, वह उसे मिल गया।

21 दिसंबर का दिन। साल का सबसे छोटा दिन। यही दिन चुना था जिया ने अपने जाने के लिए। छोटा दिन मतलब कम रोशनी, कम ऊर्जा और कम ही ऊष्मा। दिसंबर जिया का सबसे पसंदीदा महीना था। जाने क्यों? मनु को दिसंबर ज़रा भी पसंद नहीं था। उसकी नापसंदगी की वजह भी थी। दिसंबर में ही उसके जीवन का वह हादसा हुआ था और दिसंबर में ही यह हादसा भी। उसे दिसंबर क्यों पसंद आना चाहिए?

शाम न जाने कब की जा चुकी थी। सर्दी और तीखी होने लगी थी। उसने अपने ऊनी मोज़े पैरों पर चढ़ाए, बैली पहनी, कैप लगाई और बड़ा मग भरकर चाय बनाई। टीवी चालू कर लिया। जिया थी, तब कई बार दोनों क्लासिक फ़िल्में देखा करती थीं, ख़ासतौर पर गुरुदत्त की। जब से जिया गई है, तब से टीवी पर उसने सिवाय न्यूज़ और रियलिटी शोज़ के और कुछ नहीं देखा।

आज मन बहुत उदास है। शायद कोई उदास-सी फ़िल्म कहीं आ रही हो। नशा बढ़ता है, शराबें जो शराबों में मिलें। देर तक सर्च किया लेकिन आज कोई ऐसी फ़िल्म कहीं दिखाई ही नहीं दी। रविवार को जैसे हर चैनल पर अवॉर्ड नाइट्स ही दिखाई जाती हैं, न जाने किस वक़्त की। थोड़ी देर उसने देखा, फिर टीवी बंद कर दिया। उसका मन उचट गया।

कभी उसे लगता है कि अपनी ज़िंदगी का वह क्या करेगी? दिन तो जैसे-तैसे काम में गुज़र जाता है। जैसे-जैसे अँधेरा होने लगता है, वह बेचैन होने लगती है। साल भर से यही क्रम है। कई बार उसका मन किया कि वह इस घर को छोड़ दे, यूनिवर्सिटी क्वॉर्टर के लिए अप्लाई कर दे। शायद घर बदलने से मन भी बदलने लगे। आज उसने पक्का इरादा कर लिया। इससे पहले कि इरादे की चिड़िया उसके हाथ से उड़ जाए उसने लैपटॉप खोला और आवेदन के लिए ई-मेल कर ही दिया। मन थोड़ा हल्का हुआ। किचन में जाकर देखा, तो उमा ने उसके लिए पूरी-सब्जी बना कर रखी थी। उसने खाना खाया। कॉफ़ी बनाई और अपने कमरे में चली आई।

बहुत दिनों बाद उसने अपना म्यूज़िक सिस्टम ऑन किया था, शायद जिया के बाद पहली बार। उस्ताद विलायत ख़ाँ राग तिलक कामोद बजा रहे थे, रात दूसरे पहर की ओर चल पड़ी थी।

मैं ख़ुद अपनी मंज़िल से वाक़िफ़ नहीं हूँ

नाइट ड्यूटी से कबीर लौटा, तो सुबह के पाँच बजे रहे थे। वैसे तो हॉस्पिटल में इमरजेंसी न हो, तो सोया जा सकता है इसलिए घर लौटकर बहुत नींद नहीं आती है। फिर भी आधा अधूरापन-सा लगता है इसलिए चेंज करके कबीर सीधे सोने चला गया। हाउस हेल्प सुबह दस बजे तक आती है इसलिए इतना वक़्त तो सोया ही जा सकता है। नाइट ड्यूटी में पूरी दिनचर्या अस्त-व्यस्त रहती है लेकिन क्या किया जा सकता है, यह भी इस काम का हिस्सा है।

घर पहुँचकर पानी पिया और कपड़े बदलकर सीधे बिस्तर पर। शुरुआती दिनों में हॉस्पिटल से लौटकर सोने की कोशिश करते-करते ही सुबह हो जाया करती थी। बड़ा अटपटा लगता था लेकिन धीरे-धीरे इसकी आदत हो गई। अब तो बिस्तर पर जाते ही नींद आ जाती है। शुरुआत में दिन भर उनींदा लगता रहता था, बाद में सब एडजस्ट हो गया।

इंसान हर परिस्थिति में रहने के गुर जानता है। वह साइबेरिया में भी रहता है और अफ्रीका में भी। शायद यही वजह है कि कई पशु-पक्षियों की प्रजातियाँ लुप्त हो गई हैं लेकिन इंसान के बढ़ने की रफ़्तार मल्टीपल होती जा रही है... सोचते-सोचते उसे नींद आ गई।

फ़ोन की घंटी से नींद खुली। इतनी सुबह कौन फ़ोन कर रहा है? फ़ोन से पहले घड़ी की तरफ़ नज़र गई थी। सुबह के सात बजे थे। फ़ोन देखा, 'ओह नो!'

'हैलो!'

'हैलो कबीर, कैसा है तू?'

'ठीक हूँ। लेकिन यह कोई वक़्त है फ़ोन करने का।' कबीर झल्ला गया था।

'क्यों, तुम्हारे यहाँ तो सुबह ही हुई होगी न!'

'हाँ तो! सुबह सात बजे कोई किसी को फ़ोन करता है।' कबीर ने चिढ़कर कहा।

'मैं कोई नहीं हूँ कबीर, तेरी माँ हूँ।' दूसरी तरफ़ से आवाज़ आई।

'माँ...!' कबीर की ज़बान पर कड़वी बात आती है और वह उसे गटक लेता है। चुप रहता है।

'कैसा है तू?' अल्पना फिर से पूछती हूँ।

'माँ, जब आप सब छोड़कर जा ही चुकी हैं, तो फिर डोंट वरी। यू लिव योर लाइफ़ देयर और लेट अस टू...।' कबीर ज़ब्त नहीं कर पाया।

'कबीर, किस तरह से बात करने लगा है तू! लगता है अपने पापा की सोहबत में रह रहा है। सच-सच बता, तू ज़हीर के कॉन्टेक्ट में तो नहीं है?' अल्पना के कहने में बेचैनी उभरी।

'आपको क्या करना है! आप जब यहाँ से चली ही गई हैं, तो क्या फ़र्क़ पड़ता है कि मेरी ज़िंदगी में कौन है, कौन नहीं?'

'तू कभी अपनी माँ को समझेगा? जानेगा कि वह सब कुछ छोड़कर क्यों यूएस चली आई?'

'बताइए, ऐसा क्या हो गया था कि आपको यूएस जाना पड़ा नानी और मुझे छोड़कर? मगर आपने तब भी नहीं बताया, जब आप जा रही थीं, तो आज क्या बताएंगी! आपके पास बताने के लिए कुछ है ही नहीं। आपने जीवन को बस एडवेंचर समझा है। जो एडवेंचर करते हैं न, वे लोग ज़िम्मेदार नहीं होते हैं, जैसे आप नहीं हैं।' कहकर कबीर ने फ़ोन काट दिया।

उसने हताशा में गहरी साँस ली। जानता था, अब उसके पास सोने की न तो गुंजाइश है और न ही मौक़ा। अक्सर माँ के साथ उसकी हॉट-टॉक उसे विचलित कर देती है। वह माँ से कहना चाहता है कि मत किया करें उसे फ़ोन। वह सेटल होना चाहता है। अपनी परिस्थितियों के साथ एडजस्ट करना चाहता है। यह मान लेना चाहता है कि उसके माँ-पिता अपनी-अपनी ज़िंदगियों में चले गए हैं, उसे छोड़कर। यह सोचते ही वह हिचकियाँ लेकर रोने लगा।

एकाएक उसे लगने लगा कि वह नितांत अकेला है। इतनी बड़ी दुनिया में अपना कहने के लिए उसके पास कोई नहीं है। वह सोचता है कि पापा ने ही कौन-सी उसकी चिंता की। वह भी तो अपने जुनून के साथ उसे छोड़कर चले गए। पिछले सात महीने से यह ख़बर नहीं है कि वह आख़िर हैं कहाँ? उनका फ़ोन कभी लगता ही नहीं है। उन दोनों के बीच जो भी है, क्या उसके लिए माँ अकेली ज़िम्मेदार हैं? वह समझ नहीं पाता कि उसे क्या करना चाहिए। वह हताशा में घर से बाहर आता है।

उतरती जुलाई की उमस भरी सुबह थी। उसने स्पोर्ट्स शूज़ पहने और साइकिल लेकर चल पड़ा। क़रीब तीन महीने बाद साइकिल उठाई है, चलाने में थोड़ी भारी लग रही है। कॉलेज कैंपस के पिछले हिस्से में एक तरह से जंगल ही है। उस तरफ़ जाना उसे हमेशा ही अच्छा लगता है, उसने साइकिल को उसी दिशा में मोड़ दिया। दोनों तरफ़ जकरंदा, कचनार, कदंब, अमलतास, गुलमोहर, सफ़ेदा आदि के ऊँचे-ऊँचे पेड़ हैं। इस वक़्त किसी भी पेड़ पर फूल नहीं हैं। सड़क साफ़ और सूनी है। अमूमन इस वक़्त तक मॉर्निंग वॉक करने वाले और साइकिलिंग करने वाले अपने-अपने घर लौट जाते हैं।

वह इर्द-गिर्द का मुआयना करता हुआ चल रहा था। दूर से आती हुई एक साइकिल नज़र आई, तब तक वह पहचान नहीं पाया था कि सवार कौन है? सवार ने हेलमेट पहन रखा था। पास आते ही साइकिल सवार ने पूछा, 'इससे पहले तो कभी दिखे नहीं यहाँ। आज से स्टार्ट की है क्या साइकिलिंग?'

आवाज़ लड़की की थी, पहचानी नहीं गई। उसने साइकिल रोकी, तो उस लड़की ने भी अपना हेलमेट उतारा, 'ओह, रायना...!'

'हैलो, आज जल्दी नींद खुल गई थी, तो सोचा सुबह का भी थोड़ा मज़ा लिया जाए इसलिए निकल आया। वैसे पहले किया करता था। फिर शिफ़्ट्स में ड्यूटी के चलते कंटीन्यू नहीं कर पाया।' कबीर ने झेंपते हुए कहा।

'हाहाहा... वर्कआउट, मॉर्निंग वॉक, साइकिलिंग जैसे मामलों में यह बहुत क्लीशे एक्सक्यूज़ है... यू नो। कुछ नया एक्सक्यूज़ लेकर आओ।' रायना बेतकल्लुफ़ होकर खिलखिलाई।

कबीर और झेंप गया, 'हाँ, है तो।'

'तो फिर शुरू कर सकते हो। चाहो तो हम साथ-साथ भी चल सकते हैं।' रायना ने उसे लालच दिया।

'ये प्रपोज़ल देने की कोई ख़ास वजह?' रायना की बेतकल्लुफ़ी से कबीर थोड़ा सहज हो गया था।

'हाहाहा, मैं फ़िटनेस को लेकर मूवमेंट चला रही हूँ। सेल्फ़ चैलेंज है कि मैं कितने लोगों को इसके लिए मोटिवेट कर सकती हूँ।' उसने मुस्कुराते हुए कहा।

'ओह... मुझे यह सुनकर निराशा हुई।' कबीर ने खिलखिलाकर कहा।

'मैं समझ सकती हूँ। बट आई एम लाइक दैट!' रायना ने कंधे उचकाकर कहा।

'जस्ट किडिंग' कबीर ने लापरवाही से कहा।

'ओह रियली! मुझे ऐसा लग तो नहीं रहा है।' रायना ने शरारत से कहा। कबीर झेंप गया।

'लेट्स डू इट। कल से ठीक साढ़े सात बजे कैंपस के गेट पर मैं इंतज़ार करूँगी।' रायना ने कहा।

'एक शर्त है लेकिन...'

'कहो। वैसे तुम्हारी साइकिलिंग से मुझे कोई फ़ायदा नहीं होने जा रहा है। बस एक सेटिस्फ़ेक्शन होगा कि मैंने तुम्हें इंस्पायर किया।' रायना ने निराश होकर कहा।

'डोंट गेट डिसअपॉइंटेड। शर्त अभी एक कप कॉफ़ी की है बस।' कबीर ने गंभीर होते हुए कहा।

'ओह, क्यों नहीं! सिर्फ़ आज ही क्यों, मैं हर दिन के लिए भी तैयार हूँ। बस शर्त है कि...' कहकर उसने अर्थपूर्ण तरीक़े से कबीर की तरफ़ देखा।

'फिर से शर्त...'

'कलाकार लोगों को प्रोफ़ेशनल्स पालते हैं, तो कॉफ़ी का पेमेंट तुम करोगे।' कहते हुए रायना खिलखिलाई, 'तुम इस तरह सोच रहे थे, जैसे मैंने तुमसे तुम्हारी जवानी ही माँग ली हो, सीरियसली।'

'यू आर अमेज़िंग!' न चाहते हुए भी कबीर के मुँह से निकल गया।

'यस आई नो।' रायना ने पूरे आत्मविश्वास से कहा। दोनों साइकिल हाथ में लिए हुए कैंपस के गेट के बाहर लगी एक छोटी-सी गुमटी पर पहुँच गए।

सुबह की ख़राब शुरुआत के बाद दिन बड़ा शानदार रहा। रायना से न सिर्फ़ मुलाक़ात हुई, बल्कि बातें और अब कॉफ़ी भी। कबीर ने रायना को पहली बार इतने क़रीब से देखा था। गेहुआँ रंग, बड़ी और बोलती आँखें। छोटी-सी नाक, गोल चेहरा, लंबा क़द और छरहरा शरीर... उसने नीले और लाल रंग का ट्रैक सूट पहन रखा था। जो चीज़ उसे सबसे अलग बनाती थी, वह था उसका बेबाक व्यवहार। पहली ही मुलाक़ात में वह कितना खुल गई थी।

यूँ मेडिकल कॉलेज की लड़कियाँ भी बेतकल्लुफ़ होती हैं लेकिन रायना की बात अलग है। बातचीत में भी जैसे आर्टिस्टिक नफ़ासत थी। शब्द, कहने का अंदाज़, एक्सप्रेशंस, बॉडी मूवमेंट... सब कुछ एकदम अलग। कबीर सोचते हुए मुस्कुराया, जबकि रायना कैंपस के दरवाज़े की तरफ़ देख रही थी।

'पापा ने चाहा था कि मैं भी मेडिकल करूँ।' रायना बुदबुदाई।

'अफ़सोस हो रहा है?'

'अफ़सोस क्यों होगा या होना चाहिए?' रायना ने पूछा।

'इट्स ए प्रेस्टिजियस प्रोफ़ेशन।' कबीर ने कहा।

'हां... बट इट्स ए प्रोफ़ेशन, लाइक एनी अदर प्रोफ़ेशन, दैट्स इट।' रायना ने कहा, 'मुझे इससे ज़्यादा कुछ चाहिए था। प्रोफ़ेशनल नहीं होना था, दैट्स क्वाय आई ज्वॉइन एनएसडी।'

'बट यू हैव टु अर्न ब्रेड एंड बटर ऑल्सो। तुम लड़की हो, प्रिविलेज्ड हो। तुम पर पैसे कमाने का सोशल प्रेशर नहीं है इसलिए लड़कियाँ आर्टिस्ट होना अफ़ोर्ड कर सकती है।' कबीर कहता है।

'जुनून समझते हो? पैशन... पैशन होता है, तो सब कुछ हो जाता है। रही जहाँ तक लड़कियों पर सोशल प्रेशर न होने की बात, तो ये नहीं है मगर दूसरे हैं और वे भी कम जानलेवा नहीं हैं। जहाँ तक मेरी बात है, आई बिलीव इन माईसेल्फ़। मैं अपना पेट भरने जितना तो कैसे भी कमा ही लूँगी।' रायना ने आत्मविश्वास से भरकर कहा।

रायना कबीर की असहजता से अनजान कहती है, 'असल में मैं बहुत एवरेज स्टूडेंट रही हूँ। पढ़ाई-लिखाई में मेरी ज़रा भी रुचि नहीं है। प्री-मेडिकल टेस्ट की तैयारी करते हुए मैंने अपनी बहन को देखा था, इट्स टू टफ़। मैं तो सोच भी नहीं सकती इतना पढ़ना।'

कबीर ने चकित होकर उसकी तरफ़ देखा, 'लेकिन मैंने सुना है कि यू आर फ़ॉन्ड ऑफ़ रीडिंग।'

'ओह वो? वो अलग बात है। देयर इज़ ए ह्यूज डिफ़रेंस बिटवीन रीडिंग एंड स्टडिंग। पढ़ाई करना अपने बस का रोग नहीं है। इस लिहाज़ से तुम लोग सब जीनियस हो। यू ऑल डॉक्टर्स...।' रायना ने कहा, तो कबीर समझ नहीं पाया कि उसने ये सब सहजता से कहा या फिर कबीर को अनमना होते देखकर कहा।

कॉफ़ी ख़त्म हो चली थी। रायना कप रखकर खड़ी हो गई। उसने मुस्कुराते हुए कहा, 'पेमेंट करनी है।' हाथ मिलाया कबीर से, 'आज से मेरे नए शो की रिहर्सल शुरू हो रही है। 11 बजे तक हॉल में पहुँचना है, कल मिलते हैं होपफुली।' कहते हुए उसने शरारत से आँख मारी और निकल गई। कबीर उसे जाते हुए देखता रहा।

नाइट शिफ़्ट है, तो दिन भर है उसके पास। कोई-कोई दिन ऐसा भी आता है, जब लगता है इतना वक़्त है, क्या किया जाए? कबीर ने समय देखा। 10 बजने वाले थे। धूप पसरने लगी थी। मॉनसून के दौरान की धूप रायना से अनायास हुई मुलाक़ात-सी मीठी और मुलायम लग रही थी। वह साइकिल के साथ धीरे-धीरे चलते हुए उस धूप के किनारे-किनारे अपने क्वॉर्टर की तरफ़ बढ़ने लगा।

सुबह का मौसम एकदम ख़ुशगवार हो गया।

इन दिनों जबकि बारिश होने लगी थी और उसे बारिश में काम करना बिलकुल पसंद नहीं था, नाइट शिफ़्ट में काम और काम के तनाव थे, कबीर ख़ुश रहने लगा था। वह माँ के प्रति उदासीन हो गया था और पापा के लिए उसका गुस्सा कम होने लगा था। नानी के फ़ोन गाहे-ब-गाहे आते थे लेकिन अब वह उनसे बच्चों की तरह संवाद करने लगा था। नानी की चिंताओं का जवाब अब वह बहुत ज़िंदादिली से देने लगा था। पहले उसके पास हर चीज़ की शिकायत थी। खाना ठंडा हो जाता है, मेड सुबह खाना बनाकर

चली जाती है, मेस का खाना बुरा है, सर्दी बहुत ज़्यादा है, बहुत गर्मी पड़ रही और नाइट शिफ़्ट में नींद पूरी नहीं होती है, मेडिसिन एक बेकार चुनाव है आदि आदि... से उसने निजात पा ली थी।

आजकल हर सुबह साढ़े सात बजे रायना उसे कैंपस के गेट पर मिलने लगी थी। उसके साथ काम करने वाले डॉक्टर्स में खुसपुस शुरू हो चली थी। संजीत ने तो एक बार सीधे ही पूछ लिया था, 'क्या चल रहा है भई तेरा रायना के साथ!'

'अरे, बस सुबह साइकिलिंग होती है साथ। वह फ़िटनेस फ्रीक है इसलिए उसने मुझे भी अपने साथ ले लिया है। क्या उसके साथ साइकिलिंग करना कुछ चलना ही होता है!'

संजीत थोड़ा झेंपा था लेकिन कबीर थोड़ा सतर्क हो गया था। उस सुबह उसने रायना से कहा, 'कल से हम कैंपस के पिछले गेट से जाया करेंगे।'

'लेकिन इससे चक्कर छोटा हो जाएगा।'

'अरे, तो जंगल की तरफ़ तीन किलोमीटर आगे चले जाएँगे न!' कबीर ने कहा, तो रायना को विचार पसंद आया। रोज़ सुबह की कॉफ़ी कबीर ख़ुद बनाकर थर्मस में लेकर आने लगा। दूर जंगल में दोनों बैठते, कॉफ़ी पीते फिर लौट आते। इस बीच दोनों के बीच कई तरह की बातें होतीं।

कबीर धीरे-धीरे यह तो समझ रहा था कि उसके और रायना के बीच बहुत मेंटल गैप है। रायना के पास एक आर्टिस्टिक अप्रोच है। वह चीज़ों को एकदम अलग तरीक़े से देखती है। कबीर चीज़ों को ब्लैक एंड व्हाइट में देखता है। इससे मतभेद होते हैं और मतभेद कई बार गहराकर विवाद में बदल जाते हैं।

कबीर सोचता है कि उसने जीवन को जितने सीधे तरीक़े से देखा है, वह सीधा तरीक़ा रायना के पास नहीं है। वह कई तरह के प्रश्न उठाती है, जो अक्सर हमारे देखे जाने से अलग होते हैं। उस सुबह जब वह ओस से भीगी घास पर अपना मैट बिछा रही थी और कबीर थर्मस से कप में कॉफ़ी भर रहा था, उसने एक बहुत अटपटी बात कही थी। शायद बात बढ़ती जनसंख्या से शुरू हुई थी। उसने कहा था, 'हमारे यहाँ मेकिंग चाइल्ड इज़ ए सोशल इश्यू। न हो, तो यह सामाजिक समस्या हो जाती है।'

कबीर ने चौंककर देखा। उसने कभी इस तरह से सोचा ही नहीं था, 'तो तुम यह कहना चाहती हो कि बच्चे की ज़रूरत सिर्फ़ सोशल स्टेटस है?'

'मोस्टली! अब भी हमारे समाज में कपल जब तक एक दूसरे को समझें, पत्नी प्रेग्नेंट हो जाती है। फिर क्या... पहला बच्चा है, तो पैदा तो करना ही है। चाहे आपने अभी चाहा हो या न चाहा हो!' रायना कहती है।

'इट्स नॉट फ़ेयर। बच्चा पैरेंट्स के रिश्तों को मज़बूत बनाता है। नहीं तो दोनों के बीच सिवाय सेक्स के और क्या बचा रह जाएगा?'

'सेक्स सिर्फ़ है? आई डोंट बिलीव दिस। इट इज़ एन इंटीग्रल पार्ट ऑफ़ लाइफ़। हमारी सोसायटी ने इसे टैबू बना दिया है। यदि दो जवान लोग साथ में सिर्फ़ सेक्स के लिए भी रहते हैं, तो इट्स नॉट ए बिग डील!' रायना ने कहा, तो कबीर की मिडिल क्लास मेल ईगो को ठेस लगी। वह बहुत देर तक रायना के इस तर्क को चुभलाता रहा। एकाएक वह असहज होकर चुप हो गया। थोड़ी देर तक रायना उसके जवाब का इंतज़ार करती रही, फिर उसने उसे ग़ौर से देखा, 'क्या हुआ?'

'ऊँहूँ... कुछ नहीं।' कबीर अपनी असहजता को छुपाने के लिए कप और थर्मस को उठाकर बैग में रखने लगा। रायना ने चौंककर घड़ी देखी, नौ बज रहे थे। उसने भी मैट उठाया और साइकिल के कैरियर में लगाया। वह सोच रही थी कि एकाएक कबीर उखड़ क्यों गया? आख़िर उसने तो एक सीधी-सी बात ही कही थी।

कबीर उसकी बात को लगातार सोच रहा था। इसी सिलसिले में उसका ध्यान अपने माँ-पापा पर भी गया था। क्या दोनों इसलिए एक साथ आए थे कि दोनों साथ रहेंगे बिना किसी बंधन के। क्या मेरा उनके जीवन में आना उनके जीवन की दुर्घटना थी, जिसे दोनों ने भूलकर आगे बढ़ने में ही समझदारी समझी। माँ ने अपनी दुनिया अलग बना ली और पापा ने दुनिया से ही निजात पा ली।

इस विचार ने उसे और उदास कर दिया। रायना के साथ होते हुए भी वह उदास था, उसकी छोटी-सी दुनिया में दुनियादारी रिस कर आने लगी है क्या?

क्वॉर्टर पर पहुँचा, तो हाउस हेल्प ने बस ताला खोला ही था। कबीर को भूख लग आई थी। उसने पहले नाश्ता बनाने के लिए कहा और नहाने चला गया। गर्म पानी से नहाने पर उसकी भाप के साथ ही जैसे उदासी भी धुआँ-धुआँ हो गई हो। नहाकर निकलने के बाद उसे हल्का-हल्का महसूस हुआ। सैंडविच और चाय टेबल पर लगी हुई थी।

चूँकि इन दिनों नाइट शिफ़्ट 11 से 7 चल रही थी इसलिए वह सो ही नहीं पाया। ड्यूटी से आते ही साइकिलिंग पर निकल गया। रायना के साथ का आकर्षण गहरा होने लगा था। फिर दिन भर है सोने के लिए तो। यूँ ड्यूटी आवर्स में भी इमरजेंसी हो, तो ही

जागना होता है। बाक़ी तो सो ही सकते हैं। बस नाइट शिफ़्ट का मनोवैज्ञानिक दबाव होता है।

उतरते सितंबर की तीखी गर्मियों के दिन थे। बारिश जा चुकी थी। नानी कहती हैं कि इस गर्मी का भी अपना अर्थ है। दो-ढाई महीने की बारिश के बाद गीली-सीली धरती को सूखने के लिए धूप की ज़रूरत होती है। फसलों को भी पकने के लिए धूप चाहिए होती है, तो प्रकृति उसकी व्यवस्था करती है। जिया ने एक बार कहा था, 'इंसान हो या फसल, पकने के लिए धूप दोनों को चाहिए होती है। फसल धूप में खिलती है, इंसान मुरझाने लगता है। यहीं से वह प्रकृति को पीठ दिखाना शुरू करता है।' कबीर को अक्सर जिया याद आ जाती है। जिया के पास जो है, वह उसने अब तक किसी के पास नहीं पाया।

नाश्ता करने के बाद उसे थोड़ी सुस्ती आने लगी। उसने सोचा हाउस हेल्प के जाते ही वह सो जाएगा। तभी फ़ोन बजा। दूसरी तरफ़ नानी थीं।

'कैसा है बेटा?'

'अच्छा हूँ। आप लोग कैसे हैं?'

'अच्छे हैं। खाना-वाना तो ठीक से खा रहा है न? तेरी मेड ठीक से खाना बनाती है न?' नानी ने पूछा।

'हाँ, खाना तो अच्छा बनाती है। बस नॉनवेज नहीं बना पाती, तो उसकी कमी महसूस होती है।' कबीर हँसते हुए नानी को बताता है।

'अब तो नॉनवेज भी नहीं खाया जा सकता है इस देश में? क्या पता कोई रिपोर्ट कर दे और लोग आकर फ्रिज की तलाशी ले लें। फिर

चिकन को बीफ़ समझकर आपकी जान निकाल लें।' नानी की आवाज़ में उसे डर का अनुभव हुआ।

'क्या हुआ नानी? इस तरह की बात क्यों कर रही हैं आप?' कबीर ने चिंतित होकर पूछा।

'टीवी नहीं देखता क्या, देख ज़रा! टीवी देख-देखकर इस मरी शब्बो का टेंशन के मारे बुरा हाल है। उसे तेरी टेंशन है। जान खा गई मेरी कि आपा कब्बू को समझा दें!' नानी ने कहा।

उसने फ़ोन हाथ में रखे-रखे ही टीवी ऑन किया। हर चैनल पर ख़बर आ रही थी कि उत्तर-प्रदेश के बिसाहड़ा गाँव में एक आदमी को गोमाँस रखने के आरोप में भीड़ ने पीट-पीटकर मार डाला। कबीर उस ख़बर को सुनकर सहम गया। ऐसा कैसे हो सकता है? भीड़ किसी के भी घर में घुसकर तलाशी ले और फिर उसे पीट-पीटकर मार डाले। क्या हम सचमुच एक लोकतांत्रिक देश में रह रहे हैं?

उसने 'बाद में बात करते हैं' कहकर फ़ोन रख दिया। वह लगातार एक चैनल से दूसरा चैनल सर्फ़ करने लगा। हर चैनल पर घूम-फिरकर बात तो वही आ रही थी। उसे सिहरन-सी होने लगी। आँखों के सामने अँधेरा पसरने लगा। उसने आँखें बंद कर लीं। सोफ़े की पुश्त पर सिर टिका लिया। न्यूज़ एंकर लगातार चिल्ला रहे थे। उसे कुछ भी सुनाई नहीं दे रहा था। उसका दिमाग़ सुन्न हो चला था।

न जाने कितनी देर बाद वह सामान्य हुआ। आँखें खोलीं, दिल अब भी तेज़ी से धड़क रहा था। वह गया तो किचन में कॉफ़ी बनाने था, पर घड़ी में समय देखा तो दोपहर के दो बज रहे थे। समय तो खाने

का हो चला है लेकिन उसकी खाने की इच्छा मर गई थी। फिर से वही सब याद आने लगा। वह जानता तो था कि उसने कई दिनों से मटन नहीं खाया है, न ही उसके घर में बनता है। हाउस हेल्प ने साफ़-साफ़ कह दिया था कि वह नॉनवेज नहीं बनाती है। जब भी उसे खाना होता था, वह बाहर खा लिया करता था लेकिन उसे इतना ख़ौफ़ हो गया था कि उसने अपना फ्रिज खोला और चेक किया कि कहीं कुछ मटन रखा तो नहीं है। जब फ्रिज में कुछ नहीं मिला, तो वह निश्चिंत हुआ और कॉफ़ी बनाई। बिस्किट्स और नमकीन लेकर बाहर आ गया।

टीवी का रिमोट उठाया ही था कि उसे फिर से सब याद आया और उसने टीवी देखने का इरादा छोड़ दिया। कॉफ़ी पी, बिस्किट-नमकीन खाया। कुछ बेहतर लगा। बर्तन सिंक में रखकर अपने बेडरूम में गया। एकाएक उसे लगा कि वह अकेले नहीं रहना चाहता है। संजीत और शलभ की डे ड्यूटी है, वे ड्यूटी पर होंगे और शुभम का ऑफ़ होगा। वह अपनी गर्लफ्रेंड के साथ होगा। रायना रिहर्सल पर होगी। इतने बड़े शहर में कोई ऐसा नहीं है, जिससे अपने डर बाँटे जा सकें। निराशा घिरने लगी थी।

तभी उसे मनु की याद आई। उस दिन के बाद से न तो मनु का कोई फ़ोन आया, न मैसेज। न ही कबीर ने ही उसे अप्रोच किया। उसका ध्यान भटक गया। उसने उस पूरे दिन को फिर से रिवाइंड किया। क्या कोई ऐसी बात हुई थी उस दिन कि संवाद का सिरा टूट गया? बहुत कोशिश करके भी उसे कुछ ऐसा याद नहीं आया। सोचा, हरेक की अपनी-अपनी व्यस्तताएँ होती हैं। मनु की भी हैं। आख़िर दोपहर तीन बजे तक तो उसकी क्लासेज़ होती ही हैं। उसे भी कितना समय मिलता है?

बिना कुछ सोचे उसने सीधे मनु को फ़ोन लगा दिया।

'मिलना चाहता हूँ, मिल सकते हैं?' फ़ोन रिसीव होते ही उसने बिना किसी भूमिका के पहला ही सवाल दाग दिया।

मनु ख़ूब देर तक हँसती रही, 'कैसे पत्थर मारकर कह रहे हो?'

कबीर को भी हँसी आ गई। उसका तनाव ज़रा कम हुआ, 'हाहाहा... दरअसल, मेरे दिमाग़ में बस एक ही बात थी। क्या तुम्हारे पास समय होगा?'

'आ जाओ यहीं, कुछ काम कर रही हूँ। तुम्हारे आने तक पूरा हो जाएगा।' मनु ने उत्तर दिया।

जब कबीर कैंपस पहुँचा, तो क्लास का समय ख़त्म होने की वजह से ज़्यादातर स्टूडेंट्स घर जा चुके थे। कुछ, जो कैंपस के हॉस्टल में रहते थे, वे ही इर्द-गिर्द दिखाई दे रहे थे। उसने मनु को कॉल किया, तो मनु ने बताया, 'कैंटीन की तरफ़ पहुँचो, मैं भी वहीं आ रही हूँ।'

कबीर जब कैंटीन पहुँचा, तो वहाँ वैसी भीड़ नहीं थी जैसी अमूमन होती है। क्लासेज़ ख़त्म हो चुकी थीं, कुछ ही बच्चे मेज़ों पर जमे हुए थे। कबीर ने आर्ट्स ब्लॉक की तरफ़ खुलती खिड़की वाली टेबल को चुना। इत्तिफ़ाक़ यह था कि कबीर के सामने ही उस टेबल से दो लड़कियाँ उठी थीं। छोटे क़द की एकदम साफ़ रंग वाली उस लड़की की पनीली आँखों ने कबीर को और उदास कर दिया। लगा कि शायद वह लड़की अपनी दोस्त को अपने दिल टूटने की कहानी सुना रही होगी। उसके साथ वाली लड़की लंबे क़द और आत्मविश्वासी चाल वाली थी। जाने क्यों कबीर को लगा कि उस लंबी लड़की से भले किसी को प्रेम हो जाए लेकिन कोई उसे सह नहीं पाएगा। जाने क्यों उसे उस लड़की में रायना दिखाई

दी। रायना भी इतनी ही आत्मविश्वासी है। उसे पाने का सपना तो देखा जा सकता है लेकिन उसे अफ़ोर्ड करने लायक साहस जुटा पाना एक बड़ी चुनौती होगी।

दोनों लड़कियाँ उसकी तरफ़ वाली दिशा में ही जा रही थीं। वह दूर तक उन दोनों लड़कियों को देखता रहा। उस लंबी-सी लड़की ने बैंगनी रंग की जींस और उस पर सफ़ेद शॉर्ट कुर्ता पहन रखा था। छोटे क़द की लड़की ने पिंक कलर की प्रिंटेड जींस और ब्लैक कलर का शॉर्ट टॉप पहन रखा था। इस लिहाज़ से छोटे क़द वाली लड़की को ज़्यादा आत्मविश्वासी होना था लेकिन चाल-ढाल और हाव-भाव में लंबे क़द वाली लड़की ज़्यादा आत्मविश्वासी और सहज लग रही थी।

सामने की तरफ़ से बैंगनी रंग की स्विफ़्ट आती दिखाई दी। मनु आ गई है। पार्किंग में गाड़ी पार्क कर कैंटीन के गार्डन के दरवाज़े की ओर आती मनु को भी कबीर ने एक अजनबी की नज़र से देखा। उसने नीले रंग की फ़्लोरल प्रिंट की साड़ी पहनी हुई थी। ब्राउन पर्स में गाड़ी की चाभी और सनग्लासेज़ डालते हुए मनु कैंटीन के गेट तक आ पहुँची। उसने गेट से एक पूरी नज़र कैंटीन के हॉल पर डाली। कबीर ने उसकी तरफ़ हाथ हिलाया। हल्के पीले रंग की टी-शर्ट, छोटे कटे हुए बालों और साँवले रंग वाले कबीर का क़द लंबा है और उसके क़द के हिसाब से ही उसकी हड्डियाँ चौड़ी हैं। मनु ने भी उसे देखकर हाथ हिलाया।

आते ही उसने टेबल पर पर्स रखा, 'हाय।'

'हैलो, आज अब तक यूनिवर्सिटी में हो? कुछ ख़ास!' कबीर ने पूछा।

'कुछ-न-कुछ तो चलता ही रहता है। जनवरी में यूथ फ़ेस्टिवल होने हैं, तो उसकी तैयारी... सप्लीमेंट्री की कॉपियाँ... यूनिट टेस्ट... आजकल तो रोज़ ही लेट हो जाती हूँ।'

'ओह, तभी... मुझे लगा घर पर मिलोगी। फिर सोचा पूछ ही लूँ कहाँ हो!'

'तुम्हारा क्या वीक ऑफ़ है?' मनु ने पूछा।

'नहीं भई। नाइट शिफ़्ट है, 11 बजे वाली।'

'ओह, नाइट शिफ़्ट करते हुए नींद पूरी हो जाती है?' मनु ने चिंता में भरकर पूछा था।

कबीर को मनु का चिंता करना अच्छा लगा, 'हाँ। कोई इमरजेंसी न हो, तो वहाँ भी सोते ही हैं। फिर हर दिन इमरजेंसी होती भी नहीं है।'

'फिर भी ड्यूटी तो ड्यूटी ही होती है, रात को करना...' मनु यह सोचकर चकित थी कि इससे पहले उसने कभी नाइट शिफ़्ट पर विचार ही नहीं किया।

'इंसान को एडेप्टेशन में महारत हासिल है। तभी तो वह धरती के हर कोने पर पाया जाता है। हर मौसम में, हर परिस्थिति में।' कबीर मुस्कुराकर कहता है।

'हाँ, वो तो है। तभी तो उसने धरती को इस हाल में पहुँचा दिया है।' मनु ने बहुत उदास होकर कहा। कबीर बाहर की तरफ़ देखने लगा।

'तुमने कुछ ऑर्डर किया या ऐसे ही बैठे हो?' मनु ने एकाएक सहज होकर पूछा।

'मैं तुम्हारा वेट कर रहा था।'

'अरे, तो तब से ऐसे ही बैठे हो?'

'मुझे ज़्यादा वक़्त नहीं हुआ है, बस आकर बैठा ही था और तुम्हारी गाड़ी आती दिख गई। बताओ क्या खाने का मन है? यहाँ की क्या स्पेशियलिटी है?'

'चीज़ सैंडविच और बर्गर। बताओ, तुम्हारा क्या खाने का मन है?' मनु पूछती है।

'बर्गर, सैंडविच तो आज सुबह ही नाश्ते में खाया था और आज खाना भी नहीं खाया है मैंने।' कबीर के कहने में उदासी उतर आई।

'क्यों, मेड नहीं आई क्या?'

'मेड तो आई थी। खाना भी बनाकर गई है। बस, मन ही नहीं हुआ खाने का।'

'अरे दशरथ भाई, दो बर्गर बना देना ज़रा।' मनु ने ऑर्डर दिया और इर्द-गिर्द देखने लगी। उसने ग़ौर नहीं किया था कि उसके पीछे ही समाजशास्त्र के प्रोफ़ेसर डॉ. बघेल बैठे हुए थे। मनु से नज़र मिली, तो उसने हैलो सर कह दिया। वह अपनी सीट से उठकर आ गए।

'कैसी हैं मैम? क्या चल रहा है आजकल?' कहते हुए उन्होंने कबीर की तरफ़ अर्थपूर्ण नज़रों से देखा। मनु तिलमिला गई। मन हुआ कहे, 'रोमांस चल रहा है, अब बस यही तो बचा हुआ है न एक म्यूज़िक प्रोफ़ेसर की ज़िंदगी में।' लेकिन ज़ब्त कर लिया, कहा, 'वही, जो आपकी ज़िंदगी में चल रहा है।' और व्यंग्य से मुस्कुराई।

'हमारी ज़िंदगियों में क्या चलेगा मैडम, वही क्लास, लेक्चर, यूनिट टेस्ट्स...'

'तो सर हमारे यहाँ क्या नया होता है। हमारे यहाँ भी तो यही होता है। बस सब्जेक्ट अलग-अलग हैं। काम तो आपको भी वही करना है, मुझे भी।' न चाहते हुए भी मनु के कहने में तल्ख़ी आ गई।

'अरे, आप तो नाराज़ हो गईं। मेरे कहने का मतलब यह था कि आपकी ज़िंदगी में क्या चल रहा है? बाय द वे, यह कौन हैं? परिचय नहीं करवाएंगी!' मनु समझ रही थी उनका इशारा किस तरफ़ है।

'यह हमारे फ़ैमिली फ्रेंड हैं डॉ. कबीर। सिविल हॉस्पिटल में रेज़िडेंट डॉक्टर हैं एंड प्रिपेयरिंग फ़ॉर फ़र्दर स्टडीज़ इन अब्रॉड।' मनु ने बहुत बेरुखी से परिचय करवाया।

'अरे वाह, डॉक्टर से परिचय है आपका। यह बहुत ज़रूरी है। और कोई काम आए न आए, डॉक्टर ज़रूर काम आते हैं। क्यों डॉक्टर?' उन्होंने जिस तरह से कहा, उससे कबीर भी असहज हो उठा और मनु तो थी ही।

'इतना डिटेल क्यों बताया यार?' कबीर ने खीझकर पूछा।

'अरे, तुम जानते नहीं हो! नहीं बताती, तो फिर खोदकर पूछते। जब तक नाम, ऑक्यूपेशन आदि न जान लें, इन्हें चैन नहीं आता है। रिश्ता भी बताना पड़ता है। ख़ुद को यूनिवर्सिटी में काम कर रही हर लड़की का गार्जियन समझते हैं।' मनु ने झुंझलाकर कहा। 'तुमने ग़ौर नहीं किया किस तरह से पहले तुम्हें, फिर मुझे देख रहे थे?' हिकारत से मनु ने सिर झटका था। 'पुरुष को हर जगह आधिपत्य चाहिए। घर में माँ-बहन-पत्नी-बच्चों पर आधिपत्य से मन नहीं भरता है। जहाँ काम करते हैं, वहाँ की स्त्रियों पर भी इन्हें अधिकार चाहिए। डिसगस्टिंग?'

कबीर महसूस कर रहा था कि मनु कुछ ज़्यादा ही अपसेट हो गई है।

'आई थिंक यू आर ओवररिएक्टिंग... ऐसा भी कुछ नहीं कहा उन्होंने यार। इट वॉज़ जस्ट ए क्यूरियोसिटी।' कबीर ने मनु को संयत करते हुए कहा। तभी लाल रंग की मटमैली हो चली टी-शर्ट पहने दुबला-पतला कंजी आँखों वाला एक 16-17 साल का लड़का पीली ट्रे में दो काँच की प्लेट में बर्गर और चटनी लेकर आ खड़ा हुआ।

'तुम ऐसा इसलिए कह सकते हो कि तुम इन्हें जानते नहीं हो। मैं अमूमन किसी को कैंपस में मिलने बुलाती नहीं हूँ। यहाँ आप किसी से मिलो, तो बात का बतंगड़ बन जाता है। लड़की यदि किसी लड़के से मिल रही है, तो उसका एक ही मतलब है...!' मनु ने खिड़की से बाहर देखते हुए कहा। कबीर ने महसूस किया, जैसे उसकी आँखें भर आई हों।

'सॉरी। मुझे बताया होता, तो मैं नहीं आता।' कबीर ने मायूसी से कहा।

'अरे नहीं, ये तो कोई बात नहीं हुई। यहाँ काम करते हैं, कोई बंधुआ मज़दूर तो नहीं हैं। इंसान हैं, तो रिश्ते भी होंगे। लोग आएँगे मिलने-जुलने। यदि आपके दिमाग़ में गंद भरी हुई है, तो यह आपकी समस्या है हमारी नहीं।' मनु ने तैश में आकर कहा, तो कबीर को हँसी आ गई।

'समस्या कहाँ उनकी है? समस्याग्रस्त तो तुम ही दिख रही हो।' कबीर ने मुस्कुराते हुए कहा।

मनु थोड़ा झेंप गई, 'जिस तरह से वह तफ़्तीश कर रहे थे न, उससे मुझे कोफ़्त होने लगी थी।'

'पता नहीं तुम्हें उनकी तफ़्तीश बुरी क्यों लगी? मुझे तो वह बस क्यूरिओसिटी ही लगी! मे बी यू नो हिम बेटर।' कहकर कबीर ने बर्गर उठा लिया।

मनु अब भी संयत नहीं हुई थी। उसे लगा जैसे उसके इर्द-गिर्द के पुरुष उसके व्यवहार को डिक्टेट करने लगे हैं। सच, बघेल को लेकर वह कुछ ज़्यादा ही हाइपर हो रही है। यदि मान लें कि उसकी नीयत ठीक नहीं है, तब भी इतना ओवररिएक्ट करने की ज़रूरत क्या है? आख़िर तो तू यह जानती ही है। फिर अकेली लड़की, जो पुरुषों की दुनिया में उनकी आँखों में आँखें डालकर बराबरी से काम कर रही है, तो थोड़ी खीझ स्वाभाविक है ही। फिर भी मनु का मन खट्टा हो गया था। कबीर को लगा कि आज का दिन ही खराब है। रायना से विवाद हुआ, मनु से मिलकर भी मन की उदासी गई नहीं।

बर्गर ख़त्म हो गया था। टेबल पर रखे जग से काँच के पीले फूलों के प्रिंट वाले गिलासों में पानी डालते मनु ने पूछा, 'चाय लोगे या कॉफ़ी?'

कबीर ने उदासीन होकर कहा, 'जो तुम्हारा मन हो।'

'लेमन टी?' मनु ने उससे पूछा, तो जैसे कबीर चैतन्य हुआ। मुस्कुराया, 'नहीं... नॉर्मल टी!'

जब वह लड़का प्लेट उठाने आया, तो मनु ने उसे दो नॉर्मल टी लाने के लिए कहा। उसने न देखा, न जवाब दिया, न कोई प्रतिक्रिया दी और प्लेट उठाकर चल दिया।

कबीर ने एक नज़र फिर से कैंटीन और खिड़की के बाहर की दुनिया को देखा। सितंबर का त्योहारी महीना था, धीरे-धीरे कैंपस

खाली होने लगा था। कैंटीन में भी अब गहमागहमी कम होने लगी थी। चाय के कप को हाथ में लेकर मनु ने अपने मोबाइल की स्क्रीन अनलॉक की।

'साढ़े पाँच बज गए हैं। समय हो, तो घर चल सकते हो।' मनु ने कबीर की ओर देखते हुए कहा।

कबीर अब भी अस्थिर ही था, 'नहीं, ड्यूटी पर जाने से पहले थोड़ा आराम करूँगा। खाना खाऊँगा, फिर किसी दिन... वीक ऑफ़ वाले दिन। किसी शाम बाहर चलते हैं। या चाहो तो फ़िल्म देखें?' कबीर ने प्रस्ताव रखा।

'जब मन हो, बता देना। कुछ प्लान कर लेंगे।' मनु ने कहा। चाय ख़त्म हो चली थी। कबीर ने पर्स निकाला, तो मनु मुस्कुराई, 'हम यहाँ पैसे नहीं देते हैं।'

'हाँ। लेकिन मैं तो दे सकता हूँ न!' कबीर पूछता है।

'नहीं, बाहर वाला यहाँ पर्स नहीं खोल सकता है।' मनु ने शरारत से कहा।

'अरे...'

'हाँ, चलो अब। मुझे भी देर हो रही है। उमा भी आ गई होगी।' कहकर मनु ने कबीर को कोहनी से आगे की तरफ़ ठेला।

दोनों साथ-साथ चलते हुए बाहर आए। कबीर ने मनु को देखा। जाने क्यों मन भर आया। उसका मन किया मनु को हग कर ले लेकिन क़रीब होते हुए भी इतना सहज नहीं हो पाया कि ऐसा कर सके।

•••

उस शाम शुभम की बर्थडे पार्टी थी। थ्री स्टार होटल के लॉन में कैजुअल कपड़ों में कॉलेज के सारे साथी थे। उनमें से कुछ साथ काम भी करने लगे थे। स्नैक्स सर्व किए जा रहे थे। शुभम, संजीत, शलभ, मानसी, सुनयना, वसीम सब सूप का कप लेकर साथ खड़े थे। मानसी के हसबैंड से बात चलते-चलते वसीम के निकाह तक चली गई थी। शलभ ने हँसते हुए कहा, 'कम-से-कम वसीम की एक शादी तो हो गई। एक हो जाए, तो फिर दूसरी के लिए रास्ते खुलते हैं।' सारे लोग हा-हा करके हँसने लगे, कबीर भी।

सुनयना ने कबीर को देखते हुए कहा, 'कबीर, अब तुम्हें भी कर लेनी चाहिए, ताकि दूसरी के लिए स्कोप बने।'

'हाँ यार, इसे भी तो चार शादियाँ जायज़ है।' संजीत ने कहा, तो कबीर झेंप गया।

'अरे, इसका कुछ नहीं हो सकता। यह उस तरह का मुसलमान कहाँ है? एक मुसलमान को ख़ानदानी होना पड़ता है। कहीं का ईंट, कहीं को रोड़ा मिलकर कोई मुसलमान थोड़ी बनता है।' हल्के सुरूर में विश्वजीतसिंह ने कहा। सारे एकदम चुप हो गए।

कबीर ने हमेशा ही महसूस किया है कि विश्वजीतसिंह उससे जाने क्यों कटा-कटा रहता है। वसीम से तो बातचीत ही नहीं है उसकी। सेकेंड ईयर की एनुअल प्रेज़ेंटेशन में ही वसीम से हाथापाई हो गई थी। उसके बाद से वसीम ने उससे दूरी बरत ली। जहाँ कहीं वह दिखता था, वसीम वहाँ से चला जाता था। अब भी जैसे ही विश्वजीतसिंह ने हस्तक्षेप किया, वसीम एक्सक्यूज़ मी कहकर वहाँ से अलग हट गया था।

जीवन का लंबा अरसा हम जिन चीज़ों को विचार के क़ाबिल नहीं समझकर गुज़ार देते हैं, वही चीज़ें किसी और हिस्से में

हमारे जीवन में सबसे महत्त्वपूर्ण हो उठती हैं। विश्वजीतसिंह का व्यवहार कबीर के लिए कभी महत्त्वपूर्ण नहीं रहा था। जो उससे सहृदय हैं, वह उनके साथ ख़ुश था। आख़िर दुनिया के हर इंसान को हम ख़ुश नहीं रख सकते हैं और हर इंसान को ख़ुश करने के लिए तो हम पैदा नहीं हुए हैं। पहली बार उस शाम कबीर ने महसूस किया कि विश्वजीतसिंह के कबीर से खिंचा-खिंचा रहने की वजह ठीक वही है, जो वसीम से खिंचे रहने की है। दोनों का मुसलमान होना।

कमाल है, अपनी ज़िंदगी के सत्ताइस बरसों में उसने कभी इस बात पर विचार ही नहीं किया कि वह मुसलमान है। वह मुसलमान हुआ ही कब? न वह हिन्दू है और न ही मुसलमान। माँ नास्तिक, नानी का कभी कुछ पता ही नहीं चलता, पिता का भी कभी कुछ पता नहीं चला। घर में कभी कोई धार्मिक संस्कार हुए ही नहीं। कोई धार्मिक ग्रंथ था ही नहीं। उसे कैसे पता चलता कि वह मुसलमान है! स्कूल के दिनों में ज़रूर कुछ दोस्तों ने उससे कहा था कि वह मुसलमान है लेकिन यह ठीक वैसा ही था, जैसे वे हिन्दू, सिख या जैन थे। इससे ज़्यादा उसने कभी ख़ुद को अलग जाना भी नहीं था।

इतने बरसों बाद आज अचानक कबीर को ऐसा लगने लगा जैसे वह पूरी दुनिया में एक अजूबा है और इससे ज़्यादा ख़राब बात यह है कि अपने उसी अजूबा होने से वह इतने वर्षों तक अनजान भी रहा। एकाएक उसे इस सबसे निराशा होने लगी। निराशा इस बात से भी होने लगी कि आख़िर इस समस्या के समाधान के लिए वह किससे बात करे? माँ, नानी, पिता, रायना, मृणालिनी... कौन है, जो उसे सही राह दिखाएगा।

उस शाम फिर पार्टी में उसका मन नहीं लगा। वह सबकी नज़र बचाकर जल्द ही वहाँ से निकल आया।

कबीर देर तक बेचैन रहा। देर रात उसने माँ को फ़ोन लगाया। देर तक रिंग जाती रही लेकिन किसी ने फ़ोन नहीं उठाया। नानी को इतनी रात कॉल करना उसे ठीक नहीं लगा। वह यौंही परेशान हो जाएंगी। देर तक बेचैनी रही। नींद लाने के लिए उसने थोड़ी-सी बीयर पी और टीवी चालू कर लिया। किसी न्यूज़ चैनल पर बहस चल रही थी वंदे मातरम गाने को लेकर। कबीर चकित रह गया। इस वक़्त में इस विषय पर बहस...! हम कहाँ जा रहे हैं, यह बहस क्यों हो रही है और इस बहस का हासिल क्या है? लेकिन एंकर ज़ोर-ज़ोर से हरेक पैनलिस्ट पर चिल्ला रहा था। किसी को भी बोलने नहीं दे रहा था। उसे लगा, यदि वह यही देखता रहा, तो उसका ब्लड प्रेशर बढ़ जाएगा क्योंकि एंकर सिर्फ़ पैनिक क्रिएट कर रहा था। कबीर को यक़ीन नहीं आ रहा था कि उसकी व्यूअरशिप भी होगी। कोई क्यों इसे देखना चाहेगा, आख़िर यह किस महत्त्वपूर्ण मुद्दे पर चर्चा कर रहा है? क्या इस देश में सब कुछ बहुत सुपरफ़ीशियल ढंग से चल रहा है? सोचते-सोचते उसे नींद आने लगी थी। उसने टीवी म्यूट करके दस मिनट का टाइमर लगा दिया और सो गया।

माँ के फ़ोन से नींद खुली, 'सॉरी बेटा, बाहर गई थी। फ़ोन घर पर ही भूल गई थी।'

उसने घड़ी देखी। सुबह के चार बज रहे थे। तेज़ गुस्सा आया लेकिन फिर भी फ़ोन उठा लिया था, तो बात करनी ही थी।

'इस वक़्त कॉल किया आपने? पता है न यहाँ क्या टाइम हो रहा है?' फिर से कबीर तल्ख़ हो गया था।

'हाँ, रात के कोई चार-साढ़े चार बजे होंगे लेकिन तूने ख़ुद आधी रात को फ़ोन लगाया, तो मुझे लगा कुछ ख़ास बात ही होगी। आख़िर

चार साल हो गए, तूने ख़ुद तो मुझे कभी फ़ोन लगाया नहीं। मैं ही कॉल करती हूँ हर बार।' माँ ने उलाहना दिया, तो उनके गले में उतरी नमी कबीर तक थरथराई आवाज़ के ज़रिए चली आई। नशे का असर था या फिर रात के सारे घटनाक्रम का, कबीर फ़िलहाल माँ को लेकर नर्म हो चला था।

'कैसी हैं आप?' कबीर तरल हो आया था।

'ठीक ही हूँ। ज़िंदगी कब सब ठीक रहने देती है? तू बता, कैसा है? एंट्रेंस की तैयारी कैसी चल रही है?' माँ ने पूछा।

'आर यू वरीड? इफ़ यू आर कंफ़र्टेबल देन यू केन टेल मी!' कबीर ने कहा।

'नो, नॉट सो इंपोर्टेंट। यू टेल, हाउ इज़ योर प्रेपरेशन गोइंग ऑन?' माँ ने पूछा।

'माँ, आई वॉन्ट टु लीव दिस कंट्री। कुड यू हेल्प मी?' कहते-कहते कबीर की आवाज़ में नमी उतर आई।

'कबीर, आर यू ओके?' माँ ने चिंता में भरकर कहा, 'मैं तो तुझे कबसे कह रही हूँ यहाँ आ जा। एवरीथिंग विल बी ओके। इफ़ यू आर सीरियसली थिंकिंग ऑन दैट, देन आई विल डू समथिंग।'

'माँ, हू आई एम?' कबीर ने माँ की बात का जवाब न देते हुए वह प्रश्न किया, जो उसे कई दिनों से परेशान कर रहा था।

'यू आर यू बेटा!'

'हू आई एम?'

'कबीर, क्या हो रहा है? तू कबीर है, डॉ. कबीर?'

'यस, हू इज़ दिस डॉ. कबीर... ए हिन्दू ऑर ए मुस्लिम!'

'ये क्या हो गया है तुझे? हमने तुझे कभी इस तरह से नहीं पाला है! यू आर ए ह्यूमन... ए ह्यूमन बीइंग, दैट्स इट।'

'नो माँ... दैट्स नॉट इट। यू कांट इमैजिन हाउ आई फ़ील दीज़ डेज़! आई एम इन ए काइंड ऑफ़ आइडेंटिटी क्राइसिस। आई डोंट नो हू आई एम। इदर हिन्दू ऑर मुस्लिम।' कबीर के कहने में कातरता सुनाई दी।

'कबीर, काम डाउन। ये फ़ेज़ है, गुज़र जाएगा। मैं और सुवीर दोनों चाहते हैं कि तू यहाँ आ जा। यह जगह हर लिहाज़ से तेरे लिए बेहतर है। मैं इंडिया आऊँ तुझे लेने?' अल्पना ने पूछा।

'नो माँ, आई विल मैनेज। मैं देखता हूँ क्या कर सकता हूँ। नाउ आई हैव टु थिंक सीरियसली टु लीव दिस कंट्री। थैंक्स एंड सॉरी फ़ॉर एवरीथिंग माँ।' कबीर का डर उसके कहने में सुनाई देने लगा था। अल्पना विचलित हो गई थी।

एकाएक अल्पना को देश के हालात की याद आई। उसे गहरा अपराध-बोध होने लगा। तीस साल पहले की गई शादी, जिसे विगत हुए भी कई साल हो गए उसके सामने इस तरह की मुश्किल लेकर आएगी, उसे अंदाज़ा नहीं था। वह तो सबकुछ छोड़कर इस देश में चली आई थी, जिसे दुनिया का मेल्टिंग पॉट कहा जाता है। फिर उसने अपने एक्स हसबैंड का सरनेम भी छोड़ ही दिया था। यहाँ उसकी कोई ज़रूरत भी नहीं थी, उसने कभी यह लगाया भी नहीं था। जाने क्या सोचकर उसने कबीर का सरनेम वही रहने दिया। तब तो भावुकता थी लेकिन आज लगता है, जैसे कितनी बड़ी ग़लती कर डाली उसने। वह सोच रही थी, तभी कबीर का स्वर सुनाई पड़ा, 'टेल मी माँ... हू आई एम?'

'कबीर बच्चा, वी रेज़ यू लाइक ए ह्यूमन बीइंग। वी डोंट ईवन थिंक ऑफ़ इट कि इन फ़्यूचर यू विल सफ़र दीज़ सिली केश्वंस। आई एम सॉरी फ़ॉर दैट बेटा।' अल्पना का स्वर विह्वल हो उठा। उसने कभी सोचा नहीं था कि स्थितियाँ इस क़दर ख़राब हो जाएँगी कि उसे अपने बेटे के सामने अपने अतीत को लेकर अपराध-बोध होने लगेगा।

जब उसने सारी चीज़ों से विद्रोह करके ज़हीर से शादी करने का फ़ैसला लिया था, तब उसे पता था कि अपनी आदर्शवादी माँ से समर्थन पाना उसके लिए आसान नहीं होगा। ज़हीर पहले से शादीशुदा थे और उनका एक बेटा भी था। ऐसे में माँ उनसे शादी कराने के लिए सहमत नहीं होगी। उसने ज़हीर से कहा था कि पहले वह तलाक़ ले लें, फिर शादी के लिए माँ को मनाना आसान होगा। तलाक़ होने के बाद भी माँ को मनाने में अल्पना को बहुत दिक्क़त आई थी।

तब माँ एक ही बात पर अड़ी थी, जहीर की पत्नी और बेटे का क्या होगा? कभी-कभी अल्पना को माँ की नैतिकता को लेकर खीझ होने लगती थी। उसे लगता था, माँ को अपनी बेटी की चिंता कम, दुनिया-जहान की ज़्यादा है। आज पता नहीं क्यों, अल्पना को यह लगने लगा है कि ज़हीर की पत्नी और बेटे की बद्दुआ असर कर रही है।

कबीर बहुत डिस्टर्ब हो गया है। पहली बार अल्पना को यह भी लगा कि उसने अपने बेटे के साथ न्याय नहीं किया। यदि जीवन में प्रयोग करना चाहते हैं, तो ज़िम्मेदारी कम-से-कम रखनी होती है। सात-आठ साल ज़हीर के साथ रही, फिर लगा कि अब नहीं रह सकती। उसने अपनी पारिवारिक ज़िम्मेदारी से पल्ला झाड़ना शुरू कर दिया। फ़िल्म शूटिंग के काम को छोड़कर उसे वाइल्ड

लाइफ़ फ़ोटोग्राफ़ी का शौक़ चढ़ा। पहली बार तो ख़ुद अल्पना भी एक्साइटेड थी लेकिन धीरे-धीरे ज़हीर को उसका नशा होने लगा। महीनों-महीनों घर से बाहर रहने लगा। अल्पना को जब उसकी ज़रूरत महसूस होती, तब भी वह उसके साथ नहीं होता था।

पहले शिकायतें, समाधान, रूठना-मनाना चलता रहा। झगड़े होने लगे। अल्पना को यूएस में रिसर्च का ऑफ़र मिला और उसने तुरंत लपक लिया। ज़हीर से बिना पूछे उसने यूएस जाने का प्लान बना लिया। ज़हीर के ईगो को ठेस लगी लेकिन तब तक सब जैसे ख़त्म हो गया था। अल्पना ने कबीर को माँ के पास छोड़ा। ज़हीर से तलाक़ लिया और यूएस के लिए रवाना हो गई।

यूएस जाते ही अल्पना अपने से बारह साल बड़े सुवीर के संपर्क में आई। सुवीर अपने पुश्तैनी घर का निबटारा करके लौट रहे थे। कबीर मेडिसिन में सिलेक्ट हुआ। वह नानी के साथ रहने लगा। माँ ने अल्पना से रिश्ता ही तोड़ लिया। सुवीर के साथ अल्पना की ज़िंदगी अच्छी चल रही है। सुवीर कई बार अल्पना से कह चुके हैं कि कबीर को यूएस सेटल किया जाना चाहिए।

सुवीर की पत्नी और बेटा जब से अलग रहने लगे थे, तब से वह बहुत अकेले हो गए थे। उनका पूरा परिवार यूएस में ही रहता था इसलिए लौटना चाहते हुए भी वह लौट नहीं सकते थे। कबीर के दुखी और डरे हुए होने के साथ ही एक अच्छी बात यह हुई थी कि वह यूएस आने के नाम पर भड़का नहीं था।

कबीर देर तक छत को ताकता रहा। माँ से बात करने के बाद वह स्थिर हो जाना चाहता था। कबीर को अल्पना के साथ के अपने अब तक के व्यवहार को लेकर अपराध-बोध होने लगा था। वह इस बिंदु पर आकर तय नहीं कर पा रहा था कि माँ सही हैं

या पापा? क्या वह इसलिए ग़लत हो गई थीं कि उन्होंने पापा को छोड़ दिया था और बाद में किसी और को अपना साथी बना लिया था? और पापा इसलिए सही हो गए थे कि उनके जीवन में माँ के अतिरिक्त और कोई नहीं था।

क्या कबीर ठीक-ठीक जानता है कि पापा के जीवन में कोई नहीं था! कबीर ख़ुद से ही उलझ रहा था। उसने एक बारगी ख़ुद को ख़ुद से अलग करके देखा। क्या वह माँ के प्रति इसलिए सहानुभूति रख रहा है क्योंकि उसके डर और असुरक्षा के दौर में वह उसके साथ हैं? यदि इस बीच पापा से बात हो जाती, तो क्या वह उनके लिए इस तरह से सोच सकता था! सोचते-सोचते वह सो गया।

अगले दिन उसे कल रात की अपनी कमज़ोरी पर शर्म आई। ऐसा क्या हुआ था, जो वह इतना डर गया था। विश्वजीतसिंह तो हमेशा से ही ऐसा रहा है। अखलाक वाली घटना डराने वाली ज़रूर है लेकिन उसे इतना क्यों डरना चाहिए? माँ से सारी बातचीत को उसने फिर से याद किया। उसे पहली बार लगा कि माँ के साथ वह लंबे समय से अन्याय कर रहा है। नानी की बेरुखी और पापा की उदासीनता ने माँ की छवि उसके सामने बहुत ख़राब कर दी है। पापा की उदासीनता तो समझ आती है। आज उनके पास कुछ नहीं है लेकिन क्या उन्हें सचमुच किसी चीज़ की ज़रूरत है?

पिछले ग्यारह-बारह वर्षों से कबीर नानी से दूर इस शहर में रह रहा है। पढ़ रहा है। कब पापा ने उससे मिलने की इच्छा ज़ाहिर की? माँ तो फिर भी दो बार आ चुकी हैं। फिर वह दूर भी रहती हैं, पापा तो आ ही सकते हैं न!

वह आज साइकिलिंग के लिए भी नहीं गया। दस बजे जब वह नाश्ता कर रहा था, तब रायना का फ़ोन आया, 'इज़ एवरीथिंग ओके?'

'हाँ, हाँ... बस आज नींद देर से खुली इसलिए नहीं आ पाया।'

'कल आने वाले हो?'

'हाँ-हाँ। कल मिलते हैं पक्का।'

हज़ारों ख़्वाहिशें ऐसी कि
हर ख्वाहिश पे दम निकले

मई में दोपहर की तीखी धूप थी। अब तक मॉडल का मेकअप पूरा नहीं हुआ था। सेट तैयार है। कोरियाग्राफ़र भी मॉडल का ही इंतज़ार कर रहा है। बस मॉडल आ जाए, तो शूटिंग शुरू हो। ऐड डायरेक्टर बेचैन हो रहा था। शूटिंग जितनी लेट शुरू होगी, उसका ख़र्च उतना बढ़ता चला जाएगा। आख़िर शूटिंग इक्विपमेंट्स का हर घंटे का किराया लगता है। एक बार उसकी साख़ कम ख़र्च में शूटिंग करने की बन जाए, तो ऐडवरटाइज़िंग कंपनियाँ उसे हायर करें। आख़िर कौन नहीं चाहेगा कि उसका ख़र्च कम हो।

सिंगापुर के सेंटोसा आइलैंड के बीच पर सेट लगा हुआ है। मेल मॉडल को समंदर से निकलकर वहाँ लगी बेंच पर रिफ्रेशिंग ड्रिंक पीते हुए और फिर सर्फ़िंग करके आती फ़ीमेल मॉडल को दिखाना है। सेफ़्टी का भी पूरा ध्यान रखना है। इलहाम अपने कैमरे को सेट करके छाते के लिए नीचे आ गया था। समंदर पर पड़ती सूर्य की किरणें आँखों को चौंधिया रही थीं। उसने हरे रंग के रेबेन के सनग्लास पहन रखे थे। बहुत देर से कैमरा सेट करके बैठा हुआ था, तो ऊब भी हो रही थी। कल ही सारे क्रू मेंबर्स पहुँच गए थे। बस, म्यूज़िक अरेंजर मोहक आज आने वाला था। थोड़ी देर पहले ही ख़बर आई थी कि मोहक पहुँचने ही वाला है।

मोहक के आने की ख़बर से इलहाम उत्साहित था। जावेद ने आकर कोल्डड्रिंक की बॉटल दी, ट्रे में सैंडविच भी था। इंतज़ार करते-करते भूख भी लगने लगी थी। तभी फ़ीमेल मॉडल आती दिखाई दी। इसी बीच मोहक भी आता दिखा। मोहक से इलहाम की दोस्ती इंडस्ट्री में सबसे पहले की है, इस लिहाज़ तो पुरानी है। दोनों ने साथ-साथ ही काम शुरू किया था। एक को काम मिलता था, तो वह दूसरे की सिफ़ारिश करता था। साथ काम मिल जाता था, तो दोनों को साथ रहने का वक़्त भी मिल जाता था।

मोहक को इन दिनों एक फ़ीचर फ़िल्म में काम मिला है। उसने इलहाम के लिए भी बात की थी। इस बीच इलहाम को इस ऐड की शूटिंग के लिए सिंगापुर आना था इसलिए बात नहीं हो पाई थी। मोहक ने ऐड डायरेक्टर को हैलो किया और सीधा इलहाम के पास चला आया। स्पॉट बॉय ने तुरंत एक कुर्सी खींचकर मोहक को दे दी। मोहक भी इलहाम के छाते के नीचे चला आया।

'क्या हुआ?' इलहाम ने उससे सीधे ही पूछ लिया।

मोहक ने सोचा कि उसे कैसे बताए! उसने एक गहरी साँस ली, 'डायरेक्टर का कहना है कि प्रोड्यूसर की सिर्फ़ दो ही शर्त थीं।' कहकर वह रुक गया। वह उस निराशा से पहले ख़ुद ही उबरना चाहता था, जो कल रात से उसे परेशान कर रही थी।

'कौन-सी?'

'एक तो उसके क्रू में कोई मुस्लिम नहीं होगा...' कहते हुए उसने एक सेकेंड को इलहाम के चेहरे की ओर देखा और फिर दूर समंदर में देखने लगा।

'...और दूसरी?'

'डायरेक्टर ने कहा, वह तुम्हें जानने की ज़रूरत नहीं है। मैं सोचता हूँ, मैं भी मना कर दूँगा। यदि काम में धर्म आड़े आ रहा है, तो प्रोफ़ेशनलिज़्म का क्या होगा?' मोहक उदास होकर कहता है। हालाँकि उसके लिए भी यह आसान नहीं है। पहली बार उसे फ़िल्म मिली है।

'बेगर्स कान्ट बी चूज़र्स।' मोहक के कहने से पहले ही इलहाम ने कहा, 'नहीं, तुम क्यों छोड़ोगे बे? तुम घुसोगे, तभी तो हमारी भी जगह बनेगी! इस तरह जज़्बाती होकर काम नहीं चलेगा। यह पार्ट एंड पार्सल ऑफ़ वर्क है। हमें प्रोफ़ेशनल होना होगा। अभी तो काम शुरू किया ही है। अभी कौन-से मियाँ मर गए और रोज़े घट गए। चिल यार!' इलहाम ने अपने दुखी दिल को एक तरफ़ रखकर जिस तरह कहा, मोहक के दिल से बड़ा बोझ उतर गया।

आज ही शूटिंग पूरी करनी है। सुबह पाँच बजे की फ़्लाइट से सबको लौटना है। मोहक कहता है, 'स्साला सुबह पाँच बजे सफ़र करने का कोई समय है? न सो सकते हैं और न ही जाग सकते हैं। पैसा ज़्यादा ख़र्च न हो! रात की फ़्लाइट टिकट सस्ती पड़ती है, तो रात की बुकिंग करवाई जाती है।'

अच्छा ये रहा कि डायरेक्टर जल्दी संतुष्ट हो गया, तो शाम से पहले ही पैकअप हो गया। इलहाम ने तय किया वह होटल नहीं लौटेगा। बीच पर ही रहेगा और फ़ोटोग्राफ़ी करेगा। मोहित चूँकि रात का चला था और फिर रात को सफ़र करना है इसलिए वह होटल लौट गया था। सभी होटल चले गए थे। इलहाम वहीं रुक गया।

सेट हटने के बाद वहाँ टूरिस्ट्स की आवाजाही शुरू हो गई थी। इलहाम ने अपना कैमरा तैयार कर लिया था, वह फ़ोटो ले रहा था। सूरज ढल चुका था। वह बीच पर टहलने लगा। दूर एक कोने में उसे मागरिट बैठी दिखी, 'अरे, पैकअप हो गया। सब लोग होटल चले गए। तुम यहीं हो अभी तक!' इलहाम ने पूछा।

'यस सर, मैं यहीं रुक गई। थोड़ी देर यहीं ठहरना चाहती थी।' मागरिट ने थोड़ी रुआंसी होकर कहा। मागरिट कॉस्ट्यूम डिज़ाइनर की असिस्टेंट है। इलहाम को वह कुछ घबराई हुई लगी। यूँ इलहाम उसे पहले से नहीं जानता है। फ़्लाइट में ही पहली बार बात हुई थी लेकिन उसकी चमकती हुई आँखें और गहरा रंग इलहाम को पसंद आया।

'एनी प्रॉब्लम?' इलहाम ने उसे घबराया हुआ देखकर पूछा।

'कैन आई ट्रस्ट यू?' पूछते हुए मागरिट की आँखों में आँसू थे। आँसू इलहाम की कमज़ोरी हैं। उसने अपनी अम्मी को कई वर्षों तक रोते देखा था। उसे अब भी रात में सिर्फ़ भरी हुई आँखें ही दिखाई देती हैं। उसने अपनी हथेली मागरिट की तरफ़ बढ़ा दी।

'यू कैन।' इलहाम ने कहा, तो मागरिट ने अपना हाथ उसके हाथ में दे दिया।

'एक्चुअली आई एम स्केयर्ड!' कहकर वह चुप हो गई।

'यह मेरा तीसरा असाइनमेंट है और आउटडोर पहला। आई एम नॉट एक्केंटेड टु दिस वर्ल्ड। यू कैन से आई एम एन आउटसाइडर हीयर।'

'डोंट वरी, मी टू। मोस्ट ऑफ़ अस आर आउटसाइडर हीयर। बट नाउ वी ऑल आर पार्ट ऑफ़ दिस इंडस्ट्री। इज़ंट इट?' इलहाम ने उसका हाथ थपथपाया।

'एक्चुअली माई बॉस वॉन्ट मी टु स्टे विद हिम... इन हिज़ रूम।' उसने डरते-डरते इलहाम को बताया।

'आर यू स्टेइंग इन सेम रूम?' इलहाम बौखला गया।

'नो, नो। इट्स नॉट दैट। टुनाइट ही वॉन्ट्स मी टु स्टे विद हिम इन हिज़ रूम। यू नो...' कहकर उसने इलहाम को देखा और फिर नज़रें झुका लीं।

'ओह, नाउ आई अंडरस्टैंड। सो व्हॉट यू वॉन्ट टु डु नाउ?' इलहाम भी समझ नहीं पा रहा था कि क्या करे इसलिए उसने मागरिट से पूछ लिया।

'शुड आई डू समथिंग!' इलहाम जानता तो था कि यह इस इंडस्ट्री का सच है। जिसका जहाँ ज़ोर चलता है, इस्तेमाल करता है और ऐसे में उसका बीच में कूद पड़ना ख़ुद उसके करियर के लिए भी ख़राब होगा, फिर भी उसे लगा कि इस लड़की को मदद की ज़रूरत है।

'ओह नो, आई विल मैनेज। बस जैसे-तैसे यह रात निकल जाए। मैं सोचती हूँ होटल देर रात को पहुँचूँ, जब सारे सो चुके हों।' मागरिट ने अपने प्लान का खुलासा किया।

'लेकिन तुम कब तक यह चला पाओगी। आख़िर तुम्हें उसी के साथ काम करना है।' इलहाम कहता है।

'नहीं, मैं जाह्नवी मैम को ज्वॉइन करने वाली हूँ। मेरी उनसे बात हो गई है। यह तो मैं बस एक्सपीरियंस के लिए यहाँ आ गई। मुझे पता नहीं था कि मुश्किल में फँस जाऊँगी। इसलिए फ़्यूचर की बात ही नहीं है। बस आज निकल जाए।' उसने सहमी-सी हँसी हँसते हुए कहा।

'दैट्स गुड, चलो हम यहीं रहते हैं। देर से होटल चलेंगे। यूँ भी ज़्यादा दूर नहीं है होटल। हम वॉक करते हुए जा सकते हैं। मे आई स्टे विद यू?' इलहाम ने झुककर मुस्कुराते हुए पूछा।

'ओ वाओ, यही तो मैं आपसे चाहती थी। पहली बार देश से बाहर निकली हूँ, वह भी अकेले। पता नहीं इस देश में सिक्योरिटी की क्या स्थिति है, तो...' कहते हुए उसने सीधे इलहाम की तरफ़ देखा।

इलहाम ने प्यार से उसके बालों को सहलाया। दोनों साथ-साथ बीच की नम रेत पर चलने लगे। मागरिट एक छोटी उम्र की उत्साही लड़की थी। इलहाम ने लोकल टीवी के लिए ऐड बनाए थे और पिछले तीन साल से उसे नेशनल टीवी के लिए ऐड बनाने के मौक़े मिल रहे हैं। ऐडवरटाइज़िंग की दुनिया में तो उसे पहचान मिल गई है लेकिन वह फ़ीचर फ़िल्म बनाना चाहता है। मोहक की बातों से लगा था कि उसका इंतज़ार ख़त्म हो जाएगा लेकिन हिन्दू-मुस्लिम का चक्कर आ गया। फिर भी उसे लगता है कि उसके काम को देखते हुए उसे जल्द ही फ़िल्म बनाने का मौक़ा मिलेगा।

इलहाम को मागरिट पर लाड़ आया, 'तो मागरिट कॉस्ट्यूम डिज़ाइनिंग का शौक़ है तुम्हें?'

'हाँ, दरअसल मुझे स्टार्स को पास से देखना और जानना है इसलिए मैंने डिज़ाइनिंग सीखना प्लान किया।'

'कितने समय से तुम रोहित के साथ काम कर रही हो?'

'ज़्यादा वक़्त नहीं हुआ। बस पाँच महीने। यह पहली ही आउटडोर लोकेशन है। जब मुझे बताया था, तो मैं बहुत एक्साइटेड थी लेकिन सुबह से अपसेट हो गई। यहाँ आने से पहले ही जाह्नवी मैम से बात हो गई थी। वह भी अभी आउटडोर हैं, एक फ़िल्म के सिलसिले में ब्राजील गई हुई हैं। हफ़्ते भर में लौट आएँगी, तब मैं उन्हें ज्वॉइन कर लूँगी और इस आदमी से पीछा छूटेगा।' कहकर वह खिलखिलाई।

'भूख लगी है, कुछ खाओगी?' इलहाम को जैसे वह अपनी ज़िम्मेदारी लगी।

'हाँ, चलिए कुछ खा लें। आख़िर आपको भी तो भूख लगी होगी।'

सूरज ढल गया था। बीच पर अब भी लोग थे। रोशनी थी। यह टूरिस्ट बीच था इसलिए यहाँ लोग देर रात तक ठहरे रहते हैं। समंदर अपनी मस्ती में था, लोग उसकी मस्ती देखकर मस्त थे। हर देश के लोग वहाँ दिखाई दे रहे थे।

दोनों सड़क किनारे वाले होटल में पहुँचे।

रिसेप्शन के बायीं तरफ़ डायनिंग हॉल है। डायनिंग हॉल के बायीं ओर की पूरी दीवार खिड़कियों से भरी हुई थी। वहीं बीच में एक टेबल खाली मिल गई। वहाँ से बीच दिखाई दे रहा था, बीच पर लाइट्स दिखाई दे रही थीं लेकिन समंदर नहीं दिखाई दे रहा था। उस हॉल में कई देशों के पर्यटक दिखाई दे रहे थे। मागरिट बहुत उत्सुकता से सब देख रही थी। इलहाम खिड़की से बाहर के नज़ारे देख रहा था। मागरिट ने मेन्यू कार्ड देखते हुए पूछा, 'यू लाइक मैक्सिकन?'

'व्हाटएवर यू लाइक, यू कैन ऑर्डर। आई कैन ईट एवरीथिंग। आई हैव नो चॉइस इन रेस्टोरेंट फूड। प्योरली देसी बंदा आई एम।' कहकर ज़ोर से हँसा इलहाम।

'वन थिंग आई वॉन्ट टु से, यू आर वेरी प्योर बंदा।' कहते-कहते मागरिट की आँखों में आँसू भर आए।

'ओ पागल लड़की, इतनी सेंटी क्यों हो रही हो?' इलहाम ने उसे प्यार से देखा। दोनों ही चुप हो गए। मागरिट ने कीटो टाको कप्स ऑर्डर किए। फिर धीरे से कहा, 'इंडिया में होते, तो अरेस्ट होकर रहते... इसमें बीफ़ है।' और मुस्कुराई।

'नॉर्थ इंडिया में मिलेगा नहीं और साउथ में दाल गलेगी नहीं।' कहकर इलहाम भी मुस्कुराया था।

दोनों जब रेस्टोरेंट से बाहर आए, तो रात के दस बज रहे थे। सड़क के दोनों तरफ़ रंगीन लाइटें थीं, पर्यटक मौज में घूम-फिर रहे थे। कहीं एक-दूसरे को चूमते जोड़े भी दिखाई दे रहे थे। कुछ बच्चे किलकारी मार रहे थे। यहाँ रात गुज़रती नहीं, आती-सी लग रही थी।

इलहाम ने मागरिट की तरफ़ देखकर पूछा, 'अब?'

'बीच पर चलते हैं, दो घंटे बाद यहाँ से चल देंगे।' मागरिट ने कहा। 'सॉरी, मेरी वजह से आपकी शाम बर्बाद हुई। शायद आप वहाँ बार में अपनी शाम गुज़ारना ज़्यादा पसंद करते, है न?'

'नहीं, आई एम नॉट ए पार्टी एनिमल। मैं यहाँ रुका ही इसलिए था कि उस भीड़, शोर से दूर रहूँ।' इलहाम ने कहा।

'और यहाँ मैं मिल गई...' मागरिट ने उदास होकर कहा।

'तुमने मुझ पर यक़ीन कैसे कर लिया?' इलहाम ने पूछा।

'लड़कियों को बचपन से इतनी सारी जगह केयरफुल रहने के लिए ट्रेन्ड किया जाता है कि वे अक्सर कम ही धोखा खाती हैं। बस, हमेशा अपने इमोशंस से ही हारती हैं।' मागरिट ने कहा, 'आपने जिस तरह मुझसे बात की, उससे मैं निश्चिंत हो गई।'

'और पता है, जिस तरह तुमने मुझसे अपने डर शेयर किए, उससे मैं एक ही शाम में बहुत बड़ा और बहुत ज़िम्मेदार हो गया।' कहते-कहते इलहाम भावुक हो गया।

मागरिट ने सामने आकर इलहाम को हग कर लिया। इलहाम ने उसके माथे को चूम लिया। एकाएक उसे लगा कि उसमें कुछ बहुत गहरा और बारीक बदलाव आया है। उसे लगा कि यदि कोई अनजान औरत किसी मर्द पर यक़ीन करती है, तो वह उस मर्द की पूरी ज़िंदगी का हासिल हो सकता है, उसकी परवरिश और माहौल पर अच्छाई की मुहर होता है।

अपनी ज़िंदगी के इतने लंबे अरसे में पहली बार उसने अम्मी के अलावा किसी के लिए अपनी ज़िम्मेदारी का अनुभव किया है। मागरिट, जिससे वह कल सुबह ही मिला है। दो दिन के सरसरी राब्ते में ऐसा क्या है, जो हमें एक-दूसरे से जोड़ता है। पता नहीं, दोनों फिर कब मिलेंगे या शायद कभी न मिलें लेकिन मागरिट के यक़ीन ने जैसे उसे बहुत अमीर कर दिया है। जब दोनों होटल पहुँचे, तब तक रात के बारह बज गए थे। अब तो ज़्यादा देर सो नहीं पाएँगे। दो घंटे बाद ही हंगामा शुरू हो जाएगा। आख़िर क्रू मेंबर्स को इकट्ठा करने और फिर घेरकर ले जाने में ही घंटा भर लग जाएगा।

'जाकर सो जाओ, ठीक से नींद आ भी नहीं पाएगी कि जाने का वक़्त हो जाएगा इसलिए सीधे जाकर सो जाना।' इलहाम ने मागरिट से कहा, तो मागरिट ने बच्चे की तरह गर्दन हिलाकर हामी भरी। इलहाम को फिर से उस पर लाड़ आया, 'प्यारी बच्ची।' कहकर उसने उसके बालों को चूम लिया।

मुंबई एयरपोर्ट पर उतरते हुए मागरिट फिर से इलहाम के पास आई, 'आपने मुझे अपना नंबर नहीं दिया है। मैं आपको हमेशा परेशान करना चाहती हूँ।' कहकर मुस्कुराई।

इलहाम ने उसे अपना नंबर नोट करवाया और उसके बालों को प्यार से सहलाकर एयरपोर्ट से बाहर आ गया।

अभी इलहाम टैक्सी में बैठा ही था कि अम्मी का कॉल आ गया, 'ऐसा लगता है कि पिछले जन्म में आप जासूस ही थीं। बस लैंड हुआ ही हूँ और कॉल आ गया।'

'एक बात बता, तू तारीफ़ कर रहा है कि बुराई?' अम्मी शरारत से मुस्कुराईं।

'तौबा, तौबा आपकी बुराई कैसे करूँगा। कर तो तारीफ़ ही रहा हूँ, अंदाज़ ज़रा...' कहकर वह भी शरारत से मुस्कुरा दिया, 'बस टैक्सी में बैठा ही हूँ, घंटे भर में घर पहुँच जाऊँगा।'

'ठीक है, आ जा। अच्छा सुन, नाश्ता किया?' अम्मी ने फ़ोन रखते-रखते भी सवाल दाग दिया था।

'आप न, बाज़ नहीं आएँगी अम्मीपना दिखाने से? फ़्लाइट में कर लिया था। आपने किया या नहीं?' इलहाम ने पूछा, तो अम्मी

हँसती-हँसती दोहरी होने लगीं, 'अल्लाह, अब औलाद अम्मी बन रही है। ज़्यादा चोंचले मत दिखा। चल, फ़ोन रखती हूँ।'

अम्मी ने फ़ोन रख दिया। इलहाम अकेले ही मुस्कुरा दिया। कितने साल अम्मी की ये हँसी, ये खिलखिलाहट मिस की है इलहाम ने। कितनी उदास, ग़मज़दा रहा करती थीं उन बरसों में। कितने साल लगे उन्हें उस सबसे निकलने में। इलहाम सोचता है कि अम्मी का क़ुसूर क्या था? बस इतना ही कि वह अपने भाई के दोस्त के प्रेम में पड़ गई थीं।

वह आदमी इलहाम के रहमान मामू का गहरा दोस्त था। अम्मी तो उन दिनों स्कूल में ही पढ़ती थीं। दुबली-पतली छोटे क़द की नाज़ुक, गोरी और सुंदर-सी लड़की थीं अम्मी। इलहाम जब कभी अम्मी के स्कूल की तस्वीर देखता था, तो सोचता था कि इन्हें क्योंकर इतने जहन्नुम से गुज़रना था। अम्मी को किसी नवाब ख़ानदान की बहू होना था या फिर किसी फ़िल्म की हीरोइन। इस इंडस्ट्री की कितनी लड़कियों को उसने देखा था लेकिन अम्मी जैसी नज़ाकत और ख़ूबसूरती और किसी में नहीं दिखाई दी थी। आज भी वह बेहद ख़ूबसूरत हैं लेकिन आपकी तक़दीर इन सबसे ज़रा भी मुतअस्सिर नहीं होती है।

इलहाम सोचता है, अम्मी मुतमइन रहती हैं। अपने तमाम दर्द, परेशानी और पशेमानियों के बावजूद उनका अल्लाह और अल्लाह के इंसाफ़ पर यक़ीन है। वह पूछता है, 'आपने कहाँ और कब देखा कि अल्लाह इंसाफ़ करता है?'

वह फिर भी पूरे यक़ीन से कहती हैं, 'वह बड़ा कारसाज़ है, इंसाफ़ करता है, गोकि उसका इंसाफ़ हमें दिखाई नहीं देता है। यूँ ही नहीं कहा जाता है कि अल्लाह की लाठी बेआवाज़ होती है।'

'अम्मी, मज़हब ने हममें सब्र पैदा किया है इसलिए कि हम बग़ावत न कर दें। दरअस्ल, ये जो मज़हब है न, वो चंद शातिर लोगों का पैदा किया हुआ शिगूफ़ा है।' इलहाम कहता है, तो अम्मी, 'तौबा, तौबा!' कहने लगती हैं। वह कहती हैं, 'काफ़िरों के साथ रहकर तू भी काफ़िरों की तरह ही कहने लगा है। ख़बरदार जो अल्लाह की शान में कोई गुस्ताख़ी की तो तूने!'

इलहाम चुप हो जाता है। जिस औरत ने अपने ज़िंदगी का सबसे ख़ूबसूरत हिस्सा तंगहाली और तन्हाई में गुज़ारा हो, उसे हर चीज़ पर यक़ीन करने और मानने का हक़ है। वह आँखें मूँद लेता है। धूप खिड़की के काँच से टकराकर भीतर आने लगी है। दोपहर सिर पर आ खड़ी हुई है। रात की ख़ुमारी उसे घेर लेती है। उसे झपकी लग जाती है।

•••

खाने की टेबल पर अम्मी ने कहा, 'नाज़िया भाभीजान आई थीं कल।'

'अच्छा, कुछ ख़ास!' इलहाम ने पूछा।

'सबा का रिश्ता लाई थीं।' अम्मी ने कहा।

'अम्मी, मुमानीजान ऐसा सोच भी कैसे सकती हैं? सबा कितनी छोटी है। मैंने उसे गोद में खिलाया है। आप जानती हैं कि मैं ऐसे रिश्ते में निकाह करने के लिए क़तई राज़ी नहीं हूँ।' इलहाम झल्ला जाता है।

'लेकिन यही हमारी रवायत है।' कहते-कहते अम्मी उदास हो गईं।

'अम्मी, बारह सौ-चौदह सौ साल पहले जो रवायतें थीं वे आज भी काम की हों, ये ज़रूरी नहीं है न!'

'जब्बार भाई बहुत मान देते हैं मुझे और तुझे बहुत प्यार करते हैं।' अम्मी ने कहा।

'तो इसका बदला इस तरह से चुकाएंगे?' इलहाम ज़रा उत्तेजित हो गया।

'नहीं, मैंने ऐसा तो नहीं कहा लेकिन एक बार इस रिश्ते पर ग़ौर तो कर। सबा अच्छी लड़की है। ख़ूबसूरत भी है और ज़हीन भी। तू सोच, निकाह की उम्र कब की पार कर चुका है। ऐसे में रिश्ता आना भी बड़ी बात है। फिर तेरी इस उम्र में ऐसी लड़की हम कहाँ से लाएँगे!' अम्मी ने मायूस होकर कहा।

'क्या निकाह नहीं होगा, तो पहाड़ टूट पड़ेगा अम्मी?' इलहाम अब ऊबने लगा था।

'बेटा निकाह नहीं होगा, तो ख़ानदान आगे कैसे बढ़ेगा?' अम्मी ने चिंतित होकर पूछा।

'मेरी भोली अम्मी, ख़ानदान तो यूँ भी आगे बढ़ सकता है। और फिर हमारा ख़ानदान कोई मुग़लिया सल्तनत है कि वारिस नहीं होगा, तो इस तख़्त-ओ-ताज का क्या होगा?' कहकर इलहाम ज़ोर से हँसा।

'तू बेशर्म भी हो गया है इलहाम। मैं तेरी अम्मी हूँ। इस तरह की बातें तू मुझसे कैसे कर सकता है?' अम्मी ने गुस्सा होते हुए कहा।

'ओ अम्मी, अब तो बड़ी हो जाइए। कब तक वही 18 साल की रेशमा बनी रहेंगी, जिसे अपने भाई के आठ साल बड़े दोस्त से प्यार हो जाए और बिना कुछ सोचे-समझे वह उससे निकाह की ज़िद ठान ले!' कहते-कहते इलहाम झुंझला गया। 'अम्मी थिंक अबाउट योरसेल्फ़... योर लाइफ़। ज़िंदगी का सबसे अच्छा वक़्त,

जो आपको ख़ुशी दे सकता था, उसने आपको क्या दिया? इतना दर्द, इतनी तन्हाई और इतनी रुस्वाई। क्यों? वही शादी... बच्चे... सेटल हो जाने की जद्दोजहद। पर ईमानदारी से बताइए आप, क्या इस सबने आपको ख़ुशी दी?' पूछते हुए इलहाम बहुत उदास हो गया।

'मुझे उस सबसे तू मिला और मैं इसी में बेहद ख़ुश हूँ। सुना तूने?' अम्मी ने बात ख़त्म करने की गरज से कहा।

'अम्मी प्लीज़। बात को टालें नहीं। क्या यह बेहतर नहीं होता कि मैं आपकी ज़िंदगी में नहीं होता। उस आदमी के आपको छोड़ देने के बाद आप फिर से अपनी ज़िंदगी शुरू करतीं, प्यार करतीं, प्यार पातीं, ख़ुश रहतीं?' इलहाम जैसे रेशमा को नए सिरे से ज़िंदगी देखने के लिए तैयार कर रहा है।

'बेटा, बेहतर तो यही होता कि तेरे अब्बू भी साथ ही रहते। हम सब साथ एक छत के नीचे ख़ुशी-ख़ुशी रहते लेकिन नसीब से कौन जीत सका है?' रेशमा मायूस होकर कहती है।

'बहुत बढ़िया। इंसान के धोखे को नसीब के माथे पर दे मारो। इंसान अपने सारे किए से बरी हो जाता है। अच्छा हुआ, तो अल्लाह का किया हुआ है। बुरा हुआ, तो नसीब में यही लिखा था। आप कब इस तरह से सोचना बंद करेंगी?' इलहाम खीझकर पूछता है।

'देख बिट्टू, जो मेरे माज़ी में हुआ उसमें मैं क्या कर सकती थी? क्या ऐसा था, जो मुझे करना चाहिए था और मैंने नहीं किया! मेरे करने के लिए कुछ था ही नहीं। बस इतनी ही ग़लती हुई थी कि पढ़ाई-लिखाई करने की बजाए मैंने मुहब्बत कर ली और फिर निकाह। क्या मुहब्बत करना मेरा गुनाह था?' कहते-कहते रेशमा फफककर रोने लगी।

'अम्मी, मैंने ऐसा नहीं कहा। मैं यह कह रहा हूँ कि शादी करना, बच्चे हो जाना ज़िंदगी की ख़ुशियों की गारंटी नहीं है। यह सब करने के बाद भी हम ख़ुश हो ही जाएँगे, यह तय नहीं है। है न?' इलहाम का रवैया ज़रा नर्म पड़ा और उसने उठकर रेशमा की गोद में अपना सिर रख दिया।

'अम्मी, हम आज जो कर रहे हैं यदि हम उसमें ख़ुश हैं न, तो हमें और ख़ुशी की तलाश में नहीं जाना चाहिए। जो हमारे सामने है, वो ख़ुशी हमसे रूठ सकती है। मैं आज जो हूँ, उसमें ख़ुश हूँ। आपकी मुहब्बत और शादी का अंजाम देखकर मुझे यूँ भी मुहब्बत से डर लगने लगा है।' इलहाम ने रेशमा की कलाई में पड़ी चूड़ी को घुमाते हुए कहा, तो रेशमा फिर से रोने लगी, 'अल्लाह, कितने गुनाह मेरे नसीब में हैं? अब मेरे बच्चे को मुहब्बत से ही डर लगने लगा है और वह भी मेरी नाकाम मुहब्बत की वजह से! मुझे बता बिट्टू, मैं तेरे इस डर को दूर करने के लिए क्या करूँ? पता है यदि इंसान मुहब्बत से ख़ौफ़ खाने लगे, तो यह दुनिया जहन्नुम हो जाएगी।'

रेशमा के आँसू पोंछता इलहाम कहता है, 'आप उल्टा कह रही हैं अम्मी। मुहब्बत से इंसान ख़ौफ़ तभी खाता है, जब दुनिया जहन्नुम हो चुकी होती है। यदि मुहब्बत का आपको यह सिला नहीं मिलता और आप दुखी नहीं होतीं, तो मुझे मुहब्बत से डर नहीं लगता। आप इस तरह से क्यों नहीं सोच पाती हैं?'

'जो हो, सारा गुनाह तो मेरा ही हुआ न?' रेशमा मायूसी से कहती है।

'फिर वही बेचारगी? कुछ देर पहले कह रही थीं कि उस सबमें मेरे करने के लिए क्या था! अब कह रही हैं कि सारा गुनाह मेरा ही था। अम्मी ख़ुदा के लिए गुनाह के एहसास से बाहर आइए। ये दुनिया

हमारी ही बनाई हुई है। हमारे अपने सुख-दुख भी हमारे ही हैं, अल्लाह का इससे कुछ लेना-देना नहीं है। हमने उसे ख़्वाह-मख़ाह ही इतना ज़िम्मेदार बना दिया है।' इलहाम कहता है।

'तू काफ़िरों की तरह बातें करना लगा है, मुझे इसलिए भी तेरी चिंता होती है बिट्टू!' फिर से रेशमा गंभीर होकर कहती है।

'आप निकाह की बात करते-करते मज़हब तक चली आई हैं। हद ही हो गई है ये तो।' कहते हुए इलहाम मुस्कुराया।

'तेरी शादी हो जाएगी, तो तुझमें ज़िम्मेदारी का एहसास जागेगा। तब तुझे मज़हब, अल्लाह, रवायतें सबका लिहाज़ होगा।' रेशमा ने नाश्ते की प्लेट उठाते हुए कहा।

'अब तो हद ही पार कर ली आपने अम्मी। आप तो ऐसा करें कि फ़ैक्ट्री तशरीफ़ ले जाएँ। मैं थका हुआ हूँ, रातभर सोया नहीं हूँ। सोना चाहता हूँ।' कहते हुए इलहाम ने टेबल से सामान उठाया और किचन की तरफ़ बढ़ गया। रेशमा ने लाड़ से मुस्कुराकर उसे देखा, 'लेकिन अभी बात ख़त्म नहीं हुई है। सबा न सही, कोई और लड़की ढूँढ़ी जाएगी और यह एकदम तय रहा।'

'अम्मी...! ख़ुदारा, अब आप जाइए।' मुस्कुराते हुए इलहाम ने कुर्सी पर पड़ा रेशमा का पर्स उसके हाथ में थमाया और कंधा पकड़कर दरवाज़े की तरफ़ ले गया। रेशमा फ़ैक्ट्री चली गई।

इस शहर में रेशमा ने बहुत पापड़ बेले हैं। उस आदमी के बाद रशिदा ख़ाला ने अम्मी के लिए बहुत लड़ाइयाँ लड़ी हैं। अहमद ख़ालू तो फिर से अम्मी के निकाह की फ़िराक़ में थे लेकिन ख़ाला अड़ गई। ख़ाला ने अम्मी को पढ़ाया और फिर शिरोडकर अंकल के एनजीओ से जोड़ा। आज अम्मी पाँच और औरतों को रोज़गार

दे रही हैं। शिरोडकर अंकल का एनजीओ जींस से स्कूल बैग्स बनाकर बेच रहा है। अम्मी की फ़ैक्ट्री की तरह ही और तीन फ़ैक्ट्री में उन बैग्स को बनाया जाता है। शिरोडकर अंकल की टीम उन्हें ख़रीदती है और बाज़ार में बेचती है। पहले जींस भी वही देते थे, अब रेशमा ने अपना एक नेटवर्क बना लिया है, जिसमें पुरानी, फटी हुए, बेकार जींस वह ख़रीद लेती हैं। इस काम से रेशमा में बहुत कॉन्फ़िडेंस आ गया था।

इलहाम बस बारह साल का था, जब वह आदमी रेशमा को छोड़कर चला गया था। आठ-दस साल तक उन्होंने रेशमा को पैसे भेजे। इलहाम की पढ़ाई के लिए ही रेशमा ने उस पैसे का इस्तेमाल किया। अपने लिए तो उन्होंने ख़ुद ही कमाए। तेईस की उम्र तक आते-आते इलहाम ने भी कमाना शुरू कर दिया था। पहले शादियों में फ़ोटोग्राफ़ी और शूटिंग के साथ-साथ ऐड इंडस्ट्री में भी काम पाने की कोशिशें जारी रखीं। अट्ठाइसवें साल में था, जब एक शादी का काम पूरा कर वह घर आया था और रात की नींद पूरी कर लेने की गरज से सोने चला गया था। अम्मी ने नाश्ते के लिए जगाया था लेकिन उसने कह दिया था कि मैं बाद में कर लूँगा, आप मुझे सोने दें। अम्मी फ़ैक्ट्री चली गई थीं। वह बहुत गहरी नींद में था, जब उसके मोबाइल में ज़ोर-ज़ोर से - हवा के झोंके आज मौसमों से रूठ गए, गुलों की शोखियाँ जो... लगातार बजने लगा। इलहाम हड़बड़ाकर उठा। उसने देखा कॉल अननोन नंबर से थी।

'मे आई स्पीक टु मिस्टर इलहाम अहमद?' एक लड़की की आवाज़ आई थी।

'यस, यू आर स्पीकिंग। मे आई नो हू इज़ ऑन द अदर साइड?' इलहाम ने पूछा।

'हैलो मिस्टर इलहाम, आई एम सृष्टि फ्रॉम ड्रीम फ़िल्म्स ऐडवरटाइज़िंग कंपनी।' उस लड़की ने जबाव दिया।

'यस मिस सृष्टि। मैं आपकी क्या मदद कर सकता हूँ?' इलहाम का दिल ज़ोर-ज़ोर से धड़क रहा था।

'एक्चुअली हम आज एक ऐड शूट करने वाले थे। हमारा सिनेमेटोग्राफ़र नहीं आया और न ही वह फ़ोन उठा रहा है। क्या आप अभी आकर हमारे प्रोडक्शन हेड से मिल सकते हैं?' सृष्टि ने कहा।

'ओके, कहाँ और कब?'

'अभी। मैं आपको हमारा एड्रेस और प्रोडक्शन हेड का नंबर टेक्स्ट कर रही हूँ। आई होप यू वोंट डिसअपॉइंट अस।'

'हैव फ़ेथ इन मी। आई एम कमिंग एज़ सून एज़ पॉसिबल।' कहते-कहते इलहाम बिस्तर से कूद पड़ा।

'यस... ऐ ज़िंदगी गले लगा ले। हमने भी तेरे हर इक ग़म को गले से लगाया है, है न?' इलहाम को यक़ीन नहीं आ रहा था कि ज़िंदगी उसे गले लगाने के लिए निकल चुकी है।

जब इलहाम वहाँ पहुँचा, तो सेट लगा हुआ था। मेकअप आर्टिस्ट अपने काम पर लगे हुए थे। ऐड शूटिंग का पहला मौक़ा था इसलिए इलहाम ने अलग-अलग लाइट्स में थोड़ा-थोड़ा शूट करके देखा। पूरी लोकेशन का मुआयना किया। देर तक वह हर चीज़ को बारीक़ी से देखता रहा। लाइट अरेंजमेंट्स को बार-बार ठीक किया। शूटिंग करने में उम्मीद से ज़्यादा वक़्त लग रहा था लेकिन इलहाम का पहला काम था और वह पूरे इत्मीनान से उसे

करना चाहता था। आख़िर इसी काम से उसे इस दुनिया में एंट्री मिलेगी।

रात के 9 बज रहे थे। ऐड रात में ही शूट होना था। अम्मी का कॉल आया, 'बिट्टू कहाँ है? किसी असाइनमेंट के बारे में तूने बताया ही नहीं था, फिर कहाँ चला गया?'

'अम्मी, अभी मसरूफ़ हूँ। आप डिनर कर लीजिए। मेरा इंतज़ार मत कीजिएगा। मुझे वक़्त लग सकता है। हो सकता है सुबह तक आ पाऊँ।' इलहाम ने कहा।

'बेटा सब ठीक तो है न? तू ठीक तो है न!' रेशमा की आवाज़ में कंपन थी।

'मैं एकदम ठीक हूँ, बल्कि बहुत अच्छा हूँ। आप चिंता न करें। डिनर कर लें और सो जाएँ प्लीज़।' कहते हुए इलहाम मुस्कुराया। एकबारगी उसका मन हुआ कि सब कह दे लेकिन फिर सोचा, मैं रूबरू उनके चेहरे पर वो ख़ुशी देखना चाहता हूँ। अम्मी जितनी दफ़ा ख़ुश होती हैं, उसे लगता है उतनी बार उनके दुख कटते हैं। कभी-कभी इलहाम सोचता है कि वह अम्मी के हर दुख को नई ख़ुशी से काटना चाहता है और इस तरह वह अम्मी के सारे दुखों को काटकर ख़ुशियों की सेविंग्स बढ़ाना चाहता है।

पैकअप करते-करते आधी रात गुज़र चुकी थी। प्रोडक्शन मैनेजर ने उसे ख़ुशी से गले लगा लिया था। ऐड डायरेक्टर सौहार्द्र नियोगी बोला था, 'आई एंजॉएड वर्किंग विद यू। हम हमेशा साथ काम करेंगे। तुम कहो तो कॉन्ट्रैक्ट बना लेते हैं?'

इलहाम ने ख़ुश होकर हाथ जोड़ लिए, 'आपने मुझ पर भरोसा किया। आप जो कहेंगे मैं करूँगा।'

'नहीं बेटा, किसी को इतना मान मत दो कि वह किसी दिन तुम्हें ही ठोकर लगाकर चल दे। हमेशा ख़ुद पर यक़ीन करो। तुम बहुत मेहनती और क़ाबिल हो। जो कुछ भी तुम्हें हासिल होगा, वह तुम्हारी अपनी क़ाबिलियत की वजह से होगा। बस, अपनी ईमानदारी मत खोना। जल्द ही मैं तुम्हें बुलाता हूँ।' सौहार्द्र ने कहा।

जब इलहाम घर पहुँचा, तो सुबह के साढ़े पाँच से ज़्यादा हो रहे थे। इलहाम को अंदाज़ा था कि अम्मी नमाज़ में होंगी। अम्मी बताती हैं कि बहुत बचपने से ही उन्हें उनकी अम्मी ने फ़ज़्र की नमाज़ अदा करने की तालीम दी थी। तब से लेकर आज तक कितना भी अच्छा-बुरा वक़्त रहा हो, अम्मी ने कभी यह नियम नहीं तोड़ा। उस आदमी की अच्छी बात यह थी कि न तो उन्होंने अम्मी को नमाज़ अदा करने से रोका और न ही कभी इलहाम को नमाज़ अदा करने को कहा। अम्मी चाहती थीं लेकिन उन्होंने अम्मी से कहा, 'रेशमा, इसे ख़ुद तय करने दो यह नमाज़ अदा करना चाहता है या नहीं? यदि यह नहीं करना चाहता है, तो न करे। अल्लाह अपने बंदों से नाराज़ नहीं होता है।'

हालाँकि अम्मी को यह पसंद नहीं आया कि इलहाम नमाज़ अदा न करे, फिर भी उन्होंने कभी ज़ोर-ज़बरदस्ती नहीं की। इलहाम सोचता है कि जिन हालात से अम्मी गुज़री हैं यदि मज़हब और ख़ुदा नहीं होता, तो उनका सहारा कौन होता? सब होते हैं लेकिन कोई कुछ नहीं बदल पाता है। जब कुछ भी नहीं बदला जा सके, तो फिर दिल को समझाने के लिए क्या बहाने होंगे? अल्लाह की मर्ज़ी... यही न?

सुबह नमाज़ के बाद रेशमा ने चाय का पानी चढ़ाया ही था कि इलहाम आ गया, 'अम्मीईईईई...' कहते हुए उसने रेशमा को अपनी बाँहों में उठा लिया और गोल-गोल घुमाने लगा। रेशमा

चीखी, 'बिट्टू मुझे डर लग रहा है, उतार मुझे नीचे। क्या पागल हुआ है? हो क्या गया है तुझे! एक तो रात भर ग़ायब रहा, सुबह होते-होते आया और आकर ये पागलपन... पहले मुझे नीचे उतार।'

इलहाम ऐसे ही रेशमा को बाँहों में लिए-लिए ड्रॉइंग रूम में आ गया और दीवान पर उसे बैठाया। उसके पैरों के पास ही नीचे ज़मीन पर बैठ गया, 'अम्मी, आज तेरा बिट्टू ऐड शूट करके आया है। ज़िंदगी का पहला ऐड... ज़िंदगी की नई शुरुआत।' कहते-कहते उसका गला भर आया।

'सच्ची, अल्लाह तेरा लाख-लाख शुक्र है। बिट्टू...' कहते हुए रेशमा का भी गला भर आया। इलहाम ने रेशमा का चेहरा देखा। रेशमा रो पड़ी थी।

'ऐ अम्मी, मैंने आपको रात को यह ख़बर नहीं दी, इसलिए कि मैं आपका चेहरा रूबरू देखना चाहता था। और आप हैं कि रो रही हैं!' इलहाम कहते हुए मुस्कुराया।

'अल्लाह, इतनी ख़ुश हूँ कि बता नहीं सकती। क्या करूँ कुछ समझ नहीं आ रहा है!' रेशमा ने अपनी दोनों हथेलियों को चेहरे के इर्द-गिर्द लगा लिया। फिर इलहाम के बालों में उंगलियाँ घुमाने लगीं। माँ-बेटे लंबे समय के बाद इस तरह से ख़ुश हुए थे।

'चाय... बिट्टू चाय जल गई।' कहते हुए रेशमा किचन की तरफ़ भागी। इलहाम ने जाकर गैस बंद कर दी। चाय प्लैटफ़ॉर्म पर फैल गई। रेशमा साफ़ करने गई, तो इलहाम ने उसे फिर से अपनी बाँहों में उठा लिया।

'चलें अम्मी, बाहर चलकर चाय पीते हैं।'

'तू पगला गया है बिट्टू। कहीं सुबह की चाय बाहर जाकर पी जाती है भला? अभी पानी चढ़ाती हूँ, फ़ौरन बन जानी है चाय।'

'अम्मी, बात चाय की नहीं, मज़े की है। चलिए न, आज दिन भर बाहर ही रहेंगे। कुछ ख़रीदेंगे भी... आपकी पसंद की ड्रेस। आपके लिए कोई सलवार कमीज़।' इलहाम ने कहा। इतनी देर में तो रेशमा किचन में चाय का पानी चढ़ा चुकी थी। कपड़ा लेकर प्लैटफ़ॉर्म पर फैली चाय साफ़ करते हुए पूछा, 'और फ़ैक्ट्री कौन जाएगा?'

'अम्मी प्लीज़!' इलहाम ने ठुनकते हुए कहा।

'अच्छा, चल चलते हैं। पहले चाय पीकर तू नहा ले। तैयार हो जा, फिर चलते हैं। आज जैसा तू कहेगा, वैसा ही करूँगी।' जैसे रेशमा भी बच्ची हो जाना चाहती थी।

आज फिर से इलहाम को वही सब याद आ रहा है। वह बहुत कोशिश करके भी यह कल्पना नहीं कर पाता है कि उसकी अम्मी भी कभी बच्ची रही होंगी। क्या अम्मी हमेशा से ही इतनी ज़हीन और ज़िम्मेदार रही हैं? क्या ज़िम्मेदार होना अच्छा होता है? इलहाम कई सारे विचारों को ऐसे ही सिरहाने छोड़कर गहरी नींद में चला गया।

शूट किए गए ऐड के पोस्ट प्रोडक्शन का काम चल रहा था इसलिए उस सुबह वह जल्दी घर से निकल गया। लैब में बैठे हुए ऐड देख रहा था, तभी उसे मोहक का कॉल आया। वह पूछ रहा था कि एक बहुत बड़ी फ़िल्म है, बड़े बजट और बड़े स्टार कास्ट वाली। क्या वह उसमें असिस्टेंट कैमरामैन होना चाहेगा?

इलहाम बिना सोचे ही 'हाँ' कर देता है। मोहक उससे कहता है, 'हाँ कहने से पहले कुछ देर सोच तो ले। शूट लंबा चलेगा, आउटडोर्स भी होंगे। यहाँ का काम छोड़ना पड़ेगा!'

'हाँ, सोच लिया। तू तो जानता है, मैं बहुत नहीं सोचता। क्यों डरें कि ज़िंदगी में क्या होगा, कुछ न होगा, तो तजुर्बा होगा।' कहते हुए वह हँसता है। इलहाम जानता है कि अब उसके पास खोने को कुछ नहीं है। सारे रास्ते आगे ही जाते हैं। क्या होगा ज़्यादा से ज़्यादा तीन-चार ऐड छोड़ने पड़ेंगे लेकिन यहाँ जो मिलेगा, वह आगे काम आएगा। आख़िर तो एक बड़े प्रोजेक्ट पर काम करने से बहुत सारी चीज़ें सीखने को मिलेंगी। अम्मी कहती हैं कि सीखते रहना चाहिए। पता नहीं किस वक़्त क्या काम आए।

मोहक पूछता है, 'तो 'हाँ' कह दूँ? तुझे कल मिलने आना होगा।'

'हाँ पक्का, कल मिलते हैं।'

अगले दिन वह जाकर सिनेमेटोग्राफ़र से मिलता है। थोड़ी देर की बातचीत में उसे सब ठीक लगता है और वह 'हाँ' कर देता है। वह कहते हैं, 'अभी हम लोकेशंस देखने जाएँगे। लगभग एक महीने बाद शूटिंग शुरू करेंगे। कई आउटडोर्स भी होंगे। एकाध लोकेशन यूरोप या फिर रशिया में होगी। बड़ी फ़िल्म है और पीरियड ड्रामा है इसलिए ज़्यादा वक़्त देना होगा। ऐसा न हो कि बीच शूटिंग में आप ग़ायब हो जाएँ और फिर हमें नया आदमी ढूँढ़ना पड़े?'

'आप चिंता न करें, मेरे लिए कमिटमेंट मींस कमिटमेंट है। फ़िल्म करना ही इसलिए चाहता हूँ कि मुझे फ़िल्म का एक्सपीरियंस मिले।' इलहाम कहता है, तो सिनेमेटोग्राफ़र उसे पच्चीस हज़ार का चेक देते हैं और ताक़ीद करते हैं कि जब बुलाया जाए, उसे पहुँचना होगा। इलहाम उन्हें यक़ीन दिलाता है।

जब वह चेक रेशमा को देता है और उसे ख़ुशख़बरी सुनाता है, तो वह बहुत डरते-डरते कहती है, 'मैं चाहती हूँ कि तू एक बार अपने अब्बू से बात कर ले।'

इलहाम उसे चकित होकर देखता है, देखता ही चला जाता है, 'आपका उस आदमी से अब भी राब्ता है?'

'तू होश में है? मेरा राब्ता तभी ख़त्म हो गया था, जब वह उस रात घर में एक पुरज़ा लिखकर मुझे अकेला छोड़ गए थे हमेशा के लिए।' रेशमा का गोरा चेहरा दर्द से ज़र्द पड़ गया था।

'...और फिर भी आप मुझसे चाहती हैं कि मैं उससे किसी भी तरह का राब्ता रखूँ! क्यों अम्मी?' इलहाम कातर होकर उससे सवाल करता है।

'इसलिए कि चाहे जो हो, वह तेरे अब्बू हैं और तेरी कामयाबी से उन्हें ख़ुशी और फ़ख़्र होगा।' रेशमा कहती है।

'शर्म आनी चाहिए अम्मी फ़ख़्र की जगह। आज जो भी कामयाबी मुझे मिली है, उसमें उन्होंने क्या किया है? यह सारा तुम्हारी क़ुर्बानियों, दुआओं का हासिल है। जब उनका कुछ है ही नहीं, तो उन्हें क्यों कुछ भी पता होना चाहिए!' इलहाम गुस्से में पूछता है।

'बिट्टू ये बदतमीज़ी है। वह तेरे अब्बा हैं। तू चाहे कितना ही इनकार करे, उनका भी तुझ पर उतना ही हक़ बनता है जितना मेरा।'

'सॉरी अम्मी, उनका मुझ पर कोई हक़ नहीं बनता है। कुछ साल पैसे भेजकर उन्होंने सोचा कि उन्होंने ख़ानदान के लिए अपनी ज़िम्मेदारी निभाई है, तो माफ़ करें मैं इसे ज़िम्मेदारी निभाना नहीं समझता हूँ। सिर्फ़ सीमन से कोई किसी का बाप और वूम्ब से कोई किसी की माँ नहीं हो जाती है। माँ-बाप होने के लिए माँ-बाप के फ़र्ज़ निभाने होते हैं। फ़र्ज़ निभाकर ही वे माँ-बाप होने की इज़्ज़त पाते हैं। आप चाहे जो कहें, वह निहायत ही ख़ुदगर्ज़ इंसान हैं, जिन्हें अपनी ख़ुशी और मर्ज़ी के अलावा और किसी

चीज़ की न तो परवाह है और न ही किसी चीज़ से प्यार।' इलहाम अपने एटिट्यूड पर अड़ा हुआ है, 'सालोसाल मैंने आपको रोते हुए देखा है उस आदमी की वजह से। आप भूल सकती हैं, मैं नहीं। आप कुछ भी ऐसा मुझसे करने के लिए न कहें, जिसे मैं न कर पाऊँ। मैं आपको दुखी करना नहीं चाहता हूँ। ऐसा करके मैं ख़ुद भी दुखी हो जाता हूँ। प्लीज़ अम्मी, आप बख़्शें मुझे भी और ख़ुद को भी।' कहते-कहते इलहाम रेशमा के सामने हाथ जोड़कर खड़ा हो जाता है।

'बिट्टू, मुझे क्यों दोज़ख़ की आग में झोंक रहा है बेटा?' रेशमा रोते हुए पूछती है।

'अम्मी, आप इस जन्नत-दोज़ख़ के चक्कर से निकलें। यह जो दुनिया है न, बस यहीं तक हम हैं। यदि यहाँ हम दुखी हैं, तो फिर कोई जन्नत नहीं है जहाँ हमें ख़ुशी मिलेगी। आप इसे समझती क्यों नहीं हैं?' कहते हुए इलहाम रेशमा को गठरी की तरह समेट लेता है।

उस रात रेशमा ने इलहाम से बात नहीं की। वह चुपचाप सारा काम करती रही। इधर इलहाम सोच रहा था कि अम्मी उस आदमी को अब भी अपना ख़ाविंद और मेरा बाप मानती हैं। औरत इतनी कमज़ोर क्यों होती है? जबकि उसी अकेली औरत ने, जिसे दुनियादारी का कुछ पता नहीं था, जो कॉलेज जाने की उम्र में शादी करके एक बच्चे की माँ बन गई थी, जिसने अपने पिता और पति के घर के अलावा और कुछ कभी देखा ही नहीं, वह कैसे एकाएक एक छोटे बच्चे के लिए पूरा आसमान हो गई। क्या वो सब इतना आसान रहा होगा?

औरतों को दरअसल अपनी कुव्वत का अंदाज़ा ही नहीं होता है। वे एक महफ़ूज़ छत के एवज़ में तमाम कमियों, नाइंसाफ़ियों और ज़ुल्मों को सहते हुए अपनी तमाम ज़िंदगी कुर्बान कर देती हैं।

क्यों? क्या इसलिए कि पाकीज़ा होना ही उसकी ज़िंदगी का अकेला मक़सद है, अकेली मंज़िल। रेशमा अक्सर इलहाम से बहसों में हार जाती है। उसकी दलीलें रेशमा को समझ ही नहीं आती हैं। उसे बच्चे की सोहबत को लेकर फ़िक्र होने लगती है।

इस दफ़ा रेशमा इलहाम का जन्मदिन मनाना चाहती है। वह जानती है कि इलहाम से कहेगी, तो वह इनकार कर देगा लेकिन रेशमा उसकी कामयाबी का जश्न भी मनाना चाहती है। उसने अपने सारे रिश्तेदारों को इलहाम के जन्मदिन का न्यौता दे दिया था। उस सुबह उसने इलहाम से कहा, 'कल घर में मेहमान आने वाले हैं। तेरी जो भी मसरूफ़ियत हो कल के लिए मुल्तवी कर देना।'

इलहाम ने चौंकते हुए पूछा, 'क्या पक रहा है आपके ज़ेहन में?'

'कुछ नहीं। तेरा जन्मदिन है और मैं उसका जश्न मनाना चाहती हूँ, बस यही?' रेशमा ने बिना उसकी तरफ़ देखे हुए कहा।

'अम्मी, मेरी तरफ़ देखकर बात करें। नज़रें चुराती आप अच्छी नहीं लगती हैं। क्या प्लान है इसका ख़ुलासा करें?' इलहाम खीझ कर पूछता है।

'कोई प्लान नहीं है। ख़ानदान के लोगों को कितने साल हुए कभी बुलाया नहीं। जब सहूलियत नहीं थी तब नहीं बुलाया। आज मेरा बेटा एक कामयाब इंसान है। उसकी कामयाबी का जश्न मनाना तो बनता ही है न?' रेशमा कहती है।

'आपके दिमाग़ में कोई ख़ुराफ़ात तो नहीं हैं न?' एकाएक इलहाम को सबा वाला क़िस्सा याद आ गया।

'तुझे किस चीज़ का ख़ौफ़ है बिट्टू?' रेशमा शरारत से मुस्कुरा रही थी।

'अम्मी प्लीज़, कोई मसला नहीं खड़ा करना। है ना!' इलहाम ने एक तरह से दरख़्वास्त की रेशमा से।

'क्या मसला? मदद करने के लिए सुबह सबा को बुला लिया है। प्रपोज़ल नाज़िया भाभी ने ही दिया था। मैंने तो कहा भी नहीं था। अब कहा, तो कैसे इनकार कर सकती थी!' रेशमा ने भोलेपन में कहा।

'अम्मी, यह ग़लत बात है। आप जानती हैं क्यों?' इलहाम अनमना हो गया।

'अरे, सबा रिश्ते में तो है ही न। अब भाई-भाभी तो नहीं आ पा रहे हैं। जब्बार भाई को कहीं मीटिंग में जाना है और चचीजान की तबीयत ख़राब है, तो उन्हें अकेले छोड़कर नाज़िया भाभी नहीं आ सकती हैं इसलिए उन्होंने सबा के लिए कहा। अब मैं उसके लिए इनकार कैसे कर सकती थी? उन्हें ऐसा लगेगा कि मैं उनसे कोई रिश्ता-राब्ता ही नहीं रखना चाहती हूँ! तू बता, भला ऐसे अच्छा लगेगा!' रेशमा ने इसे इतना सहज तरीक़े से बताया कि इलहाम को हँसी आ गई।

'अम्मी, आपको मैं जितनी भोली समझता हूँ आप उतनी भोली नहीं हैं और आप मुझे जितना उल्लू समझती हैं मैं उतना उल्लू हूँ नहीं।' इलहाम ने रेशमा को अपनी बाँहों में घेरते हुए कहा।

'तुझे यदि अपने दोस्तों को बुलाना है, तो उन्हें भी न्यौता दे सकता है।' रेशमा कहती है।

'अम्मी, मेरे दोस्त चाय-शर्बत वाली पार्टी से मानने वाले नहीं हैं। उन्हें अलग से देनी होगी।'

'बिट्टू?' रेशमा ने आँखें तरेरीं। इलहाम खिलखिलाया।

उस सुबह जब इलहाम जागा, तो रेशमा और सबा बालकनी में बैठकर नाश्ता कर रही थीं। इलहाम ने उठकर रेशमा को आदाब किया, तो रेशमा ने उठकर उसका माथा चूम लिया। 'अल्लाह लंबी उम्र की तौफ़ीक़ दे, नज़रे बद से बचाए। तू बैठ, मैं तेरे लिए चाय लेकर आती हूँ।'

सबा ने मुस्कुराकर इलहाम की तरफ़ हाथ बढ़ाया, 'हैप्पी बर्थडे भाई!'

'शुक्रिया सबा, कैसी हो?' इलहाम ने रेशमा की खाली की गई कुर्सी पर बैठते हुए पूछा।

'ठीक हूँ, आप कैसे हैं?' उसने इलहाम से पूछा।

'अच्छा हूँ। नया काम मिला है, तो अच्छा लग रहा है।' कहते हुए इलहाम ने उसे तौलती-सी नज़रों से देखा। सबा ने नीली जींस पर हाई-लो हैम वाला पिंक टॉप पहन रखा था और उस पर नीले रंग की शॉर्ट जैकेट। बाल फ़्लिक्स में कटे हुए हैं, पिंक कलर की ही लिपस्टिक लगा रखी है और कान में डैंगलर्स पहन रखे हैं। कुल मिलाकर लंबे क़द, गोरे रंग, गोल चेहरे और इकहरे बदन वाली सबा आकर्षक लग रही है लेकिन इलहाम अपनी सोच में एकदम स्पष्ट है। एक तो इश्क़-मुहब्बत में उसका यक़ीन नहीं है और दूसरा शादी उसे करनी नहीं है। तीसरा, सबा को उसने हमेशा ही बहन माना है, तो इस तरह से सोचना भी उसके लिए गुनाह है।

उसे लगा वह हिंदुओं की सामाजिक सोच का हिस्सा होता जा रहा है लेकिन इस सिलसिले में मोहक और सौम्या से उसने लंबी बात की थी और उसे लगा कि किसी वक़्त किसी वजह से बनाई रवायतों को हम आज भी एज़ इट इज़ लागू नहीं कर सकते हैं।

आख़िर वक़्त के बदलते ही कई चीज़ें बदल जाती हैं। उस वक़्त इस बात के लिए आपके पास जो भी दलीलें हों, आज बदले हुए हालात में वे सब बेकार हैं। इलहाम को सबा को देखकर ठीक वही एहसास हो रहा है, जो उस दिन मागरिट से विदा लेते हुए हुआ था।

दिन भर सबा रेशमा की मदद करवाती रही। देर रात जैसा कि इलहाम को अंदाज़ा था ही, अम्मी ने उसे घर छोड़कर आने के लिए कहा। यूँ यह साज़िश जैसा नहीं था लेकिन अम्मी ने अपने जाने तो साज़िश ही की थी।

इलहाम ने जब गाड़ी निकाली, तो रात के ग्यारह बज रहे थे। दिन भर काम करते हुए सबा भी थकी-सी लग रही थी। अक्टूबर का उतार था। रात बड़ी ख़ुशगवार थी। दिन भर किसी भी तरह से उसे यह नहीं लगा था कि सबा शादी के पैग़ाम के बारे में जानती भी हो। फिर भी वह सबा की राय जानने और यदि राय इलहाम के निश्चय से उलट हुई, तो उसे समझाने की कोशिश करना चाहता था। इस गरज से उसने सबा से पूछा था, 'तालीम का क्या चल रहा है?'

'फ़ाइनल ईयर है। सायकोलॉजी में ऑनर्स कर रही हूँ। पीजी करना चाहती हूँ लेकिन...' कहते-कहते मायूसी से उसने अपनी नज़रें खिड़की की तरफ़ फेर लीं।

'लेकिन क्या?' इलहाम का दिल ज़ोर-ज़ोर से धड़कने लगा था। यदि वही बात होगी, तो वह इस बच्ची से क्या बात करेगा, कैसे समझाएगा?

'अब्बू चाहते हैं कि शादी हो जाए। उनका कहना है कि ऐसे ही घर में शादी करेंगे, जो तुझे आगे तालीम की इजाज़त देगा। आप बताइए भाई, बाप तो इजाज़त दे नहीं रहा है, ख़ाविंद और उसके

परिवार से उम्मीद कर रहे हैं।' कहते-कहते उसकी आवाज़ में रोष उतर आया।

'क्या पढ़ना चाहती हो आगे?' इलहाम पूछता है।

'पीजी एंड देन डॉक्टरेट। काउंसलर होना चाहती हूँ।' सबा सामने के शीशे से बाहर देखते हुए कहती है।

'फिर शादी?' इलहाम उसे और भी स्पष्ट देखने के लिए प्रेरित करता है।

'करूँगी। लेकिन शादी ऑप्शन नहीं, चॉइस होनी चाहिए।' उसने कहा, तो इलहाम चकित हो गया। कितनी क्लैरिटी है इस उम्र के बच्चों में।

'आई एम इम्प्रेस्ड।' इलहाम कहता है, तो सबा थोड़ी शरमा कर कहती है, 'आप भी भाई, लेग पुलिंग कर रहे हैं।'

'नो आई मीन इट... इंफ़ेक्ट मुझे भी तुम्हारे इस जुमले से रोशनी मिली, अम्मी को समझाने में आसानी होगी।' कहकर इलहाम मुस्कुराया।

'लेकिन भाई मेरी तो तालिम जारी है, आप तो माशाअल्लाह सेटल हो चुके हैं, तब आपको क्यों फूफीजान को समझाना?' सबा जिस कान्फ़िडेंस से बोली उस पर इलहाम को इत्मीनान हुआ।

'शादी को ऑप्शन नहीं, चॉइस होना चाहिए... नहीं?' कहते हुए इलहाम मुस्कुराया। सबा झेंप गई।

'क्या मैं तुम्हारी तालीम के सिलसिले में मामूजान से बात करूँ?' अब जबकि सबा ने इलहाम को इत्मीनान से भर दिया था, तो

इलहाम को लगा कि उसका भी उस बच्ची के प्रति कोई फ़र्ज़ तो बनता ही है। आख़िर तो बहन है उसकी।

'शुक्रिया भाई, मेरे ज़ेहन में आप ही हैं मगर मैं नाकामयाब होने की हद तक कोशिश कर लेना चाहती हूँ। जब पूरी तरह से हार जाऊँगी, तब आपको याद करूँगी, पक्का एकदम।' सबा की आँखों में पानी झिलमिलाने लगता है। इलहाम क्लच पर से अपना हाथ उठाकर सबा के माथे पर रखता है। उसका मन भी भीग जाता है।

हुद्दूद-ए-वक़्त से बाहर
अजब हिसार में हूँ

जब डाबोलिम एयरपोर्ट पर प्लेन लैंड हुआ, तब सुबह के 10 बज रहे थे। सूरज खिला हुआ था। एक आम दिन की तरह ही यहाँ ट्रैफ़िक था। डाबोलिम एयरपोर्ट साउथ गोवा में है और मनु का डेस्टिनेशन पलोलेम बीच भी साउथ गोवा में ही है लेकिन फिर भी दोनों के बीच साठ किमी की दूरी है।

सन, सैंड एंड वेव्स का बैनर लिए एक युवा लड़का और एक सुंदर-सी मंगोल लड़की दिखी। मनु वहाँ पहुँची। उसने अपने मोबाइल में बुकिंग रीसिप्ट दिखाई, तो लड़की एकदम से होस्ट के रोल में आ गई, 'वेलकम मैम, आई होप योर जर्नी वॉज़ गुड।'

'यस इट वॉज़। हाउ फ़ार इज़ योर रिसोर्ट फ्रॉम हियर?' मनु ने टैक्सी में बैठते हुए कहा।

'अप्रॉक्स 60 किमी, इट टेक्स वन आवर। वुड यू लाइक सम स्नैक्स ऑर टी ऑर समथिंग एल्स!' आगे की सीट पर बैठी लड़की ने मनु से पूछा।

'नो थैंक्स, आई एम ओके।' कहकर मनु चुप हो जाती है। वह नहीं चाहती कि अब उन दोनों में से कोई भी कुछ कहे। वह यहाँ सिर्फ़ ख़ुद से बात करने आई है या फिर चुप रहने।

बहुत ही अस्त-व्यस्त मन:स्थिति में मनु ने यह टूर प्लान किया था। अकेले निकलने को लेकर कई सारे डर थे। इससे पहले इसी जगह पर वह जिया के साथ आकर दस दिन रही थी लेकिन तब जिया साथ थी। इस बार वह बिना जिया के, जिया की यादों के साथ यहाँ आई है। मधुर मल्लिका के ताऊजी के बेटे अभिषेक से मिलने की रट लगाए हुए है। ऐसा नहीं है कि अभिषेक उसे याद नहीं है लेकिन अब उसे किसी नए झंझट का हिस्सा नहीं होना है। वह कुछ दिन उन सारे दबावों से मुक्ति चाहने लगी थी, जो उसके इर्द-गिर्द थे। काम के भी, दोस्तों और परिवार के भी...।

उसी झोंक में उसने यह प्लान बनाया था। वह ख़ुद को कुछ वक़्त समंदर, आसमान, रेत, हवा और जिया को दे देना चाहती थी। माँ से इस सिलसिले में बात करने के बारे में सोचा लेकिन फिर लगा कि माँ किसी-न-किसी को साथ ले जाने का प्रस्ताव देगी और उसे इस वक़्त अपने साथ कोई नहीं चाहिए। यदि कोई चाहिए ही होता, तो शुभ्रा को ही साथ ले लेती। फिर माँ भी दबे स्वर में अभिषेक वाला प्रश्न उठाना चाहती थी इसलिए भी मनु ने तय किया कि वह किसी को भी नहीं ले जाएगी।

विचार आ-जा रहे थे। मनु ने ख़ुद को हर चीज़ से मुक्त कर दिया था। उसने कार के शीशे नीचे किए। धूप भीतर आने लगी और हवा भी। स्कार्फ़ को अपने बालों पर लपेट लिया। नम हवा उसके चेहरे पर जैसे नमक फैला रही थी। पक्की सड़क के दोनों ओर नारियल और काजू के पेड़ों के झुरमुट के बीच छोटे-छोटे घर। अब भी इक्का-दुक्का पुर्तगाली शैली में बने हुए घर नज़र आ रहे थे।

यहाँ तक आ तो गई है लेकिन अब भी सब कुछ छूट नहीं पा रहा है। माँ को बता कर नहीं आई है। उमा को ही पता है कि वह

बाहर जा रही है। कहाँ, यह उसने उमा को भी नहीं बताया है। यूनिवर्सिटी से छुट्टी ली है। कबीर को भी ख़बर नहीं की और न ही शुभ्रा को बताया है।

बाहर से आ रही तेज़ हवा से उसकी आँखें मुँदी जा रही थीं। उसने सीट की बैक पर अपना सिर टिकाया और आँखें मूँद लीं। आधी नींद, आधी जाग्रति में ही उसे जिया दिखाई देने लगी। दुबली-पतली, लंबी, साफ़ रंग, छोटी मगर सुतवां नाक, लंबे बालों को करीने से जूड़े में बाँधे हुए, बड़ी लेकिन सूनी आँखों में उदासी के कई रंग दिखाई देते थे।

कबीर कहता है कि जिया अपनी आँखों की उदासी मनु की आँखों को दे गई है। इन दिनों वह कुछ ज़्यादा ही उदास रहने लगी थी। जिया के न होने को दो साल से ज़्यादा हो गए हैं। मनु की ज़िंदगी पटरी पर लौट आई है लेकिन उदासी और अकेलापन रह-रहकर लौट आता है। उसे हमेशा लगता है कि वह जिया के साथ उस तरह नहीं रह पाई, जिस तरह उसे रहना चाहिए था। सोचते-सोचते बंद आँखों में गर्म आँसू भर आए और कोरों से झरने लगे। उसने अपना सनग्लास निकालकर पोंछा। फिर से बाहर की तरफ़ देखने लगी। एकाएक उसे थकान लगने लगी। उसने फिर से आँखें मूँद लीं। जल्द ही नींद आ गई।

एकाएक गाड़ी रुकी, तो उसकी नींद खुली। एक बड़े से कंपाउंड में जाकर गाड़ी रुकी थी। सामने कुछ हटनुमा पक्के कमरे थे, बीच में बच्चों के खेलने की जगह और बायीं तरफ़ गाड़ियों की पार्किंग। देखकर उसे थोड़ी निराशा हुई। उसने तो सी-फ़ेसिंग हट बुक करवाई थी। पीछे मुड़कर देखा, तो पक्की सड़क थी। लड़की ने उससे कहा, 'वेलकम मैम...'

'हैव वी अराइव्ड?' मनु ने पूछा।

'यस मैम।'

'बट आई हैव बुक्ड सी-फ़ेसिंग हट, व्हेयर आर दे?' मनु ने निराशा से भरकर कहा।

'यस मैम, कम दिस वे।' उसने सामने की तरफ़ के एक सँकरे से रास्ते की तरफ़ इशारा दिया।

वह सँकरी गली एक पगडंडी थी और दोनों तरफ़ नारियल के पेड़ लगे थे।

'दिस वे मैम।' उस लड़की ने कहा, तो एकाएक मनु को याद आया कि इतनी देर से वह उसके साथ है लेकिन उसने उसका नाम तक नहीं पूछा।

'आई फ़ॉरगॉट योर नेम, व्हॉट्स योर नेम?' मनु ने पूछा, तो वह ज़ोर से हँस दी।

'एक्चुअली यू डिड नॉट आस्क माई नेम मैम। आई एम रिया।'

'ओह सॉरी रिया, एक्चुअली आई एम टायर्ड एंड नीड ए गुड स्लीप।' मनु ने कहा।

'श्योर मैम। आपका लंच आपके रूम में भिजवा दूँ? हैव लंच एंड टेक सम रेस्ट।' रिया ने कहा।

'थैंक यू रिया, प्लीज़ सेंड माई लंच टु माई रूम।' मनु ने कहा।

क़रीब 20 फुट लंबे रास्ते को पार करके एक कंपाउंड दिखाई दिया। बीचोबीच चारों तरफ़ से खुला चबूतरा, जो कच्ची छत से ढंका हुआ था। उसमें पेड़ों के तने से बनी हुई कुर्सी और मेज़ें लगी हुई थीं। कुछ लोग वहाँ बैठे थे। ऐसा लगा, जैसे यह डायनिंग प्लेस

है। सामने समंदर दिखाई दे रहा था, आसपास दो मंज़िला कच्ची झोपड़ियाँ थीं। नीचे की झोपड़ी में एक कच्चा चबूतरा बना था, साइड में एक दरवाज़ा और बाक़ी दीवार पर बड़ी-सी खिड़की थी। दरवाज़े के सामने से मचाननुमा सीढ़ियाँ ऊपर की ओर जा रही थीं। रिया उसे ऊपर की तरफ़ ले गई। दरवाज़ा खोला, तो एक बड़ा-सा कमरा था। एक दरवाज़ा और था, जो बाहर की तरफ़ ले जा रहा था। साफ़-सुथरा कमरा, बड़ी खिड़की और एक गैलरी। ठीक वैसा, जैसा मनु ने चाहा था। उसका मन स्वस्थ हो गया। तब तक सामान भी आ गया था। दीवार से लगी एक अलमारी में सामान लगा दिया गया। रिया ने कहा, 'आई होप यू लाइक इट मैम!'

'इट्स नाइस रिया, थैंक यू।' कहते हुए मनु ने अपना पर्स ड्रेसिंग टेबल पर पटका और चप्पल उतार कर खिड़की से लगे पलंग पर लेट गई।

'आई विल सेट योर लंच मैम। हैव ए नाइस डे।' कहकर रिया चली गई।

मनु ने गहरी साँसें लीं। कपड़े बदले और मुँह-हाथ धोए, तब तक खाना आ गया था। उसने खाना खाया और खिड़की पर पर्दे सरका लिए। घड़ी में समय देखा, दो बज रहे थे। उसने ख़ुद को मुक्त कर दिया। मोबाइल ऑफ़ कर दिया और लेट गई। लेटते ही उसे नींद आ गई। नींद जब खुली, तो शाम के साढ़े पाँच बज रहे थे। उसने बाहर की तरफ़ देखा, सूरज उतार पर था, समंदर उछाल पर... जब वह यहाँ पहुँची थी, तब एक नज़र सामने बीच पर डाली थी। दूर तक रेत ही रेत थी, गीली-नम रेत। पानी तो जैसे पता नहीं कहाँ चला गया था। असल में मनु की नींद ही लहरों के शोर से खुली थी। उसने अपने बालों को समेटा और

बाहर बालकनी में चली आई। डूबता सूरज दूर समंदर के पानी में अपना अक्स देखता उदास लग रहा था।

मनु अपनी सुबह की उदासी से बाहर आ चुकी थी, समंदर की नम-खारी हवा ने उसके शहर की यादों और उसके जीवन की तल्ख़ियों को झरा दिया था। वह कुर्सी से उठकर भीतर आई और उसने अपने मोबाइल का इंटरनेट कनेक्शन ऑफ़ कर दिया। अब उसका मोबाइल एक ऐसा डिवाइस हो गया था, जो फ़ोटो लेता है और रिकॉर्डिंग करता है।

इंटरकॉम से रिसेप्शन पर फ़ोन किया और चाय ऑर्डर कर दी। जिस कंपाउंड में उसकी हट है, वहाँ ऐसी ही लगभग 25 हट्स हैं। ऊपर-नीचे दो रूम हैं। एक तरफ़ बच्चों के लिए प्लेइंग ज़ोन है, तो दूसरी तरफ़ नारियल के पेड़ों का झुरमुट-सा है। वहाँ दो पेड़ों के बीच तीन-चार हैमोक बँधे हुए हैं, जिनमें से दो पर लोग लेटे हुए थे। एक पर एक लड़का लेटा था। कान में ईयर प्लग लगाए हुए था। दूसरे में एक मध्यवय की महिला पीले रंग की सलवार कमीज़ पहने लेटी थी।

मनु का मन उस महिला को देखकर आर्द्र हो आया। उसके मध्यमवर्गीय कपड़े और उसके उस हैमोक पर लेटने का ढंग बता रहा था कि वह महिला कितनी वर्जनाओं को लादे हुए अब तक जीती रही है। बीच पर सलवार कमीज़ और करीने से दुपट्टा ओढ़े हुए थी। आई तो परिवार के साथ ही होगी या हो सकता है कि पति-पत्नी आए हों लेकिन अपनी अब तक की लादी हुई वर्जनाओं से वह यहाँ भी मुक्त नहीं हो पा रही है। या शायद मुक्त होने की उसकी कोई ख़्वाहिश ही न हो। स्त्रियाँ ऐसे ही कांटी-छाँटी जाती रही हैं, ताकि परिवार, समाज दुरुस्त चलते

रहें। हाथ में चाय का कप लिए मनु एकदम से अनमनी हो गई। उसने जल्दी-जल्दी चाय ख़त्म की। स्लिंग बैग में अपना मोबाइल, कुछ पैसे और रुमाल रखा। बैग को कंधे से क्रॉस में लटकाया, पैरों में स्लिपर डाली और लंबा कंपाउंड पार कर सीढ़ियाँ उतरकर बीच पर आ गई।

बीच पर कई लोग थे। बच्चे किलकारी भर रहे थे, जोड़े हाथों में हाथ डाले किनारे आती लहरों पर टहल रहे थे। नारियल पानी, पानी बताशे, चने, भेल, गुब्बारे, कॉटन कैंडी बेचने वाले भी बीच पर यहाँ से वहाँ टहल रहे थे। कुछ लड़कों ने एक हिस्से को घेरकर नेट बाँध लिया था और वहीं पर वॉलीबॉल खेल रहे थे, तो कुछ बच्चे रिंग उड़ा रहे थे। इस बीच घोड़ा-गाड़ी भी पानी और रेत पर दौड़ रही थी। कुल मिलाकर बीच बहुत जीवंत हो उठा था।

शाम उतर आई थी और पाल पर लगी लाइट्स ऑन हो गई थीं। लहरें एक-दूसरे को धकियाती बीच पर पसरने लगी थीं। मनु थोड़ी दूर सूखी रेत पर चलती रही लेकिन जल्द ही उसे एहसास हुआ कि उसे अपनी स्लिपर उतार लेनी चाहिए क्योंकि उसमें रेत भर जाने से चलना असुविधाजनक हो रहा है। उसने एक जगह निशानदेही करके स्लिपर बीच पर उतार दी और उस जगह पहुँच गई, जहाँ लहरों के आने से रेत नम हो गई थी। केप्री पहने हुए वह धीरे-धीरे लहरों पर चलने लगी।

जब लौटती लहर उसके पैरों के नीचे से रेत ले जाती, तो उसे रोमांच का अनुभव होता। बीच पर फैलते अँधेरे के बीच धीरे-धीरे पर्यटक और खाने-पीने का सामान बेचते लोग जाने लगे थे। ख़ासतौर पर जिनके बच्चे हैं, वे सीढ़ियाँ चढ़कर बाज़ार की तरफ़ चले गए थे। देशी पर्यटकों को कल फिर से किसी पैकेज

टूर का हिस्सा होना है इसलिए वे खाना खाकर जल्दी सो जाएँगे। विदेशी पर्यटकों को कहीं नहीं जाना होता है इसलिए वे देर रात तक बीच पर ही टहलते रहते हैं।

उसने गहरी साँस ली। समंदर की खारी हवा उसके फेफड़ों में भर गई। उसे मुक्ति का अनुभव हुआ। हल्के अँधेरे में उसे दूर से आता एक जोड़ा नज़र आ रहा था। शॉर्ट्स और टैंक टॉप पहने विदेशी लड़की थी, साथ के लड़के ने भी शॉर्ट्स पहने हुए थे, ऊपर कुछ नहीं था। दोनों ने अपनी-अपनी चप्पलें हाथ में ली हुई थीं।

लहरें धीरे-धीरे अपनी सीमाओं को तोड़ते-तोड़ते आगे चली आई थीं। मनु की केप्री अब भीगने लगी थी और लहरों के बीच चलना मुश्किल होने लगा था। वह और किनारे की तरफ़ चली आई। एक बड़ी-सी नाव सूखी रेत पर पड़ी हुई थी। मनु उस नाव से टिककर बैठ गई। उसने अपना ईयर प्लग लगा लिया, बाँसुरी पर पंडित हरिप्रसाद चौरसिया राग मधुवंती बजा रहे थे। उसने अपनी आँखें मूँद लीं। लहरें आ-जा रही थीं। समंदर धीरे-धीरे अपने अकेलेपन की तरफ़ बढ़ने लगा था... साथ-साथ मनु भी।

•••

पैकअप हो चुका था। क्रू लौटने की तैयारी कर रहा था। अम्मी ने दोपहर ही उसे बताया था कि रशिदा ख़ाला का बाथरूम में पैर फिसल गया और कूल्हे की हड्डी में क्रैक हुआ है। वहाँ प्लास्टर नहीं लगाया जा सकता। ख़ाला को कम-से-कम पंद्रह दिन बिस्तर पर ही रहना होगा इसलिए अभी कुछ दिन अम्मी घर नहीं आ सकेंगी।

उधर, नई फ़िल्म के डायरेक्टर तीस नवंबर को गोवा में शूटिंग के लिए आने की बात कर रहे थे। इलहाम अपनी डायरी देखता है, इस बीच उसकी कहीं कोई शूटिंग नहीं है। क्यों न वह यहीं रह

जाए। कुछ दिन अपनी मर्ज़ी की फ़ोटोग्राफ़ी करे। वेडिंग, पार्टी, प्री-वेडिंग, बर्थडेज़, ऐड्ज़ और फ़िल्म के अलावा उसे अपने कैमरे को अपनी मर्ज़ी से भी इस्तेमाल करना चाहिए। अम्मी घर पर नहीं हैं, तो उसके लिए और भी अच्छा है। फिर डायरेक्टर भी आने का बोल ही रहे हैं, वह उन्हें बता देगा कि वह तो यहीं है। बस वह आ जाएं, शूटिंग लोकेशन देख लेंगे।

इलहाम ने तय किया कि वह अगले दस दिन यहीं रहेगा। सुबह-सुबह सारा क्रू यह होटल छोड़ देने वाला है। यों इलहाम को भी इस होटल में नहीं रहना है। एक तो यह बहुत महँगा है, दूसरे उसे सीमेंट कंक्रीट के सराउंडिंग्स से ख़ासी दिक्क़त है। उसने एक टैक्सी वाले को अपनी इच्छा बताई, 'शांत और साफ़-सुथरा हो, समंदर का किनारा और हरियाली हो, किसी ऐसे बीच पर ले चलो भाई।'

'गोवा में बीचेज़ की क्या कमी है? मैं जिस बीच को पसंद करता हूँ और जिसे रिकमंड करता हूँ, वह टूरिज़्म साइट्स पर दिखाई नहीं देगा। दूर गाँव में है लेकिन मुझे बहुत पसंद है। जिसे भी बताया, वह मुझे थैंक यू बोलकर गया है। आप बोलें, तो उदर ले चलेगा।' उसने अपने ख़ास अंदाज़ में कहा।

'मेरे को शांति माँगता है बस...।' इलहाम ने उससे कहा।

'बोत शांति है वहाँ। हमारे यहाँ के लोग तो जानते भी नहीं हैं उस बीच को, फ़ॉरेनर्स ही आते हैं वहाँ। आप तो जानते इच हैं, फ़ॉरेनर्स जिस चीज़ को पसंद करते हैं, वह क्लास ही होती है। है कि नइ?' टैक्सी वाले में उत्साह आ गया।

'ठीक है भाई, वहीं ले चल। और जब वहाँ पहुँच जाएं, तभी मुझे जगाना, मैं सोना चाह रहा हूँ।' इलहाम ने टैक्सी वाले को कहा। वह इस छुट्टी को छुट्टी की तरह एंजॉय करना चाहता है। वह

कल की शूटिंग और आने वाले वक़्त की ज़िम्मेदारियों, चुनौतियों, सपनों और काम के बारे में क़तई नहीं सोचना चाहता। आँखें मूँदे ही उसने पास पड़े अपने कैमरे को सहलाया। कैमरे से अपनी मनपसंद तस्वीरें लेना चाहता है। वे तस्वीरें, जिसके ऐवज़ में उसे पैसा नहीं चाहिए। वे तस्वीरें, जिन्हें खींचकर उसे सुकून मिले, जो उसकी ख़ुद की हों, किसी के कहने पर, किसी मक़सद से न खींची गई हों।

वह इस तरह की छुट्टी पर शायद पहली बार आया है। उसे यक़ीन ही नहीं हुआ कि उसने कभी इस तरह से सोचा ही नहीं कि कभी हमें अपने साथ भी वक़्त गुज़ारना चाहिए। हर वक़्त कुछ-न-कुछ मतलब का करते रहने से इंसान मशीन हो जाता है। जब तक कुछ बेमतलब न किया जाए, तब तक इंसान होने का एहसास नहीं होता है। यह सोचकर वह मुस्कुरा उठा। हाँ सच, ऐड शूटिंग, फ़िल्म शूटिंग, वेडिंग, प्री-वेडिंग शूटिंग... ऊँहूँ... सिर्फ़ फ़ोटोग्राफ़ी। जो कुछ अच्छा लगे उसे लेंस पर ले लेना।

एक घंटे की ड्राइव के बाद टैक्सी वाले ने उसे उस जगह पहुँचा दिया। सुबह का वक़्त था, हल्की सुनहरी धूप समंदर की लहरों पर पड़ रही थी। इस वक़्त समंदर ऐसा लग रहा था, जैसे बस सोकर उठा ही है। जाने क्यों उसे उसकी लहरों की रफ़्तार बहुत धीमी लग रही थी। जैसे अब भी सुस्ती उड़ी नहीं है या फिर वह रात भर के परिश्रम से थक आया हो। लहरें पीछे लौट जाने के लिए आगे आतीं और फिर लौट जातीं। उन लहरों का भी गणित समझ नहीं आता। लौटने के लिए भी आगे आती हैं। हम इंसान आगे आकर पीछे जाते हैं, समंदर भी तो वही करता है।

उसने अपना सामान रखा, ब्रेकफ़ास्ट किया और कैमरा लेकर बीच पर निकल पड़ा। पहले वह एक पूरा चक्कर बीच का लगाना

चाहता है। रेत तो दिखाई दे रही है, कहीं पत्थर भी हैं या नहीं। बीच पर उतरकर वह वहाँ तक पहुँचा, जहाँ से थकी हुई लहरें पीछे-पीछे लौट रही थीं। धीरे-धीरे धूप सख़्त हो रही थी, इस वजह से लोग लगातार कम होते जा रहे थे। इलहाम ने सोचा कि खाना खाया जाए, फिर आसपास कहीं जाया जा सकता है लेकिन डायनिंग एरिया में बहुत भीड़ थी। उसने रिसेप्शन पर कहकर खाना अपनी हट में ही मंगवा लिया। खाना खाते ही उसे हल्की खुमारी-सी होने लगी। उसने सोचा एक झपकी लेने के बाद वह बाहर निकलेगा।

नींद खुली, तो दोपहर के तीन बज रहे थे। उसने अपना कैमरा संभाला। सोचा, चाय कहीं बाहर ही पी जाएगी और उस कंपाउंड से बाहर निकल आया। बाहर निकलकर उसे लगा कि एक बार इस जगह को भी तो एक्सप्लोर करना चाहिए। वह दाहिनी ओर मुड़कर कुछ दूर चला। बायीं ओर उसे एक रंग-बिरंगी सड़क जाती दिखी, वह उसी पर आगे की तरफ़ बढ़ गया। एक पूरा-का-पूरा बाज़ार लगा था उस सड़क पर। खाने-पीने के लिए तमाम रेस्टोरेंट्स, बीच वियर, गिफ़्ट आइटम्स, इमिटेशन ज्वेलरी, पर्स, बेल्ट्स, स्लिपर्स, हैट्स, वॉटर स्पोर्ट्स का सामान, टैटू मेकर्स, फ़ोटोग्राफ़र्स, गेम्स पार्लर... सब कुछ तो था वहाँ। कुछ दुकानें तो इतनी ख़ूबसूरती से सजी थीं कि वह ख़ुद को उनकी फ़ोटो उतारने से रोक ही नहीं पाया।

बाज़ार लोगों से भरा हुआ था। उसे लगा कि दोपहर में लोग जब बीच पर नहीं रह पाते हैं, तो इस बाज़ार में रहते हैं। बाज़ार जैसे इस बीच का ही एक्सटेंशन हो। वह उस बाज़ार की छोटी-छोटी चीज़ों को देखने में इतना मसरूफ़ था कि उसे पता ही नहीं चला कि कोई उसके पीछे बड़ी देर से खड़ा है। वह जैसे ही पलटा, चौंक गया।

'ओह गॉड! तुम...?' इलहाम ने चौंककर देखा।

'यस, इट्स मी!' सामने एक लंबी, पतली, भूरे बालों और भूरी आँखों वाली ख़ूबसूरत लड़की खड़ी थी। उसने शॉर्ट्स और पैपलम टॉप पहन रखा था। सिर पर हैट लगाया हुआ था। लड़की ने आगे बढ़कर इलहाम को गले लगा लिया।

'लगता है तुमने अपने सिंगलत्व का सेक्रिफ़ाइज़ कर दिया है?' उसने अलग होकर खिलखिलाते हुए कहा।

'ऊँहूँ... ऐसा कैसे लगा?' इलहाम ने पूछा।

'जितने ध्यान से तुम ये सब देख रहे हो, लगता है किसी ख़ास के लिए कुछ पसंद कर रहे हो?' सौम्या ने कहा।

'ओह प्लीज़...!' इलहाम को एकाएक उलझन होने लगी।

'ओह कमऑन! आई एम जस्ट किडिंग।' कहते हुए सौम्या गंभीर हो गई।

'सो स्वीट।' इलहाम ने कहा।

'तो, अब भी सिंगल ही हो या फिर किसी रिलेशनशिप में?' सौम्या ने पूछा।

'कमऑन यार! रिलेशनशिप में ही जाना था, तो यू वर द बेस्ट।' इलहाम ने झेंपकर कहा।

'ओह सीरियसली?' सौम्या ने चकित होकर पूछा।

'रियली, आई मीन दिस।' इलहाम कहते हुए नर्म हो जाता है।

'देन क्वाय यू सेड नो टु मी?' सौम्या बहुत स्थिर होकर उससे पूछती है।

'बीकॉज़ आई डोंट वॉन्ट एनी इमोशनल कॉम्प्लीकेशन एंड एनी काइंड ऑफ़ कमिटमेंट।'

'आर यू स्टिल स्टिक ऑन दैट?' सौम्या गहरी साँस लेकर पूछती है।

'या, मैंने अपनी अम्मी को मुहब्बत में सालोसाल रोते देखा है एंड आई हेट दैट।' इलहाम के कहने में नमी उतर आई।

'इट्स ओके, गॉड ब्लेस यू।' सौम्या भी आर्द्र हो गई थी।

'कॉफ़ी पिलाओगे?' थोड़ी देर बाद सौम्या फ़रमाइश करती है।

'क्यों नहीं! चलो।' दोनों सामने की तरफ़ वाले एक रेस्टोरेंट में पहुँचे। रेस्टोरेंट रिसेप्शन से आगे एक सँकरी-सी गली थी। क़रीब पचास फ़ीट चलने के बाद एक खुला लॉन था, जिसमें छतरियाँ लगी हुई थीं और बाउंड्री के उस ओर समंदर हरहरा रहा था। शाम ढलने लगी थी, समंदर लौटने लगा था, साथ ही उसके किनारे की रौनक भी।

'तो तुम यहाँ कैसे? कोई असाइनमेंट?' इलहाम सौम्या से पूछता है।

'ऊँहूँ... लेफ़्ट मॉडलिंग।' कहकर सौम्या मुस्कुराई।

'व्हाय... यू स्टिल लुक यंग। व्हाय यू लेफ़्ट मॉडलिंग!' इलहाम ने चकित होकर पूछा।

'इट्स कॉम्प्लिकेटेड, लीव दिस।' उसने निराशा में कंधे झटके।

'सॉरी।' इलहाम ने गर्दन झुकाकर कहा।

'नो, यू नीड नॉट टु से सॉरी। इंफ़ैक्ट आई डोंट वॉन्ट टु डू समथिंग लाइक मॉडलिंग। इट वॉज़ जस्ट ए ट्राई। नाउ आई

एम वर्किंग इन थियेटर। आई एम एंजॉइंग इट ए लॉट।' कहते हुए सौम्या की आँखें ख़ुशी से फैल गईं, 'बाय द वे, व्हॉट आर यू डूइंग हीयर?'

'ओह मैं... कल एक ऐड शूट किया है। अभी कहीं कोई असाइनमेंट नहीं था, तो सोचा कुछ दिन यहाँ मस्ती की जाए इसलिए रुक गया बस!' इलहाम ने कहा।

'अकेले क्या मस्ती मारोगे? कोई साथ है क्या?' सौम्या ने शरारत करते हुए पूछा।

'ओह कमऑन यार... अब तुम तो मज़ाक मत उड़ाओ। मैं यहाँ कुछ दिन सुकून से रहना चाहता हूँ। बहुत दौड़ हो गई है ज़िंदगी में। थोड़ा पीस भी चाहिए। दैट्स इट।' इलहाम ने कॉफ़ी का घूँट भरते हुए कहा।

'एंड व्हॉट अबाउट यू?'

'विद माई हसबैंड। ही हैज़ सम मीटिंग एंड ऑल दिस। एंड आई एम एंजॉइंग वेदर, सी एंड फूड हीयर।' सौम्या ने मुस्कुराते हुए कहा।

'आर यू हैप्पी?' इलहाम ने पूछा।

'या, हैप्पी एंड कंटेंडेड।' सौम्या ने कहते हुए आँखें बंद कर लीं। 'यू नो, मुहब्बत एक कमाल का एहसास है! बिना किए आप जान नहीं सकते। कर ली, तो आप कह नहीं सकते।' कहते हुए सौम्या जैसे आकंठ भीग गई हो।

'मे बी, बट एवरीवन इज़ नॉट एज़ लकी एज़ यू आर।' कहते हुए इलहाम अनमना हो गया। सौम्या को लगा कि उसने बेवजह इलहाम के मन के उस कोने को छू लिया, जो बहुत दुखता है।

'सॉरी।' कहते हुए उसने इलहाम के हाथों पर अपना हाथ रखा।

'इट्स ओके।'

सौम्या ने अपनी घड़ी देखी, 'चलें, बहुत देर हो गई। प्रियेश भी फ्री हो गया होगा।' कहते हुए सौम्या खड़ी हो गई।

बिल अदा करते हुए इलहाम ने सौम्या से पूछा, 'तुम्हारा फ़ोन नंबर मिल सकता है?'

'अरे, तुम्हारे पास है नहीं? होना चाहिए!' कहते हुए उसने किसी को कॉल किया। इलहाम का फ़ोन बजा। उसने देखा, तो सौम्या ने कहा, 'इट्स मी।' इलहाम ने झेंपते हुए कहा, 'शायद मेरे पास भी तुम्हारा नंबर था लेकिन फ़ोन की बदला-बदली में मिस हो गया।'

'कोई बात नहीं। अब तो है न तुम्हारे पास? जब मन करे कॉल कर लेना। मिलना चाहो, तो मिलने आ जाना, अच्छा लगेगा।' कहते हुए उसने इलहाम को गले लगा लिया। रेस्टोरेंट से बाहर निकलते हुए उसने फिर से किसी को कॉल किया।

'यहाँ ले आएं गाड़ी... मार्केट में।'

बाहर निकलते ही सामने गाड़ी खड़ी मिली।

'गोवा आना वर्थ रहा। कभी सोचा नहीं था कि तुम ऐसे मिल जाओगे। बहुत, बहुत, बहुत अच्छा लगा।' सौम्या ने कहा और इलहाम की तरफ़ हाथ बढ़ाया।

'मुझे भी... कीप इन टच, बाय।' हाथ थामते हुए इलहाम ने कहा। उसका चेहरा सौम्या को देखकर नर्म हो आया।

सौम्या ने गाड़ी में बैठकर हाथ हिलाया, इलहाम ने जवाब में हाथ हिलाया। गाड़ी चल पड़ी थी। इलहाम दूर तक गाड़ी को जाते देखता रहा। जब गाड़ी दिखाई देना बंद हो गई, तो उसने बीच का रुख किया। सूरज ढल चुका था। बीच की रोशनी कम हो चली थी। जब इलहाम बीच पर पहुँचा, तब लोग लौटने लगे थे। सीढ़ियाँ उतरकर वह थोड़ी दूर चला और फिर एक जगह रेत पर बैठ गया। पूरे बीच पर बस लहरें ही शोर कर रही थीं, लोग या तो चुप थे या फिर जा चुके थे। इलहाम को लगा कि वह बहुत थक गया है।

माज़ी कभी बीतता है, कभी ठहर भी जाता है। यूँ लौट-लौटकर आना तो उसकी फ़ितरत है ही। सौम्या उसकी ज़िंदगी में मॉडल की तरह ही आई थी। बात बड़ी अजीब है लेकिन सौम्या में एक ख़ास क़िस्म की संजीदगी रही, जो इलहाम को आकर्षित करती थी। शायद उसे भी इलहाम में कुछ ऐसा ही दिखा हो।

• • •

सौम्या, मोहक और इलहाम की तिकड़ी-सी बन गई थी। मोहक साँवले रंग का एकदम सफ़ेद दाँतों वाला छोटी उम्र का जोश से भरा लड़का था। वह किसी लड़की से रिश्ते में था और उसे गर्लफ्रेंड शब्द से चिढ़ थी। वह लड़की उसकी बचपन की दोस्त थी। यूँ तो सौम्या और मोहक लगभग हमउम्र थे और इलहाम दोनों से चार साल बड़ा था लेकिन तीनों के बीच की बॉन्डिंग बहुत शानदार थी। कई बार तीनों पार्टियों से जल्दी निकलकर मरीन ड्राइव पर जाकर बैठते थे। देर रात जब मरीन ड्राइव पर भीड़ कम हो जाती है, हल्के सुरूर और हल्की रोशनी में और भी पागल लोग वहाँ बैठे मिलते हैं।

मोहक चूँकि साउंड आर्टिस्ट था इसलिए उसे संगीत की भी समझ थी और वह गाता भी ख़ूब था, तो देर तक वह ग़ज़लें सुनाता था। सौम्या भी थोड़ा-बहुत गा लेती थी, तो अंग्रेज़ी गाने सुनाती थी। इलहाम दोनों को सुनता था। कभी उसे लगता कि ऐसे ही ज़िंदगी नहीं गुज़र सकती है क्या? ऐसा नहीं हो सकता था।

अलग-अलग तरह से सौम्या ने उसे बहुत कुछ कहना चाहा था। सौम्या अच्छी लड़की है, अच्छी दोस्त... वह उसे किसी भी क़िस्म की ग़लतफ़हमी में नहीं रखना चाहता था। उन दिनों मोहक किसी और प्रोजेक्ट में लगा हुआ था। इलहाम और सौम्या एक ट्रेवल सीरीज़ की शूटिंग के सिलसिले में मनाली आए हुए थे। मनाली शहर में तो शूटिंग हो गई थी, अगले दिन सुबह रोहतांग की शूटिंग के लिए जाना था। मैदानों से सर्दियाँ विदा ले रही थीं लेकिन यहाँ दो दिन पहले ही बर्फ़बारी हुई थी। पुल के पास की टेबल पर इलहाम अपना ड्रिंक लेकर बैठा हुआ था। सौम्या ने दूर से उसे 'हाय' कहा था। इलहाम ने उसे भी बुला लिया था।

चूँकि वह अकेला था इसलिए सौम्या चली आई थी। ब्लू जींस पर मरून कलर का लॉन्ग कोट और मरून कैप लगाए सौम्या बहुत हसीन लग रही थी। शायद वह पैकअप के बाद थोड़ा सोई थी इसलिए भी वह बहुत फ्रेश लग रही थी। अपने स्टेप कट बालों को उसने उंगलियों से ब्रश करके ऐसे ही छोड़ दिया था।

लगातार मेकअप में पुते चेहरे देखते-देखते इलहाम को सौम्या का एकदम धुला-पुछा चेहरा रॉ लग रहा था, जैसे व्यास का प्रवाह...। वह तारीफ़ करने से ख़ुद को रोक नहीं पाया था, 'बिना मेकअप ही ख़ूबसूरत लगती हो सौम्या।'

वह थोड़ा शरमाई, 'मेकअप में नहीं?'

'मेकअप तो मेकअप है, बनावट है सारी। बनावट में कौन ख़ूबसूरत लगता है?' इलहाम ने कहा था।

'लेकिन बनावटें ही पसंद हैं दुनिया को। नहीं तो औरतें इस क़दर बनावट का शिकार नहीं होतीं।' थोड़ी मायूसी से सौम्या ने कहा था।

'बनावट तो इंसान का किरदार ही है। क्या औरत, क्या मर्द। इसीलिए मैं जहाँ प्योरिटी देखता हूँ, कह डालता हूँ।' इलहाम ने कहा था।

'देट्स व्हाय आई लव यू।' सौम्या ने बेसाख़्ता कहा, तो इलहाम थोड़ा संभलकर बैठ गया। उसने ग़ौर से सौम्या को देखा था। उसने नज़रें झुका लीं। इलहाम थोड़ा असहज हो गया था। थोड़ी देर तक दोनों कुछ नहीं बोले। फिर इलहाम को लगा कि यह सौम्या के जज़्बात की तौहीन होगी इसलिए उसने कहने के लिए गला खखारा। मगर उसे समझ ही नहीं आया कि वह क्या कहे, तो फिर से वह चुप होकर पुल की तरफ़ देखने लगा।

सौम्या को लगा कि उसे इतनी ज़रूरी बात को इतनी कैज़ुअली नहीं कहना चाहिए था लेकिन वह कह तो चुकी ही थी। इलहाम की तरफ़ से जवाब न पाकर वह खड़ी हो गई। तभी इलहाम का ध्यान गया। उसने सौम्या का हाथ पकड़ा और उसे बैठा लिया।

'सॉरी, मुझे अपनी बात कहने के लिए कुछ लम्हें चाहिए। प्लीज़ हेल्प मी!' कहते हुए इलहाम की आवाज़ में प्रार्थना उतर आई।

सौम्या का दिल बैठ गया। आँखें भर आईं लेकिन वह इलहाम के सामने नहीं रोना चाहती थी। उसने शीशे की खिड़कियों वाले हॉल

की तरफ़ अपनी नज़रें घुमा ली थीं। उसके बाल उसके चेहरे को ढँकने लगे, तो उसने उन्हें हटाने के बहाने अपनी गीली आँखें पोंछ ली थीं। उसे लगा कि इलहाम को दिखा नहीं लेकिन इलहाम ने उसे आँसू पोंछते देखा था। इलहाम को अपना आप बहुत क्रूर लगा था।

सौम्या में नापसंदगी जैसा कुछ नहीं था लेकिन वह इश्क़ के लिए खुला हुआ नहीं था। यूँ भी अभी करियर की शुरुआत ही हुई थी, उसमें इश्क़ के लिए न तो कोई गुंजाइश थी और न ही जगह। फिर यूँ भी वह जज़्बातों की उलझन से दूर ही रहना चाहता था। ज़िंदगी का बड़ा हिस्सा इस उधेड़बुन में ज़ाया हो जाता है। कई बार कुछ भी हाथ नहीं आता। हर बार ऐसे मौक़ों पर अम्मी आ खड़ी होती थीं। सारे जज़्बात फ़रेब हैं। वह जज़्बाती नहीं होना चाहता इसलिए वह ऐसी हर जगह से दूर चला जाना चाहता था, जो उसे जज़्बाती बनाए या फिर जज़्बातों को उभारे। मगर शायद उम्र का ही असर होता है। वह सौम्या को क्या कहे? वह तो उन्तीस पार कर चुका है। सौम्या तो बहुत छोटी है।

'मैं ख़ुद को ख़ुशक़िस्मत समझता हूँ कि किसी को मुझसे इश्क़ हुआ लेकिन मैं बहुत बदक़िस्मत हूँ, मुझे किसी से इश्क़ नहीं होता। मैं इन जज़्बातों से बहुत बेज़ार हूँ सौम्या। बहुत डरा हुआ हूँ। आई एम सॉरी फ़ॉर दैट।' कहते हुए इलहाम अपने माथे पर हथेली ले गया था।

'मेरा माज़ी मेरा पीछा नहीं छोड़ता है सौम्या। मैं चाहकर भी उससे ख़ुद को छुड़ा नहीं पाता हूँ। आई होप यू अंडरस्टैंड माई मेंटल स्टेटस।'

सौम्या ने उसे आहत होकर देखा, 'इफ़ यू हैव एनी रिलेशनशिप देन इट्स ओके? इफ़ यू वॉन्ट सम टाइम टु डिसाइड, इट इज़

ऑल्सो ओके। टेक योर ओन टाइम। आई एम नॉट दैट टाइप ऑफ़ इंपेशेंट।' सौम्या ने कहा तो था लेकिन फिर लगा कि वह ख़ुद को इलहाम पर लाद रही है। वह खड़ी हो गई, 'इट्स ओके इलहाम। आई कैन अंडरस्टैंड।' वह तेज़ी से वहाँ से चली गई।

इलहाम उसे जाते हुए देख रहा था। वह डिस्टर्ब था। उसका मन कर रहा था कि वह सौम्या को रोके, उससे बात करे लेकिन फिर सोचा कि वह उससे क्या कहेगा? क्या वह सचमुच उससे मुहब्बत करता है? यदि नहीं करता, तो उसे देर तक और दूर तक उलझाने की वजह क्या है?

आज उसे बुरा लगा है, कुछ दिन बुरा लगेगा लेकिन हो सकता है उम्र के किसी मोड़ पर वह मुझे मेरी ईमानदारी का सिला दे, याद करे। इस विचार ने उसे थोड़ी राहत दी थी। उसके बाद भी दो-एक ऐड साथ में किए दोनों ने। न इलहाम सहज रहा, न सौम्या। दोनों के बीच राब्ता बहुत रस्मी हो गया। मोहक ने इसे देखा था और इलहाम से पूछा भी था। इलहाम ने उसे टाल दिया था। शायद सौम्या ने ही उसे बताया हो।

आज इस वक़्त में सौम्या की सहजता ने इलहाम को बहुत राहत दी। वह तब के अपने फ़ैसले पर फ़ख़्र महसूस करता है।

•••

देर रात डिनर करके मनु अपने कमरे में पहुँची। दोपहर को सो जाने की वजह से उसे नींद जैसा अनुभव नहीं हो रहा था, फिर भी वह सुबह जल्दी बीच पर पहुँचना चाहती थी इसलिए सोने चली आई। थोड़ी देर यहाँ-वहाँ के विचारों में भटकती रही, फिर नींद लग गई। जाने शोर से नींद टूटी थी या फिर नींद टूटी, तो शोर महसूस हुआ लेकिन वह जाग गई थी। आँखें बंद करके ही उसने

उस शोर को सुना। एकाएक उसे लगा कि यह कैसा शोर है? जागते मन और सोती आँखों के बीच उसे यह ग़ाफ़लत हो गई थी कि दरअसल वह अभी है कहाँ? थोड़ा घबराकर उसने आँखें खोलीं, तो परिवेश अनजाना लगा, 'ओह, मैं घर में नहीं हूँ।'

थोड़ी संयत हुई, नींद के टूटे सिरे को जोड़ने की कोशिश करने लगी लेकिन जुड़ना तो दूर, सिरा मिला ही नहीं। बहुत देर तक आँखों पर तने उस फूस के छप्पर को देखती रही। समुद्र की लहरों की आवाज़ लगातार आ रही थी। इतने अँधेरे में घड़ी देखना संभव नहीं था लेकिन यह तय था कि अभी सवेरा होने में देर है। उसने धीरे से अपना बिस्तर छोड़ा। उतनी ही एहतियात से पैरों में स्लिपर और कंधे पर स्टोल डालकर कमरे से बाहर आ गई। कमरे का दरवाज़ा उढ़काया और निकल पड़ी समंदर के किनारे।

समंदर अँधेरा ओढ़कर संवलाया-सा डोल रहा था। जहाँ वह खड़ी थी, वहाँ की रेत थोड़ी गीली-गीली हो रही थी। थोड़ा चलने के बाद ही उसे लगा कि रेत पर नंगे पैर चलना ज़्यादा सरल है। उसने अपनी स्लिपर वहीं छोड़ दी और चलने लगी। गीली-ठंडी रेत पैरों के तलवों को राहत दे रही थी। कई दिनों की जम चुकी बेचैनी थोड़ी नर्म होने लगी थी, कोई साथ जो नहीं था। क्या-क्या नहीं उसने अपने भीतर रोक रखा है। ख़ुद से निराश है बहुत। बूर रखा है उसने वह सोता, जहाँ से उमड़कर आती हैं भावनाएँ, अपेक्षाएँ, ग़ुस्सा, आँसू, संवेदनाएँ... और भी बहुत कुछ। पता नहीं, शायद बेचैनी की वजह वही हो।

वह चलती चली जा रही थी... अकेले, दिशाहीन, लक्ष्यहीन। उधेड़बुन है गहरी। क्या बेचैनी है? यही न कि न ख़ुद अपनी अपेक्षाओं पर खरी उतर पा रही है और न ही दूसरों की, बस अपेक्षाओं के समंदर में डूब-उतरा रही है।

दूर क्षितिज पर आसमान का रंग बदलता नज़र आ रहा था। समंदर के उस छोर से सूरज ने झाँकना जो शुरू कर दिया था। इक्का-दुक्का विदेशी जोड़े बीच पर टहल रहे थे और कुछ युवा रेत पर ही आसन लगाए ध्यान कर रहे थे। बहुत दिनों से वह ख़ुद के 'न-होने' के एहसास से घिरी हुई है। पता नहीं कहाँ जाकर अटक गई है कि उसे ख़ुद का एहसास ही नहीं रहा... इतनी गहरी छटपटाहट है कि उसका सिरा ही नहीं मिलता। जिस्मानी वजूद से अलग उसे अपने होने का कोई और निशान नहीं मिलता आजकल। उसे लगने लगा है कि वह अपने देखते-ही-देखते एक भ्रम में तब्दील होती जा रही है। उसने झुककर रेत को हथेली में भरा, लगा कि उसका अपना होना भी बस इसी रेत की तरह भुरभुरा हो रहा है, बिखर रहा है। कुछ भी ऐसा नहीं है, जो उसे नमी दे। अपनी उलझनों के सिरे उसे ख़ुद ही नहीं मिलते, कोई क्या उसकी मदद करेगा। अब तो मदद की उम्मीद से भी डर लगने लगा है। उसकी आँखें डबडबा आई थीं। बहुत दिनों के बाद उसकी आँखों में नमी उतरी थी।

उसने अपने इर्द-गिर्द देखा, कोई देख तो नहीं रहा है। उसने ख़ुद को छोड़ दिया था बहने के लिए। गीली आँखें बहने लगी थीं, होंठ कस गए थे। कोई भी नहीं है संभालने के लिए। वह बहा सकती है ख़ुद को, ऐसे ही वह ख़ुद को ख़त्म कर रही है। यूँ ही ख़त्म हो जाना है, कहीं कुछ भी इकट्ठा नहीं होगा... कोई इकट्ठा नहीं करेगा। उसे बहना ही है, इसी तरह विसर्जित होना है। इस नदी को कोई बाँध नहीं रोक रहा है... किसी ने बनाया ही नहीं है। उसे बहकर खारे पानी में ही मिलना है।

आख़िर उसने तय जो किया है कि किसी के सामने नहीं रोना है। इसी निश्चय ने उसके भीतर परत-दर-परत बेचैनी बुनी है। घुटने के बल बैठकर उसने फ़लक पर उभर आए सूरज की तरफ़ देखा। वह रो रही है... निःशब्द... आँसू बह रहे हैं। बह रही है बिना बाँध

के खारे पानी की तरफ़। यही उसकी नियति है, हर उस की, जिसे रोकने-थामने के लिए कोई बाँध नहीं है, उसे बहना ही है। बहा चुकी थी, वह जितनी बची थी। अब वह लौट रही है, जहाँ उसकी स्लिपर पड़ी थी।

दोपहर का खाना खा लेने के बाद वह फिर से अपने कमरे में लौट आई थी। धूप तीखी थी और समंदर का शोर धीरे-धीरे कम होने लगा था। वह निश्चिंत नहीं थी कि अब वह क्या करेगी? वह ऐसे ही अनिश्चितता में लेट गई। आज यहाँ आने का दूसरा दिन है। वह अपने शहर और रूटीन से मुक्त हो गई है।

उसे महसूस हुआ कि अपने रोज़मर्रा के जीवन से मुक्त होते ही इंसान भीतर से बदलने लगता है। सुबह की उदासी ने भी उससे पीछा छुड़ा लिया था। वह फ़िलवक़्त हर चीज़ से आज़ाद महसूस कर रही थी। उसे लग रहा था कि वह इस मृणालिनी से कभी मिली ही नहीं थी। हर वक़्त किसी-न-किसी के दायरे में रहना या हर वक़्त किसी-न-किसी को अपने दायरे में रखना भी एक क़िस्म की गुलामी ही है। या तो किसी के प्रति ज़िम्मेदार रहो या फिर किसी के लिए ज़िम्मेदार रहो। कभी ख़ुद हो पाने की सहूलियत हासिल ही न हो। क्या यह भी गुलामी नहीं है? गुलामी भी तो कितने रूपों में आती है।

उसने खिड़की की तरफ़ मुँह किया और तकिए को खिड़की की चौखट पर टिका दिया। बीच पर फैली धूप से आँखें चौंधियाने लगी थीं। उसने वहाँ से नज़र हटाई और सन, सैंड एंड वेव्स के कंपाउंड की तरफ़ नज़र डाली। सुबह-शाम की तरह चहल-पहल नहीं थी, फिर भी दो-तीन बच्चे किड्स ज़ोन में खेल रहे थे। चार लड़के वॉलीबॉल कोर्ट में वॉलीबॉल खेल रहे थे। डायनिंग प्लेस में बिकिनी पहने एक विदेशी लड़की बीयर कैन के साथ अकेली बैठी

थी। उसने कमर पर स्कार्फ़ जैसा बाँध रखा था। दाहिनी बाँह पर ड्रैगन के आकार का टैटू बना हुआ था और छोटे सुनहरी बालों की गाँठ लगा रखी थी। गले में काऊबॉय हैट के आकार का लॉकिट पहन रखा था। लंबी, सुडौल भूरी-सी लड़की के अपने शरीर के साथ इतना कंफ़र्टेबल होने को लेकर मनु चकित थी।

वह जब यहाँ आने के लिए कपड़े रख रही थी, तो हक़ीक़त में उसके पास बीच पर पहनने लायक कपड़े ही नहीं थे। तब उसने टी-शर्ट और केप्री ख़रीदी थीं। इससे आगे वह सोच ही नहीं पाई थी। उसे लगा कि वह जिस समाज का हिस्सा है, वहाँ उसका अपना शरीर ही एक क़ैद है। हालाँकि उसने अपनी ही यूनिवर्सिटी में लड़कियों को अपने शरीर के साथ बहुत कंफ़र्टेबल देखा है लेकिन वह जैसे हो ही नहीं पाती। उसे लगा कि वह उम्र से उतनी पुरानी नहीं हुई है लेकिन ज़ेहन से लगातार और बहुत तेज़ी से पुरानी पड़ रही है। उसके भीतर गाँठें उभरने लगी हैं। उसने आँखें मूँद ली थीं। वह सोच रही थी कि क्या कभी ऐसा होगा कि वह अपने ही शरीर की क़ैद से आज़ाद हो जाएगी? उसके मन में एकाएक हर चीज़ से मुक्ति की आकांक्षा जागी थी।

•••

इलहाम रात को डिनर करके फिर से बीच पर चला गया था। क़रीब आती लहरें जितनी मासूम नज़र आ रही थीं, दूर से आती उतनी ही डरावनी लग रही थीं। बीच पर अब युवा जोड़े टहल रहे थे। उसने सोचा था कि वह पूरे बीच का एक चक्कर लगाएगा। वह दूसरे कोने की तरफ़ बढ़ रहा था लेकिन जब उसने वहाँ एक जोड़े को अंतरंग होते देखा, तो वह वहाँ से लौट आया।

ये लोग अपनी इच्छाओं को लेकर कितने सहज हैं। इलहाम सोचता है कि क्यों एशियन्स में एथिक्स की समझ इतनी उलझी हुई है?

इतनी हिपोक्रेसी है? शादियाँ तो दुनिया-ज़माने को इकट्ठा करके करेंगे लेकिन सेक्स को लेकर एथिकल हो जाते हैं। इसे क्यों गुनाह बनाया हुआ है? यदि यह गुनाह है, तो क्या बच्चे का जन्म गुनाह नहीं है। एडम और ईव या आदम और हव्वा की कहानी क्रिश्चियन और मुस्लिम पौराणिकता में है। ईव या हव्वा के गुनाह से पैदा बच्चा भी तो गुनाह ही हुआ। तब भी इस तरह इतनी जनसंख्या है। अल्लाह, यदि यह गुनाह न होता, तो फिर क्या होता?

उसने मुस्कुराकर अपना सिर झटका। समंदर अब भी अपनी धुन में था। जोड़े बीच पर टहल रहे थे। इस बीच एक विदेशी लड़का उसे चुपचाप एक पैम्फ़्लेट थमा जाता है। यह साइलेंट डिस्को पार्टी का इन्विटेशन था। इलहाम को इस बारे में कोई जानकारी नहीं थी लेकिन साइलेंट डिस्को पार्टी के नाम से ही उसे उत्सुकता हुई। रात बारह बजे का वक़्त दिया गया था। बीच पर तो उसे डिस्को क्लब दिखा नहीं। बीच पर खाली होते एक रेस्टोरेंट में जाकर उसने डिस्को क्लब का रास्ता पूछा। बताया गया कि पास की गली से निकलकर गाँव जाती सड़क से बाएँ चले जाएं। क़रीब एक किलोमीटर चलने के बाद एक वीगन रेस्टोरेंट आएगा, दाहिनी ओर उसके पास वाली गली में मुड़ जाएं, वहीं है यह डिस्को क्लब।

ग्यारह से ज़्यादा हो गए थे। इलहाम ने डिस्को क्लब जाने का रास्ता पकड़ा। रेस्टोरेंट के पास से एक सँकरा रास्ता निकलता है, जो एक होटल के कंपाउंड में जाकर खुलता है। वह कंपाउंड नारियल और ताड़ के पेड़ों से सजा हुआ था। कंपाउंड की बाउंड्री की रोशनी में उसे बाहर जाने के लिए गेट मिला। गेट पारकर वह गाँव जाने वाली सड़क पर आ गया। सड़क पर किनारे के होटलों और रेस्टोरेंट की लाइट्स से रोशनी थी। बाक़ी सड़क सूनी पड़ी थी। सड़क के दोनों किनारों पर नारियल के पेड़ों की कतारें थीं। वह बताई दिशा

की तरफ़ बढ़ चला। उसे यह देखकर आश्चर्य हुआ कि कोई उस दिशा की तरफ़ जाता दिखाई नहीं दे रहा है, जहाँ साइलेंट डिस्को पार्टी होनी है।

एकबारगी उसके मन में हॉलिवुड की वे सारी क्राइम थ्रिलर फ़िल्में गुज़र गईं, जिनकी कहानी में ड्रग और ड्रग डीलरों की चर्चा थी। उसने ख़ुद से सवाल किया, क्या उसे जाना चाहिए? कहीं ऐसा तो नहीं कि वह किसी मुसीबत में फँस जाए? यूँ भी गोवा में तस्कर और ड्रग माफ़िया से जुड़ी घटनाएँ आए दिन सुनने को मिलती हैं। उस पर साइलेंट डिस्को पार्टी जैसी अजीब-सी पार्टी...। वह ठहर गया लेकिन फिर उसने मुस्कुराकर अपने डर को धकेल दिया। ज़रूर जाकर देखेगा वह इस पार्टी को। यह उसके लिए एक नया अनुभव होगा।

सड़क के दूसरी तरफ़ वीगन रेस्टोरेंट दिखाई दिया। बाहर ही एरो (साइन) बना हुआ था साइलेंट डिस्को पार्टी का। वह फिर से उस कच्ची सड़क पर आगे बढ़ गया। दोनों तरफ़ रोशनी की झालर लगी थी, रंग-बिरंगी सीरीज़ से वह कच्चा रास्ता रंगीन हो रहा था। थोड़ा चलने के बाद फिर से एक एरो दिखा, वह एक दरवाज़े की तरफ़ इशारा कर रहा था।

दरवाज़े से घुसते ही एक टेबल लगी हुई थी, जहाँ रजिस्ट्रेशन हो रहा था। हरेक से चार सौ रुपए फ़ीस ली जा रही थी। चार सौ रुपए जमा करके उन्हें एक हेडफ़ोन दिया जा रहा था। वह एक पुराने-से घर का दालान जैसा था। छत से खुला हुआ था। एक तरफ़ टीन शेड था, उसमें कुछ प्लास्टिक की कुर्सियाँ लगी हुई थीं। उसी के सामने एक ऊँचा काउंटर लगा था। उस पर करीने से काँच के खाली गिलास सजे हुए थे। पीछे की अलमारी में कई रंग और आकार-प्रकार की बोतलें थीं। यह हिस्सा बार था। हल्की

रोशनी थी और कई सारे लोगों की गुनगुन सुनाई दे रही थी। एक और काउंटर था, जहाँ हेडफ़ोन रखे हुए थे। इलहाम उत्सुकता से भर गया। उसने बार में जाकर एक ड्रिंक बनवाया, पैसे दिए और सामने रखी प्लास्टिक की कुर्सी पर बैठ गया।

पार्टी शुरू हो गई थी। सारे लोग डांस कर रहे थे। सबने अपने कानों में ईयर प्लग लगा रखे थे। इलहाम को बिना म्यूज़िक डांस करते लोग देखकर बड़ा मज़ा आने लगा। ड्रिंक भी असर कर रहा था। उसने भी अपने हाथ में रखे ईयर प्लग लगा लिए, 'द क्लब इज़न्ट द बेस्ट प्लेस टु फ़ाइंड ए लवर... शेप ऑफ़ यू' चल रहा था। उसी हल्के सुरूर में उठकर वह भी डांस फ़्लोर पर पहुँच गया, हाथ-पैर हिलाने लगा। पहली बार उसने ख़ुद को इतना आज़ाद महसूस किया। थोड़ी ही देर में वह अपने ही डांस में डूब गया। उसे मज़ा आने लगा। देर तक वह डांस करता रहा। थोड़ी देर में एक लड़की उसके साथ डांस करने लगी। शायद वह भी इलहाम की तरह ही अकेली आई होगी। गहरे साँवले रंग की छोटे क़द और स्टेपकट बालों वाली उस लड़की ने ब्लैक वनपीस पहन रखा था। ऑफ़ शोल्डर ड्रेस में वह बहुत सेक्सी लग रही थी।

धीरे से उसने इलहाम के कंधों पर अपनी बाँहें डाल दीं। वह सरककर उसके बहुत पास आ गई। उसने इलहाम को बाँहों में घेर लिया और अपना चेहरा उठाकर इलहाम के चेहरे के क़रीब ले गई। एकाएक जैसे इलहाम का नशा टूटा। उसने ख़ुद को उस लड़की से अलग कर लिया।

'व्हॉट हैपंड!' लड़की चिल्लाई।

'नथिंग...' कहते हुए इलहाम वहाँ से बाहर चला आया। एक ही ड्रिंक ली थी, तो उस तरह के नशे का सवाल ही नहीं था लेकिन

उस लड़की की उस हरकत ने जैसे उसे होश में ला दिया या फिर उसकी ख़ुमारी तोड़ दी। गुस्सा तो आया। उसे वहाँ डांस करते हुए ख़ासा मज़ा आ रहा था। वह देर तक डांस करता यदि वह लड़की नहीं आई होती लेकिन अब उसका मन उचट गया।

वह होटल की तरफ़ लौट पड़ा।

रात कमरे में पहुँचते ही उसे नींद आ गई। सुबह जब नींद खुली, तो उसे रात का वाक़या याद आया। वह सोच रहा था कि उसने उस लड़की को क्यों झटक दिया? उसे क्या डर था? आख़िर इसमें क्या अजीब था? हम मध्यमर्गीय लोगों में सेक्स टैबू है, ख़ासकर पारंपरिक मुस्लिमों में। हो सकता है हिंदुओं में भी हो लेकिन अदरवाइज़ तो यह इतना बड़ा इश्यू नहीं है। जबसे कॉन्ट्रासेप्टिव्स ईजाद हुई हैं, तब से तो इसे और भी इश्यू नहीं होना चाहिए। फिर क्या था, जिसने रात को उसे इतना अपसेट कर दिया था। वह जिस दुनिया में है, वहाँ तो किसी क़िस्म की बंदिश होनी ही नहीं चाहिए लेकिन कभी-कभी वह ख़ुद को भी चौंका देता है।

उसने मुस्कुराकर उस लड़की को याद किया। सोचा, यदि आज ऐसा हुआ, तो वह कल जैसा बिहेव बिलकुल नहीं करेगा। फिर से मुस्कुराहट आ गई, फिर से ख़ुद पर विचार किया। जाने क्यों ख़ुद को शाबाशी देने का मन हो आया। सुबह का मौसम बदला-सा लगा। उसने ब्रश किया और चाय के लिए कंपाउंड में उतर गया। अपनी हट से डायनिंग प्लेस तक पहुँचने के लिए उसे नारियल के बाग़ को पार कर जाना होता है। वहीं से निकलते हुए उसके कान में बाँसुरी की आवाज़ पड़ी, तो उसने आवाज़ की दिशा में सिर घुमाया। बायीं तरफ़ क़तारों में बने दो मंज़िला हट में से ऊपरी मंज़िल पर बनी हट से आ रही थी आवाज़। यूँ ही उसका मन ख़ुश था, अब और हल्का हो आया।

चाय का कप लेकर वह डायनिंग प्लेस से बाहर लगी छतरियों के नीचे रखी कुर्सी पर आकर बैठ गया। सामने किड्स ज़ोन के सी-सॉ पर खेल रहे बच्चों की किलकारी सुनकर वह मुस्कुराया। धीरे-धीरे सूरज आसमान पर चढ़ रहा था। कुछ बच्चे रेत में खेल रहे थे। कुछ किड्स ज़ोन में झूला झूल रहे थे। दो विदेशी लड़कियाँ स्वीमिंग कॉस्ट्यूम पहने बीच की तरफ़ जा रही थीं। स्टेप हेयर कट में ब्लू शॉर्ट्स और वाइन शर्ट पहने हुए एक सेक्सी-सी लड़की व्हाइट प्रिंटेड शॉर्ट्स पर कॉर्बन ब्लू टी-शर्ट पहने हैंडसम-से लड़के के साथ उसके सामने से गुज़री, तो उसके परफ़्यूम की तेज़ सुगंध माहौल में फैल गई। बड़े दिनों बाद इलहाम ख़ुद को इतना शांत और ख़ुश महसूस कर रहा था।

खाना खाने के बाद उसने रूम की तरफ़ रुख करने की बजाए बाज़ार की तरफ़ रुख किया। गाँव की तरफ़ जाने वाली सड़क के किनारे किराए पर बाइक मिली थी। इलहाम ने अपना कैमरा बैग क्रॉस करके लटकाया और बाइक से अगोंडा बीच की तरफ़ चल पड़ा।

शाम ढलने से कुछ पहले इलहाम रूम पर लौट आया था। उसने फ़ोटो अपने लैपी में ट्रांसफ़र किए और उन्हें एडिट करने लगा। कुछ फ़ोटो तो बहुत ही शानदार आए हैं। उसे लगा आज का दिन तो उसके लिए नियामत की तरह आया है। सोचा, ख़ुश होने के लिए कितनी छोटी वजहों की ज़रूरत होती है। बच्चों की किलकारी, बाँसुरी की आवाज़, एक शानदार जोड़ा, एक अच्छी चाय, एक अच्छा विचार और कुछ अच्छे फ़ोटोग्राफ़्स... इंसान इतनी छोटी चीज़ समझ क्यों नहीं पाता। भागता ही रहता है, न जाने किस ख़ुशी के पीछे।

बाज़ीचा-ए-अतलाफ़ है
दुनिया मिरे आगे

अँधेरा बहुत था। सर्र-सर्र झाड़ियों की आवाज़ें थीं। कहीं दूर से पानी के बहने की आवाज़ भी आ रही थी लेकिन फिर भी डर था कोई। एकाएक उसे लगा कि दोनों बच्चे कहीं छूट गए हैं और वह बदहवास हो जाती है, 'अल्लाह, कहाँ चले गए दोनों? इतना घना जंगल और इतना अँधेरा? कैसे ढूँढ़ूगी? कहाँ होंगे? कहीं कुछ हो गया तो...' उसने आसमान की तरफ़ सिर उठाया। इस अँधेरे में आसमान भी दिखाई नहीं दे रहा था। हर तरफ़ बस काला-काला नज़र आ रहा था। चीखीं थी वह ज़ोर से... फिर धीरे-धीरे सिसकने लगी थी, 'अल्लाह! रहम कर...।' शारदा की नींद उसी चीख़ से खुली थी।

'च्च, मुई न सोती है, न सोने देती है। क्या हुआ?'

लेकिन कोई आवाज़ नहीं हुई। सिवाय सिसकने के उधर से कोई जवाब नहीं आया। पहले तो शारदा ने सोचा सो गई होगी लेकिन फिर से सिसकने की आवाज़ आई। उसने धीरे से पलंग से नीचे क़दम रखा और उस आवाज़ की तरफ़ बढ़ी। शबनम अपने पलंग पर घुटनों को पेट में समेटे सिसक रही थी। आँखें बंद, अब भी नींद में थी। शारदा ने उसके सिर पर हाथ रखा, तो उसने शारदा को अपनी दोनों बाँहों में समेट लिया। रोने लगी ज़ोर-ज़ोर से। अब जाग गई थी।

'आपा, दोनों बच्चे... वे दोनों। हाथ छूटा...।'

शारदा ने उसके गाल थपथपाए, 'शब्बो, तू नींद में है।' फिर ख़ुद ही बड़बड़ाई, 'न जाने कितने बरसों से बस यही एक सपना देख रही है।' फिर शबनम को कंधों से झिंझोड़ा, 'दोनों अब बच्चे नहीं हैं, बड़े हो गए हैं। हो सकता है उनकी तो शादी भी हो गई हो और तू परदादी हो गई हो।'

शबनम जाग गई थी। शारदा के कंधे से सिर उठाकर फिर से तकिये पर रख लिया। नवंबर शुरू हुआ ही है। सर्दी इतनी तेज़ तो नहीं, फिर भी पंखे की ज़रूरत तो क़तई नहीं है। शबनम के रोने से अचानक घबराकर उठी शारदा को एकाएक गर्मी लगने लगी। वह उठकर अपने पलंग पर जा बैठी। टेबल से पानी का गिलास उठाया और पिया। थोड़ी देर यूँ ही अँधेरे को घूरती रही। पहले तो तेज़ गुस्सा आया, अब न जाने कब नींद आएगी? फिर लाड़ उमड़ा- बच्चों को लेकर कितनी पज़ेसिव है। बहुत सारी चीज़ें याद आती रहीं। कैसे शबनम से मुलाक़ात हुई थी, कैसे उसे गुस्सा आया था, कैसे वह भी गुस्से में लौट गई थी और फिर किस तरह बाद में शारदा ने उससे संपर्क साधा था।

उस वक़्त शारदा का स्कूल में आख़िरी साल था। बच्चों का टूर लेकर वह हैदराबाद गई थी। अल्पना और ज़हीर का तलाक़ हो चुका था। अल्पना अकेले ही कब्बू के साथ मुंबई में रह रही थी। वह बहुत गुस्सा तो थी ही शबनम से। एक तो उसके बेटे ने पहली पत्नी को तलाक़ देकर दूसरी शादी की, अब दूसरी को भी छोड़कर न जाने कहाँ चला गया। एक शक शारदा को यह भी रहा था कि क्या पता हैदराबाद में तीसरी शादी कर ली हो और माँ के साथ रह रहा हो। इसी संदेह की तस्दीक़ करने के लिए वह हैदराबाद शबनम के घर पहुँची थी।

उस सँकरी, गंदी-सी बस्ती में एक पुराना और जर्जर होता घर था। आगे वाले कमरे में सड़क से लगी एक छोटी-सी खिड़की थी, जिससे रोशनी आ रही थी। भीतर का कमरा, जो किचन था एकदम अँधेरा था। शबनम उसे देखकर एकदम से परेशानी में आ गई। शारदा ने उससे कड़ककर पूछा, 'ऐसे हाल में रख रखा है बेटे ने?'

'बेटा... वह तो कई बरसों से देखने भी नहीं लौटा है कि उसकी अम्मी ज़िन्दा हैं या मर गईं?' शबनम ने जिस दयनीय ढंग से कहा था, शारदा का मन बैठ गया था। वह उस रात होटल के उस कमरे में देर तक करवटें बदलती रही थी। फिर उसने तय कर लिया था कि शबनम को वह अपने साथ ले जाएगी। थोड़ी कोशिश करनी पड़ी थी उसे शबनम को मनाने में लेकिन आख़िर वह उसे लेकर ही लौटी थी। अल्पना की इसमें सहमति तो नहीं थी लेकिन उसने असहमति भी नहीं जताई थी। बाद में अल्पना ने कबीर को भी शारदा के पास छोड़ दिया था।

शारदा ने याद किया कि क्या-क्या उन दोनों की ज़िंदगियों में घटा था और क्या-क्या बच्चों ने देखा होगा। स्वार्थ किस तरह से ज़िंदगियों को तबाह कर सकता है और उदारता कैसे जीवन को भर सकती है... दोनों ही उदाहरण देखे हैं शारदा ने।

बहुत रात तक शारदा बेचैनी से करवटें बदलती रही। सुबह-सुबह नींद लगी ही थी कि फिर टेबल से गिलास लुढ़कने की आवाज़ से नींद में ख़लल पड़ा।

'शब्बो... चैन क्यों नहीं लेने देती मुई!' अधकचरी नींद में झिड़का उसने। वैसे तो शबनम ने बहुत एहतियात से टेबल पर पड़ा अपना दुपट्टा उठाया था लेकिन न जाने कैसे वह खाली पड़ा गिलास

लुढ़क गया। यह लगभग हर तीसरे दिन सुबह-सुबह का नज़ारा था। शबनम देर रात तक जाग नहीं पाती थी और शारदा अलसुबह उठ नहीं पाती थी। दोनों एक ही कमरे में सोती थीं अलग-अलग पलंगों पर। बढ़ती उम्र में दोनों को ही एक-दूसरे का सहारा है। शारदा देर रात तक रेडियो चलाती है लेकिन अलग कमरे में। यूँ शबनम को कोई फ़र्क़ नहीं पड़ता है। जब वह नींद में होती है, तो फिर सिरहाने ढोल ही बजा लो... वह सोती रहेगी लेकिन शारदा की नींद वैसी नहीं है इसलिए लगभग हर सुबह की शुरुआत दोनों के बीच इस क़िस्म की नोक-झोंक से ही होती है।

पहले-पहल शबनम को गुस्सा भी आया करता था और वह सुबह-सुबह भुनभुनाती हुई घर के पिछले हिस्से की घास पर तेज़-तेज़ चलने लगती थी। बाद के वर्षों में यह उसकी सुबह की आदत में शुमार हो गया। अब शारदा कितना ही चिल्ला ले, गुस्सा कर ले, शबनम की सुबह ऐसे ही कटती है। शारदा 6-8 दिन से समझा रही है कि देख शब्बो, सर्दी का मौसम शुरू हो गया है। ऐसे में बूढ़ों को बहुत एहतियात की ज़रूरत है। इत्ती सुबह उठकर खुले में टहलने मत लग जाया कर लेकिन वह सुनती नहीं है। शारदा जानती है कि उम्र बढ़ रही है दोनों की और बढ़ती उम्र में कौन-सी चीज़ तकलीफ़ दे दे, कहा नहीं जा सकता है। वैसे भी दोनों के बीच का रिश्ता ऐसा ही है कि शारदा चिढ़ना बंद नहीं करती और शबनम मन की करना बंद नहीं करती। कितने तो साल बीत गए दोनों को इसी तरह लड़ते-झगड़ते हुए।

उस दिन की सुबह भी हर दिन की तरह ही थी। देर से उठी शारदा ने अख़बार पढ़ा। शबनम को तो इन सबमें वैसे भी कोई रुचि नहीं थी। परिवेश का ही असर रहा। शारदा को कर्नल के साथ रहने की आदत थी इसलिए हर सुबह अख़बार से ही शुरू हुआ करती

थी। फिर ख़ुद भी स्कूल टीचर रही और पिता के घर भी सुबह की शुरुआत अख़बार पढ़ने से ही हुआ करती थी। उधर शबनम के घर का माहौल बिलकुल अलग रहा। जब शबनम छह साल की थी, तब उससे छोटी एक बहन थी साढ़े तीन साल की और माँ तीसरे बच्चे की तैयारी कर रही थी। ऐसे में शबनम पर अपनी छोटी बहन और घर दोनों की ही ज़िम्मेदारी आ पड़ी थी। लड़कियों का पढ़ना तो यहाँ बहुत दूर की कौड़ी थी। दो-तीन साल तक स्कूल जाने के बाद शबनम ने पढ़ना छोड़ दिया था। पढ़ना उसे यूँ भी ज़्यादा रास आया नहीं था। बहुत वक़्त गुज़र गया है इस सबको। बहुत पानी भी बह निकला है इस बीच। ज़िंदगियों ने ख़त्म होकर फिर से शुरुआत की है, ख़ुद शारदा की भी और शबनम की भी।

•••

कर्नल साहब की मौत के बाद शारदा ने ख़ुद ही ज़िंदगी को तरतीब दी थी। अल्पना तब प्री-मेडिसिन टेस्ट की तैयारी कर रही थी। बहुत चाहा था शारदा ने कि एक बच्चा और हो लेकिन शायद प्रकृति को ही मंज़ूर नहीं हुआ था। कर्नल हमेशा की तरह इस मामले में भी तटस्थ ही थे। शारदा ने धीरे-धीरे उनकी तटस्थता से समझौता कर लिया था। दोनों के बीच उम्र का फ़ासला भी था। कर्नल 45 से ऊपर थे, जब शादी हुई थी। शारदा ने भी पिता के न रहने पर भाई-बहन की ज़िम्मेदारी निभाई थी, फिर भाभी के आने पर उसकी शादी हो पाई थी।

आठ साल तक कमाते हुए उसने दोनों भाई-बहन की ज़िंदगियों को राह दिखाई दी थी। तब तक उसकी उम्र भी 32 पार हो ली थी। उन दिनों इतनी उम्र की लड़कियों की शादी बहुत मुश्किल से हुआ करती थी। उस पर नौकरी करती लड़की... सुनकर ही लोग बिदक जाते थे। कर्नल की पहले शादी हो चुकी थी। सरस्वती डिलीवरी के

समय ऐसी बीमार हुई कि न जच्चा बची न बच्चा। फिर कर्नल ने शादी का निर्णय लेने में बहुत साल लगाए। इस बार भी शारदा की दृढ़ता और समझदारी भा गई थी, नहीं तो बहुत सारी लड़कियों से मिले थे, उन्हें कोई भी इस लायक नहीं लगी थी कि शादी कर लें। वह जानते भी थे कि जिस किसी से भी शादी करेंगे, सरस्वती के साथ गुज़ारे तीन साल हमेशा कसौटी की तरह बीच में रहेंगे। ऐसे में कम उम्र की बेसब्र लड़की से शादी कर लेने में बहुत रिस्क भी था। फिर कहीं ज़मीर भी गवारा नहीं करता था।

शारदा को भी बहुत साल झिक-झिक करने के बाद लगा था कि इंसान का होना उसके हाथ की बात नहीं है। वह ख़ुद भी नहीं जानता है और वह होता चला जाता है। ख़ुद ने ही कब जाना था कि हर वक़्त आँखों में नमी भरे रहने वाली वह ख़ुद कब इतनी चट्टान हो जाएगी कि... नहीं, वह कुछ भी नहीं सोचना चाहती है। ख़ुश है आज। इस ख़ुशी को वह यों ही अतीत की जुगाली कर बर्बाद नहीं कर सकती है। आख़िर उस सबके सोचने से होना क्या है? जो गुज़र चुका है, उस पर सोचने का फ़ायदा भी क्या है... फिर हम बदल ही क्या सकते हैं? अब तक के जीवन से शारदा ने जाना है कि जीवन सिर्फ़ प्रवाह है, उसे रोकने की हर कोशिश नाकाम होती है। फिर वह यही सब अल्पना को लेकर क्यों नहीं सोच पाती है?

उफ़्फ़... फिर वही। शारदा समझ गई कि अब वह अख़बार में मन नहीं लगा पाएगी। उसने अख़बार पढ़ना बंद कर दिया। पोर्च से बाहर नज़र दौड़ाई, धूप निकल आई है। चाय कब की ख़त्म हो गई। कहीं से देसी घी के गर्म होने की तेज़ ख़ुशबू आ रही थी। उसकी भूख जाग गई। नाश्ता... पलट कर दरवाज़े पर टँगी घड़ी की तरफ़ देखा। 10 बज गए। अब तक मरी कर क्या रही है? बहुत देर से नज़र भी नहीं आई।

किचन की तरफ़ जाते-जाते ही शारदा को यक़ीन हो गया कि शबनम आज की सुबह कुछ स्पेशल बनाने वाली है क्योंकि देसी घी की ख़ुशबू बाहर कहीं से नहीं, बल्कि घर के भीतर से ही आ रही थी। कहीं दूर गाना बज रहा था, दिल है छोटा-सा छोटी-सी आशा... जब शारदा किचन में पहुँची, तो शबनम झूमते हुए कड़ाही में घोल छोड़ रही थी।

'क्या बात है? आज मुई क्या खिलाने वाली है?'

सवाल पर शबनम ने झूठमूठ का गुस्सा ज़ाहिर किया, 'कोई सप्राइज़ नहीं रहने देती हैं। आ गईं बावर्चीख़ाने में! मैं ला ही तो रही थी।'

'अरे, तो ख़ुशबू को रोककर रखती... मैं नहीं आती।' शारदा ने भी उसे चिढ़ाया, 'पर ये तो बता, तू बना क्या रही है?'

'अरे, मैंने सोचा बहुत दिनों से कुछ मीठा नहीं बनाया, तो आज आपको मालपुआ बनाकर खिलाऊँ।' थोड़ा झेंपते-शर्माते शबनम ने कहा।

'हाय, तू ना मुझे खिला-पिला कर ही मारेगी।' शारदा ने मौज में आकर कहा, 'चल साथ-साथ ही खाएँगे।'

एकाएक शारदा भावुक हो गई। पता नहीं कब किसका साथ छूट जाए। ऐसे ही तो एक दिन कर्नल चला गया था। ऐसी ही सर्दी की सुबह थी। कितना कहा करती थी कि देखो, सर्दी के दिनों में बहुत जल्दी उठकर घूमने मत जाया करो लेकिन फ़ौजी आदमी ठहरा। न वह किसी को अपने कहे से चलाता था और न ही ख़ुद किसी के कहे पर चलता था। अल्पना छुट्टियों में घर आई हुई थी। छुट्टियों के बाद उसके एग्ज़ाम थे, तो पढ़ाई के लिए जल्दी उठती थी। अपने

पापा को भी चाय पिला देती थी और ख़ुद भी बनाकर पी लेती थी। शारदा को अक्सर लगता था कि बेटी घर में हो, तो माँ को बहुत निश्चिंतता रहती है।

घूम कर आए, तो पसीना-पसीना हो रहे थे। शारदा बस उठकर चाय ही चढ़ा रही थी कि कर्नल हाँफते-हाँफते आए और लिविंग रूम के सोफ़े पर पसर गए। पसीने से भीग रहे थे। बहुत मुश्किल से बोले, घबराहट हो रही है और सीने में दर्द है। अल्पना ने सीपीआर भी दी और मेडिसिन भी, तुरंत अस्पताल ले गए। तीन घंटे तक गहरी अनिश्चितता के बाद कर्नल का पार्थिव शरीर लेकर घर लौटे थे। शाम तक जब दोनों तरफ़ से रिश्तेदार आए, तब तक तो सब कुछ ख़त्म हो चुका था। बड़े भाई साहब ने शिकायत भी की थी लेकिन शारदा को ख़ुद की ही सुध नहीं थी। जो जैसा कहता चला, वह करती चली गई थी। कोई सवाल उठा ही नहीं था, सुन्न जो हो गई थी। हाँ, मगर अल्पना को याद करती है, तो लगता है कि उस स्कूल जाती बच्ची ने कितना संयम और धैर्य रखा, न सिर्फ़ ख़ुद को बल्कि उसे और घर को भी संभालती रही थी।

बाद के दिनों में उसे जाने क्यों लगने लगा था कि अल्पना कर्नल की ही प्रतिकृति है और यह सोचकर उसे एक क़िस्म की आश्वस्ति हुआ करती थी। उसे लगता था कि पिता की मौत के बाद तो उम्र और ज़िम्मेदारियों ने उसे संभाल लिया लेकिन अब क्या करेगी? कहते हैं न कि वक़्त बड़ा मरहम है, चार-पाँच महीनों में ही ज़िंदगी ढर्रे पर आ गई। कर्नल का भौतिक अभाव शिद्दत से महसूस हुआ करता था लेकिन उसके बिना रहने की आदत भी धीरे-धीरे डेवलप होने लगी थी। अल्पना अपनी पढ़ाई और शारदा अपने स्कूल और घर के कामों में व्यस्त हो गई।

•••

शबनम ने आकर ट्रे टेबल पर रखी, तो शारदा मौज में मुस्कुराई, 'ख़ूब लंबी उम्र हो तेरी और ऐसे ही मुझे भी मौज करवा।' अभी दोनों ने खाना शुरू ही किया था कि देवेंद्र आ गया, 'कैसी हैं नानीजी?' कहते हुए बिलकुल सामने आ खड़ा हुआ।

'अरे आओ आओ... नाश्ता करो। देखो, शबनम ने मालपुए और पकौड़ियाँ बनाई हैं।' शारदा ने देवेंद्र को भी न्यौता दे डाला।

देवेंद्र ने शबनम को बहुत बेदिली से देखा। शारदा तो मौज में थी, नहीं देख पाई लेकिन शबनम ने देखा और यह पहली बार नहीं है कि देवेंद्र ने शबनम को इस तरह से देखा हो। जब भी देवेंद्र यहाँ आता है, उसे शबनम का यहाँ होना नहीं सुहाता है। शबनम समझ नहीं पाती है कि ऐसा क्यों है?

देवेंद्र ने सामने पड़े सोफ़े पर बैठते हुए एक भरपूर नज़र घर पर डाली। बड़े और चौड़े दरवाज़े से भीतर आओ, तो सामने ही भूरे रंग का बड़ा सोफ़ा दिखता है। उसके इर्द-गिर्द एक-एक भूरी कुर्सी, एक काउच, डायनिंग वाले ऊँचे हिस्से से टिकाकर लगाया दीवान और बीच में एक काँच की टेबल। सोफ़े और कुर्सी के इर्द-गिर्द की क़रीब तीन-तीन फुट की खाली जगह है। दीवान के पीछे तीन सीढ़ी चढ़कर एक चबूतरा है, जिस पर एक छोटी डायनिंग टेबल रखी है। काँच की साफ़-सुथरी टेबल पर चार मैट बिछे हैं, बीच के हिस्से में कटलरी, नमक और अचार के कलात्मक कंटेनर रखे हैं।

टेबल के पिछले हिस्से में एक दरवाज़ा है, जो कॉरीडोर में खुलता है। दाहिनी तरफ़ सीढ़ी है। सीढ़ी के पास ही एक दरवाज़ा, जो क़िचन में खुलता है। वहीं से अभी-अभी शबनम पानी के गिलास ट्रे में रखकर लाई है। इस घर के इर्द-गिर्द काफ़ी खाली जगह है,

जिसमें देसी घास लगी हुई है और दीवार से घिरी बाउंड्री से लगी क्यारियों में फूल-फल और सब्जियाँ लगी हुई हैं। मुख्य द्वार वाली दीवार के पास कुछ पेड़ लगे हैं, वैसे ही पिछले हिस्से में भी हैं। पीछे भी काफ़ी खुली जगह है।

किसी वक़्त यह जगह इस पुराने शहर के बाहर थी लेकिन बहुत तेज़ी से फैलते जा रहे इस शहर में अब यह बीचोबीच आ गई है। इस लगभग दस हज़ार स्केयर फ़ीट के कॉर्नर के प्लॉट पर दो वृद्ध होती स्त्रियाँ अपने जीवन की शाम का मज़ा ले रही हैं।

देवेंद्र ने मालपुए को चिमटे से उठाकर अपनी प्लेट में रखते हुए पूछा, 'कबीर कब आया था? मिला नहीं बहुत दिनों से।'

'अभी दीपावली पर ही आया था लेकिन ज़्यादा रुक नहीं पाया। एक तो अस्पताल से ज़्यादा छुट्टी नहीं मिलती है उसे, फिर वह अब्रॉड के लिए भी कोशिश कर रहा है, तो वहीं शहर में रहना ज़रूरी है इसलिए तीन दिन रुककर चला गया।' शारदा ने जवाब दिया।

'अब कब आने का है उसका? बहुत दिन हुए सारे दोस्तों से मिले हुए।' देवेंद्र ने बाहर लॉन की तरफ़ देखते हुए कहा।

'कुछ ठीक पता नहीं है। मैं इसलिए भी नहीं पूछती कि कहीं उसे दबाव न लगे, काम करते हुए और भविष्य की योजनाओं के चलते तमाम टेंशन हुआ करते होंगे। ख़्वाह-मख़्खाह उसे परेशान नहीं करना चाहती हूँ।' शारदा ने कहा।

'आप कैसी हैं? आपकी तबीयत ठीक रहती है न?' जिस तरह उसने शारदा से पूछा, शबनम का ख़ून खौल गया। पता नहीं शारदा ने इसे महसूस किया या नहीं लेकिन शबनम का मन इतना ख़राब

हो गया था कि वह उठी और टेबल से बर्तन समेटकर किचन में चली गई।

देवेंद्र जिस तरह घर का जायज़ा ले रहा था, शारदा को पसंद नहीं आ रहा था। देवेंद्र पहले भी आया करता था ऐसे ही। अभी पिछले दिनों वह अपने एक दूर के रिश्ते के चाचा को लेकर आया था। उन्होंने घर के बारे में बहुत सारे फ़िज़ूल के सवाल किए थे। शारदा देर तक सोचती रही थी कि आख़िर उसे क्या लेना-देना इस घर से।

आज देवेंद्र जिस तरह से घर को देख रहा था, शारदा को उस दिन की याद आ रही थी। उसका मन उखड़ गया। वह सोच रही थी कि कैसे देवेंद्र को जल्द से जल्द चलता करे। तभी शबनम ट्रे में चाय लेकर आ गई। शारदा को उस पर और भी ज़्यादा गुस्सा आया लेकिन मन मसोस लिया उसने अपना।

शबनम ने जैसे ही ट्रे रखी, तुरंत शारदा ने चाय का कप उठाया और उसे देवेंद्र के हाथ में थमा दिया। अब शारदा बहुत अनमनी हो चली थी। उसे जाने क्या सूझी कि उसने चाय का कप टेबल पर रखा और अंदर चली गई। थोड़ी देर बाद वह लौटी, तो शबनम से कहा, 'बारह बजे डॉक्टर से अपॉइंटमेंट है, जल्दी-जल्दी तैयार हो जाते हैं। ग्यारह तो यहीं हो गए हैं, अब लेट नहीं कर सकते।' फिर देवेंद्र की तरफ़ मुख़ातिब होते हुए कहा, 'बेटा, तुम आराम से चाय पियो तब तक हम तैयार होकर आते हैं।'

शबनम हतप्रभ होकर शारदा की तरफ़ देख रही थी। आज तो कोई अपॉइंटमेंट था ही नहीं लेकिन हमेशा की तरह वह चुप ही रही। वह जानती है कि वह पढ़ी-लिखी नहीं है, बहुत सारी चीज़ें वह समझती भी नहीं है। आपा बहुत पढ़ी-लिखी हैं। बहुत बड़ी-बड़ी

बातें करती हैं, उसे तो ज़्यादा कुछ समझ नहीं आता है। उन्होंने कहीं है, तो कोई बात तो होगी ही।

देवेंद्र अचानक शारदा के खड़े हो जाने से हड़बड़ा गया, 'नहीं नानीजी, आप तैयार हों। मुझे तो बस हाल-चाल जानना था, जान लिया। फिर कभी आऊँगा। नमस्कार।' दोनों हाथ जोड़कर वह निकल गया।

उसके जाते ही शबनम ने शारदा को प्रश्नवाचक निगाह से देखा। शारदा की पेशानी पर परेशानी की लकीर दिखी थी।

'क्या हुआ आपा? आप कुछ परेशान दिख रही हैं?' शबनम ने पूछा।

'इस लड़के का आना न, मुझे जाने क्यों भाता नहीं है आजकल। नेगेटिव वाइब्स आती हैं इसके आने से।' शारदा ने सामने की खिड़की से बाहर की तरफ़ देखते हुए कहा।

शबनम ने फिर से देखा। उसे शारदा की बात पूरी तरह से समझ नहीं आई, सिवाय इसके कि वह परेशान लग रही थी।

'चलिए छोड़िए, चला गया अब तो वह।' शबनम ने शारदा से कहा।

'हाँ, चला तो गया है लेकिन उसके इस तरह बार-बार आने से मन विचलित हो जाता है। समझ नहीं आ रहा है कि वह इस तरह बार-बार क्यों आता है?' शारदा ने सोफ़े पर बैठते हुए कहा।

शबनम को अब भी कुछ समझ नहीं आ रहा है, 'आपको क्या लगता है, वह क्यों आता है?'

'नहीं समझ पा रही हूँ लेकिन उसका आना मुझे परेशान करने लगा है। चलो छोड़ो, आज लंच बाहर करें क्या?' शारदा पूछती है।

'क्यों आपा? नाहक पाँच सौ रुपए क्यों ज़ाया करें। यहीं बना लेती हूँ आपकी पसंद का खाना।' शबनम ने कहा, तो शारदा ने उसे घूरा।

'मरी, पैसे ले जाना अपनी छाती पर बाँधकर। कभी तो मन करता है, पहन-ओढ़कर घर से निकलें। चल तैयार हो जा। बाहर ही खाना खाएँगे।' शारदा ने डाँटने की एक्टिंग करते हुए कहा।

दोपहर दोनों खाना खाकर लौटीं। होटल में खाना खाने के बाद दोनों ने रबड़ी भी खाई। ऐसे में नींद आ जाना कोई बड़ी बात नहीं थी। चेंज किया, थोड़ी देर टीवी देखती रहीं दोनों। कोई सास-बहू का सीरियल चल रहा था कि शबनम ने उबासी ली। शारदा उसे देखकर मुस्कुराई, 'जा, जाकर सो जा। कुंभकर्ण की बेटी है। सिवा नींद के कुछ नहीं सूझता है तुझे।' शबनम ने उलाहना देती नज़र से देखा और मुस्कुराई।

'जा, जा... सो जा। मुझे जब नींद आएगी, तब मैं भी सोने चली आऊँगी।' शारदा ने कहा। शबनम अपना दुपट्टा संभालते हुए सोफ़े से उठ खड़ी हुई।

शबनम के चले जाने से शारदा एकदम खाली हो गई। उसने एक नज़र घर पर दौड़ाई। चार बेडरूम, हॉल-किचन का खुला-खुला सा घर। जाने क्या सोचकर कर्नल अरुण ने शहर के इस हिस्से में यह ज़मीन ख़रीदी थी। घर के पिछले हिस्से में एक सर्वेंट क़्वॉर्टर भी बनवाया था। अभी बस पंद्रह दिन पहले ही शंभू और सावित्री गाँव गए हैं, शंभू की माँ की मौत की वजह से। शंभू घर में माली का काम करता है और सावित्री घर के दूसरे काम। बस किचन ही है, जिसे शबनम नहीं छोड़ती है। शंभू और सावित्री का बेटा दीपक शारदा की गाड़ी भी चलाता है और प्लास्टिक के सामान का ठेला भी लगाता है। गाड़ी हर दिन तो कहीं जाती नहीं है,

कभी-कभी ही बाहर जाने का काम पड़ता है। फिर शारदा ख़ुद भी गाड़ी ड्राइव कर लेती है लेकिन अब वह आलस कर जाती है। एक-दो दिन में शंभू का परिवार भी लौट आने वाला है। घर फिर से गुलज़ार हो जाएगा।

बाहर की ओर खिड़की से देखते हुए उसे क्यारियों में गुलाब झूमते दिखाई दिए। हालाँकि अभी ठीक से सर्दी शुरू नहीं हुई थी, फिर भी शंभू की देखभाल से उसके घर का बगीचा एकदम रंगीन रहता है। कितना तो शौक़ था कर्नल को फूलों का। शारदा लॉन की धूप के पीछे के अंधियारे को देखने लगी। कर्नल के जाने के बाद चार-पाँच महीनों तक तो शारदा को सुध ही नहीं रही घर की। जैसे-तैसे शंभू और सावित्री ने संभाल लिया था। अल्पना मेडिसिन पढ़ने बाहर जा चुकी थी। शारदा बिलकुल अकेली हो गई थी। पास के गाँव में कर्नल ने खेती के लिए बड़ी ज़मीन ले रखी थी। जब तक कर्नल थे, तब तक वह हर सप्ताह वहाँ जाते थे। वहाँ रामलाल अपने परिवार के साथ रहता था और देखभाल करता था। उस जगह को नर्सरी बनाने का विचार था कर्नल का लेकिन बस काम शुरू ही हो पाया था कि कर्नल चले गए।

कर्नल के जाने के छह महीने बाद से शारदा ने फिर वहाँ जाना शुरू किया। धीरे-धीरे नर्सरी डेवलप होने लगी। रामलाल का बेटा अजय पढ़ाई में बहुत होशियार था। शारदा ने अपनी इच्छा बताई कि अजय को हॉर्टिकल्चर में एमएससी करना चाहिए। अब वह शारदा की नर्सरी संभाल रहा है।

जब अल्पना ने ज़हीर से शादी का अपना विचार शारदा को बताया, तो उसे झटका लगा था। एक तो ज़हीर मुसलमान, फिर शादीशुदा। अपनी बेटी की तो चिंता हुई ही थी, अनैतिक भी लगा था उस लड़की के लिए, जो ज़हीर की पहली बीवी थी। कई दिनों

तक बहुत लंबी बहस चली थी दोनों के बीच। फिर शारदा ने ही सुलह कर ली थी। नफ़रत के तो तर्क होते होंगे, प्रेम का कोई तर्क नहीं होता है। न शारदा के पास था और न ही अल्पना के पास। मुंबई में हुई शादी में पहली बार शारदा ने शबनम को देखा था। तीस साल के ज़हीर की बमुश्किल सैंतालिस साल की माँ शबनम।

शारदा की उम्र पचपन थी तब। मझौले क़द की दुबली-पतली गोरे रंग की शबनम लगती ही नहीं थी कि ज़हीर की अम्मी हैं। वह मिलीं, तो बहुत सहमी और उदास थीं। शारदा के मन में भी एक क़िस्म का रोष था। बच्चों की ज़िद से शादी करनी थी, बस इतना ही था। सुबह की फ़्लाइट से पहुँची थी, देर रात की फ़्लाइट से लौट भी आई थी। बहुत आहत होकर लौटी थी। यूँ ज़हीर बहुत सादा तबीयत, ज़हीन और ख़ासा हैंडसम लड़का लगा था लेकिन फिर भी शादीशुदा और एक पाँच साल के बच्चे का बाप था। अल्पना ने उसे बताया था कि उसने अपनी पत्नी को तलाक़ दे दिया है। शारदा को लगा कि जब वह अपनी पसंद की शादी की हुई लड़की को तलाक़ दे सकता है, तो दूसरी को भी दे ही सकता है। कौन रोक सकेगा उसे लेकिन इन सारे प्रश्नों का हासिल क्या? कुछ नहीं।

कई दिन शारदा ख़ुद को अपमानित महसूस करती रही। अल्पना ख़ुद से ही फ़ोन किया करती थी। शारदा जैसे उन दिनों टूट-सी गई थी। उसने ख़ुद को पूरी तरह से नौकरी में झोंक दिया था। घर में शंभू और सावित्री का सहारा था। शारदा ने ही अजय को हॉर्टिकल्चर में पढ़ाने का विचार दिया था, तो अजय यहाँ रहकर पढ़ने लगा था। शारदा ने धीरे-धीरे ख़ुद को रमाना शुरू कर दिया था। अजय के रहने से उसे घर में उतना अकेलापन नहीं खलता था। फिर एक दोपहर अल्पना ज़हीर के साथ एकाएक घर आ पहुँची थी।

ख़ुशखबरी यह थी कि अल्पना माँ बनने वाली है। चूँकि प्रेग्नेंसी में कुछ कॉम्प्लीकेशंस थे इसलिए डॉक्टर ने उसे रेस्ट की हिदायत दी थी। वह माँ को ख़ुद ख़ुशख़बरी देने आई थी। शारदा यूँ तो बहुत आहत थी लेकिन दो साल में बहुत कुछ धुँधला गया था, फिर वह नानी बनने वाली थी। उसने अल्पना को माफ़ कर दिया। उसके जीवन में जैसे फिर से सब ज़िन्दा हो गया था।

अल्पना जब आई थी, तब पाँचवाँ महीना चल रहा था। शारदा ने उसे यहीं रोक लिया था। ज़हीर मुंबई लौट गया था। बीच-बीच में मिलने आता रहता था। वह नवंबर की शाम थी। सुबह से ही अल्पना सुस्त-सुस्त थी। डॉक्टर ने बीस नवंबर की डेट दी थी। अभी तो बस पंद्रह तारीख़ ही हुई थी लेकिन शाम की चाय के दौरान अल्पना ने बताया कि उसे लेबर पेन हो रहा है। देर रात तीन बजे अल्पना ने बेटे को जन्म दिया था। कबीर ने आकर अल्पना और शारदा के बीच की दरार को पाट दिया था।

...

उस शाम कबीर ने मनु को कॉल किया, तो उसका फ़ोन बंद मिला। देर शाम फिर से कॉल किया, तब भी फ़ोन बंद ही था। व्हाट्सऐप पर मैसेज किया, तो वह भी नहीं पहुँचा। कबीर को चिंता हुई। उसने मनु के घर पर फ़ोन किया। वॉइस मैसेज भी ड्रॉप किया लेकिन मनु की कोई ख़बर नहीं मिली। देर रात तक वह मनु से संपर्क करने की कोशिश करता रहा। उसे एकाएक जैसे मनु की धुन लग गई थी और उससे संपर्क न हो पाने ने उसे बहुत बेचैन कर दिया था।

हॉस्पिटल में उसकी ड्यूटी दोपहर से थी। यूनिवर्सिटी के समय वह सीधे ही मनु के डिपार्टमेंट जा पहुँचा। हालाँकि उसे कम ही उम्मीद

थी कि मनु से मुलाक़ात हो पाएगी क्योंकि यदि उसका फ़ोन बंद है, तो या तो उसने ख़ुद ही ऐसा किया है या फिर वह किसी परेशानी में है। वह शुभ्रा से मिलने हिस्ट्री डिपार्टमेंट चला गया। शायद उसे मनु की कोई ख़बर हो? शुभ्रा से कबीर मनु के घर पर कई बार मिल चुका था। उसने शुभ्रा से पूछा, 'मृणालिनी मैडम की कोई ख़बर है? कहाँ हैं वह?'

'दी बाहर गई हैं। कहाँ गई हैं, उन्होंने यह नहीं बताया। बस इतना कहा कि वह नहीं चाहतीं कि उन्हें कोई डिस्टर्ब करे।' शुभ्रा ने जवाब दिया। कबीर एकदम से अनमना हो गया। कोई... कोई शब्द उसके ज़ेहन में अटक गया। उसने तय किया कि वह मनु से संपर्क करने की कोई कोशिश नहीं करेगा। आख़िर वह उसे बिना बताए ही तो गई है। ज़ाहिर है, वह नहीं चाहती होगी कि मैं जानूँ कि वह कहाँ गई है।

वह लौट आया लेकिन वह उदास था। सब उसे ठंडा और नम-नम लग रहा था। मनु के इस व्यवहार ने उसे आहत किया था। आख़िर मनु ने उसके साथ ऐसा क्यों किया? फिर उसने विचार किया कि ऐसा तो नहीं है कि उनके बीच कोई करार है कि वह एक-दूसरे को अपनी हर बात बताएँगे, तो फिर आज उसे इतना उदास और आहत क्यों महसूस हो रहा है?

वह उसी उदास मन:स्थिति में हॉस्पिटल चला गया। तमाम व्यस्तताओं के बीच भी उसके भीतर जैसे कोई रिक्त ठहरा हुआ था। उदासी बनी ही हुई थी। ज़रा फ़ुर्सत मिलती कि सब लौट-लौट आता। देर रात जब वह घर लौट रहा था, उसे लगा जैसे यह पूरा शहर खाली हो गया है और वह यहाँ इस उजाड़ और वीरान शहर में प्रेत की तरह घूम रहा है। उसका अहम नर्म पड़ा। उसने फिर से मनु को फ़ोन लगाया, फिर से फ़ोन स्विचऑफ़ ही आया।

उसने अपना मन डायवर्ट करने के लिए कल सुबह रायना के साथ साइकिलिंग करने के लिए ख़ुद को फ़ोकस करना चाहा, तो उसे लगा कि दरअसल उसे रायना के साथ जाने के विचार से भी कोई उत्साह नहीं आ रहा है। उसकी पूरी चेतना मनु और मनु के फ़ोन पर अटकी हुई है। इससे पहले उसे कभी लगा ही नहीं कि मनु उसकी ज़िंदगी में इस क़दर धँसी हुई है। वह विचार करता है कि जब तक उसे यह पता नहीं था कि वह शहर में नहीं है, तब तक वह निश्चिंत था, जैसे ही उसे यह पता चला कि मनु शहर से बाहर है उसका मन डूब गया, आहत हो गया।

उसने मनु को मैसेज किया, फिर एक साथ कई मैसेज किए मगर एक भी रिसीव नहीं हुआ लेकिन संतोष यह हुआ कि उसने मैसेज किए हैं। उस तक कभी भी पहुँचें, पहुँचेंगे ज़रूर। यह बड़ी अजीब बात है लेकिन एकाएक उसने यह तय कर लिया कि उसे यह शहर कुछ दिन के लिए छोड़ देना है।

कबीर का यहाँ मन उचटने लगा था। उसने तय किया कि कुछ दिन छुट्टी लेकर वह नानी के साथ रहेगा। इस बहाने मन भी बदलेगा। आख़िर इसी अस्पताल में रहकर ख़त्म तो नहीं होना है न! उसने तुरंत मेल लिखी और छुट्टी के लिए अप्लाई कर दिया। जानता था कि एडजस्टमेंट करने में कुछ दिन लगेंगे लेकिन एक बार जब हम निर्णय कर लेते हैं, तो मन सारी दुविधाओं से मुक्त हो जाता है। जैसे ही छुट्टी सेंक्शन होगी, वह घर निकल जाएगा। आख़िर नानी कितने दिनों से बुला रही हैं।

सुबह जागकर उसने सबसे पहले मैसेजेस चेक किए। मनु ने मैसेज किए थे। उसे जैसे इत्मीनान हुआ। उसके भीतर की उदासी धुँधली होने लगी। उसने सोचा, दोपहर को वह फ़ोन करेगा। सुबह से वह घर जाने की तैयारी करने में लग गया। नाश्ता करने के बाद

उससे रहा नहीं गया और उसने मनु को फ़ोन लगा लिया। मनु से बात करने के बाद वह शांत हो गया, उसने लंबी-गहरी साँसें लीं। अपने लिए कॉफ़ी बनाई और बरामदे में आकर बैठ गया। कॉफ़ी पी रहा था, तभी लीव मंज़ूर होने का मेल आ गया। कबीर ने सामान उठाया, ताला लगाया और निकल गया।

•••

शारदा यादों की गलियों से कब नींद की गलियों में गोता लगा गई, उसे ख़ुद पता नहीं चला। देर शाम उसकी नींद शबनम के जगाने से खुली, 'उठिए आपा, देखिए कौन आया है!' कहकर शबनम ने शारदा को जगाया।

'कौन आया है? इतनी अच्छी नींद आ रही थी। मजाल है तुझे मेरा कोई सुख बर्दाश्त हो जाए!' शारदा कुढ़ती हुई उठी, तो शबनम ने शरारत से मुस्कुराते हुए अपने मुँह पर हथेली रख ली।

'नानी!' कहता हुआ कबीर शारदा के गले लग गया।

'हाय कब्बू, कब आया? इत्तला भी नहीं दी!' शारदा उछाह में भीग-भीग गई।

'बस अभी, मुझे आपकी याद आ रही थी। सोचा, क्यों न कुछ दिन आपके पास ही रहूँ।' कबीर नानी से मुस्कुरा कर कहता है। शबनम के मन में कुछ खटकता है।

'कब चला था शहर से?' शारदा पूछती है।

'यही दो बजे के लगभग। छुट्टी की सूचना देर से मिली, तो देर से निकल पाया। नहीं तो सुबह ही आ जाता है।'

'तो भूख लगी होगी न तुझे?' शारदा ने चिंतित होकर पूछा। शबनम यह सुनते ही किचन की तरफ़ जाने लगी। कबीर ने उन्हें रोकते हुए कहा, 'दादी, खाना अब रात को ही खाएँगे। अभी तो कुछ हल्का-फुल्का नाश्ता ही करूँगा।'

नाश्ता करके कबीर थोड़ी देर सोने चला गया। जब जागा, तो शाम ढल गई थी। सर्दियों में यूँ भी शाम जल्दी ढल जाती है। शबनम ने कबीर की पसंद की पकोड़ा कढ़ी बनाई थी। खाना खाकर तीनों ड्रॉइंग रूम में आकर बैठ गए।

कबीर ने नानी से पूछा, 'फ़िल्म देखने चलें?'

नानी ने लाड़ से गुस्सा दिखाया, 'अरे हट, इस सर्दी में कौन थियेटर जाएगा? यहीं जुगाड़ करता हो कुछ, तो कर।'

'चलो यहीं फ़िल्म देखते हैं। कौन-सी फ़िल्म देखना पसंद करेंगी, आपके ज़माने की या हमारे ज़माने की?' कबीर ने पूछा, तो शारदा ने शबनम की तरफ़ देखा। हालाँकि शारदा को पता है उसे तो वही रोतली फ़िल्में पसंद आएंगी। फिर उसने ही कहा, 'तुझसे क्या पूछूँ, तुझे तो वही रोतली फ़िल्में देखनी होंगी। ऐसा कर कब्बू, तू तो 'चलती का नाम गाड़ी' लगा दे। बहुत बरस हो गए देखे हुए।'

कबीर फ़िल्म डाउनलोड करते हुए बोला, 'नानी यार, फ़िल्म शुरू होने से पहले कॉफ़ी पिलाओ आप अच्छी वाली।'

नानी ने आँखे तरेरी, 'तुझसे अच्छी तो शबनम है, मुझे एक काम नहीं करने देती है। एक तू है, तुझे मेरे हाथ की कॉफ़ी चाहिए। ठीक है, फ़िल्म लगा। मैं कॉफ़ी बनाकर लाती हूँ।'

शारदा को भीतर जाते देख शब्बो भी उठी, तो शारदा ने लाड़ से डपटा, 'अब तू काहे पीछे-पीछे आ रही है? कॉफ़ी ही बनानी है, कोई पहाड़ थोड़ी उठाना है कि तू हाथ बँटा देगी!' शबनम मुस्कुराकर रह गई।

शारदा कॉफ़ी लेकर आई, तब तक कबीर की फ़िल्म डाउनलोड हो गई थी। उसने पेन-ड्राइव टीवी में लगा दी। शबनम भीतर से कंबल उठा लाई। शबनम काउच पर और शारदा ने सोफ़े पर लेटकर कंबल ओढ़ लिया। कबीर दीवान पर पसर गया। सबने कॉफ़ी के कप अपने पास रख लिए। लाइट बुझा दी गई। टीवी की स्क्रीन पर चित्र उभरने लगे।

फ़िल्म ख़त्म हुई, तो सबके चेहरे खिले हुए थे। सब सोने चले गए।

सुबह जागते ही कबीर ने सोचा कि आज वह अपने पुराने दोस्तों से मुलाक़ात करेगा। दिवाली पर आया था, तो वक़्त भी नहीं था। आज का दिन वह दोस्तों से मिलेगा, फिर कुछ प्लान करेगा। पिछले कुछ दिनों से उसे अच्छा-अच्छा-सा लग रहा है।

कई बार उसे मनु की कही बातें याद आ जाती हैं। कल सफ़र में उसने अपनी मोबाइल गैलरी में मनु के फ़ोटो खंगाले थे। वह बार-बार अलग-अलग एंगल से उसकी तस्वीरों को देख रहा था। उसकी याद में यह पहली बार ही हुआ कि मनु उसकी ज़िंदगी से अनुपस्थित हुई। यह अनुपस्थिति उसे पहली बार महसूस हुई। एक बार फिर वह उसे याद करते हुए लेट गया। कंबल कंधे तक खींच लिया और छत को देखने लगा। उसे कुछ अलग-सा नया-सा महसूस होने लगा, जैसे शरीर में कुछ गुनगुना गाढ़ा हल्के से रेंग रहा हो। मुँह में चीनी घुल आई हो।

उसने गहरी साँस ली। बिना वजह ही मुस्कुराया और पास पड़े तकिए को बाँहों मे ले लिया। औंधा होकर उस पर सिर टिका लिया। उसे सुरूर-सा आने लगा और पलकें भारी हो गईं। उसने आँखें मूँद लीं। देर तक वह इसी तरह पड़ा रहा।

नानी ने आवाज़ लगाई, 'कब्बू, कब तक सोएगा? अब उठ जा, नाश्ता बन गया है।'

'आप लोग शुरू करें, मैं आ रहा हूँ।' कहकर कबीर उठा और जल्दी-जल्दी फ्रेश होकर नीचे आया।

'नाश्ते में क्या बना है आज?' टेबल पर बैठते हुए पूछा।

शबनम ने मुस्कुराते हुए जवाब दिया, 'दाल कचौड़ी और गाजर का हलवा!'

'वाओ दादी, दिन बना दिया आज तो आपने!' अपनी तरफ़ प्लेट सरकाते हुए कबीर ने कहा।

'बहुत स्वाद है इसके हाथ में। मुझसे तो रहा ही नहीं जा रहा है।' कहते हुए शारदा ने बिना इंतज़ार किए कचौड़ी का टुकड़ा मुँह में डाल लिया।

'संभलकर आपा... गरम है बहुत।' शबनम ने कहा, तब तक तो शारदा हा... हा... करने लगी।

'लगा गरम... मैं कहती, इत्ते में तो मुँह में रख लिया। रुको अब!' शबनम ने उठकर पानी दिया। कबीर को हँसी आ गई।

'तू क्यों हँस रहा है? तुझे बड़ा मज़ा आ रहा है!' शारदा ने कबीर को हँसते देखा, तो चिढ़कर कहा।

'बहुत बचपना है नानी आपमें।' कबीर ने कहा, तो शब्बो उसे देखकर मुस्कुराई।

जनवरी की धूप भीतर चली आई।

नाश्ता करके कबीर तैयार होने चला गया। वहीं से उसने देवेंद्र को फ़ोन किया। सारे दोस्त पुराने मिडिल स्कूल के पीछे वाले मंदिर के पास चाय की दुकान पर मिलने वाले हैं। इस पुराने क़स्बेनुमा शहर में चाय की वह दुकान बहुत फ़ेमस है। जिसने एक बार इस दुकान की चाय पी ली, वह बार-बार यहीं चाय पीने आएगा। कबीर को भी बहुत वक़्त हो गया वहाँ गए और वहाँ की चाय पिए। वह अपने स्कूल के दोस्तों से मिलने को लेकर बहुत उत्साहित है। मन अच्छा होता है, तो सब कुछ अच्छा-अच्छा-सा लगने लगता है। वह घर से निकला, तो सुबह के साढ़े ग्यारह बज चुके थे।

यूँ वह पुराना मिडिल स्कूल बहुत दूर नहीं था लेकिन जब मिलने की जल्दी हो, तो लगता है उड़कर चले जाएँ। उसे लगा कि उसे अपनी बाइक यहाँ रखनी चाहिए। आख़िर यहाँ भी तो उसे बाहर आना-जाना पड़ता है। उसने रिक्शा लिया और वहाँ पहुँचा। वहाँ पहुँचकर देखा, तो अनिरुद्ध और आलोक ही दिखे। अनिरुद्ध के घुँघराले बाल और भी ज़्यादा घुँघराले हो गए थे। रविवार का दिन था इसलिए जो कोई भी इस शहर में है उन सबके आने की उम्मीद थी, अन्यथा सबके पास अपनी-अपनी व्यस्तताएँ हैं।

अनिरुद्ध ने मुस्कुराकर उसका स्वागत किया और गले लगा लिया। वह अब भी कबीर के लिए उतना ही तरल है, जितना पहले था। तब भी, जब माँ उसे यहाँ छोड़कर चली गई थी और वह बहुत उदास रहने लगा था। अनिरुद्ध को कबीर अन्नू कहता है।

'कैसा है अन्नू?'

'मैं अच्छा हूँ, तू कैसा है?' अनिरुद्ध ने उससे पूछा।

तब तक आलोक भी अपनी बाइक टिकाकर आ पहुँचा था। आलोक ने आकर उसे बाँहों में घेर लिया था। अनिरुद्ध ने मुस्कुराकर कहा, 'इसे बधाई दे। जल्द ही नयना से शादी करने वाला है।'

'सच? और वह मान गई!' कबीर ख़ुशी से उछला और आलोक को गले लगा लिया।

'मानेगी कैसे नहीं, सुवर्णा ने जो मनाया है!' कहकर आलोक ने अनिरुद्ध की तरफ़ देखा था। कबीर ने नज़र दौड़ाई, तो अनिरुद्ध को झेंपते पाया।

'ओहो... तो तू भी?' कबीर ने पूछा, तो अनिरुद्ध और झेंपकर कबीर के क़रीब आ गया और उसके कंधे पर अपना सिर रख दिया।

'बहुत तरक़्क़ी हो रखी है भई सबकी?' कबीर ने कहा, तो आलोक ने उससे पूछा, 'और तूने नहीं की?'

'नहीं। अब्रॉड जाने की योजना पर काम कर रहा था, अब लगता है यह देश भी बुरा नहीं है।' कबीर ने जिस तरह खोए-खोए तरीके से कहा, तो अनिरुद्ध मुस्कुरा दिया। फिर उसने कहा, 'मेरा भी तो पीएससी के बाद...? आलोक की बात अलग है, उसके पास फ़ैमिली बिज़नेस है।'

'और इस देवेंद्र का क्या सीन है?' कबीर ने पूछा।

'लगा हुआ है फ़ील्डिंग में... पार्टी अध्यक्ष की भतीजी के चक्कर में है और पार्षद के टिकट के भी।' आलोक ने कहा।

'यू मीन पॉलिटिक्स?' कबीर ने आश्चर्यचकित होते हुए पूछा।

'तो... पिछले कई वर्षों से लगा हुआ है। तुझे नहीं पता?' अनिरुद्ध ने पूछा।

'नहीं, हम संपर्क में ही नहीं थे। वो तो नानी ने बताया कि वह अक्सर हाल-चाल पूछने आ जाया करता है, तो उससे ही मैंने कहा कि हम सब मिलते हैं। वैसे वह आया क्यों नहीं अब तक?' कबीर ने कहा।

अनिरुद्ध और आलोक दोनों एक दूसरे को देखकर रहस्य से मुस्कुराए, फिर अनिरुद्ध ने कहा, 'आज तो विवाह की तैयारियों में लगा होगा अध्यक्षजी के घर पर?'

'विवाह... किसका विवाह?' कबीर ने पूछा, तो दोनों ठठाकर हँस पड़े।

'आज देवउठनी ग्यारस है। आज अध्यक्षजी के यहाँ पूरे धूमधाम से तुलसी विवाह किया जाएगा। दूर-दूर से मेहमान आएँगे, रिसेप्शन होगा। चार दिन से तैयारी चल रही है।' अनिरुद्ध ने जवाब दिया।

'हो सकता है वह आज मिलने आए ही न?' आलोक ने दूर देखते हुए कहा।

'वैसे पॉलिटिक्स के अलावा और क्या कर रहा है आजकल देवेंद्र?' कबीर ने पूछा।

'भाई इस वक़्त पॉलिटिक्स ही सबसे अच्छा करियर है, बिज़नेस है और इंवेस्टमेंट भी। यहाँ से बहुत सारे ऑप्शंस खुलते हैं, मिलते हैं।' अनिरुद्ध ने हिकारत से कहा।

'तुम दोनों के बीच कुछ हुआ है क्या?' कबीर अनिरुद्ध की बातों से अंदाज़ा लगाता है और पूछता है।

'ऊँहूँ, कुछ नहीं। बस तू थोड़ा सतर्क रहना।' अनिरुद्ध कहता है, तो आलोक कबीर के और क़रीब आ जाता है। वह कुछ कहने के लिए मुँह खोल ही रहा होता है कि अनिरुद्ध उससे कहता है, 'छोड़ यार।'

कबीर देखता है कि सामने देवेंद्र बाइक टिका रहा है। देवेंद्र जहाँ बाइक खड़ी कर रहा है, वहाँ तीन-चार पुलिसवाले भी खड़े हैं। उन्होंने देवेंद्र को कुछ कहा और वह अपनी बाइक लेकर थोड़ा और आगे आ गया। अब उसने अपनी बाइक मस्जिद के पास वाली गली में खड़ी कर दी और उन लोगों की तरफ़ बढ़ा, 'सॉरी यार, थोड़ा लेट हो गया।' देवेंद्र ने कबीर से हाथ मिलाया, फिर उसे गले लगा लिया। कबीर ने देखा कि अनिरुद्ध ने आलोक की तरफ़ देखा। आलोक मुस्कुराया।

'वैसे लेट क्यों हो गया?' कबीर ने सहज रूप से सवाल किया।

'यार आज पांडेजी के यहाँ बड़ा आयोजन है तुलसी-विवाह का। बारातियों की अगवानी का काम मेरे हिस्से है, तो थोड़ी तैयारी में लगा हुआ था।' देवेंद्र ने कहा।

'बाराती...?' कबीर चकित हो गया।

'हाँ, कुछ लोग घराती हैं, कुछ बाराती। कल रात बाहर से लोग आए हैं। शहर के तीन होटलों में क़रीब साठ रूम बुक किए गए हैं। तुम लोग आओ आज, बहुत मज़ा आएगा।' देवेंद्र ने कहा।

'ऐसा पहले भी हुआ है या इसी साल हो रहा है?' कबीर ने पूछा।

'यार, अब तक विपक्ष में थे। अब सत्ता में आ गए हैं, तो तीन साल से इस तरह के धार्मिक आयोजन हो रहे हैं।' अनिरुद्ध ने थोड़ा तल्ख़ होकर कहा।

'हाँ तो? इसमें क्या बुराई है! हमारा देश है, क्या इसमें हम अपने त्योहार-उत्सव भी नहीं मना सकते?' देवेंद्र ज़रा तल्ख़ होकर पूछता है। कबीर अनिरुद्ध और आलोक के चेहरे देखता है। दोनों अनमने दिखाई देते हैं।

'नहीं, बुराई तो कुछ नहीं है लेकिन यह एक तो फ़िज़ूलख़र्ची है, दूसरे आडंबर को बढ़ावा देना नहीं है क्या?' कबीर से रहा नहीं जाता है।

'यार, तू एक अलग माहौल से आया है। तुझे हिन्दू धर्म के बारे में क्या पता? तेरे तर्क से तो हमें कोई त्योहार नहीं मनाना चाहिए। सबमें ही आडंबर है। बकरीद पर क़ुर्बानी आडंबर नहीं है?' देवेंद्र आक्रोश में कहता है, तो कबीर आहत हो जाता है।

'ये जो पुलिसवाले देख रहे हो, ये इसलिए लगे हुए हैं कि रात के आयोजन में ये मुल्ले विघ्न न खड़ा करें। जहाँ मंदिर होता है, इनकी मस्जिद वहाँ ज़रूर होती है। क्यों होती है? ताकि ये हमारे उत्सवों में हंगामा खड़ा कर सकें। इस बार तो रविवार को है देवउठनी ग्यारस, एक बार शुक्रवार को थी। यह जगह छावनी हो गई थी। हमारे देश में हम अपने ही त्योहार नहीं मना सकते हैं!' देवेंद्र कहते हुए लाल हो गया।

अनिरुद्ध कबीर की तरफ़ देखकर व्यंग्य से मुस्कुराया। देवेंद्र ने उसे ऐसा करते देख लिया था लेकिन अनिरुद्ध ने नज़रें फेर लीं। आलोक ने माहौल को हल्का करने की गरज से कहा, 'सिर्फ़ चाय ही बोलूँ या कुछ खाने के लिए भी ऑर्डर करूँ?'

'नहीं यार, मैं तो नाश्ता करके ही चला था। मैं सिर्फ़ चाय ही लूँगा। तुम लोगों को कुछ खाना हो, तो अपने लिए ऑर्डर कर लो।' कबीर ने कहा।

'मैं भी कुछ नहीं खाऊँगा, आज एकादशी है।' देवेंद्र ने कहा।

'ठीक है भई, हम दोनों तो बिना कुछ नाश्ता किए ही आए हैं, हम तो खाएँगे। आलोक पकौड़े खाएगा, प्याज के पकौड़े ऑर्डर कर दे।' अनिरुद्ध ने कहा।

'यार तुम लोग एकादशी न करो न सही लेकिन एकादशी वाले एक दिन प्याज तो छोड़ ही सकते हो?' देवेंद्र ने आलोक की तरफ़ देखते हुए कहा। कबीर ने देवेंद्र की तरफ़ देखा, फिर आलोक की तरफ़। आलोक का चेहरा तमतमा गया।

'भाई हमने तुमसे तो नहीं कहा कि तुम एकादशी क्यों कर रहे हो? तुम करो जो तुम्हें करना है, हमें वो करने दो जो हमारा मन कहता है।' आलोक ने कहा, तो कबीर ने आलोक की तरफ़ देखा। उसकी नज़र में आलोक की तारीफ़ थी। आलोक कभी इतना साहसी और स्पष्टवादी नहीं था। वह हमेशा ही अति विनम्रता और अपने परिवेश के बोझ तले दबा हुआ लड़का ही नज़र आता रहा है। उसमें एकाएक जैसे आत्मविश्वास देखा था कबीर ने।

देवेंद्र ने हिकारत में सिर झटका, कुछ बुदबुदाया। उसी समय मटमैली पीच रंग की टी-शर्ट और ख़ाकी रंग का लोअर पहने एक पतला-सा लड़का टेबल पर स्टील की प्लेट में पकौड़े और एक प्लास्टिक की पीली-सी कटोरी में चटनी रख रहा था। देवेंद्र ने रुआब से उससे पूछा, 'चाय कब लाएगा हरि?'

उसने देवेंद्र की तरफ़ विनम्रता से देखकर जवाब दिया था, 'बस भइया बन रही है, अभी लाता हूँ।'

'ज़रा जल्दी ले आ, मुझे पांडेजी के यहाँ जाना है।'

'सुबह का भोज कहाँ है भइया?' हरी ने ख़ुश होकर देवेंद्र से पूछा।

'सुबह का भोज तो हर मेहमान का उसके होटल में ही है। शाम को पांडेजी के कुएँ पर है। आओगे न तुम लोग?' देवेंद्र ने पूछा।

'हाँ, हाँ। आएँगे क्यों नहीं!' ख़ुश होकर उसने जवाब दिया। तभी उसे किसी ने पुकारा और वह वहाँ से चला गया। देवेंद्र ने एक-एक करके सबके चेहरों की तरफ़ ग़ौर से देखा। उसने जब किसी के भी चेहरे पर किसी भी तरह की प्रशंसा का भाव नहीं देखा, तो पुलिसवालों की तरफ़ अपनी गर्दन घुमा दी। थोड़ी देर सभी चुप बैठे रहे। कबीर को लगा, बेकार ही वह अपने स्कूल के दिनों को टोहने आया। इस बीच बहुत कुछ बदल गया है। हरि फिर से आकर चाय रख गया था। देवेंद्र ने जल्दी-जल्दी चाय पी और हरि से कहा, 'हिसाब में लिख लेना सब!' इससे पहले कि कोई कुछ कहे, देवेंद्र ने कबीर से हाथ मिलाया, 'मिलते हैं, अभी तो तू है न?'

'हाँ, एक-दो दिन तो हूँ। फिर कह नहीं सकता।' कबीर ने कहा।

'हाँ, हाँ मिलता हूँ।' कहते हुए उसने अनिरुद्ध की तरफ़ हाथ बढ़ाया। अनिरुद्ध ने हाथ मिलाया। उसी बीच आलोक उठकर भीतर चला गया। देवेंद्र ने बहुत ग़ौर से आलोक को भीतर जाते देखा। तीनों समझ गए थे कि आलोक जानबूझकर भीतर गया है। देवेंद्र चला गया। अनिरुद्ध ने कबीर की तरफ़ देखा। कबीर ने आँखें झुका लीं।

'यह कब से ऐसा हो गया?' कबीर ने पूछा, तब तक आलोक भी आ गया था।

'यार सबके पास अपने-अपने गणित हैं। पांडेजी की भतीजी मैथिली में तो ख़ैर इसकी रुचि है ही, पार्षद का टिकट भी है। इसके अलावा भी और बहुत कुछ है। पिछले तीन वर्षों से यह बहुत पंडित हुआ

घूम रहा है। एकाएक इसमें हिन्दू जाग गया है।' आलोक ने कहते हुए चाय का घूँट लिया।

'आलोक यह किस तरह के शब्द इस्तेमाल कर रहा है तू? इससे पहले तो इस तरह के शब्द हमारे बीच कभी आए ही नहीं थे!' कबीर ने आहत होकर अनिरुद्ध की तरफ़ देखा।

'कब्बू, शहर में राजनीति हर आदमी को परेशान नहीं करती है। छोटी जगहों में तो जैसे लोगों के ख़ून में दौड़ने लगती है। छोटी जगहें ही राजनीति की यूनिवर्सिटी हुआ करती हैं। पिछले कुछ वर्षों में यहाँ का पूरा माहौल ही बदल गया है। जो राजनीति से दूर रहते हैं, उनसे सारे ही दूर रहते हैं। आप चाहो न चाहो, राजनीति आपको चारों तरफ़ से घेरकर रखती है इसीलिए मैं भी अब इस जगह को छोड़ने के जुगाड़ में हूँ। एमबीए कर रहा हूँ कॉरेसपॉन्डेंस से... फ़ाइनल ईयर है। बाहर निकलूँगा, यहाँ कुछ नहीं रखा है। तू छोड़... तुझे क्या करना है! अच्छा है तू विदेश जाकर बसने के बारे में सोचने लगा है। यहाँ अब यूँ भी कुछ रखा नहीं है।' आलोक ने निराशा में भरकर कहा।

'असल में जिस मिट्टी, संस्कृति और परंपराओं को हमने जाना था अब वे बची ही कहाँ हैं? सब कुछ तो ग्लोबल हो रहा है। फिर चाहे यहाँ रहें या अमेरिका में, सब एक-सा ही तो है!'

कबीर ने भावहीन होकर आलोक की तरफ़ देखा। अनिरुद्ध कहीं खोया हुआ था। कबीर को लगा उसे घर जाना चाहिए। कोई सूत्र-सिरा ही नहीं मिल रहा दोस्तों के बीच संवाद का। वह सोच रहा है कि ऐसा क्या हो गया इन दिनों कि दोस्तों से संवाद तक मुश्किल हो गया है। वह खड़ा हो गया, 'चलता हूँ यार। सोचा था दोस्तों से मिलेंगे, पर लग रहा है कि सब एक-दूसरे के प्रतिद्वंद्वी हुए बैठे हैं।' कबीर ने निराश होकर कहा।

'बहुत सारी चीज़ें हैं कब्बू। तू दूर है सबसे, तो तुझे कुछ पता भी नहीं और तू शायद समझ भी नहीं पाएगा। ख़ैर, इट्स नॉट ए गुड डे टु मीट। कल घर पर मिलता हूँ।' कहकर अनिरुद्ध ने कबीर को गले लगा लिया। कबीर आर्द्र हो गया।

घर पहुँचा, तो नानी और दादी दोनों टेबल पर बैठकर खाना खा रही थीं। दोनों को इस तरह से साथ देखकर उसका मन बदल गया। वह सोचने लगा कि दो अलग-अलग परिवेश से जीवन की शाम में मिली दो महिलाएँ कितने प्यार और सुकून से रह रही हैं। क्या पुरुष ऐसा कर पाएँगे? क्या पुरुष हमेशा ईगो ड्रिवन ही होता है, औरतें हमेशा एम्पैथी ड्रिवन?

उसे आया देखकर शबनम उठने लगी, 'आजा, खाना खा ले। मैं प्लेट लेकर आती हूँ।'

शारदा ने उसका हाथ पकड़ लिया, 'वह ख़ुद ले आएगा। कब्बू अपनी थाली ले आ और आजा खाना खाने।'

खाना खाते हुए जाने किस बेख़याली में उसने पूछा, 'नानी, आप पूजा करती हैं?'

'हाँ करती हूँ। क्यों?' शारदा ने एकदम चौंककर पूछा।

'मैंने आपको कभी पूजा करते नहीं देखा। कहाँ करती हैं पूजा? मंदिर जाती हैं?'

'नहीं, मेरे कपड़ों की अलमारी के पास ही एक छोटा-सा मंदिर है बस। अब उसको पूजा भी क्या कहूँ, बस दीपक लगाती हूँ। मगर हुआ क्या है?'

'ऊँहूँ, कुछ नहीं। क्या आपके पास रामायण-महाभारत और इसी तरह का लिट्रेचर भी है?' कबीर ने फिर पूछा।

'हाँ, होगा कहीं। तेरे नाना की स्टडी में कहीं होगा। वह पढ़ा करते थे।' शारदा ने कहा तो लेकिन उसे अचंभा हुआ, 'हुआ क्या है, तुझे अचानक यह सब ख़याल क्यों आया?'

'मैं सोचता हूँ मुझे भी पढ़ना चाहिए। आख़िर ऐसा क्या लिखा गया है उनमें कि इंसान पूरी तरह से बदल जाता है?' कबीर खोया-खोया जवाब देता है।

'हाँ, पढ़ना तो कुछ भी बुरा नहीं है लेकिन उसे ही एकमात्र सच मान लेना ज़रूर बुरा है। वैसे मुझे लगता है कि तुम्हें पहले फ़र्दर स्टडीज़ पर ध्यान देना चाहिए। धार्मिक ग्रंथों को पढ़ने के लिए कोई उम्र नहीं होती है।' कहते-कहते शारदा की नज़र शबनम पर पड़ी। शबनम बहुत अस्थिर और असहज लग रही थी। शारदा ने कबीर की तरफ़ देखते हुए आगे कहा, 'फिर सिर्फ़ हिन्दू धर्म ग्रंथ ही क्यों, कुरान क्यों नहीं?' कबीर ने चकित होकर नानी और फिर दादी की तरफ़ देखा। शबनम की आँखों में नमी आ गई थी, कबीर ने देखा था।

जिनको कछु न चाहिए
वे शाहन के शाह

अगोंडा बीच के शानदार फ़ोटोज़ से उत्साहित इलहाम ने फिर से कैमरा संभाला और पलोलेम बीच पर उतर आया। बीच पर शाम की ख़ासी चहल-पहल थी। खाने-पीने का सामान लिए वेंडर्स थे, किलकारी मारते बच्चे थे, लहरों का समंदर में उतरकर मज़ा लेते लोग थे। पानी की लहरें थीं और इन सबसे बेख़बर आसमान से उतरकर धरती के आग़ोश में समाने के लिए बेताब सूरज था। रोशनी कम होती जा रही थी। ऐसे में वह इस 'गोल्डन आवर' का फ़ायदा उठाना चाह रहा था इसलिए जल्द ही बीच के उस हिस्से में पहुँच जाना चाहता था, जो अपेक्षाकृत कम भीड़ भरा हो।

बीच के दूसरे कोने की तरफ़ लोग लगातार कम होते जा रहे थे क्योंकि सड़क से वहाँ तक आने में ज़्यादा चलना पड़ता था। फिर एक ऐसी जगह मिल गई, जहाँ कोई नहीं था। उसने कैमरे का एंगल सेट किया और क्लिक करना शुरू किया। डूबता सूरज... आती-जाती लहरें, कम होती रोशनी, रंग बदलता आसमान और एक औरत की इमेज... वह धड़ाधड़ क्लिक करता रहा। उसने अपने कैमरे को कंटीन्यूअस शूटिंग मोड में डाल दिया था। वह फ़ोटो क्लिक करता जा रहा था।

जल्द ही सूरज डूब गया। वह औरत, जो अब तक समंदर के पानी में थी, किनारे पर लौट रही थी। इलहाम को वह फ्रेम बहुत ही क्लासिक लगा। उसने फिर से फ़ोटो शूट किए। अब तक उसका

ध्यान नहीं था लेकिन एकाएक उसका ध्यान गया। वह इलहाम की तरफ़ बढ़ रही थी। इलहाम ने ख़ुद को सतर्क कर लिया। वह जवाब देने के लिए प्रश्नों की कल्पना कर रहा था।

वह औरत सामने आ गई थी। ब्लैक थ्री फ़ोर्थ टाइट और ग्रीन टैंक टॉप पहना हुआ था। बालों का टॉप नॉट था। लंबा क़द, दुबला शरीर, लंबी गर्दन, जो कि टॉप नॉट की वजह से और भी ज़्यादा लंबी लग रही थी। अँधेरे में बस इतना ही दिखाई दिया।

'फ़ोटो खींचने से पहले परमिशन लेने जितनी कर्टसी भी नहीं सीखी आपने?' कड़क आवाज़ में उसने पूछा।

वह इस प्रश्न के लिए जैसे तैयार ही था, 'देखिए! पहले तो मैं आपका फ़ोटो नहीं ले रहा था। आप मेरे ऑब्जेक्ट और मेरे कैमरे के बीच थीं। दूसरी बात, फिर भी यदि मैं आपसे पूछने का इंतज़ार करता, तो मेरा गोल्डन आवर निकल जाता और मैं इसके लिए बिलकुल भी तैयार नहीं था। वैसे मेरे कैमरे में आप नहीं आई हैं, कोई औरत आई है और वह कोई भी हो सकती है। मुझे नहीं लगता कि आपको इतना गुस्सा करने की ज़रूरत है!' इलहाम ने एक ही साँस में जो-जो भी सोचा था, कह डाला।

'अजीब अहमक हैं आप... एक तो आपने बिना पूछे मेरे फ़ोटो लिए, दूसरे आप यह कह रहे हैं कि मैं नहीं हूँ फ़ोटो में।' उसने चिढ़कर कहा।

'आप मेरी बात नहीं समझीं। एक काम करें, आप मेरे खींचे फ़ोटो देख लें, फिर तय करें। यदि आपको लगता है कि ये आपके फ़ोटो हैं, तो मैं आपके सामने ही डिलीट कर दूँगा। मुझे दुख होगा क्योंकि ये सारे फ़ोटो मेरी आज की ख़ुशी की वजह हैं लेकिन फिर भी...।' आख़िरी वाक्य में उसने अपनी आवाज़ में मायूसी का रंग उड़ेल दिया।

उसकी मायूसी का रंग काम आया।

'अभी दिखा सकते हैं फ़ोटो?'

'व्हाय नॉट।' इलहाम ने जल्दी-जल्दी कैमरा ऑन किया। डिस्प्ले स्क्रीन ओपन कर आख़िरी फ़ोटो पर ले आया। कैमरा उस औरत के हाथ में दे दिया और बता दिया कि बैक कैसे करना है? सचमुच फ़ोटो में उसका चेहरा नहीं दिख रहा था। फ़ोटो बहुत ख़ूबसूरत थे, एकदम पोस्टर की तरह लेकिन उसके लिए एकाएक अपने तेवर नर्म करना आसान नहीं था। उसने थोड़ा नर्म होकर कहा, 'इन फ़ोटोज़ के लिए मुझे भी कुछ क्रेडिट मिलना चाहिए।'

इलहाम ने हल्की रोशनी में उसे देखा। उसके चेहरे के भाव नर्म हो चले थे। वह मुस्कुराया, 'क्यों नहीं? तो मॉडल का क्या नाम है?' पूछकर गंभीर हो गया।

वह भी मुस्कुराई, 'आई एम इम्प्रेस्ड। क्या अंदाज़ है परिचय पाने का!'

'अरे... क्रेडिट के लिए नाम तो बताना पड़ेगा न! चलिए, पहले मैं बता देता हूँ। मैं इलहाम हूँ। और हाँ, आप मुझे इलहाम कह सकती हैं।' इलहाम ने मुस्कुराते हुए कहा।

'ओहो... मैं मृणालिनी वशिष्ठ!'

'कुछ ज़्यादा मुश्किल नाम नहीं है आपका, थोड़ा सरल भी हो सकता था न?' इलहाम ने फिर छेड़ा। मनु को समझ आ गया कि यह लड़का उसे चिढ़ा रहा है इसलिए वह मुस्कुराकर रह गई।

'तो आपने जवाब नहीं दिया मिस वशिष्ठ?'

'ओह प्लीज़... इतना भारी भी मत करो। मृणालिनी ठीक है। ज़बान को थोड़ा तकलीफ़ दो, कहने लगेगी।' कहा तो एक झोंक में ही था लेकिन अर्थ समझते ही अनमनी हो उठी।

'हाँ तो मृणालिनी, क्या करती हैं आप?' इलहाम ने पूछा।

'यूनिवर्सिटी में म्यूज़िक पढ़ाती हूँ।' मनु ने सपाट और सूने तरीके से कहा।

'क्वाइट बोरिंग।' इलहाम ने फिर चिढ़ाया।

'हाँ... क्वाइट बोरिंग।' मनु उस उदासी में उतरने लगी थी। उसके साथ ऐसा अक्सर होता है।

'सॉरी... आई डिड नॉट मीन टु हर्ट यू।' इलहाम को लगा कि उसने अपनी हद पार कर ली है। हाँ, सही तो है। अभी तो मिले हैं। अभी से कैसे वह इतना अनौपचारिक हो सकता है। वह चकित है क्योंकि उसने पहली बार किसी से इतने कम वक़्त में इतना इन्फ़ॉर्मल बिहेव किया। कैसे कर पाया?

'नहीं, इसकी ज़रूरत नहीं है। इट्स ओके।' दोनों चुप हो गए।

बीच पर रात उतर आई थी। दोनों साथ-साथ चलने लगे। बीच अब लगभग खाली हो चुका था। कुछ विदेशी लोग ही टहल रहे थे। समंदर रात की मस्ती में लौट आया था। लहरें आगे-आगे आती जा रही थीं। दोनों की चुप्पी की खाली जगह को लहरों का शोर भर रहा था।

इलहाम ख़ुद के इस क़दर बदतमीज़ हो जाने को लेकर परेशान हो रहा था। पहली ही मुलाक़ात में मैं कैसे ऐसा हो सकता हूँ! आख़िर बिना किसी को जाने ऐसे मज़ाक नहीं किया जा सकता

है न? ऐसे ही मनु भी ख़ुद में उलझी हुई थी कि उसे किस बात ने उदास कर दिया। वह उससे उबरने की कोशिश करने लगी।

सड़क की तरफ़ जाने वाला रास्ता आ गया था। मनु ने इलहाम की तरफ़ देखा, 'मुझे ये फ़ोटोज़ मिल सकते हैं? मेमरी के तौर पर!'

'क्यों नहीं? आप यहाँ कब तक हैं?' इलहाम ने पूछा।

'अभी तो हूँ। मैं सन, सैंड एंड वेव्स में ठहरी हूँ। आपको सुविधा हो, तो वहीं आ सकते हैं।' मनु कहती है।

'ओह ग्रेट, मैं भी तो वहीं ठहरा हूँ। हट नंबर इलेवन।' इलहाम फिर से उत्साहित हो जाता है, मनु भी।

'अरे वाह... मेरा हट नंबर 24, आई थिंक वी आर इन द सेम कंपाउंड।' मनु ने कहा।

'तब तो डिनर पर मैं आपको दे सकता हूँ। आपके पास पेन ड्राइव है? हो, तो लेती आइएगा। नहीं तो मैं अपनी दे दूँगा।' इलहाम ने कहा।

'नहीं, मैं ले आऊँगी। आप कब तक डिनर करते हैं?'

'मेरा कुछ पक्का नहीं है। आप जब कहें, मैं आ जाऊँगा।' इलहाम कहता है।

'ठीक है, नौ बजे मिलते हैं डायनिंग प्लेस पर।' मनु ने कहा, तो इलहाम ने हामी में गर्दन हिलाई। मनु ने उसे मुस्कुराकर देखा और सड़क की तरफ़ जाने वाली दिशा की ओर बढ़ गई।

इलहाम भी जैसे अपनी उधेड़बुन से बाहर निकल आया। वह बीच पर टहलने लगा। अँधेरा घना हो रहा था और लहरें भी बीच पर

पसरने लगी थीं, जैसे लोगों की छोड़ी जगह को भरने के लिए समंदर उतावला हो रहा हो। वह मृणालिनी को सोच रहा था। उसने पूछा ही नहीं कि वह कहाँ से है और क्या अकेली आई है या फिर बीच पर ही अकेली है। यदि किसी के साथ आई है, तो किसके साथ... बॉयफ्रेंड? क्योंकि शादीशुदा होने का तो कोई निशान दिखाई नहीं दे रहा था। फिर उसने ख़ुद ही ख़ुद को झटका। अव्वल तो उसे यह सब सोचना ही नहीं चाहिए कि वह यहाँ अकेली है या फिर किसी के साथ। दूसरे, आजकल लड़कियाँ यूँ भी रवायतों को तोड़ रही हैं, फिर हिन्दू लड़कियाँ तो और भी ज़्यादा।

कमरे पर पहुँचकर मनु को लगा, जैसे वह किसी क़ैद में आ गई है। यहाँ आने के बाद उसे पहली बार अपने निर्णय पर गुस्सा आया। वह बीच छोड़कर क्यों चली आई? यहाँ आकर उसे क्या करना था? उसे कमरे पर आकर निराशा हुई। वह उसी निराशा में लेट गई। नीचे कंपाउंड रोशन था। घूमकर लौट आए जोड़ों और ग्रुप्स से कंपाउंड गुलज़ार था। हवाईन गिटार पर गोवा के फ़ोक म्यूज़िक की आवाज़ हवाओं में थी, मन का कसाव थोड़ा ढीला पड़ा था। सामने समंदर पर अँधेरा पसरा हुआ था। वह इलहाम के बारे में सोच रही थी। पिछले तीन दिन में उसने पहली बार किसी से बात की थी। वह उससे सहज हो गई थी लेकिन फिर से अपने उसी मूल रूप में लौट आई थी। क्या है, जो उसे सहज नहीं होने देता है?

रात को इलहाम जब डायनिंग प्लेस पहुँचा, तो बहुत गहमागहमी थी। उसने बाहर के हिस्से में अपने लिए जगह ढूँढ़ी। बहुत कोने में दो लोगों के बैठने वाली टेबल अब भी खाली थी। उसने देखा कि दूसरी तरफ़ से दो विदेशी लड़कियाँ उस तरफ़ बढ़ रही थीं लेकिन उनका ध्यान नहीं था। वह बहुत तेज़ी से चलते हुए उस

टेबल तक पहुँचा और बैठ गया। वे दोनों लड़कियाँ बातें करते हुए उस टेबल के क़रीब से गुज़र गईं। उसने अपना लैपटॉप बैग टेबल के पाए से टिकाकर रख दिया।

वह जल्दी आ गया। अभी पौने नौ ही बजे हैं। उसने टेबल पर रखे जग से गिलास में पानी डाला और पी लिया। सामने लगे झूले पर बच्चे झूल रहे थे। बाहर भीतर की तुलना में कम लोग थे और शोर भी कम था। सेक्सोफ़ोन की कोई धुन, जोकि अंदर बज रही थी, उसकी आवाज़ बाहर तक आने लगी थी। समंदर अपनी खाली जगह को भरने के लिए बीच पर आ रहा था। उसकी आवाज़ हर उस चीज़ को ढँक रही थी, जो सुनाई दे रही थी।

मनु पीछे से निकलकर थोड़ी दूर गई, फिर उसने पलटकर देखा। जब वह मुतमइन हुई, तब इलहाम की टेबल की तरफ़ आई।

'हाय।' मनु ने कहा।

'ओ हाय!' इलहाम ने मोबाइल से नज़र हटाते हुए कहा।

'ज़्यादा इंतज़ार करना पड़ा?' मनु की आवाज़ में अपराधबोध था।

'नहीं, बस दस मिनट पहले ही आया हूँ। यूँ भी यहाँ क्या काम है, जो इंतज़ार नहीं कर सकते हैं?' वह मुस्कुराया।

'सॉरी, मैं यह तो भूल ही गई कि आपके साथ कोई और भी हो सकता है। मैंने बस आपको ही डिनर के लिए इन्वाइट कर दिया। यदि कोई और भी साथ हैं, तो आप उन्हें भी बुला सकते हैं।' मनु ने कहा, तो इलहाम मुस्कुराया।

'यही बात मैं भी सोच रहा था कि आपके साथ भी कोई हो सकता है। मैंने इस सिलसिले में आपसे कुछ भी नहीं पूछा।'

'नहीं, मैं यहाँ अकेली ही हूँ।' मनु ने कहा। 'और आप?'

'मैं भी यहाँ अकेला ही हूँ। एक्चुअली मैं यहाँ ऐड शूटिंग के लिए आया था। मुम्बई में कोई काम था नहीं, तो सोचा कुछ दिन यहीं रह जाऊँ।' इलहाम ने कहा।

'ओह, तो आप मॉडल हैं?' मनु ने उसे देखते और तौलते हुए पूछा। इलहाम का क़द लंबा था, दुबले से थोड़ा बेहतर शरीर, लंबी गर्दन, लंबा चेहरा और उस पर लहरदार बाल। आँखों का रंग हरा जैसा था। नाक लंबी और उसके ऊपरी हिस्से की हड्डी उभरी हुई थी। मॉडल ऐसे ही तो होते हैं।

'नहीं, बदक़िस्मती से मैं सिनेमेटोग्राफ़र हूँ। आपको मॉडल लगा, तो इसे मैं कॉम्प्लीमेंट की तरह रख रहा हूँ। थैंक यू।' उसने मुस्कुराकर कहा।

'सच... आप मॉडल की तरह ही दिखते हैं। आपको अपनी क़िस्मत आज़मानी चाहिए थी। आप हैं भी इसी फ़ील्ड में। आपके लिए यह आसान भी होगा।' मनु ने कहा।

'हाहाहा... मैं अपने काम से बहुत ख़ुश हूँ। बहुत शुक्रिया आपकी तारीफ़ का।' इलहाम ने कहा। इलहाम ने पहली बार मनु को देखा। खुलता हुआ गेहुंआ रंग, लंबी सुतवां नाक, बड़ी, उदास काली और नम आँखें, चौड़ा माथा और डिफ़ाइंड हेयर लाइन, ढीले बँधे बालों में ख़ूबसूरत लग रही थी। उसने वाइन कलर की ढीली सलवार पर सफ़ेद रंग का शॉर्ट कुर्ता पहन रखा था। बीच की तुलना में वह बहुत फ़ेमिनिन लग रही थी।

'आपके लिए कोशिश कर सकता हूँ।' मृणालिनी की तारीफ़ ने उसे थोड़ा उत्साहित कर दिया था।

'हाहाहा... मुझे भी अपना काम प्रिय है।' मनु ने मीठा-सा मुस्कुराते हुए कहा।

'जब शाम को मैंने कहा था कि साउंड बोरिंग, तो आपने कहा था हाँ। अब आप कह रही हैं कि आपको अपना काम प्रिय है। स्टिक ऑन वन थिंग।' इलहाम ने उसे चिढ़ाया।

'वह अलग बात थी, मैं किसी और माइंडसेट में थी। मगर मुझे अपना काम पसंद है। यह एक ही साथ मुझे पैसा और सेटिस्फ़ेक्शन दोनों देता है। और इन दोनों का एक ही काम में मिल जाना... ऐसा क़िस्मत से होता है।' मनु ने कहा, तो इलहाम को उसके चेहरे पर शांति नज़र आई।

'इस लिहाज़ से तो मैं भी नसीबवाला हूँ। मुझे भी मेरा काम पसंद है। मैं जब सोता हूँ, तो पूरी तरह से भरा हुआ होता हूँ। गहरी नींद सोता हूँ।' वह कहता है।

'पता है, मैं सोचती हूँ कि यही शायद हम इंसानों को मशीनों से अलग करता है। लंबे समय तक यदि हम डिससेटिस्फ़ेक्शन के साथ काम करते रहें, तो हम फ्रस्ट्रेट हो जाएंगे। फिर या तो काम को मैकेनिकल वे में करते हुए अपने सेटिस्फ़ेक्शन को कहीं और तलाशेंगे या फिर फ्रस्ट्रेशन में ही रहेंगे। इसलिए बहुत सारे लोग अपने काम से फ्रस्ट्रेट रहते हैं।' कहते हुए मनु को एकाएक जिया याद आ गई। जिया ने इसलिए ही संगीत को अपनी पैरेलल लाइफ़ बना लिया था।

'हाँ, कहीं पढ़ा था कि आप जो काम कर रहे हैं, उसमें आपको मज़ा लेना आना चाहिए क्योंकि हर कोई हमारी तरह लकी नहीं हो सकता। है न?'

'हाँ, लेकिन यह हमेशा नहीं हो पाता है या यह हमेशा कारगर नहीं होता है। जिया के केस में इसने काम नहीं किया इसलिए उन्होंने म्यूज़िक में अपना सेटिस्फ़ेक्शन ढूँढ़ा और म्यूज़िक ने उन्हें बिखरने से बचा लिया।' मनु अनायास ही जिया के बारे में कहने लगी।

'जिया...?' इलहाम ने पूछा।

'जिया...!' उसने फिर से वही शब्द दोहरा दिया। वह जिया के बारे में बात करने की इच्छुक नहीं थी। उसकी आँखों में नमी तैर गई थी और शब्द गले में फँस गए थे। शायद इलहाम ने इसे समझा था इसलिए वह भी चुप होकर सूप पीने लगा था।

'आप भी गोवा अकेले आए हैं, यह बड़ी आश्चर्यजनक बात है।' मनु ने बात बदलते हुए कहा।

'क्यों? इसमें क्या आश्चर्य है?'

'लड़के गोवा अक्सर अपने दोस्तों के साथ आते हैं। यदि लड़कियाँ हों, तो और भी अच्छा होता है लेकिन लड़के पूरी स्वतंत्रता की चाह में यहाँ आते हैं। बाहर यह माना जाता है कि यहाँ सब कुछ बहुत सहजता से अवेलेबल होता है- शराब, ड्रग्स और लड़कियाँ...' कहते हुए उसने इलहाम को तौलती नज़रों से देखा था।

'असल में मैं जिस दुनिया में रहता हूँ, वहाँ ये सब चीज़ें बहुत आसानी से हासिल हो जाती हैं। मेरे जैसे लोगों को इन चीज़ों के लिए तो कम-से-कम यहाँ आने की ज़रूरत नहीं है। वैसे भी मेरी रुचि इन चीज़ों में बहुत ज़्यादा नहीं है।' इलहाम ने थोड़ा तल्ख़ होकर कहा।

'सॉरी, यदि आप हर्ट हुए हैं तो? मुझे यह देखकर अच्छा लगा कि ग्लैमर की दुनिया का हिस्सा होते हुए भी एथिक्स को लेकर आपकी समझ ठीक वैसी ही है, जैसी मेरी तरह मध्यवर्गीय परिवेश और छोटे शहर से आई हुई लड़की की है। यह मुझे इत्मीनान देती है।' मनु ने तरल होकर कहा, तो इलहाम को थोड़ी शर्मिंदगी हुई।

'एथिक्स की समझ का संबंध परवरिश से ज़्यादा होता है। मैं अपनी अम्मी के लिए सबसे ज़्यादा ज़िम्मेदारी महसूस करता हूँ। मैं उन्हें लेकर बहुत ज़्यादा टची हूँ। कोई चीज़, जो उन्हें परेशान करे, मैं करना नहीं चाहता हूँ। वह मेरे जीवन में सब कुछ हैं।' कहते-कहते इलहाम की आवाज़ भीग गई थी।

'आपकी अम्मी बहुत लकी हैं। इस दौर में आपकी तरह के बच्चे नहीं होते हैं। बहुत दिनों बाद मुझे किसी से दोस्ती करने का मन हुआ।' कहते हुए मनु ने इलहाम के हाथ पर अपना हाथ रख दिया।

'शुक्रिया आपकी इनायत का...।' कहकर इलहाम ने उसके हाथ पर अपना हाथ रख दिया।

थोड़ी देर दोनों अपने-अपने भीतर के उस नर्म कोने को टेरते रहे, उस हिस्से को देखते रहे, जहाँ अब तक कोई रोशनी नहीं पहुँची थी। समंदर की तरफ़ से नम हवा आने लगी थी।

'अब चूँकि हम दोस्त हो चले हैं, तो सबसे पहले मैं इस 'आप' से निजात पाना चाहूँगा।' इलहाम ने बिना लाग-लपेट एकदम खुले तरीके से अपनी बात कह दी थी।

'हाहाहा... बिलकुल कह सकते हैं।' मनु ने मुस्कुराते हुए कहा।

'मुझे भी 'आप' से निजात चाहिए, प्लीज़ कॉल मी 'तुम'।' इलहाम ने मनु से कहा।

'हूँ...!'

धीरे-धीरे कंपाउंड से परिवार और ग्रुप्स कम होते जा रहे थे, अब बस यहाँ कुछ जोड़े और अकेले पर्यटक ही बचे हुए थे। दोनों का खाना हो चुका था। टेबल से जूठी-खाली प्लेटें उठा ली गई थीं। टेबल की सफ़ाई हो जाने के बाद इलहाम ने अपना लैपटॉप उठाकर टेबल पर रख लिया।

'कॉफ़ी पिएँगी?' इलहाम ने लैपटॉप ऑन करते हुए पूछा।

'पी सकते हैं।' मनु ने कहा और अपने कुर्ते की जेब में हाथ डालकर पेन ड्राइव निकाली और इलहाम की तरफ़ बढ़ाई।

कॉफ़ी ऑर्डर की जा चुकी थी। इलहाम ने पेन ड्राइव में कई सारी म्यूज़िक फ़ाइल्स देखीं। फिर उसे याद आया कि वह यूनिवर्सिटी में म्यूज़िक पढ़ाती है।

'गाती भी होंगी?' चाहे इलहाम ने तुम कहने की इजाज़त ले ली हो लेकिन पता नहीं क्यों, मृणालिनी को 'तुम' कह पाना उसके लिए आसान नहीं हो रहा था। फिर आज ही तो मिले हैं। मृणालिनी के व्यक्तित्व में कुछ ऐसा है, जो रुकावट जैसा महसूस हो रहा है।

'ज़ाहिर है म्यूज़िक सिखाती हूँ, तो गाती भी हूँ। वैसे यह ज़रूरी नहीं होता है। यदि कोई इंस्ट्रूमेंट सिखाती होती, तो बजाना जानती, गाना

नहीं। मगर मैं वोकल सिखाती हूँ इसलिए गा सकती हूँ, ऐसा कहा जा सकता है।' कहते हुए मनु मुस्कुराई।

'क्या ज़्यादा पसंद आता है?' इलहाम ने पूछा।

'पसंद तो क्लासिकल ही आता है लेकिन गाने में सहूलियत लाइट क्लासिकल से होती है।' मनु ने जवाब दिया।

'आपकी सारी म्यूज़िक फ़ाइल्स तो क्लासिकल की हैं!' इलहाम उसकी पेन ड्राइव उसे लौटाते हुए कहता है।

'ये सब ख़ुद तक पहुँचने के रास्ते हैं।' मनु उदास होते हुए कहती है।

इलहाम उसे सिर उठाकर देखता है। मनु के चेहरे के सामने उसे एक क़िस्म का धुआँ-सा दिखाई देता है। वह अपनी पलक झपकाता है। उसे वह कुछ ख़ास लगती है। एक गहरी साँस लेता है ख़ुद को व्यवस्थित करने के लिए। तब तक मनु पेन ड्राइव अपने कुर्ते की जेब में रखने में मशगूल हो जाती है। एक 15-17 साल का नेपाली लड़का कॉफ़ी लेकर आ खड़ा होता है। इलहाम अपना लैपटॉप बंद करके बैग में रखता है और कॉफ़ी रखने के लिए टेबल खाली करता है।

'ख़ुद से अलग ही कब होते हैं, जो ख़ुद तक पहुँचने की ज़रूरत आ पड़े।' इलहाम मनु से पूछता है।

'क़िस्मतवाले हो यदि ख़ुद से अलग नहीं हुए हो तो? मैं तो कहीं गुम हो चुकी हूँ, कई बरसों से। मिलती ही नहीं, कितना ख़ुद को ढूँढ़ रही हूँ। यहाँ आना भी तो उसी सिलसिले में हुआ है।' मनु ने कहा, तो एकाएक माहौल भारी हो गया। दोनों ही अनमने से बाहर के शोर और भीतर के सन्नाटे में डूबते-उतराते रहे। फिर कॉफ़ी

का कप टेबल पर रखते हुए इलहाम ने अपना लैपटॉप बैग उठाया और मनु की तरफ़ हाथ बढ़ाते हुए कहा, 'चलिए, अभी विदा लेते हैं। जब तक यहीं हैं, मिलते रहेंगे। गुड नाइट!' मनु ने हाथ बढ़ाकर हाथ मिलाया, 'ज़रूर मुलाक़ात होगी। गुड नाइट!'

इलहाम अपना बैग लेकर अपने रूम की तरफ़ चला गया। मनु थोड़ी देर उस ऊँघती जगह को देखती रही। बीच पूरी तरह से खाली हो गया था। वह उस कंपाउंड से जितना देख पा रही थी, उतने में उसे बाउंड्री पर लगी लाइट्स की मद्धम रोशनी में फ़ेनिल लहरें और फिर दूर तक घना अँधेरा नज़र आ रहा था। असमंजस में थी कि क्या करे?

सुनसान बीच और अँधेरे के बीच टहलने का साहस नहीं कर पाई। वह रिसोर्ट के उस हिस्से की तरफ़ बढ़ गई, जहाँ कतार से नारियल के पेड़ लगे हुए थे। वहाँ कई अलग-अलग तरह के हैमोक लगे हुए थे। समुद्र से आती लहरों के अतिरिक्त वहाँ और किसी भी तरह का शोर नहीं था। थोड़ी हिचकिचाहट हुई, थोड़ा डर भी लगा, फिर सामने रिसेप्शन काउंटर दिखा, जो अब भी पूरी ऊर्जा से जगमगा रहा था। उसने ख़ुद को आश्वस्त किया और उस रंग-बिरंगे हैमोक पर जाकर लेट गई।

आसमान एकदम साफ़ था और तारे टिमटिमा रहे थे। धीरे-धीरे बीच की लाइट्स कम होती जा रही थीं, उसी अनुपात में तारों की संख्या बढ़ने लगी थी। चाँद भी छोटा था। जाने यह पक्ष शुक्ल है या कृष्ण। उसने अपनी जेब से मोबाइल निकाला। यह देखने के लिए इंटरनेट ऑन किया कि यह शुक्ल पक्ष का चाँद है या फिर कृष्ण। इंटरनेट ऑन करते ही एकाएक उसके व्हाट्सऐप पर मैसेजेस का सैलाब-सा आ गया। सबसे ज़्यादा बीस मैसेज कबीर के थे। उसे एकाएक चिंता हो आई।

कबीर पूछ रहा था कि 'वह कहाँ है?' और यह भी कि 'उसका फ़ोन नहीं लग रहा है।' उसने मनु के बारे में जानने के लिए डिपार्टमेंट में भी फ़ोन लगाया लेकिन वहाँ से उसे सिर्फ़ इतना ही पता चला कि वह छुट्टी पर है।

'चिंता हो रही है, तुम ठीक तो हो!', 'यह ग़लत बात है, मुझे बिना इत्तिला किए तुम ग़ायब हो गई।' और भी बहुत कुछ लेकिन दो घंटे पहले के उसके मैसेज ने मनु को चिंता में डाल दिया। मैसेज था, 'आई नीड यू बैडली' और रोते हुए इमोटिकॉन्स थे। मनु का मन भर आया। उसने समय देखा, रात का एक बज रहा था। इस वक़्त पता नहीं कबीर कहाँ होगा। सोचा, मैसेज तो कर ही सकती हूँ। मैसेज किया, 'मैं ठीक हूँ। बस ज़रा मन उदास था, तो बाहर चली आई। तुम ठीक हो? यदि कोई परेशानी हो, तो मुझे बता सकते हो। सुबह तुमसे बात करती हूँ।'

फिर वह भूल गई कि उसने किसलिए इंटरनेट ऑन किया था। उसे कबीर की चिंता हो आई। कबीर... जिया की दोस्त का बेटा कबीर...। जब मनु अपनी व्यक्तिगत ज़िंदगी के तूफ़ान से लड़ रही थी, तब पहली बार उसकी मुलाक़ात कबीर से हुई थी। उन दिनों मनु अपनी ज़िंदगी के सबसे बुरे दौर से गुज़र रही थी। शादी के बाद गिनती के छह दिन ही वह ससुराल में रही। पापा के विरोध के बावजूद जिया उसे यहाँ ले आई। कई महीनों तक जिया और पापा के बीच के रिश्ते बहुत तनावपूर्ण रहे। हालाँकि इसके बारे में मनु को बहुत बाद मे पता चला। वह जिस शॉक में थी, उसमें एक तरह से उसकी दृष्टि ही खो गई थी। साल भर लगभग वह सुन्न ही रही। जिया और उनकी दोस्त संजना की कोशिशों के बाद मनु धीरे-धीरे सामान्य होने लगी।

एक छोटे क़स्बे के बंद माहौल में बड़ी हुई मनु को जिया की दुनिया शुरुआत में बड़ी रहस्यमयी लगती थी। उनकी दोस्त संजना की भी। बड़ी-बड़ी आँखों और स्टेप कट बालों वाली संजना दीदी इतने सवाल करती थीं कि कभी-कभी मनु को कोफ़्त होने लगती थी। बाद में जाना कि संजना दीदी असल में साइकोलॉजिस्ट हैं।

जब मनु का पीजी फ़ाइनल ईयर था, तब जिया ने एक दिन उमा से कहा था कि गेस्ट रूम को आज ठीक से साफ़ कर देना। मनु को बताया कि उनकी दोस्त का बेटा आ रहा है। जब तक उसके रहने की ठीक से व्यवस्था नहीं हो जाती, वह यहीं रहेगा।

उस शाम जब मनु कॉलेज से लौटी, तो उसने जिया के साथ एक किशोर लड़के को देखा। दुबला-पतला, लंबा और साँवला-सा, घुँघराले बालों वाला वह लड़का बहुत मासूम दिखाई दे रहा था और बहुत सहमा हुआ भी। जिया ने मिलवाया, 'यह कबीर है। मेरी दोस्त अल्पना का बेटा। अल्पना भी आई थी लेकिन उसका कोई अपॉइंटमेंट था, तो अभी गई है। उसकी सात बजे की फ़्लाइट है।' उसने दोनों हाथ जोड़कर नमस्कार किया था। मनु मुस्कुराई थी। फिर जिया ने ही बताया था कि मेडिकल कॉलेज में एडमिशन लेने आया है। मनु ने उसे फिर से देखा था, क्योंकि जो हो, मेडिसिन में सिलेक्शन हो जाना पढ़ाई-लिखाई में अच्छा होने की निशानी जो है। मनु के इस तरह देखने से कबीर झेंप गया था।

फिर चार दिन बाद कबीर हॉस्टल चला गया था लेकिन उसके बाद उसका जिया के घर आना-जाना बना रहा। वह मनु के जीवन का बुरा वक़्त था। कबीर ने मनु को लड़ते, बिखरते, संभलते और फिर सँवरते देखा है। ऐसे ही मनु ने कबीर को बड़ा होते देखा है।

अक्सर त्योहारों पर कबीर जिया के घर आ जाता था। शुरुआत में वह बहुत चुप-चुप रहता था, बाद में धीरे-धीरे खुलने लगा था। इस तरह कबीर और मनु की ज़िंदगी में परिपक्वता का सफ़र साथ-साथ चला। जिया दोनों की ज़िंदगी में मेंटोर की भूमिका में थी।

कबीर मनु के सारे त्रास का साक्षी रहा है। मनु और कबीर के बीच उम्र का फ़ासला था। मनु की ज़िंदगी की जद्दोजहद ने समझ में भी फ़र्क़ पैदा किया था। मनु अपनी ज़िंदगी के मुश्किल वक़्त में एकाएक परिपक्व हो चली थी। कबीर परिपक्व होने में अपना समय ले रहा था। हालाँकि कबीर की ज़िंदगी में भी सब कुछ व्यवस्थित नहीं था। माँ-बाप अलग-अलग हो गए थे। नानी के पास पढ़ा था, फिर भी वैसी तल्ख़ी नहीं थी जैसी मनु के जीवन में थी।

जिया के न रहने के बाद पता नहीं कैसे कबीर मनु के लिए ज़िम्मेदार हो गया था। यहाँ हैमोक पर लेटे-लेटे मनु यह सोचकर चकित थी कि जिया की अनुपस्थिति में कबीर उससे बड़ा हो गया था। उसका ज़्यादा ध्यान रखने लगा था। यह सब कुछ बहुत सहज रूप से घटित हो रहा था। दोनों के बीच न उम्र आई थी और न ही स्त्री-पुरुष का झंझट।

उस दोपहर कबीर कुछ झुंझलाया हुआ था। मनु की तबीयत ठीक नहीं थी इसलिए वह छुट्टी पर थी। कबीर का फ़ोन आया था, 'मुझे मिलना है, कहाँ मिलोगी?'

'आज तो घर पर ही हूँ, तबीयत ज़रा नरम-गरम है। घर आ जाओ!' मनु ने महसूस किया कि कबीर की आवाज़ में व्यग्रता थी। एकाएक उसे कबीर पर मोह हो आया।

'ड्यूटी करके आता हूँ। डिनर के लिए बाहर चल सकती हो?' कबीर ने पूछा था।

'आ जाओ, देखते हैं। उमा तो है ही फिर।' मनु ने तसल्ली दी।

ऐसा लगा कि कबीर हॉस्पिटल से सीधे ही आ गया था। बहुत थका हुआ और क्लांत लग रहा था। मनु ने उसे देखते ही पूछा, 'तबीयत ठीक है न?'

'हाँ, क्यों बीमार दिख रहा हूँ?'

'नहीं, उदास दिख रहे हो। सब ठीक है न?' मनु एकाएक चिंतित हो आई।

वह मुस्कुराया, 'बीमार तो तुम हो, मुझसे पूछ रही हो तबीयत!'

मनु को भी हँसी आ गई, 'तुमने मुझसे नहीं पूछा न!'

कबीर सहज हो आया, 'क्या हुआ है तुम्हें? यूँ तो ठीक लग रही हो!'

'कुछ नहीं, रात को तेज़ सिरदर्द था। ठीक से सो नहीं पाई। बहुत दिनों से मन आराम की माँग कर रहा था। कल सन्डे है, तो सोचा आज छुट्टी ले ही लूँ। बस!'

उमा पानी लेकर आ गई थी, 'कैसे हैं डॉक्टर साहब?'

'अच्छा हूँ, तुम कैसी हो?' कबीर उमा को देखकर मुस्कुराया। उमा कबीर से मिलकर हमेशा ही निहाल हो जाती थी। एक तो सुदर्शन, ऊपर से डॉक्टर, उस पर इतना मीठा व्यवहार। नहीं तो एक डॉक्टर मेहता हैं... जो पूछो, काटने दौड़ते। उसे लगता था कि डॉक्टर होते ही दिल-विल विदा हो जाता होगा लेकिन

कबीर को देखकर उसे लगता है कि सभी डॉक्टर एक जैसे नहीं होते हैं।

'क्या खाएँगे डॉक्टर साहब?' उमा ने लाड़ से पूछा।

'क्या खिला सकती हो?' कबीर के कहने से पहले ही मनु ने पूछ लिया।

'जो आप कहें, वह बना दूँगी।' उमा ने कहा।

'फ़िलहाल नाश्ता क्या बना सकती हैं वो बताएं।' कबीर ने पूछा।

'खमण, इडली-चटनी, पोहा, उपमा, उत्तपम, पेटीज़, भेल... जो आपका मन करे।' उमा ने कहा।

मनु ने कबीर की तरफ़ देखा, कबीर ने मनु की तरफ़ मुस्कुराकर देखा, 'भेल तुम्हें पसंद है न!'

मनु भी मुस्कुरा दी थी। उमा पानी के खाली गिलास लेकर भीतर चली गई थी।

'कोई परेशानी?' मनु ने कबीर से सीधे ही पूछ लिया।

'अहाँ... नहीं, ऐसी कोई परेशानी जैसी बात नहीं है लेकिन...।' कबीर समझ नहीं पा रहा था कि उसे क्या कहना चाहिए और कैसे कहे।

'फिर अचानक ऐसे बदहवास से तो तुम कभी नहीं दिखे!' मनु ने उसे ग़ौर से देखा।

'यार, ये लड़कियों का भी समझ नहीं आता है।' कबीर कहने के लिए शब्द ढूँढ़ने लगा था।

मनु ने उसे प्रश्नवाचक नज़रों से देखा, 'क्या हुआ?'

'एक लड़की है। साथ ही पढ़ती थी। फ़िलहाल निरामय हॉस्पिटल में काम करती है।' वह फिर चुप हो गया। फिर से सोचने लगा कि उसे यह सब मनु को बताना चाहिए या नहीं? यह भी कि मनु को बताकर वह क्या हासिल कर लेगा? उसकी समस्या है, उसे ही निबटना चाहिए लेकिन वह परेशान है और उसे कोई रास्ता नहीं सूझ रहा है। दोस्तों की मदद वह नहीं लेना चाहता है। लड़की का मामला है। लड़के एक सुनते हैं और पाँच अपनी तरफ़ से जोड़ते हैं और बात कहीं की कहीं चली जाती है। फ़िलहाल उसे कोई मदद करने वाला याद आता है, तो वह मनु।

मनु एकाएक थोड़ी असहज हो उठी थी। हालाँकि उसे यह समझ नहीं आ रहा था कि वह इस क़दर अनमनी क्यों हो रही है। उसने अपनी तरफ़ से कुछ नहीं पूछा। कबीर जैसे अपने असमंजस के साथ पहले सामंजस्य बैठा रहा था।

'कई बार बहुत सहज तरीके से मैंने उसकी तारीफ़ कर दी थी। वह ख़ूबसूरत भी है, अच्छे रंग पहनती है, तो एक-दो बार मैंने उसे कॉम्प्लीमेंट दे दिया था। पता नहीं वह उसे क्या समझ बैठी?' कबीर ने आख़िर स्पष्ट किया।

'तो इसमें इतना परेशान होने की क्या बात है? यदि वह अच्छी लगती है, तो गो अहेड। नहीं तो उसे अपनी स्थिति स्पष्ट कर दो।' मनु ने उदासीनता से कहा।

'वही तो, वही तो नहीं समझ रही है न वह लड़की!' कबीर ने अपनी परेशानी कही।

'क्या कह रही है?' मनु थोड़ा गंभीर हो गई।

'कहा 'न' नहीं सुननी है। 'न' कहा, तो सुसाइड कर लेगी?' कबीर ने लगभग फुसफुसाते हुए बताया।

'सचमुच मामला गंभीर है। फिर क्या करने वाले हो?' मनु भी गंभीर हो गई। कहीं उसे राहत जैसा भी महसूस हुआ।

'वही तो सवाल है?' कबीर ने मायूस होते हुए कहा।

'पुलिस में रिपोर्ट कर दो या फिर उसके घर में बता दो।' मनु ने सुझाव दिया।

'किसी वकील से बात करूँ?' कबीर को जैसे राह सूझी।

'हाँ वही।' मनु ने कहा। 'क्यों नहीं तुम उससे खुलकर इत्मीनान से बात करो। हो सकता है समझ जाए?'

'मुझे समझ नहीं आ रहा है कि उससे कैसे और क्या बात करूँ?'

'तुम अभी उसे डिनर पर इन्वाइट करो और साफ़-साफ़ कह दो। अब दिक़्क़त यह है कि तुम्हारी कोई गर्लफ्रेंड भी तो नहीं है।' कहते हुए मनु शरारत से मुस्कुराई थी।

'तुम चलोगी? आई मीन डिनर पर तुम चलो, उसे समझाने में आसानी होगी।' कबीर ने झिझकते हुए कहा।

'मैं, मैं क्या करूँगी? मेरी क्या भूमिका है वहाँ! मुझे लगता है तुम्हें ख़ुद ही उससे सीधी बात करनी चाहिए। उसे बता देना चाहिए कि वह जैसा सोच रही है, वैसा कुछ नहीं है।' मनु को एकाएक अपमानित महसूस हुआ।

'प्लीज़ चलो न।' कबीर ने जैसे अनुनय किया।

'चलो सोचती हूँ लेकिन तुम पहले उसे फ़ोन करके डिनर पर इन्वाइट कर लो। बेकार में लंबे समय तक तनाव में रहने का क्या फ़ायदा है? पुलिस-परिवार के चक्कर में लड़की ज़्यादा दबाव में न आ जाए।' मनु ने कहा।

उमा भेल लेकर आ चुकी थी। उसने मनु से पूछा था, 'खाना क्या बनाऊँ?' मनु कुछ कहे, उससे पहले ही कबीर ने कहा, 'तुम रहने दो, हम बाहर खाएँगे।'

मनु ने उसे देखा, तो उसकी आँखों में अनुनय था। मनु का मन नरम हो आया।

...

होटल ब्लू-इन का सादा एम्बिएंस। कार से उतरते ही मनु ने स्पष्ट किया, 'मैं दूसरी टेबल पर बैठी हूँ। कोई दिक़्क़त हो, तो मुझे मिस्डकॉल कर देना। मेरे होने से वह लड़की ऑकवर्ड फ़ील करेगी। तुम चाहते थे, तो मैं आ गई लेकिन सच पूछो, तो मेरी यहाँ ज़रूरत नहीं है। फिर भी लगे, तो मुझे बुला लेना। ऑल दे बेस्ट।'

कबीर कुछ कह पाता इससे पहले ही मनु उससे अलग होकर अंदर चली गई। कबीर और मनु आमने-सामने की टेबल पर बैठे थे। कबीर ज़रा नर्वस था। मनु ने उसे मुस्कुराकर आश्वस्त किया। थोड़ी देर बाद उसने फ़्लोरोसेंट ग्रीन कलर की लॉन्ग स्कर्ट पर ब्लू कलर का लॉन्ग कुर्ता पहने छोटे लेकिन घुंघराले बालों वाली सुंदर-सी लड़की को कबीर की टेबल की तरफ़ बढ़ते देखा। कबीर ने फिर से मनु को देखा। मनु ने फिर से आश्वस्त किया था।

'हैलो कबीर।' संजोत ने कहा।

'हैलो संजोत। हाउ आर यू?' कबीर ने खड़े होकर उसके लिए कुर्सी सरकाते हुए पूछा।

'फ़ाइन, हाउ आर यू?'

कबीर ने असमंजस से उसकी तरफ़ देखा और पूछा, 'क्या लेना पसंद करोगी? यू कैन ऑर्डर स्टार्टर, दैन वी विल टॉक।'

'समथिंग स्पेशल? इतने शॉर्ट नोटिस पर क्यों बुलाया?' जाने क्यों कबीर को संजोत की आवाज़ थोड़ी लरजी हुई-सी लगी थी। कबीर नर्वस होने लगा था। दुख पाना तो दुखी करता ही है, किसी को दुख देना भी दुखी कर देता है। कबीर सोचता है शायद इसीलिए दुनिया उतनी बुरी होने से बच पाई है। वह सोच रहा है कि किस तरह अपनी बात कहे, ताकि संजोत को कम-से-कम चोट पहुँचे लेकिन ऐसा कैसे होगा कि रिजेक्शन से चोट न पहुँचे। वह इस विचार से और अस्त-व्यस्त हो जाता है। क्या वह संजोत को रिजेक्ट कर रहा है? हाँ, यह रिजेक्शन ही तो है लेकिन वह क्या करे। वह संजोत के लिए प्यार महसूस ही नहीं कर रहा है। क्या उसे होल्ड पर रखना चाहिए लेकिन कबीर जानता है कि संजोत गंभीर और संवेदनशील है। उसके साथ उसे बहुत एहतियात से पेश आना होगा। उसने फिर से मनु की तरफ़ कनखियों से देखा। उसने गर्दन हिलाई। कबीर को लगा भविष्य में चीज़ें बहुत उलझ जाएं और दुख बढ़े इससे पहले उसे अपनी स्थिति स्पष्ट करनी ही होगी।

'लुक संजोत, यू आर ए वेरी नाइस पर्सन एंड आई डोंट वॉन्ट टु हर्ट यू, बट आई डोंट लव यू। आई होप यू विल अंडरस्टैंड माई सिचुएशन।' कहकर कबीर ने एक गहरी साँस ली और नज़रें फेर

लीं। उसकी हथेलियाँ पसीने से भर गई थीं, गला सूखने लगा था। कितना मुश्किल होता है हर्ट करना भी।

'आर यू इन्वॉल्व विद एनी अदर गर्ल?' संजोत ने भर्राई आवाज़ में पूछा था।

'डज़ इट मेक सेंस...? यदि हाँ, तो क्या बदल जाएगा और यदि नहीं, तो क्या बदल जाएगा?' कबीर ने थोड़ा सख़्त होते हुए कहा।

'मे बी! हो सकता है यह जानकर मुझे कुछ बेहतर लगे कि तुम मुझसे नहीं करते हो, तो किसी और से भी नहीं करते हो। मे बी आई फ़ील कंफ़र्टेबल।' संजोत ने आर्द्र होते हुए कहा।

'ट्रस्ट मी, आई एम नॉट इन एनी रिलेशनशिप। एक्चुअली, आई एम इन ए रिलेशनशिप स्ट्रेस विद माई फ़ैमिली। आई होप यू अंडरस्टैंड... ए बॉय फ्रॉम ए ब्रोकन फ़ैमिली।' जो वह नहीं कहना चाहता था, वह अनायास कह गया। उसे दुख हुआ कि उसने विक्टिम कार्ड खेला है लेकिन फिर याद आया कि जिया कहा करती थी, यदि किसी झूठ से किसी का दुख कम किया जा सकता है, तो उसे बोलने से नहीं हिचकिचाना चाहिए, फिर यह तो झूठ भी नहीं है।

संजोत की आँखों में आँसू थे, 'थैंक यू। मैं कोशिश करूँगी कि तुम्हें डिस्टर्ब न करूँ।'

कबीर ने मनु को मिस्डकॉल की। मनु उठकर वॉशरूम गई और वहाँ से इस तरह आई, जैसे उनका मिलना इत्तिफ़ाक़ हो।

'कबीर... क्या हाल है?' मनु ने कबीर की टेबल के सामने खड़े होकर पूछा।

'मृणालिनी... कैसी हो? यहाँ कैसे?' कबीर ने भी उसी तरह से पूछा।

'डिनर के लिए आई हूँ, एक दोस्त आने वाला है। तुम्हें देखा, तो सीधे यहाँ चली आई।' मनु ने कहा।

'यह मेरी दोस्त हैं डॉ. संजोत। संजोत, यह मेरी एलजी (लोकल गार्जियन) की बेटी और मेरी दोस्त मृणालिनी।' कबीर ने परिचय करवाया, तो मनु ने संजोत को चकित होते देखा।

'सो ब्यूटीफुल, कितनी सुंदर हो!' मनु ने संजोत की तरफ़ प्यार से देखते हुए कहा। संजोत मुस्कुराते हुए खड़ी हो गई। उसकी मुस्कुराहट में मनु को थोड़ा विषाद भी दिखा।

'थैंक यू मृणालिनी जी।' फिर कबीर की तरफ़ मुख़ातिब होते हुए संजोत बोली, 'ओके कबीर, थैंक यू वेरी मच। आई टेक योर लीव... यू गाइज़ कैरी ऑन।'

मनु ने उसका हाथ पकड़ा और उसे हग कर लिया। कबीर देख नहीं पाया लेकिन मनु ने महसूस किया कि उसने अपनी सिसकी रोकी थी। मनु का मन भर आया। वह बिना किसी को देखे, बिना किसी से नज़र मिलाए पलटी और निकल गई। मनु और कबीर ने एक-दूसरे को देखा। दोनों की आँखें धुआँ-धुआँ होने लगीं। मनु ने कहा, 'चलें?'

कबीर बिना कुछ कहे खड़ा हो गया। दोनों के पास एक-दूसरे से कहने-सुनने के लिए कुछ था ही नहीं। मनु सोच रही थी कि क्यों प्रेम को प्रेम की ही आकांक्षा होती है? क्यों नहीं प्रेम ही तृप्त होने के लिए काफ़ी होता है?

कबीर थोड़ी देर बाद हल्का हो गया था। उसने गहरी साँस ली। गाड़ी में मनु की तरफ़ देखा, 'थैंक्स! मैं बहुत डर गया था।'

'इट्स ओके। जब हम परेशानी में होते हैं, तब अक्सर हमें रास्ता नहीं सूझता है।' मनु ने कहा।

'हाँ, मैं कल रात से परेशान था। क्या करूँ, कैसे करूँ? तुमने मुझे इस परेशानी से चुटकी में बाहर निकाल दिया।' कबीर ने कहा।

'दो-चार साल उम्र में तुमसे बड़ी जो हूँ।' मनु ने मुस्कुराते हुए कहा।

'लेकिन अच्छा नहीं लग रहा है... शी वॉज़ हर्ट।' कबीर ने उदास होकर कहा।

'हाँ, थी तो लेकिन किया क्या जा सकता था।' मनु ने भी उदास होकर पूछा।

'मुझे अब थोड़ा सतर्क रहना चाहिए। किसी को भी किसी भी तरह की ग़लतफ़हमी होने का स्कोप नहीं छोड़ना चाहिए।' कबीर ने गहरी साँस छोड़ते हुए कहा।

'ये समझ-समझ की बात है। हरेक के साथ ऐसा नहीं होता है।' मनु ने कहा।

'हाँ। लेकिन दुर्घटना से बचाव ज़रूरी है। पता है, तुम्हारे साथ मैं सबसे ज़्यादा ईज़ में रहता हूँ।'

'हम्म। लेकिन ऐसा क्यों?' मनु को उत्सुकता हो आई।

'तुम पर भरोसा करता हूँ क्योंकि तुम मेरी ज़िंदगी की मुश्किलों को और मैं तुम्हारी ज़िंदगी की मुश्किलों को जानता हूँ। मैं तुम्हारे पास्ट को भी जानता हूँ।' वह अपनी रौ में कह रहा था और मनु एकदम सुन्न हो चली थी। उसके मन में सवाल उठा था, पास्ट को

जानने का क्या मतलब है? क्या भूल जाने योग्य अतीत हमारी भावनाओं के स्रोत को बंद कर सकता है? क्या ख़राब अतीत हमें कभी आज़ादी नहीं देता है? कबीर ने और भी कुछ कहा लेकिन उसने कुछ नहीं सुना। उसने आँखें बंद कर लीं। भीतर जज़्बातों का अंधड़ जैसा कुछ चलने लगा। जो कुछ उसे लग रहा है, वह क्या है और क्यों है? उसे क्या बुरा लगा है और जो बुरा लगा है, वह क्यों बुरा लगा है? कहीं वह... इस प्रश्न ने मनु को बहुत विचलित कर दिया। वो क्या है, जो उसे इस क़दर परेशान करने लगा है। उसे अपना आप बहुत दयनीय लगा। बुरा अतीत हमें सहानुभूति का पात्र बना देता है। हमारे जीवन की कितनी संभावनाओं को कुचल देता है। उसे लगा कि अब उसे इस यथास्थिति को तोड़ना होगा। अपने दायरे और अपने कम्फ़र्ट को छोड़ना होगा। घर पहुँचकर उसने कबीर को भीतर नहीं बुलाया। सीधे अपने कमरे में चली गई। अगला पूरा दिन वह ख़ुद को मथती रही।

उसी रात उसने तय किया कि वह कुछ दिन इस जगह, इस रूटीन, इन लोगों और इस जगह की यादों से दूर चली जाएगी। ख़ुद को ठीक से टोहेगी, देखेगी, समझेगी, सोचेगी कि अपना अब करना क्या है? और बिना किसी को बताए वह यहाँ चली आई। बस शुभ्रा को ही उसके बाहर जाने की सूचना है और किसी को नहीं। लेकिन यहाँ आकर भी वह स्थिर हो पाई है क्या?

इस प्रश्न ने उसे विचलित कर दिया। उसने बेचैनी में आसमान की तरफ़ देखा। तारे टिमटिमा रहे थे। समंदर का शोर और क़रीब सुनाई देने लगा था। उसने आँखें बंद कीं, तो भरी आँखों से कोरों की तरफ़ से एक-एक आँसू लुढ़क गया। उसका ज़ोर से रोने का मन हो आया। देर तक सिसकियाँ चलती रहीं। वह विचार करती रही कि उसे किस चीज़ ने आहत किया था?

न जाने कब नींद ने आ घेरा।

उसे रंग दिखने लगे थे। वह रंग उड़ाना चाह रही थी, रंग भरना भी, गाना भी और लिखना भी। मन हुलसा था उसका। आँखों पर छाए आसमानी आसमान और उस पर तैरते भूरे-सांवले-सफ़ेद बादल उसे उमगाने लगे थे। वह रंगों को पकड़ने के लिए मचलती है लेकिन दूर चले जाते हैं सारे रंग। उसकी ज़िद है समेटने की, सहलाने की, उसमें डूबने और रंगों को ख़ुद में डुबा लेने की, रंग हर तरफ़ जो बिखरे हैं। समंदर वाला नीला, मिट्टी के खिलौने बेचती छोटी लड़की के लहंगे वाला बैंगनी, फूल लिए घूमती लड़की के कुर्ते-सा पीला, आसमानी नीला, फाख़्ता के रंग-सा भूरा, मोर के पंखों-सा नीला-हरा, बरसात वाला हरा, सुबह वाला सिंदूरी, दोपहर वाला सुनहरी, शाम वाला उदास सांवला, रात वाला गहरा सुरमयी, पत्तियों वाला हरा, गुलमोहर वाला लाल, अमलतास वाला पीला, गुलाबों वाला गहरा गुलाबी, नींबू वाला पीला, ख़ुद के दुपट्टे-सा सतरंगी... बस रंग ही चाहती है पकड़ना, फैलाना, बिखेरना, लिखना, डूबना, गाना, डुबो देना मगर उसे लगता है कि उससे सारे रंग रूठे हुए हैं।

वह सोचकर उदास हो जाती है। सारे रंग उसकी आँखों की कोरों को छूकर गुज़रते हैं। दिमाग़ के खाँचों में उतर जाते हैं। वह हाथ पकड़कर थाम लेना चाहती है। मन में उतारकर बिखेर देना चाहती है। कभी उसे भ्रम भी होता है कि उसने थाम लिए हैं, भर लिए हैं मुट्ठी में, फैला दिए हैं, जैसे फैलाते हैं रंग किए दुपट्टे सूखने के लिए। ख़ुश हो जाती है। झूमने और नाचने लगती है। सिर को आसमान की तरफ़ तानेकर गहरी साँसें लेती है। भर लेती है सारी कायनात की ख़ुशबू और खोलती है अपनी मुट्ठी... अरे ये क्या, कोई रंग नहीं है हाथ में! हथेली पूरी स्याह हुई पड़ी है।

आँखों में कुछ गरम और तरल-सा उतर आता है। एक निराशा साँसों के रास्ते शरीर में समा जाती है और ख़ून की तरह नसों में बहने लगती है। स्याही आँखों के सफ़ेद रंग पर फैल जाती है। रंग मन को नहीं छू पा रहे हैं। अब तो उसे रंग दिखना भी बंद हो गए। हर जगह अँधेरा फैल गया। ये स्याही अब उसके साथ चल रही है। मन अब भी रंगों के पीछे भाग रहा है लेकिन उसे रंग दिखाई देना बंद हो गए हैं। रंग उससे रूठ गए हैं, छिटककर दूर चले गए हैं। हर तरफ़ उसे अँधेरा-अँधेरा ही दिखाई देने लगता है। उसे लगता है वह अंधी हो गई है शायद। वह चीखना चाहती है लेकिन लगता है कोई हाथ उसके गले को दबा रहा है। वह घबरा जाती है। तुरंत आँखें खोलती है। आसमान पर काले बादलों में से बिजली की चमक झाँकती है।

ओह... वह अपने मोबाइल को उठाकर समय देखती है। रात का डेढ़ बजा है। वह अब भी उसी हैमोक पर सो रही है। वह वहाँ से उठती है और अपने कमरे की तरफ़ बढ़ जाती है।

'अरे, तुम अब भी यहीं हो? मुझे लगा सोने चली गई होंगी!' इलहाम सामने खड़ा था।

'अरे हाँ, ऐसे ही खुले आसमान के नीचे रहने का मन किया था। नींद लग गई।' मनु ने अनमनी होकर कहा।

'ओह!'

'तुम अब तक बीच पर थे?'

'हाँ, मैं देर रात तक बीच पर रहता हूँ। मुझे उस अँधेरे में दिखती लहरें और पास आती उनकी आवाज़ें पसंद आती हैं।' इलहाम कहता है।

'मैंने भी सोचा तो था लेकिन...' मनु ने बात अधूरी ही छोड़ दी।

'लेकिन क्या?'

'मैं बहुत डरपोक हूँ। सेफ़ साइडर। सबसे पहले सेफ़्टी पर विचार करने वाली। पता नहीं इतनी रात को इस अनजान शहर में बीच पर अकेले टहलते हुए डर-सा लगा।' मनु ने कहा।

'अरे, यहाँ डरने की कोई ज़रूरत ही नहीं है। यह जगह सेफ़ है। अभी चलकर देख लो।' इलहाम ने प्रस्ताव किया।

मनु ने रुककर सोचा, 'सच? तुम्हें सोना तो नहीं है न!'

'मुझे नींद यूँ भी कम ही आती है और वहाँ बहुत देर से अकेला बैठा था, तो बोर होकर चला आया। अदरवाइज़ बीच पर रहना हमेशा ही पसंद आता है मुझे।' इलहाम ने मुस्कुराते हुए कहा, 'तुम्हारा सोने का मन हो रहा हो, तो बात दूसरी है।'

'अरे नहीं। चलो चलते हैं।' मनु अपनी उस उदासी से बाहर निकलना चाह रही थी। यदि ऐसे ही जाकर सो जाती, तो सुबह उसी भारीपन के साथ उठती।

बीच पर रात गहरा रही थी। लहरें एक-दूसरे का अतिक्रमण करते हुए किनारे के और क़रीब आती जा रही थीं। दोनों समंदर के आने और लौटने की सीमा से ज़रा हटकर बीच के दूसरे सिरे की तरफ़ चले जा रहे थे। दूसरी तरफ़ से एक विदेशी लड़की चली आ रही थी। कान में ईयर प्लग लगा रखे थे। घुटने से थोड़ा ऊपर चढ़ता वनपीस पहना था और उसके बाल क्लचर से पीछे बँधे हुए थे लेकिन इतने बेतरतीब थे कि जगह-जगह से निकल रहे थे।

'कल मैं आधी रात को लौटा था, यहाँ तब तक लड़कियाँ घूम रही थीं। ये लड़कियाँ डरती नहीं हैं बिलकुल, यह तो मानना पड़ेगा।' इलहाम बुदबुदाया।

'हाँ, सच। विदेशी लड़कियाँ डरती नहीं हैं। हक़ीक़त यह है कि पूरी दुनिया में औरतें एक जैसी होती हैं लेकिन उनके इर्द-गिर्द के पुरुष उन्हें अलग बनाते हैं।' मनु ने कहा, तो इलहाम ने चौंककर उसकी तरफ़ देखा।

'ऐसा तो पुरुषों के लिए भी कहा जा सकता है। मेरे बनने में मेरी अम्मी का हाथ है।' इलहाम ने प्रतिवाद किया।

'तुम्हारी अम्मी ख़ुशक़िस्मत हैं कि उन्हें घर में डिसाइसिव रोल मिला हुआ है। अमूमन घरों में महिलाओं की कोई भूमिका होती ही नहीं है या ऐसा भी कह सकते हैं कि उन्हें कोई भूमिका निभाने दी ही नहीं जाती है।' मनु ने कहा।

'वह ख़ुशक़िस्मत नहीं हैं। मेरे अब्बू ने अम्मी को तलाक़ दे दिया है।' इलहाम ने अनमने होकर कहा।

'ओह!' मनु को लगा कि बातचीत असावधानी से उस दिशा में चली गई, जो नई दोस्ती के लिहाज़ से वर्जित थी। वह चुप हो गई लेकिन वह भी क्या करे, वह जानती ही कितना कम है। आख़िर मिले हुए वक़्त भी कितना हुआ है। कुछ घंटे ही तो। दोनों चुपचाप चलते रहे।

'उस लिहाज़ से तो तुम भी ख़ासी बोल्ड हो। तुम भी तो इतनी रात को एक अनजान मर्द के साथ घूम रही हो।' इलहाम ने हल्के-फुल्के ढंग से कहा, तो माहौल थोड़ा नर्म हो गया।

'हाहाहा... पता है, मैं दो दिन से चाह रही थी कि रात को बीच पर जाऊँ लेकिन ग्यारह बजे के बाद हिम्मत ही नहीं जुटा पाई। फिर से वही... मेरे परिवेश के पुरुषों ने कभी मुझे वह विश्वास ही नहीं दिया कि रात को मैं सुरक्षित बाहर निकल सकती हूँ।' कहते-कहते मनु भावुक हो गईं।

'पता है, कोई पुरुष कभी समझ ही नहीं पाएगा कि सब हासिल कर लेने के बाद भी कितना कुछ ऐसा होता है, जो पुरुषों के हिस्से में आता है औरतों के नहीं।'

'जैसे?'

'जैसे यही रात की आवारगी... कितनी औरतें हैं, जो यह जान ही नहीं पातीं कि जब सड़कें सुनसान होती हैं, सूरज ढल चुका होता है, दुनिया सो रही होती है, तब उनके अपने शहर की उन गलियों की शक्लें कैसे बदलती हैं? और यह भी कि उन गलियों से रात के अँधेरे और सूनेपन के बीच गुज़रना आपको क्या और कैसा अनुभव करवाता है?' मनु कहती है।

'कौन, किसको जान पाता है? ख़ुद पुरुष ही इस सबसे कब गुज़रना चाहता है? आमतौर पर पुरुष भी एक रूटीन में जीता है, जिसमें रात की आवारगी शामिल नहीं भी हो सकती है। मुझे नहीं लगता कि इसका स्त्री-पुरुष की बहस से ज़्यादा लेना देना है।' इलहाम ख़ारिज कर देता है।

'नहीं करना और नहीं कर पाने के बीच बहुत बड़ा फ़र्क़ है इलहाम। तभी कह रही हूँ कि पूरी दुनिया में स्त्रियाँ एक-सी होती हैं। उनके इर्द-गिर्द के पुरुष उन्हें अलग बनाते हैं। यह कहने के पीछे का बड़ा तर्क यह है कि अमूमन सोश्यली पुरुष की-पोज़िशन पर होते हैं और इसलिए सब चीज़ों को वे ही गवर्न भी करते हैं।' मनु कहती है।

इलहाम उसे देखता है। सोचता है, अब तक कई लड़कियों के संपर्क में रहा लेकिन इस लड़की की समझ कुछ अलग है। अच्छी है या बुरी, यह तय नहीं कर पा रहा है। हाँ, यह तय है कि कोई अलग-सी दिशा सोचने के लिए ज़रूर मिलती है।

एक नाव, जोकि बीच की रेत पर खड़ी थी, वहाँ जाकर दोनों बैठ गए। एक सिरे पर मनु, दूसरे सिरे पर इलहाम। बीच में नाव का विस्तार। रेत पर बैठते ही मनु ने अपने पैर फैला लिए, सिर को नाव की पाल पर टिका दिया। लहरें धीरे-धीरे क़रीब और क़रीब आती जा रही थीं। मनु ने आवाज़ सुनने के लिए आँखें बंद कर ली थीं। थोड़ी देर आवाज़ के साथ-साथ कई अगले-पिछले विचार, चिंता, व्यग्रता का अनुभव हुआ। धीरे-धीरे वो सब छूटते चले गए, सिर्फ़ लहरों की ध्वनि बची रह गई।

एकाएक उसे लगा जैसे वह भूत-भविष्य की जकड़ से निकल आई है। वे सारे तंतु, जो उसे किसी-न-किसी से जोड़े हुए थे, वे एक-एक कर टूट गए हैं। वह नितांत एकाकी होकर आज में, अभी इसी क्षण में अवस्थित हो गई है।

न जाने कितने वक़्त से वह इस क्षण को साधने की कोशिशों में लगी थी, जो आज यहाँ उसे नसीब हुआ है। उसकी आँखें भर आई थीं। बंद आँखों से आँसू टपका था, जिसे थामने की कोशिश करते इलहाम ने उसे देख लिया था।

वह थोड़ा विचलित हुआ था, 'क्या हुआ? कोई परेशानी है?'

'नहीं।' मनु ने मुस्कुराते हुए कहा, 'बहुत दिनों बाद बहुत-बहुत-बहुत अच्छा महसूस हो रहा है, थैंक्स!'

इलहाम बदले में हँसा, 'मेरे साथ रहोगी, तो ऐसे ही ऐश करोगी।'

मनु के मन ने कहा, 'तो रख लो न!' लेकिन विचार आते ही वह सतर्क हो गई। सोचने लगी थी कि क्या यह अनायास ही आया था या कि उस मुक्ति के बाद फिर से बंधने की ख़्वाहिश जाग गई है? क्या वह नई उलझनों के लिए तैयार हो रही है?

मनु ने इन सारे विचारों को झटक दिया। उसने ख़ुद से कहा, वह उत्तर सिर्फ़ उसकी त्वरित प्रतिक्रिया थी और कुछ नहीं। उसने अपने में गुम इलहाम की तरफ़ देखा। एक गहरी साँस ली और मोबाइल की स्क्रीन ऑन कर समय देखा। रात के तीन बज रहे थे। वह खड़ी हो गई, 'चलें? बहुत रात हो गई है।'

मैं एक लम्हा हूँ,
सदियों के इंतिज़ार में हूँ

मनु की जब नींद खुली, तो सुबह के ग्यारह बज रहे थे। उसने नाश्ता ऑर्डर किया और नहाने चली गई। रात अब भी उसके ज़ेहन में चल रही थी। बार-बार वो पल उसके सामने से होकर गुज़र रहा था, जब वह वक़्त की गिरफ़्त से छूट गई थी। जब इलहाम समंदर पर पसरे अँधेरे को घूर रहा था और जब वह समंदर को घूरते इलहाम को देख रही थी।

उसने उस सबको झटकना चाहा लेकिन भीतर एक नई कोंपल फूटी थी। क्या आज भी वह मुझे मिलेगा? उसे अपने उस प्रश्न में किसी संभावना का बीज दिख रहा था। किसी इच्छा के अँकुरित होने की तड़प महसूस हो रही थी। वह एकाएक विचलित हो गई। उसने अपने जाने पिछले कई वर्षों से न कुछ बोया था, न कुछ उग जाने की आकांक्षा ही की थी। अपने काम और रियाज़ के साथ उसने ख़ुद को बहुत सारी चीज़ों से दूर कर लिया था, उम्मीदों और सपनों से भी।

सपनों के आने के सारे रास्ते बंद कर लिए थे। जिया के जाने के खालीपन से उबरते हुए शुभ्रा ने ज़रूर उसे बस जाने के लिए, ठहर जाने के लिए कहा था। उसने कोशिश भी की थी लेकिन ख़ुद मनु ने उसे ख़ारिज कर दिया था। मनु ने अपने जीवन के अनुभव से जाना था कि कितना भी गहरा दुख हो एक दिन भर ही जाता है। उसने शुभ्रा से उस वक़्त कहा था, 'सब कुछ गुज़र जाता है,

दुख भी गुज़रता है। हमें उसके गुज़र जाने का इंतज़ार करना ही चाहिए। उससे हम बच ही नहीं सकते हैं। पता है शुभ्रा, दुख हमारे सामने निकल जाने का, जीत जाने का कोई विकल्प रखता ही नहीं है और डर तो संभावित से होता है। जो आसन्न होता है उससे डर नहीं होता, उसे तो सहना ही होता है। उसका तो सामना ही करना होता है।' तो मनु सोचती है कि क्या मैं संभावित से डर रही हूँ या आसन्न को देख रही हूँ?

वह ऐसे ही उलझी हुई खड़ी रही। एक बारगी विचार आया कि वह अभी यहाँ से चल दे। वह अब जीवन में किसी भी उलझन के लिए तैयार नहीं है। चाय का कप लिए वह गैलरी में आ बैठी थी। उसने इलहाम को अपने दिमाग़ से निकाल दिया था। उसने ख़ुद को केंद्र में रखकर उस पर विचार किया था। अपने अब तक के जीवन में मनु ने ख़ुद से क्या किया, ख़ुद को कब अपनी इच्छा और अपनी मर्ज़ी के हवाले छोड़ा?

जैसे ही उसने यह प्रश्न उठाया, उसका अब तक का जीवन उसके सामने से गुज़र गया। पढ़ाई-लिखाई में पापा और जिया का दख़ल था। शादी पापा की मर्ज़ी से हुई थी। शादी से बाहर होने में भी उसकी कोई भूमिका नहीं थी। उसके कहने के लिए कुछ था ही नहीं। कई बार परिस्थितियाँ हमें विकल्पहीन कर देती हैं, जैसे दुख कर देता है। पढ़ाई भी उसी विकल्पहीनता का हिस्सा रही। नौकरी और बाद का जीवन जैसा आता रहा, निभाती रही।

सच बताओ मनु, किसी इच्छा ने तुम्हें कहीं नहीं डसा? क्या कभी तुम्हें नहीं लगा कि कोई तुम्हारा सपना हो या तुम किसी का सपना बनो। तुम कितनी बिखरी हुई हो, कभी मन नहीं किया कि तुम्हें कोई समेट ले या कोई इस क़ाबिल ही बना दे कि तुम ही ख़ुद को समेट लो!

मनु ने आँखें बंद कर लीं। उसके पास कोई जवाब नहीं था। वह फिर से सोच रही थी कि वह जीवन को कब तक उसी एक लीक पर धकेले चली जाएगी। संभावित से डरकर कैसे जीवन चलेगा, कल तो हर हाल में आज होगा ही। उससे किस तरह से बचा जा सकेगा। उसने आँखें खोलीं, तो आसमान बादलों से ढँका हुआ दिखा। बादलों से ढँके आसमान के नीचे समंदर की लहरें अपने रंग में दिखने लगी थीं, नहीं तो सूरज के तेज से जो चाँदी जैसी चकाचौंध पैदा होती है, वह परेशान करती है।

मनु ने तय किया कि ज़िंदगी को उसके सारे रंगों के साथ वह ख़ुद ही ग्रहण करेगी। जब मामला हर रंग को जीने-सहने का ही हो, तो फिर क्यों नहीं निर्णय ख़ुद का हो। हवा की दिशा में ही क्यों बहा जाए! चलने के लिए ख़ुद ही क्यों नहीं दिशा का चुनाव किया जाए! क्या होगा, रास्ता ग़लत होगा... यही न?

क्या ऐसा है कि जीवन हमेशा सही रास्ते पर ही ले जाता है? नहीं। ऐसा होता, तो फिर दुख कैसे आ जाता है जीवन में? क्या पता अपने चुने रास्ते से सुख न मिले, संतोष ही मिल जाए। मनु गहरी साँस लेती है।

'हैलो!' नीचे से इलहाम हाथ हिलाता मुस्कुराता हुआ कहता है। पीली टी-शर्ट और ग्रे शॉर्ट्स पहने कंधे पर कैमरा बैग, सिर पर नीली कैप और हरा चश्मा पहने वह मनु को बहुत आकर्षक लगा। मनु हाथ हिलाती है, 'कम।'

वह तेज़ी से सीढ़ी चढ़कर सामने आ खड़ा होता है।

'अरे, तबीयत ख़राब है क्या? इस वक़्त इस शहर में कौन रूम में रहता है?'

'तो... कहाँ होना चाहिए इस वक़्त?' मनु ने पूछा।

'कहीं भी। बीच पर, समंदर में, बाज़ार में, सड़कों पर, रेस्टोरेंट में लेकिन रूम में... क़तई नहीं।'

'देर से उठी, फिर विचारों में उलझ गई। ध्यान ही नहीं रहा कि मैं अपने शहर में नहीं हूँ।'

'कमाल हो भई। इतना ग़ाफ़िल कोई हो, तो उसकी ज़िंदगी तो कामयाब है। अल्लाह मुझे भी ये बख़्शिश अता फरमाए।' इलहाम ने गंभीर होकर कहा।

'नहीं प्लीज़... ये ग़ाफ़लत क़तई अच्छी नहीं है। इसके पीछे बहुत अंतर्द्वंद्व है, बहुत दुख, निराशा और पीड़ा है।' मनु ने तड़पकर कहा।

'हरेक के जीवन की अपनी तल्ख़ियाँ होती हैं मैडमजी। दुनिया में कौन ऐसा है, जो ग़मों से बच सका है? आपके रामजी तो भगवान थे। वही कौन से दुख से बच गए! ज़िंदगी है, तो दुख तो रहेगा ही। सवाल यह है कि हम उसका करते क्या हैं। उससे लड़ते कैसे हैं और उसके साथ किस तरह से एडजस्टमेंट करते हैं। चलिए... भाषण ख़त्म हुआ।' वह जिस तरह से मुस्कुराया, उसे देखकर मनु को लगा कि जैसे समंदर पर बारिश होने लगी हो। उसने उसे देखा और आँखें ऐसे मूँदी, जैसे तस्वीर लेने के लिए कैमरा क्लिक किया गया हो।

उसे लगा कि इलहाम ने उसके मन की उलझनें बिना जाने ही सुलझा दीं। बिना भागे भी उसके नसीब में जो दुख था, वह मिला। क्या जाने, प्रकृति अब न्याय ही करना चाहती हो। फिर क्या वह दुख से भाग सकती है? दुख होंगे, तो उसे सहना ही होगा न!

मनु खड़ी हो गई। कहा, 'बस दो मिनट में आती हूँ।'

इलहाम समझ गया, 'मैं नीचे हूँ, आओ नीचे।' कहकर सीढ़ियाँ उतर गया।

मनु उसे मुग्ध होकर नीचे जाते देखती रही। उसने अपने बेतरतीब बालों को इकट्ठा करके सिर पर ढीला-सा जूड़ा बनाया। कंधे पर स्लिंग बैग टांगा। टी-शर्ट को व्यवस्थित किया, सनग्लास निकालकर रूम का ताला लगाया और सीढ़ियाँ उतर गई। आसमान पर अब भी धूप और बादलों की लुका-छिपी चल रही थी। तभी उसका मोबाइल बजा। कबीर का कॉल था। मनु ने ख़ुद को संयत किया। फिर फ़ोन रिसीव किया।

'हाँ कबीर, कैसे हो? कोई परेशानी है!' मनु ने पूछा।

'अरे, तुम इस तरह से मुझे बिना बताए कहाँ चली जाती हो? मैं बहुत परेशान हो गया था। उमा को कुछ पता नहीं, शुभ्रा को भी बस इतना ही पता है कि तुम कहीं बाहर गई हो। कहाँ गई हो, यह उसने भी मुझे नहीं बताया।' कबीर ने एकदम से सारा गुबार निकाल दिया।

'हाँ, मैं बाहर हूँ। तुम बताओ, तुम्हें मेरी याद कैसे आ गई?' मनु ने भरसक अपनी आवाज़ का टोन नर्म किया हुआ था, फिर भी उसे लगा जैसे तल्ख़ी आवाज़ में रह ही गई थी।

'कहाँ हो? कहीं जा रही थी, तो मुझे क्यों नहीं बताया? तुम कहती, तो तुम्हारे साथ चलता।' कबीर ने व्यग्र होकर कहा।

'मैं ठीक हूँ कबीर। तुम बताओ, इतना हाइपर क्यों हो रहे हो?' मनु ने बड़प्पन दिखाते हुए पूछा।

'पता नहीं। एकाएक पता चला कि तुम यहाँ नहीं हो, तो लगा जैसे पूरा शहर ही अजनबी हो गया हो। तुम तो जानती ही हो,

इस शहर में तुम्हारे और जिया के अलावा मेरा और है ही कौन?' कबीर ने कहा।

'अरे, तो मैंने कहाँ शहर छोड़ दिया है? आ जाऊँगी जल्द ही। अभी कहाँ हो, हॉस्पिटल में?' मनु ने मुस्कुराकर पूछा।

'नहीं, मैं नानी के पास जा रहा हूँ। मेरा वहाँ मन नहीं लग रहा था। पंद्रह दिन बाद लौटूंगा। होपफुली तब तक तुम आ जाओगी न?' उसने ऐसे पूछा, जैसे बच्चा अपनी माँ से पूछता है।

'हाँ, हाँ। तुम्हारे आने से पहले ही मैं लौट आऊँगी। तुम अपना और नानी का ध्यान रखना। फिर बात करती हूँ।' मनु ने कहा।

'ओके बाय, टेक केयर।' कहकर कबीर ने फ़ोन काट दिया।

इलहाम उससे इतनी दूरी पर चल रहा था कि उसकी बातचीत उसे सुनाई नहीं दे रही थी। फ़ोन अपने स्लिंग बैग मे रखते हुए मनु उसकी तरफ़ गई और गहरी साँस ली। बीच की तरफ़ उतरते हुए इलहाम ने पूछा, 'बीच पर ही चलें या फिर मार्केट की तरफ़?'

मनु ने बीच की तरफ़ देखा। बादल घने हो रहे थे। चार दिन हो चले थे उसे यहाँ आए। दोपहर में बीच कभी इतना दिलकश नहीं लगा था।

'बीच पर चलते हैं लेकिन मुझे भूख लगने लगी है।' मनु ने कहा।

'तो चलो, मार्केट में कुछ हल्का-फुल्का खा लो। फिर यहाँ आ जाएँगे।'

चार दिन में एक बार भी ऐसा नहीं हुआ कि मनु मार्केट की तरफ़ आई हो। बीच की तरफ़ से मार्केट जाने के लिए तीन-चार सीढ़ियाँ

थीं और फिर क़रीब एक किलोमीटर तक सड़क के दोनों तरफ़ तरह-तरह की दुकानें थीं। इलहाम का कैमरा एकदम ही क्लिक के लिए रेडी हो गया। कपड़े, फुटवियर, मेल-फ़ीमेल एसेसरीज़, हैट्स, स्टोन्स, ऑर्नमेंट्स, लेडीज़ आइटम्स, खाने-पीने की दुकानें, रेस्टोरेंट्स, टैटू मेकिंग, ब्यूटी पार्लर्स, स्पा, मसाज सेंटर्स... क्या नहीं था उस मार्केट में। इलहाम खाने के एक स्टॉल पर जाकर खड़ा हो गया।

'क्या खाना है? पहले खा लो, फिर आगे चलते हैं।'

जब वह नूडल्स खा रही थी, तब इलहाम इर्द-गिर्द की दुकानों के फ़ोटो क्लिक कर रहा था। उसने उसके फ़ोटो भी क्लिक किए। मनु ने खीझकर कहा, 'अरे नहीं, मेरे फ़ोटो बहुत ख़राब आते हैं यार।'

वह मुस्कुराया, 'फ़ोटो आज के लिए नहीं होते हैं। ये यादें होती हैं। जब कभी माज़ी की तलब उठे, एलबम खोल लिया करना।'

उस दुकान पर मनु को एक लोअर पसंद आया। वह उसे देखने लगी, तो इलहाम ने फिर कुछ तस्वीरें क्लिक कीं। मनु ने उससे पूछा, 'यह ख़रीद लूँ?'

'बी योरसेल्फ़। अच्छा लग रहा है, तो ख़रीद लो। किसी से भी नहीं पूछना चाहिए।' इलहाम ने कहा, तो मनु ने उसे ग़ौर से देखा। पैसे चुकाकर वह इलहाम के पास आई और उससे पूछा, 'अच्छा-बुरा ही पूछा था। बता देते, तो सहूलियत होती।'

'पता है, ये सहूलियतें ही तो ग़ुलामी के लिए रास्ता बनाती हैं।' इलहाम गंभीर हो उठा।

'कैसे?'

'एक बार आपने किसी की मदद ली, फिर आप हर मौक़े पर मदद की उम्मीद करने लगते हैं। किसी के साथ काम करना हमेशा ही अकेले काम करने की तुलना में राहत भरा होता है लेकिन यही आपका ख़ुद पर यक़ीन कम कर देता है। ख़ुद पर यक़ीन करना भी आज़ाद होना है और हाँ, ग़लतियाँ करना भी आज़ाद होने की निशानी है, दुनियावी और ज़ेहनी तौर पर...। ग़लतियाँ करना भी एक क़िस्म का रिवोल्ट ही है उस सबके ख़िलाफ़, जो हमें सिखाया जाता है।'

मनु खिलखिलाती है, 'एक छोटी-सी ही तो बात थी। इतना फ़लसफ़ा झाड़ दिया। रहम करो मालिक।'

इलहाम ने उसे बनावटी गुस्से से देखा। मनु ने शरारत से चिढ़ाया।

दोनों एक-दूसरे के साथ थे लेकिन फिर भी अलग-अलग थे। इलहाम अपनी तरफ़ वाली दुकानों में झाँक रहा था, मनु अपनी तरफ़ वाली। एकाएक मनु को एक दुकान में कुछ रंग-बिरंगी चीज़ें दिखीं। उसने इलहाम का हाथ पकड़ा और फिर एकाएक छोड़ दिया। इलहाम ने उसकी तरफ़ देखा। उसने अपनी तरफ़ वाली दुकान पर चलने का इशारा किया।

उस दुकान पर बहुत सारी रंग-बिरंगी चीज़ें थीं। कलर्ड बीड्स वाले ईयररिंग्स, ब्रेसलेट्स, नेकलेस, एंकलेट्स, वुडन खिलौने आदि। मनु उन्हें देख रही थी लेकिन इलहाम बाहर काउंटर पर लगी चूड़ियों को देख रहा था। मेटल पर कलर्ड बीड्स वाली चूड़ियों पर वह देर तक उंगलियाँ फिराता रहा। मनु ने एक बोहेमियन नेकलेस पसंद कर लिया था। जब वह लौटी, तो देखा कि इलहाम बड़ी देर से उन चूड़ियों को देख रहा था। मनु ने पूछा, 'किसी के लिए ख़रीदना चाहते हो क्या?'

इलहाम का जैसे ध्यान भंग हुआ, 'अरे नहीं, मैं किसके लिए ख़रीदूँगा? अम्मी तो पहनती ही नहीं। फिर इतनी फ़ैंसी चूड़ियाँ हैं, वह तो बहुत सादा तबीयत रखती हैं।'

'लेकिन ऐसा लगता है कि जैसे तुम्हें ये बहुत पसंद आईं।' मनु ने उसे देखा। वह थोड़ा अनमना-सा दिखा। मनु ने उन चूड़ियों को अपने हाथ में डालकर देखा। इलहाम की आँखों की चमक देखकर मनु ने वे चूड़ियाँ भी पैक करवा लीं।

'तुम्हें भी चूड़ियाँ पसंद हैं?' बाहर निकलते हुए इलहाम ने पूछा।

'कोई ख़ास नहीं। तुम्हें चूड़ियों पर मुग्ध होते देखकर मैंने ख़रीद लीं?' मनु ने कहा।

'अरे, पता नहीं लड़कियाँ अपने लड़की होने की हक़ीक़त से क्यों मुँह चुराती रहती हैं?' इलहाम ने पूछा।

'क्योंकि यह हक़ीक़त न तो प्यार करने लायक है और न ही सहने लायक!' कहते-कहते मनु का मन कड़वा हो गया।

'ऐसा नहीं है। यदि ख़ुदा ने मर्द-औरत को अलग-अलग बनाया है, तो यक़ीन मानो इस दुनिया को दोनों की ज़रूरत है।' इलहाम कहता है।

'ये औरतें तो समझती हैं लेकिन मर्द नहीं।' मनु कहती है।

'अनफ़ॉर्चुनेटली इट्स ट्रू लेकिन ये विमंस लिब (विमंस लिबरेशन) है न, यह मेरी समझ में नहीं आता। आपकी ही बनाई दुनिया है, आपको किससे आज़ादी चाहिए?' इलहाम कहता है।

'नहीं, दुनिया मर्दों की बनाई हुई है। औरतें इसमें घुसपैठिया हैं। तभी हर जगह उन्हें अपने हिस्से से कई गुना ज़्यादा संघर्ष करना

पड़ता है। इसलिए औरतों को हर वक़्त ख़ुद को सिद्ध करते रहने का जुनून हो जाता है और यह उन्हें धीरे-धीरे सबसे दूर करता जा रहा है। यह न सिर्फ़ ख़ुद औरतों के लिए, बल्कि पूरी सोसायटी के लिए ख़तरनाक है। इसे बहुत गंभीरता से समझने की ज़रूरत है कि चाहे दुनिया कुछ कहे, औरत के इर्द-गिर्द ही दुनिया का कारोबार है। यदि वह ठीक नहीं है, तो दुनिया ठीक हो ही नहीं सकती है।' मनु को धाराप्रवाह बोलते देख इलहाम चौंक गया।

'तुम तो ख़तरनाक तरह की फ़ेमिनिस्ट लगती हो।' इलहाम मुग्ध होकर कहता है।

'नहीं, मैं फ़ेमिनिस्ट नहीं हूँ।' कहते हुए मनु उदास हो जाती है। उसे माँ, जिया, शुभ्रा सब याद आती हैं।

'औरतों के दुख बहुत परतदार होते हैं। सिर्फ़ परतदार ही नहीं होते हैं, बहुत महीन भी होते हैं। जो चीज़ें हमें सरल और सहज दिखती हैं उनके भीतर का सच उतना ही सड़ांध भरा होता है।' कहते हुए मनु अवसाद से भर जाती है।

'हाँ, औरतों के दुख परतदार होते हैं। मैंने अपनी अम्मी को देखा है लेकिन फिर भी मैं समझता हूँ कि दुखों को ग्लैमराइज़ नहीं किया जाना चाहिए। दुख क़तई ग्लैमरस नहीं होते हैं।' इलहाम ने भी उदास होकर कहा।

'हाँ, दुख ग्लैमर नहीं है। जब हम कुछ पढ़ते-सुनते-देखते हैं, तो वह बड़ा ग्लैमरस लगता है लेकिन हक़ीक़त में ऐसा नहीं है।' मनु कहते हुए दूर देखने लगती है। दोनों चाय की दुकान पर बैठे चाय का गिलास हाथ में लेकर बाहर की तरफ़ देखते हैं।

मनु की नज़र बाहर होते हुए भी कहीं नहीं होती है। वह कहीं खो गई थी। एकाएक बारिश होने लगी। सड़क पर आवाजाही रुक

गई। जो जहाँ था, वहीं ठहर गया। वह सड़क पर तेज़ बहते पानी पर पड़ती बूँदों से बनता वर्तुल (वृत्ताकार) देख रही थी। पास की दुकान से एक टीनएजर लड़का तेज़ी से दौड़ता हुआ सामने की दुकान पर पहुँचा। बादल ज़ोर से गरजे। मनु को लगा कि ग़लत ही घूमने निकल पड़े। न जाने कितनी देर तक यहाँ ठहरना होगा। जब मनु इस पर विचार कर रही थी, इलहाम ने अपने कैमरे को प्रोटेक्ट किया और भागकर सामने वाली दुकान पर पहुँचा, जहाँ छाते रखे हुए थे। मनु उसे मुस्कुराकर देखती रही। वह छाता ख़रीदकर उसके सामने आ खड़ा हुआ।

मनु ने उसे देखा, तो वह इतने मीठे से मुस्कुराया कि मनु का मन हुआ उसे चूम ले। उसकी निगाह इलहाम के चेहरे पर ठहर गई। उसने एक गहरी साँस ली। उसका स्त्री होना उसके आवेग में अवरोध हो गया। स्त्री बने रहकर प्यार कर पाना भी कहाँ आसान है? इलहाम ने उसकी तरफ़ हाथ बढ़ाया। उसने मुस्कुराकर हाथ थाम लिया। सड़क पर आते ही इलहाम ने उसका हाथ छोड़ दिया। मनु ने कहा, 'भीग रहे हो!'

'तुम भीगने से डरती हो क्या?' इलहाम दूर जाकर भीगने लगा।

मनु को याद नहीं पड़ता कि वह कभी बारिश में भीगी हो। स्कूल-कॉलेज आते-जाते अचानक आ जाती बारिश में मजबूरी में भीगने को छोड़कर उसे कभी ऐसे भीगने की इच्छा नहीं हुई। वह मुस्कुराई, 'नहीं, डरती तो नहीं हूँ लेकिन कभी भीगने का मन नहीं हुआ।'

'ओह।' इलहाम कहकर चुप हो गया।

मनु सोचने लगी, उसने ख़ुद को कितना बाँधकर रखा हुआ है। वह ख़ुद को पलटकर देखती है। उसे हाईस्कूल के उस लड़के शोभित

ने ग्रीटिंग कार्ड दिया था, कितना सुंदर लिखकर। उसे भी पसंद आया था। शोभित भी उसे अच्छा लगता था। जब वह साइकिल से पास से गुज़रता था, तो वह देर तक सनसनी में रहती थी लेकिन पता नहीं किस चीज़ से वह डर गई और उसने अपने स्कूल का रास्ता ही बदल दिया।

वह ग्रीटिंग कार्ड भी उसने देर तक देखने के बाद फाड़कर डस्टबिन में डाल दिया। फिर परीक्षा के दौरान एक-दो बार दिखा लेकिन मनु ने उससे बात नहीं की। वह सोचती है कि उसने जीवन में टीनएज तो देखी ही नहीं। उसने ख़ुद को बड़ा होते भी महसूस नहीं किया। वह बस बड़ी हो गई। एकाएक उसने कुछ तय कर लिया। छाता सिर से हटाकर बंद कर दिया और आगे चल रहे इलहाम के हाथों में थमा दिया। सिर ऊपर करके उसने आसमान की तरफ़ देखा। बूँदों से उसकी आँखें बंद हो गईं। वह देर तक ऐसे ही खड़ी रही। जैसे-जैसे वह भीगने लगी, वैसे-वैसे उसे महसूस होने लगा कि उसके भीतर की तपन कम हो रही है। आँखों में गर्म-गर्म पानी भर आया, कोरों से निकलने लगा। आँसू और पानी दोनों रल-मिल गए। उसे चार्ली चैप्लिन की आत्मकथा याद आ गई।

पहली बार उसने अपने भीतर की सारी गिरहों को खोल दिया। उसने बाँहें और हथेलियाँ फैला लीं। बंद आँखों में सपने झिलमिलाने लगे। प्यार करने के लिए सारे बंध खोलने होंगे। स्त्री होने की क़ैद से भी बाहर आना होगा। उसके सामने यह सबसे बड़ी चुनौती है। अब तक उसने अपने स्त्री होने को ही अपने होने का सच स्वीकार किया था। आज एकाएक उसे लगा कि यही उसके जीवन का सबसे बड़ा भ्रम है। उसे इस भ्रम से बाहर आना होगा। आँखें खोलीं, तो देखा इलहाम उसके फ़ोटो खींच रहा है। उसने मुस्कुराकर देखा। अपना हाथ आगे बढ़ाया, 'चलें?'

इलहाम थोड़ा झिझका, फिर उसने उसका हाथ थाम लिया।

मनु जैसे बारिश में भीगकर हर बंधन से मुक्त हो गई थी या यूँ कि बारिश में भीगकर उसने सारे बंधनों को काट दिया था या फिर यूँ कि बारिश में सारे बंधन, वर्जनाओं और सीमाओं को उसने बहा दिया था। वह ख़ुद को हल्का और मुक्त महसूस कर रही थी। बारिश रुक गई थी। आसमान पर बादल और सूरज के बीच छुपने और निकलने का खेल चल रहा था। उसने इलहाम से पूछा, 'चाय?'

'फिर से? अभी तो पी है।' इलहाम ने चकित होकर पूछा।

'हाँ, जश्न के लिए।' मनु मुस्कुराई।

'चाय से कौन जश्न मनाता है?' इलहाम ने भी शरारत की।

'अदरवाइज़ कभी जश्न मनाया नहीं न, तो चाय से ही सही।' मनु ने शरारत से आँख मारते हुए कहा।

'चलो, अदरवाइज़ भी चाहो तो मना सकते हैं।' इलहाम ने मुस्कुराकर कहा और सड़क पर खड़े चाय के ठेले पर रुक गया।

'लड़कियों को ये मयस्सर नहीं है।' मनु ने कहा।

'ऐसा भी नहीं है। हमारी इंडस्ट्री में यह सब आम है। हाँ, हमारे घरों में नहीं। मुसलमानों में तो और भी ख़राब हाल है।' कहते हुए वह मायूस हो गया।

'हालाँकि अदरवाइज़ जश्न मनाना कोई बहुत अच्छी बात तो नहीं है न?' मनु ने जैसे सांत्वना दी।

'हाँ। लेकिन मामला परिवार में औरत के दर्जे का है।'

'हाँ, वो तो है ही। लेकिन मुझे नहीं लगता है कि इसमें हिन्दू और मुसलमान अलग हो जाते हैं। कमोबेश दोनों एक ही जैसे होते हैं।' मनु कहती है।

'नहीं, ऐसा नहीं है। हिन्दुओं में औरतें पढ़ती हैं, परिवार भी आमतौर पर खुले होते हैं।'

'हर जगह यह सही नहीं है। हिन्दुओं में भी कम्युनिटी-टु-कम्युनिटी, फ़ैमिली-टु-फ़ैमिली और पर्सन-टु-पर्सन अलग होता है। जैसे मेरे ही परिवार में मेरी माँ की स्थिति अलग है, जिया की अलग।' मनु कहती है।

'जिया कौन?' इलहाम ने फिर से जिया सुना था।

'जिया मेरे पापा की छोटी बहन। मेरे जीवन को शेप देने वाली औरत। एक ऐसी औरत, जिसने बहुत ग्रेसफुली जीवन को जिया।' कहते-कहते मनु का गला भर आया।

'मतलब?'

'मतलब अब वह नहीं हैं। दो साल हुए उन्हें गए हुए। पिछली बार लगभग पाँच साल पहले मैं पहली बार जिया के साथ यहाँ आई थी। कई दिनों से मन बहुत ऊब-डूब कर रहा था। सोचा वहीं चला जाए, शायद फिर से जिया कोई इशारा कर दे। जीने के लिए कोई राह, कोई डायरेक्शन दे दे। यही सोचकर यहाँ आ गई थी।' मनु ने कहा।

'तो मिला कोई इशारा, राह या फिर डायरेक्शन?' इलहाम ने उत्सुकता से पूछा।

'हाँ... लेकिन साहस मुझे ही जुटाना होगा उस पर चलने के लिए।' मनु ने बीच की तरफ़ वाले दरवाज़े को देखते हुए कहा।

'पता है, तुम कुछ अलग हो... कुछ अजीब-सी।' इलहाम ने उलझते हुए कहा।

'अजीब तो अच्छा-बुरा दोनों हो सकता है। ठीक-ठीक बताओ, मेरा अजीब होना अच्छा है या बुरा?'

'ओह प्लीज़... तारीफ़ मैंने कभी किसी की नहीं की है।' इलहाम ने थोड़ा चिढ़कर कहा।

'अच्छा एक बात बताओ, तुम्हारी शादी तो नहीं हुई यह मुझे अंदाज़ा हो गया है लेकिन तुम्हारी गर्लफ्रेंड भी नहीं है?' पूछते हुए मनु का दिल ज़ोर-ज़ोर से धड़कने लगा था। इलहाम चुप था। मनु का मन बैठने लगा था।

'सॉरी। शायद मुझे तुमसे पर्सनल क्वेश्चंस नहीं करने चाहिए थे।' कहते-कहते फिर से मनु की आवाज़ नम हो गई थी।

'अरे नहीं, मेरी कोई गर्लफ्रेंड नहीं है। मैंने ख़ुद को सारे इमोशनल झमेले से बचाकर रखा हुआ है।' इलहाम ने बहुत गंभीरता से कहा, तो मनु को जैसे साँस आ गई।

'कभी किसी से प्यार भी नहीं हुआ? सुनो, मेरे पास बहुत सारे सवाल हैं। तुम्हें जवाब नहीं देने हों, तो कह सकते हो।' मनु ने कहा।

'कह नहीं सकता कि वह प्यार ही था या उम्र का असर लेकिन एक लड़की थी कॉलेज के दिनों में। मुझे बेहद-बेहद पसंद थी। उसे देखता था, तो जैसे फ्रीज़ हो जाता था। वह मेरे साथ ही पढ़ती

थी, मेरी ही क्लास में। वह जब मेरी तरफ़ देखकर मुस्कुराती थी, तो लगता था कि मैं ज़मीन से दो फ़ुट ऊपर उड़ने लगा हूँ।' कहते हुए वह कहीं खो गया।

'फिर?'

'फिर... फिर एक दिन अम्मी ने उसकी फ़ोटो मेरी कॉपी में देख ली। पूछा, कौन है? मैंने बता दिया - शेफ़ाली। मेरी क्लासमेट।'

'फिर?'

'अम्मी ने सिर्फ़ इतना कहा, तुम मुसलमान हो इस बात को कभी भूलकर भी नहीं भूलना।' इलहाम ने बहुत गंभीर होकर कहा।

'इसका क्या मतलब है?' मनु ने पूछा।

'तब मैंने भी बहुत सोचा कि अम्मी की इस बात का क्या मतलब है। फिर एक उर्दू अख़बार में एक मुसलमान लड़के के हिन्दू लड़की से लव मैरिज करने का तजुर्बा पढ़ा। वह भी तब, जब वह लड़का अपनी हिन्दू पत्नी को लेकर जर्मनी में जाकर बस गया था। तब जाना कि इस देश में मुसलमान होने का क्या मतलब है।' इलहाम के कहने में कड़वाहट पसर गई।

'ओह... तो शादी के बारे में भी नहीं सोचा?' मनु ने पूछा।

'ये बहुत कॉम्प्लिकेटिड है। मैं प्यार-शादी इन सारे झंझटों में पड़ना ही नहीं चाहता। अम्मी की ज़िंदगी और उनके ग़मों को क़रीब से देखने के बाद मुझे शेफ़ाली वाले क़िस्से से भी शर्म आने लगी है। यह थोड़ा अजीब है लेकिन आख़िर मेरे जींस भी तो उसी आदमी के हैं, मैं भी जेनेटिकली आदमी ही हूँ। मुहब्बत-वुहब्बत जैसा कुछ

आदमी के लिए होता ही नहीं है। मैं अम्मी को अब भी मुहब्बत में देखता हूँ, तो ख़ुद से घिन आने लगती है मुझे। लगता है कि मर्द की मुहब्बत बिस्तर में औरत के जिस्म के साथ कुछ मिनट में ही ख़त्म हो जाती है। मुहब्बत उसके बस की चीज़ नहीं है। मैं भी तो मर्द ही हूँ।' इलहाम जैसे खाली हो जाता है।

मनु का मन हुआ कि वह इलहाम का सिर अपने सीने पर रखकर थपक दे। कोई भी ऐसा कैसे सोच सकता है?

'तुम बहुत ख़तरनाक तरीक़े से सोच रहे हो। मुहब्बत के लिए औरत-मर्द अलग-अलग नहीं होते हैं इलहाम।' मनु कहती है।

'होते हैं मृणालिनी। नहीं होते, तो ऐसा कैसे होता कि एक रिश्ते में अम्मी और वह आदमी दोनों साथ अपनी मर्ज़ी से आए थे और वह आदमी अकेले ही फ़ैसला कर लेता है कि उसे इस रिश्ते में नहीं रहना है और वह किसी और औरत से निकाह कर लेता है। इधर, मेरी अम्मी अब तक उसी आदमी को अपना ख़ाविंद मानती हैं और उसी से मुहब्बत करती हैं। तुम्हें पता है, कई बार मेरी अम्मी से इस मसले पर लंबी बहस होती है। मैं चाहता हूँ कि वह उस आदमी की यादों और उसकी मुहब्बत के फ़रेब से बाहर निकल जाएं। यह सोचकर थोड़ा अजीब लगेगा लेकिन मैं तो यहाँ तक चाहता हूँ कि वह फिर से निकाह के बारे में सोचें लेकिन अम्मी उसी आदमी की मुहब्बत में ऐसी ग़ाफ़िल हैं कि उन्हें कोई और दिखता ही नहीं है। यदि यही मुहब्बत है, तो मुझे यह फ़रेब लगती है। असल में मैं कभी-कभी इस जज़्बात पर यक़ीन ही नहीं कर पाता हूँ। हक़ीक़त में मुझे मर्द की मुहब्बत पर ही यक़ीन नहीं है। एक उम्र का मसला है बस। अब मुझे किसी को देखकर कुछ भी महसूस नहीं होता। किसी ख़ूबसूरत औरत को देखता हूँ, तब भी कुछ नहीं महसूस होता है। सिवा जिस्म के मुझमें और किसी तरह

का जज़्बात पैदा ही नहीं होता है।' वह कहता है, तो मनु को लगता है जैसे सब कुछ धुआँ-धुआँ हो गया है।

'देखो किसी भी चीज़ को जनरलाइज़ नहीं किया जा सकता है। इतनी सारी प्रेम कहानियाँ पूरी दुनिया के इतिहास-पुराणों में हैं, तो क्या वे सब भ्रम हैं या झूठ हैं? नहीं, ऐसा नहीं है। होता क्या है कि हम यह सोचने लगते हैं कि आज जो मुहब्बत है, वह ताउम्र रहेगी। जब इस दुनिया में कुछ भी ताउम्र कायम नहीं रह सकता है, हमारा वजूद ही हमेशा के लिए नहीं होता है, जब हर शय की एक उम्र होती है, तो मुहब्बत की भी होती होगी न!' मनु कहती है।

'तब फिर मुहब्बत क्या हुई? अट्रेक्शन, इन्फ़ेचुएशन आदि-आदि ऐसे बहुत सारे लफ़्ज़ हैं न इसके लिए?' इलहाम कहता है।

'इंसान मुहब्बत को महसूस करता है। पता है, यदि हम प्रेम से इनकार कर देते हैं न, तो हम इस दुनिया से भी इनकार करते हैं। मुझे लगता है कि पूरी दुनिया प्रेम की धुरी से बँधी हुई है। अच्छा एक बात बताओ, तुम अपनी अम्मी से अपने रिश्ते को कैसे डिफ़ाइन करते हो?' मनु पूछती है।

'अम्मी हैं वह मेरी!' इलहाम कहता है।

'तो तुम्हें उनसे मुहब्बत नहीं है?' मनु मुस्कुराती है।

इलहाम समझ जाता है।

'तुम मुझे घेर रही हो लेकिन फिर भी मैं कहूँगा कि मुहब्बत जैसे जज़्बात अल्लाह ने औरतों के लिए बनाए हैं। मर्द मुहब्बत कर पाए, इस बात पर यक़ीन नहीं है। एक और बात जो पिछले कुछ अरसे से मुझे लगने लगी है। पता नहीं तुमने कभी इस बात को मार्क किया या नहीं कि इस दौर में लव मैरिज कम होती जा रही

हैं। कभी-कभी मुझे लगता है कि यह मुहब्बत है न, मिडिल क्लास लोगों का शग़ल है। मिडिल क्लास दुनिया की दूसरी कमियों को मुहब्बत से भरने का ख़ुद को धोखा देता रहता है। अमीरों को कभी प्रेम करते देखा है? वे सिर्फ़ सेक्स करते हैं।' इलहाम के कहने में कड़वाहट उतर आती है।

मनु सोचती है कि वह उसे क्यों मुहब्बत पर यक़ीन दिलवाने पर तुली हुई है? वह मायूस हो जाती है। उसका मन भीग जाता है और रोने को हो आती है। वह गर्दन झुकाकर दूसरी तरफ़ रेत पर अपनी उंगलियाँ चलाती है। दो-तीन गहरी-गहरी साँसें लेती है। विचार आता है, प्रेम करना तो आसान है, प्रेम पा लेना क़िस्मतवालों को नसीब होता है। उसे जिया और उसका पूरा जीवन याद आने लगता है। वह बेचैन हो उठती है।

देर तक दोनों अलग-अलग अपने विचारों में खोए रहते हैं, फिर एकाएक इलहाम पूछता है, 'तुमने कभी मुहब्बत की है?'

मनु जैसे डूबते-डूबते निकल आती है, 'मुझे ज़िंदगी से इतनी मोहलत ही नहीं मिली।'

इलहाम उसे ग़ौर से देखता है।

'मुहब्बत से पहले ही शादी कर ली थी मैंने।' मनु ने सिर झुकाकर बुदबुदाते हुए कहा।

इलहाम थोड़ा असहज हो गया, 'सॉरी, मैंने थोड़ी ज़्यादा लिबर्टी ले ली।'

'नहीं ठीक है। उस छह दिन की शादी ने मेरी ज़िंदगी के दस वर्षों की बलि ले ली। फिर प्यार करने का विचार ही डराने लगा।' मनु ने कहा।

'छह दिन की?' इलहाम चौंकता है।

'फिर कभी इ... आज उस पर बात करने की मन:स्थिति में नहीं हूँ।' मनु कहती है, तो इलहाम को लगता है कि वह कुछ ज़्यादा ही उतावला हो गया।

'तुम्हारी ज़िंदगी में भी हादसा हुआ है, तब भी तुम मुहब्बत पर यक़ीन करती हो! मुझे हैरत है।' इलहाम के कहने में कड़वाहट उतर आती है।

'क्या मुहब्बत सिर्फ़ स्त्री-पुरुष के बीच का ही मसला है? मुझे हमेशा लगता है कि यह दुनिया प्रेम से ही चल रही है। प्रेम की धुरी के इर्द-गिर्द ही घूम रही है। प्रेम का अभाव इंसान को कृपण कर देता है। यदि इंसान के जीवन में प्रेम न हो, तो वह मशीन हो जाता है। मैं इससे कैसे इनकार कर सकती हूँ जबकि मेरा वजूद एक ऐसी स्त्री की देन है, जिसने हरेक से प्रेम किया। बदले में प्रेम की अपेक्षा किए बिना जिया लगातार सबसे बस प्रेम ही करती रही। मैं उस सच से कैसे इनकार कर सकती हूँ।' मनु ने कहा, तो इलहाम का यक़ीन जैसे डोलने लगा।

'पता है, प्रेम... प्रेम अलग नहीं होता है। मैं सोचती हूँ कि यदि प्रेम न होता, तो यह दुनिया रहने के क़ाबिल नहीं रह जाती। दुनिया सुंदर है, रहने के क़ाबिल इसीलिए है क्योंकि इसमें प्रेम है। क्या पता, हैल, नरक, दोज़ख़ जैसी कल्पना शायद उस वक़्त की रही हो, जब इंसान अपने जीने के संघर्षों से उबर नहीं पाया होगा और प्रेम जैसी चीज़ उसके जीवन में दाख़िल ही नहीं हुई होगी।'

'मतलब मुहब्बत नेचुरल नहीं है?' इलहाम पूछता है।

'प्रेम उस स्पीशिज़, जिसे आदम ज़ात कहते हैं, के इंसान में इवॉल्व होने का संकेतक है।' मनु कहती है, तो इलहाम उसे देर तक देखता रहता है। मनु फिर से समंदर की तरफ़ देखने लगती है। उसे लगता है जैसे वह रीत गई है। इलहाम को लगा जैसे वह भर गया है। निःशब्द हो गया है और उसके पैरों के नीचे की ज़मीन मृणालिनी ने खींच ली है।

थोड़ी देर के लिए निकले सूरज को फिर से बादलों ने ढँक लिया था। अनमनापन इर्द-गिर्द पसर गया था। मनु खड़ी हो गई, 'चलें? बहुत देर हो गई, फिर लंच भी नहीं मिलेगा।'

इलहाम ने उसे देखा, 'तुम चलो, मैं आता हूँ। अभी मुझे यूँ भी भूख नहीं लग रही है।' मनु ने समझ लिया था इलहाम अब उसके साथ नहीं आएगा... शायद अब कभी नहीं।

मनु कपड़ों से रेत झाड़ती चल पड़ी थी। वह बहुत चल ली थी। दो-तीन दिनों में ही इतना कि अब उसके सामने लौटने का कोई विकल्प नहीं था। उसने गहरी साँस ली। यदि उसके जीवन में चलना ही चलना है, तो यही सही। अब वह लौटने पर विचार भी नहीं करेगी। थक जाने, हार जाने या फिर मर जाने की सीमा तक वह चलती रहेगी। प्रेम विरल है। किसी-किसी को ही इसकी नियामत हासिल होती है। यदि दुख के डर से प्रेम से इनकार कर दें, तो फिर ईश्वर नाराज़ हो जाता है। सोचते-सोचते मनु की आँखें भर आई थीं। सोच रही थी, निकल पड़ी हूँ। देखती हूँ कितना चलना बाक़ी है। देखती हूँ, मैं कितना चल सकती हूँ।

मनु ने पीछे देखने का विकल्प ही त्याग दिया और लौटने का भी। उसने जान लिया था, अब आगे बढ़ना ही उसकी नियति है। आगे चाहे जो मिले, भटकाव हो, मंज़िल हो, इंतज़ार हो या फिर थकना या ख़त्म हो जाना।

खाना खाकर वह बाहर आई, तो उसका मन नहीं किया कि वह रूम पर जाए। असल में उसका मन कर रहा था कि वह अब इस जगह को ही छोड़ दे। वह बहुत असमंजस में खड़ी कल का विचार कर रही थी। अचानक फिर से बादल बरसने लगे। वह पीछे नारियल के पेड़ वाले हिस्से में चली गई। वहाँ प्ले एरिया में लगी बेंच पर बैठ गई और भीगने लगी। मन बुरी तरह से भर आया।

यहाँ वह खाली होने आई थी और भर गई। उमड़ पड़ी। उसने तय किया कि कल सुबह जिया की अस्थियां विसर्जित कर वह किसी और बीच पर चली जाएगी, चुपचाप। अब उसे किसी से कोई संवाद नहीं करना। किसी का कोई साथ नहीं लेना। कुछ दिन बिना किसी अवलंब के मुक्त होकर ख़ुद को और अपने जीवन को देखना है।

निर्णय हो गया था। मनु ने गहरी साँस ली। उस बेंच से उठकर वह अपने कमरे की तरफ़ लौट आई। रूम पर पहुँचकर उसने अपना सामान समेट लिया। कल के लिए कुछ ज़रूरी सामान को छोड़कर उसने सब कुछ पैक कर लिया। अपना मोबाइल स्विच ऑफ़ किया और सो गई।

देर शाम नींद खुली, तो उसने चाय ऑर्डर कर दी। मन बार-बार विचलित होने लगा था। उसने सोचा था कि अब वह निर्द्वंद्व जिएगी लेकिन द्वंद्वों से उसका पीछा नहीं छूट रहा था। लंबे अरसे से उसके ध्यान का रियाज़ छूट गया था। यहाँ आकर उसका गाने का रियाज़ भी नहीं हो रहा था। उसने शुजात हुसैन ख़ान का राग चारुकेशी लगाया और हैंड्सफ्री लगाकर गैलरी में जाकर बैठ गई। आँखें मूँद लीं। बार-बार उसे इलहाम का ही ख़याल आने लगा। कभी लगता जैसे नीचे से इलहाम उसे आवाज़ दे रहा है। उसने आँखें खोलकर देखा। कोई नहीं था। जब देर तक सितार बजाने के बाद शुजात साहब की आवाज़ में 'लाज रखो मोरी

गोसइयाँ...' सुना, तो उसकी आँखें भर आईं। देर तक वह ऐसे ही बैठी रही। उसे पता ही नहीं चला कब सूरज ढल गया और कब अँधेरा उतर आया।

मन थोड़ा नियंत्रित हुआ, तो उसने गोवा के दूसरे बीचेस के बारे में इंटरनेट से जानकारी ली और तय किया कि कल सुबह जिया की अस्थियां विसर्जित कर लंच के बाद यहाँ से शिफ़्ट हो जाएगी। रात का खाना भी यहीं मँगवा लिया। देर तक वह सितार सुनती रही। पता नहीं कब उसे नींद आ गई।

'मनु, इतनी क्या जल्दी है तुम्हें हर चीज़ की! संगीत है, साधते-साधते ही सधेगा।' जिया खीझकर कहती है।

'कितने दिन हो गए मैं एक भूपाली पर ही अटकी हुई हूँ। अब मुझे बोरियत होने लगी है।' मनु भी चिढ़कर कहती है।

'बेटा, गति को मंद रखो। संगीत में मंद गति ही सद्गति है, शायद जीवन में भी। संगीत और जीवन अलग-अलग नहीं हैं मनु।' जिया कहते-कहते उदास हो जाती है। मनु जिया के चेहरे को देखती है। उदासी की हल्की-सी परत चेहरे को छूकर गुज़र जाती है। जिया का चेहरा ज़्यादा नर्म हो जाता है। मनु महसूस करती है कि जिया की उदारता के सूत्र उनकी संगीत साधना से जाकर जुड़ते हैं। वह न कभी पापा को लेकर कड़वी हुई, न ही सुधींद्र को लेकर। बहुत बाद में मनु ने जाना था कि सुधींद्र से जिया की शादी तय हो गई थी। फिर क्या हुआ, उसे लेकर जिया हमेशा मौन रहीं।

'मनु, खरज को साध... यही खरज जीवन को भी साध देगा। इसे तू जीवन का मूलमंत्र मान सकती है।' जिया प्यार से मनु के सिर पर हाथ फेरती है।

मनु लपककर जिया का हाथ थामना चाहती है, लेकिन जिया न जाने कहाँ गुम हो जाती है। मनु चिल्लाती है, जिया... और उसकी नींद खुल जाती है।

खरज... खरज... खरज को ही तो साधना है।

मनु उठकर बैठ गई। मन उत्साह से भर गया। बस खरज को साधना है। उसने वक़्त देखा, सुबह के चार बजे थे। वह बालकनी की कुर्सी पर जाकर बैठ गई। उसे जो महसूस हो रहा था, वह शायद ज़िंदगी में पहली बार हुआ था। इतनी गहरी शांति और एकाग्रता। कोई बेचैनी, कोई उधेड़बुन, कोई विचार, कोई डर, आशंका, शर्म, चिंता कुछ भी नहीं था। ज़िंदगी के तीन दशक पार करने के बाद उसे लगा, जैसे आज-अभी उसका जन्म हुआ है। उसने आँखें मूँद ली थीं। बिना किसी योजना, बिना किसी ख़्वाहिश, बिना किसी डर के जीने का अर्थ क्या होता है यह उसे पहली बार पता चल रहा था। उसका मन उमड़ने लगा था। हर बार उसकी दुविधा, मुश्किल, संघर्ष में जिया ही उसे उबारती रही है। इस बार भी... न होते हुए भी।

कभी और होता, तो उसे यक़ीन नहीं आता लेकिन आज यक़ीन करने का मन कर रहा है कि जब किसी चीज़ के लिए आपकी शिद्दत जीवन की प्रतिस्पर्धी हो जाती है, तो फिर वह आपको मिलती ही है... फिर उसकी शिद्दत तो प्रेम के लिए है। जिया ने उसे राह दिखाई है। एकाएक मनु भावुक हो गई। वह उठी और उसने अपने बैग से जिया का अस्थि-कलश निकाला। उसे सीने से लगा लिया। देर तक ऐसे ही बैठी रही। मनु सुख से रो रही थी। उसने जिया के अस्थि-विसर्जन का विचार ख़ारिज कर दिया। जिया अब हमेशा उसके पास ही रहेगी। शरीर के रूप में न सही, अस्थियों के रूप में ही सही।

कलश अपने सिरहाने रखकर मनु लेट गई। वह गुनगुनाने लगी 'रंगी सारी गुलाबी चुनरिया रे...' चकित थी, पहली बार ही तो उसने इस ठुमरी को गुनगुनाया है। सुर ठीक-ठीक लग रहे हैं। उसे सब कुछ ख़ूबसूरत लगने लगा था। उसने सुख से ऐसे आँखें मूँदीं, जैसे सुख से मर ही रही हो। जब जागी, तो समंदर पर सूरज की रोशनी से चौंधियाहट फैल गई थी। समंदर धीरे-धीरे किनारा छोड़ लौटने लगा था। उसने घड़ी देखी। ग्यारह बज रहे थे। नहाने चली गई। लौटकर उसने अपना 'कारवां गो' निकाला और उसे प्ले कर दिया।

उसने उस पेन ड्राइव में अपनी पसंद की कुछ ग़ज़लें और फ़िल्मी गाने सेव किए थे। एक दूसरी पेन ड्राइव में वोकल और इंस्टूमेंटल क्लासिकल थे लेकिन आज उसका मन लाइट सुनने का हो रहा था। चालू करते ही ग़ज़ल बजी थी 'पहले भी जीते थे मगर जबसे मिली है ज़िंदगी...' वह बालों को पोंछते हुए गुनगुनाने लगी।

उसने फिर से लंच रूम में ही ऑर्डर कर दिया था। जब से वह यहाँ आई है पहली बार ऐसा लगा है जैसे वह मुक्त हो गई है हर चीज़ से, हवा पर तैर रही है और नशा-नशा-सा महसूस होने लगा है। एक खुमारी-सी है, जो उसे लगने लगी है। जीवन के सारे डरों से पार पा लिया है।

बेड से लगी खिड़की पूरी खोली, तो धूप कमरे में भर आई। समंदर दूर और दूर जाने लगा। 'कहाँ आके रुकने थे रास्ते, कहाँ मोड़ था उसे भूल जा...' गुलाम अली की उस ग़ज़ल के साथ वह ख़ुद भी गाने लगी, 'वो जो मिल गया उसे याद रख, जो नहीं मिला उसे भूल जा...'

दिन भर वह कमरे से बाहर नहीं निकली। उसे ख़ुद पर यक़ीन नहीं आ रहा था। उसे लगने लगा था जैसे वह कोई और है। इतनी

निश्चिंतता, इतनी ख़ुमारी उसे कभी अनुभव नहीं हुई। उसके विचारों में लगातार इलहाम बना हुआ था। उससे अलग वह उसे अपनी ही तरह से जी रही थी। यही खरज का अभ्यास है।

दिन भर उसका कारवां गो चलता रहा। दोपहर को धीमी आवाज़ करके वह लेट गई। एक झपकी लगी। जागी, तो देखा कि आज भी बादल आसमान पर घिर आए हैं। कपड़े बदले और स्लिंग बैग में मोबाइल फ़ोन और कुछ पैसे डालकर निकल गई। सूरज-बादल का खेल चल रहा था। वैसे तो अभी शाम के पाँच ही बजे थे लेकिन बादलों की वजह से लग रहा था जैसे शाम ढलने लगी है।

वह शांत कोने की तलाश में दूर तक निकल आई और बोल्डर बीच पर पहुँच गई। समंदर के क़रीब वाले एक पत्थर पर जाकर बैठ गई। सूरज फिर से निकल आया था। वह समंदर को क़रीब आते देख रही थी। उठकर वह थोड़ा और आगे बढ़ी और थोड़ी ऊँचाई पर एक पत्थर पर जाकर बैठ गई। पीछे वाले बड़े पत्थर पर अपनी पीठ टिका दी और आँखें मूँद लीं। पास आते समंदर की लहरों की आवाज़ें उसे बहुत नशीली लग रही थीं। वह जैसे आधी नींद, आधी जाग्रति की अवस्था में थी।

इलहाम सुबह नाश्ता करके ओल्ड गोवा निकल गया था। आख़िर गोवा सिर्फ़ बीचेस, समंदर, वॉटर स्पोर्ट्स, बीयर और क्रूज़ ही तो नहीं है। गोवा आएं और यहाँ के चर्च नहीं देखे, तो क्या देखा? फिर फ़ोटोग्राफ़ी के लिए धरोहर, खंडहर से ज़्यादा आकर्षक और क्या हो सकता है! यही सोचकर इलहाम ने तय किया था कि दो-तीन दिन वह ओल्ड गोवा में फ़ोटोग्राफ़ी करेगा। उसने एक बाइकर को हायर किया और अपना कैमरा बैग लेकर वह दिन भर धूप में फ़ोटोग्राफ़ी करता रहा। शाम को लौटा। पहले सोचा सारे फ़ोटो देखे, फिर सोचा थोड़ा रिलैक्स करे, थकान उतारे। फ़ोटो या तो रात

को देखेगा या फिर दो दिन बाद। रूम पर पहुँचकर हाथ-मुँह धोए, थोड़ी देर रिलैक्स किया और बीच पर आ पहुँचा।

दिन भर जिस दौड़-भाग, चिल्ल-पों में रहा, उससे अलग रहने के लिए वह बीच का ऐसा कोना ढूँढ़ रहा था, जहाँ एकदम शांति हो। कोई आवाज़ न हो, बस लहरें कह रही हों और वह सुन रहा हो। शनिवार शाम का पलोलेम बीच न सिर्फ़ स्थानीय पर्यटकों से गुलज़ार था बल्कि गोवा घूमने आए दूसरे पर्यटकों की भी वहाँ भीड़ थी। कुछ आसपास के ही बाशिंदे थे, जो वीकेंड गुज़ारने के लिए इस बीच पर आए हुए थे। इलहाम सोचता है कि यही आलम कल भी रहेगा। बेहतर है कि रूम पर ही रहा जाए। वह चलता चला गया, जहाँ बोल्डर बीच शुरू होता है।

'अरे, तुम यहाँ हो?' इलहाम ने मनु को वहाँ बैठे देखकर पूछा।

मनु ने आँखें खोलीं। यह सोचकर मुस्कुराई कि यदि आज स्वर्ग भी माँगा होता, तो मिल गया होता।

'हाँ, शांति की तलाश में यहाँ तक चली आई। मैं तुम्हें ही याद कर रही थी।'

'मुझे? क्यों?' इलहाम ने पूछा।

'जबसे यहाँ आई हूँ, तबसे तुम्हारे ही साथ हूँ न? तो तुम्हारा साथ याद आता है। यूँ भी मैं थोड़ी स्टुपिड हूँ। जल्दी नाता जोड़ बैठती हूँ।' मनु ने कहते हुए इलहाम की आँखों में देखा। इलहाम ज़रा असहज हो उठा। मनु ने समझ लिया। वह एकाएक ज़ोर से हँसने लगी थी। 'डोंट वरी। तुम्हें याद ही किया था बस, यह नहीं चाहा था कि तुम यहाँ हो?'

मनु के ऐसा कहते ही इलहाम को जैसे इत्मीनान हो आया हो, 'आज दिन भर क्या किया?'

'खरज का रियाज़।' मनु ने मुस्कुराते हुए कहा।

'समझा नहीं। ये खरज क्या होता है?'

'यह शास्त्रीय संगीत का शब्द है। सुरों के सेट्स होते हैं। यह तो तुम जानते ही होगे कि सुर सात होते हैं। सात सुरों के सेट्स होते हैं। आम बोलचाल की भाषा में स्केल कह सकते हो। एक हाई स्केल होता है, एक मीडियम और एक लो स्केल। जो लो स्केल होता है, उसे संगीत में खरज कहते हैं।' मनु ने समझाया।

'ओह, तो तुम गाने का रियाज़ कर रही थी?' इलहाम ने पूछा।

'ऊँहूँ... खरज का रियाज़ कर रही थी।' मनु ने उसे करेक्ट किया।

'अरे, तो म्यूज़िक ही न!' वह थोड़ा खीझ जाता है।

'नहीं, जीवन में खरज का रियाज़...' मनु स्पष्ट करती है।

'जीवन में खरज से मतलब?' इलहाम को बात कुछ असंगत-सी लगी।

'हम बहुत डिमांडिंग होते हैं। हमें सब हाई पिच पर ही चाहिए होता है। हाई स्केल ही हमारा लक्ष्य होता है लेकिन जो हम लो स्केल, लो पिच पर सीखते हैं वही हमारे काम आता है। म्यूज़िक में कहा जाता है कि जिसने खरज को साध लिया उसने संगीत को साध लिया। क्योंकि खरज को साधना ही मुश्किल है। इसमें सबसे ज़्यादा ताक़त और ऊर्जा की ज़रूरत होती है। सारे संगीत गुरु

कहते हैं कि यदि आपने खरज को साध लिया, खरज पर खड़ा होना सीख लिया, तो आप तार सप्तक को सरलता से छू सकते हैं। यही जीवन में भी होता है। धीमी आँच पर पका खाना स्वादिष्ट होता है। धीमी बारिश ही धरती को भीतर तक तृप्त करती है। धीरे-धीरे सीखी, पढ़ी, जानी चीज़ें देर तक और दूर तक याद रहती हैं। यही संगीत के साथ है... यही जीवन के साथ भी है।' मनु कहकर दूर समंदर को देखने लगती है।

इलहाम बात को तो समझता है लेकिन बात के संदर्भ को नहीं समझ पाता। वह पूछना चाहता है कि आज ही उसे खरज को साधने का विचार क्यों आया या क्या इससे पहले भी वह ऐसा करती रही है लेकिन वह पूछ पाता उससे पहले ही मनु ने सवाल कर दिया, 'तुम क्या करते रहे दिन भर इ...?'

'इ' के उच्चारण पर इलहाम ने ग़ौर किया। उसने मनु के चेहरे को गंभीरता से देखा। उसे कोई भी अतिरिक्त भाव नहीं दिखाई दिए। वह थोड़ा असहज हुआ सुनकर, फिर मनु की सहजता ने उसे जैसे कुछ आश्वस्त किया।

'आज मैंने ओल्ड गोवा की ख़ाक़ छानी। गोवा सिर्फ़ बीच, समंदर, पानी, लहरें ही नहीं है, इट हैज़ इट्स हिस्ट्री, हैरिटेज, कल्चर, मॉन्युमेंट्स। सो आई थॉट आई मस्ट डिस्कवर एंड कैप्चर दैट सिटी ऑल्सो।' इलहाम ने मनु से कहा।

'ओह!' मनु का मन बुझ गया। वह कहना चाहती थी कि उसका भी मन था ओल्ड गोवा देखने का लेकिन फिर सोचा इलहाम ठीक समझता, तो उससे ज़रूर पूछता।

दोनों चुप हो गए। इलहाम तो बहुत थक गया था इसलिए वहीं एक पत्थर पर सिर टिकाकर उसने आँखें मूँद लीं। धीरे-धीरे अँधेरा

गहराने लगा। मनु ने समझा कि इलहाम यहाँ तक शांति की तलाश में आया है इसलिए वह चुपचाप उसे वहीं छोड़कर चल दी।

मनु जानती है कि खरज को साधना सरल नहीं है लेकिन उसे साध लिए जाने के बाद सब कुछ सरल हो जाता है। उसका मन कह रहा था कि वह इलहाम के साथ ही रहे। वहीं रहे, उसे देखती रहे, उसके कहने को सुने, जज़्ब करे... लेकिन वह यह भी जानती थी कि इलहाम को उस वक़्त तन्हाई की ज़रूरत थी। यही उसकी उस वक़्त की ख़ुशी है इसलिए मनु लौट आई। उसने अपने कमरे को रोशन नहीं किया, उसी अँधेरे में उसने फिर से कारवां गो ऑन कर दिया।

'दिल का दीया जला के गया ये कौन मेरी तन्हाई में...' लगा जैसे पूरी दुनिया उसी की इच्छाओं का रिफ़्लेक्शन दे रही है। बादल गरजने लगे थे। समंदर की तरफ़ से आ रही नम और खारी हवा और भी ज़्यादा नम और ठंडी लगने लगी थी। उसने ख़ुद को मुक्त कर दिया... उड़ने, तैरने, गाने, गुनगुनाने और मुस्कुराने के लिए। कैसी तरंग-सी उसे महसूस हो रही थी। इलहाम को उसकी तन्हाई में, उसकी ख़ुशी में छोड़कर आना और अपनी इच्छा के घेरे से निकल आना उसे आनंद और हैरानी का एहसास करवा रहा था। भावातिरेक में उसकी आँखें भर आई थीं।

इलहाम ने थोड़ी देर बाद जब आँखें खोलीं, तो देखा मनु नहीं है। उसने पुकारा भी लेकिन कोई जवाब नहीं आया। उसे थोड़ा अजीब लगा कि वह ऐसे बिना बताए उसे इस तरह छोड़कर कैसे चली गई। कम-से-कम उसे कह तो सकती ही थी कि वह जा रही है। उसने फिर से उस वक़्त को रिवाइंड किया लेकिन ऐसा कुछ भी याद नहीं आया, जो अप्रिय हो सकता था। वह चकित हुआ। मृणालिनी मैच्योर है। इस तरह उसके यहाँ से चले जाने का भी

कोई ख़ास मतलब होगा। दिन भर की हलचल ने उसे शारीरिक तो ठीक, मानसिक रूप से भी थका दिया था। इस एकांत में बैठकर वह स्थिर हो चला था।

मनु डिनर करके निकल ही रही थी कि इलहाम पहुँच गया।

'हो गया खाना?' इलहाम ने पूछा।

'हाँ, तुम्हारा नहीं हुआ?'

'अभी तो आया हूँ। तुम बिना बताए ही निकल गई वहाँ से?' इलहाम ने शिकायत की।

'हाँ, मुझे लगा यू नीड पीस। सो आई वॉक्ड अवे?' मनु ने नज़रें चुराईं।

'बता भी सकती थी?'

'सोचा था, पर देखा, तो लगा तुम ध्यान में हो। तुम्हें एकांत चाहिए। मेरे होने से डिस्टर्बेंस होगी इसलिए तुम्हें बिना बताए चली आई। यदि हर्ट हुआ हो, तो सॉरी बट आई डोंट मेंट टु हर्ट यू।' इलहाम की प्रतिक्रिया से हड़बड़ाई मनु ने कहा। हालाँकि उसे इलहाम की प्रतिक्रिया गुदगुदा रही थी। खरज... खरज को पकड़े रहना मनु... जिया ने जैसे हवा में फुसफुसाया था।

'नो, नो... इट्स ओके। तो अब सोने जा रही हो?' इलहाम ने पूछा।

'नहीं। सोचती हूँ थोड़ी देर बीच पर टहलूँगी। दोपहर में बहुत सोई थी। इतनी जल्दी नींद आने से रही।' मनु ने कहा।

'मैं आऊँ साथ, तो चलेगा न? तन्हाई में ख़लल तो नहीं पड़ेगा!' इलहाम ने ताना देते हुए पूछा।

'ओह प्लीज़... इट्स माई प्लेज़र। मैं उस वक़्त तुम्हें ख़ुद के साथ कुछ वक़्त बिताने के ख़याल से छोड़कर आ गई थी। मुझे पता होता कि तुम्हें इतना हर्ट होगा तो बिलकुल नहीं जाती। आई सेड सॉरी टु यू फ़ॉर दिस।' कहते हुए मनु का मन जैसे उछलकर हाथ में आ गया। वह सोच रही थी कि प्रेम में कुछ कर लो, अपेक्षा से बचाव नहीं है। चाहने और होने के बीच की किसी परत में दुख बसता है। प्रेम का सच भी यही है, रिश्तों का भी और ज़िंदगी का भी।

'तुम चाहो, तो मेरे साथ आ सकती हो डिनर के लिए।' इलहाम कहता है।

'मैं बाहर हूँ। तुम डिनर करके आ जाना। मुझे ये हल्की रोशनी उदास कर रही है और तेज़ रोशनी परेशान।' मनु ने कहा।

'ओके। मैं आता हूँ।' कहकर इलहाम चला गया। मनु वहीं ठहर गई। वह उस बात पर ठहर जाना चाहती है हमेशा के लिए, जो अभी उन दोनों के बीच हुई थी। मनु के भीतर जो है, वह मनु को स्पष्ट है लेकिन 'इ' का पता नहीं है। वह अपना दिल नहीं खोलना चाहती है। ऐसा नहीं है कि दिल खोलकर वह याचक हो जाएगी। ऐसा भी नहीं है कि यदि अस्वीकार मिला, तो आहत हो जाएगी। वह अस्वीकरण के लिए तैयार है बल्कि वह इसके लिए ख़ुद को ग्रूम कर चुकी है। इ का विचार, उसका संकल्प, उसकी अपनी परिस्थितियों से आया है लेकिन प्रेम करना कुछ ऐसा नहीं है कि चाहा तो हुआ और न चाहा, तो न हुआ।

मनु भी यहाँ प्रेम की तलाश में नहीं आई थी। न इ के मिलने से उसके मन में प्रेम की घंटियाँ बजने लगी थीं। क्या प्रेम के लिए कोई तर्क होता है। इ में ऐसा क्या है, जो उसे उसके लिए ख़ास बनाता

है। सब कुछ सामान्य ही तो है। ऐसा भी नहीं है कि मनु टीनएज में है। वह उसके प्रति आकर्षित हो गई है, न ही ऐसा कि मनु की ज़िंदगी में कोई पुरुष ही नहीं है।

वह उसी बेख़याली में सीढ़ियाँ उतर आई थी। फिर याद आया कि इंतज़ार करना है, तो वहीं सीढ़ियों पर बैठ गई। इधर-उधर के कई विचार आते रहे। दो वर्षों में पहली बार यह भी हुआ कि वह जिया को याद करते हुए भावुक नहीं हुई। उसे जिया की याद तेज़ गर्मी में एकाएक पड़ने वाली हल्की फ़ुहारों-सी ठंडी-मीठी और राहत देने वाली लगी।

उसने अपने मोबाइल की प्लेलिस्ट को ऑन कर दिया। हैंड्स-फ्री लगा लिया, रैंडम क्लिक किया था, 'जोगी जब से तू आया मेरे द्वारे, ओ मेरे रंग गए साँझ सकारे...' सुनकर वह मुस्कुरा उठी। लंबे समय बाद उसे हर चीज़ में मज़ा आ रहा है। जिया के न रहने के बाद उसने एक तरह से लाइट म्यूज़िक सुना ही नहीं था। बस, इधर-उधर से उड़ता-सा उसके कानों तक पहुँचता था या फिर किसी कॉम्पीटिशन के लिए लड़कियों को सिखाने के लिए सुनती थी।

इलहाम उसके पीछे खड़ा था उसे इसकी ख़बर ही नहीं लगी। उसने पूछा, 'यहीं बैठी हो?' लेकिन मनु को आवाज़ ही नहीं आई, तो वह उसके पास आकर बैठ गया।

'ओह, हो गया डिनर?' मनु ने हैंड्स-फ्री कानों से निकालते हुए पूछा।

'हाँ, तुम अभी तक यहीं हो? मुझे लगा दूर निकल गई!' इलहाम ने कहा।

'दूर कहाँ जाऊँगी? तुम्हारा इंतज़ार करना था, कर रही हूं।' मनु ने बहुत कुछ कह दिया था। इलहाम थोड़ा असहज हो गया।

'क्या सुन रही थी?' इलहाम ने बात दूसरी तरफ़ मोड़ दी।

'बहुत दिनों बाद लाइट म्यूज़िक सुनने का मन हुआ, तो वही सुन रही थी बल्कि यूँ कहूँ कि बहुत दिनों बाद अपनी इच्छा और ख़ुशी से म्यूज़िक सुनने का मन हुआ। सुर में गाने के लिए सुर में सुनना बहुत ज़रूरी है इसलिए सुनना भी रियाज़ का ही हिस्सा होता है लेकिन जब तक मन को प्यास न हो, तब तक संगीत सुकून नहीं देता है। लंबे समय से यह सुकून कहीं अटका हुआ था।' मनु ने कहा, तो इलहाम ने उसे बहुत ग़ौर से देखा।

'तुम्हें शायद पहले भी कहा हो, तुम ख़ास हो... कुछ अलग।' इलहाम ने कहा।

'अच्छा? मैं अपने बारे में कुछ भी नहीं जानती। अब तक का सफ़र बस धक्के से ही निकला है। मुझे प्रवाह होना है नदी का... समंदर की तरह पछाड़ें नहीं खानी हैं।' कहते-कहते मनु का गला भारी हो जाता है।

'क्या नदी होना अच्छा होता है?' इलहाम उससे पूछता है।

'मुझे लगता है कि नदी जादू होती है।' मनु कहती है।

'जादू का तो पता नहीं लेकिन हाँ, सिविलाइज़ेशन नदियों के इर्द-गिर्द ही डेवलप होता है।' इलहाम कहता है।

'यू आर टॉकिंग अबाउट फ़ैक्ट्स, इट्स नॉट लाइक दैट।' मनु टोकती है। दोनों समंदर की ठंडी नम रेत पर नंगे पैर टहलने लगते हैं।

'नहीं, आई एम टॉकिंग अबाउट हिस्ट्री।' इलहाम प्रतिवाद करता है।

'हाँ, वही। इतिहास इज़ ऑल्सो फ़ैक्ट न। मैं ट्रुथ की बात कर रही हूँ।' मनु उसे करेक्ट करती है।

'अरे यार, फ़ैक्ट होता है तभी तो वह सच होता है।'

'नॉट नैसेसरी ऑलवेज़।' मनु कहती है।

'कैसे?' इलहाम उलझ जाता है।

'फ़ैक्ट सार्वजनिक होते हैं हरेक के लिए। व्यक्ति उससे जुड़ता हो, यह ज़रूरी नहीं है। इसे ऐसे समझो कि डेथ इज़ एन अल्टीमेट फ़ैक्ट लेकिन इसका यह मतलब नहीं है कि हम इसे लेकर हमेशा सेंसिटिव रहें लेकिन जब कोई ऐसा, जिसे हम प्यार करते हैं या फिर ख़ुद हम अपनी मौत के बारे में सोचते हैं, तब यह ट्रुथ होता है। इससे पहले तक वह एक फ़ैक्ट है, जो हर किसी का होता है।' मनु कहती है, तो इलहाम चकित हो जाता है। उसने कभी इस तरह से तो सोचा ही नहीं था।

'हाँ, ठीक है लेकिन जनरल ट्रुथ तो होता है न!' इलहाम बात को आगे बढ़ाता है।

'लेकिन जनरल ट्रुथ, पर्सनल ट्रुथ हो, यह ज़रूरी नहीं है। सार्वजनिक सत्य को ही व्यक्ति सत्य मान लेने से अपनी व्यक्तिगतता को विसर्जित करने का दोष लगता है।' वह मुस्कुराई।

'इट्स टू कॉम्प्लीकेटेड। मुझे तो बस यह बताओ कि नदी किसलिए जादू होती है?' इलहाम उन तर्कों से ऊब जाता है।

'नदी के किनारे बसे शहरों के लोगों के शरीर में नदी बहती है। उनका मन तरल हो जाता है और मस्तिष्क सरल। वे लोग अमूमन

आनंद में रहते हैं। नदियाँ सिर्फ़ सभ्यताओं की ही पोषक नहीं हैं, संस्कृतियों को भी नदी ही पोषित करती है। संगीत-साहित्य-चित्रकला-सिनेमा... कौन-सी कला ऐसी है, जो बिना नदी के पूर्ण होती है। दरअसल कलाकार अपने भीतर एक नदी सहेजे रखता है। उसमें सब कुछ प्रवाहित होता है, अच्छा-बुरा... ग्राह्य-अग्राह्य। नदी जो होती है, वह कोई और जल संरचना नहीं हो पाती है।' मनु कहती है, तो इलहाम उसे तरल होकर बहते हुए देखने लगता है। उसे लगता है कि वह इस रेतीली ज़मीन पर सरपट बहती हुई समंदर की तरफ़ बढ़ रही है।

'समंदर भी नहीं?' वह अनमना होकर पूछता है।

'हाँ, समंदर भी नहीं। समंदर की कोई संस्कृति नहीं होती। वह स्थिर है। संस्कृतियाँ प्रवाह से पनपती हैं, स्थिरता से नहीं। सभ्यताओं ने भी समुद्र के किनारे जन्म नहीं लिया, संस्कृतियों को भी समुद्र ने नहीं पाला है। नदियाँ व्यक्ति सत्य हैं, समुद्र सार्वजनिक सत्य।' मनु मुस्कुराती है, तो इलहाम को लगता है कि नदी ठहरकर उसे बुला रही है।

'इत्ता सारा तुम कैसे जानती हो?' इलहाम मुग्ध होकर उसकी तरफ़ देखता है और पूछता है।

'क्योंकि मैं ख़ुद भी तो नदी हो जाना चाहती हूँ, निरंतर प्रवाहमयी, मुक्त, निर्बंध और निर्द्वन्द्व नदी।' मनु कहते हुए समंदर में ऐसे खो जाती है जैसे नदी गुम हो जाती है समंदर में... खो देती है अपना वजूद।

इलहाम ख़ुद में कुछ अनचाहे-अनजाने परिवर्तन होते महसूस करता है।

निकाल लाया हूँ
एक पिंजरे से इक परिंदा

उस रात देर तक इलहाम सो नहीं पाया।

मनु से हुई सारी बातें उसके ज़ेहन में रिवाइंड हो रही थीं। वह अब तक उसे जिस्मानी तौर पर याद नहीं कर पा रहा था। उस तरह से याद रखने जैसा कुछ लगा ही नहीं कभी। आम-सी लड़की, उतनी ही आम तरीक़े से ख़ुद को कैरी करती है।

इलहाम याद कर रहा है कि उसके होने में क्या ख़ास है? सब कुछ बहुत आम है। रंग, कपड़े, कपड़ों के रंग, मेकअप तो इस जगह यूँ भी नहीं टिक सकता है लेकिन उसे देखकर लगता भी नहीं है कि मेकअप लगाने का उसे रियाज़ होगा। मेकअप लगाने के बाद जिस तरह की नफ़ासत आ जाती है शख़्सियत में, मृणालिनी में वह दिखाई नहीं देती है। बालों को भी वह बहुत बेतरतीबी से सहेजती या फिर बड़ी बेदर्दी से... सोचकर इलहाम को हँसी आ गई। उसे जितनी बार मृणालिनी याद आई, उतनी बार बँधे बालों में ही याद आई।

एकाएक उसे याद आया कि वह बहुत देर से मृणालिनी के बारे में ही सोच रहा है। उसने ख़ुद को झटका, याद दिलाया कि वह बस यहाँ अनायास मिलने वाली एक लड़की है, जो शायद कल या परसों चली जाए। यह भी हो सकता है कि डायरेक्टर का फ़ोन आ जाए और उसे ही कल यहाँ से जाना पड़े। मृणालिनी के बारे

में सोचने की वजह यह है कि फ़िलहाल वह बस उसी से मिल रहा है।

सोचते-सोचते उसे नींद आने लगी।

सुबह आठ बजे के क़रीब उसकी नींद खुली, तो उसने तय किया कि धूप बढ़ने से पहले ही वह ओल्ड गोवा के लिए निकल जाए। नाश्ता कहीं बाहर किया जा सकता है। आधे घंटे में तैयार होकर वह वहाँ से निकल गया।

मनु देर रात तक कारवां गो सुनती रही। बालकनी की खिड़की में कुर्सी लगाए रात के अँधेरे में लहरों के साँवलेपन को टोहती रही, संगीत चलता रहा। कोई विचार नहीं था, बस भीतर रिक्त था। जो भी था, उसे भला लग रहा था। हल्की ठंडी हवा में उसे नींद-सी आने लगी।

सुबह ज़रा देर से नींद खुली। जल्दी से तैयार हुई और तैयार होते-होते ही उसने सोच लिया कि आज आस-पास का कोई एकाध बीच घूमकर आएगी। आख़िर जब से आई है इस बीच से निकली ही नहीं है। उसने कैप, स्लिंग बैग और चश्मा रखा और नीचे उतर आई। नाश्ता करने के बाद जब वह बाज़ार की तरफ़ निकली, तो सुबह के ग्यारह बज रहे थे। धूप तेज़ हो चली थी। बाज़ार से निकलकर गाँव जाने वाली सड़क पर पहुँची, तो उसे किराए पर टू-व्हीलर देने वाली दुकानें मिलीं।

उसे यह आइडिया पसंद आया। इतने दिनों में वह सुरक्षा का विचार पीछे छोड़ चुकी थी। इस जगह हर वक़्त हर कोई सुरक्षित है। कई बार ऐसा हुआ कि वह अपनी चप्पल और दीगर सामान बीच के एक हिस्से पर छोड़कर दूर तक चली गई, लौटी तो सारा सामान उसी हाल में पड़ा हुआ मिला इसलिए उसे यह सोचकर

रोमांच हो आया कि वह अकेली ही स्कूटरेट पर अगोंडा बीच जाएगी।

उसने दुकानदार से बीच का रास्ता पूछा, सिर पर हैट को कसा, सनग्लास पहने और स्कूटरेट स्टार्ट कर बीच के रास्ते बढ़ चली। दो-तीन किलोमीटर के बाद नारियल और काजू का एक सुंदर बागान-सा दिखा। उसने अपनी स्कूटरेट वहीं रोकी, तो देखा वह किसी की प्राइवेट प्रॉपर्टी है लेकिन फिर भी जगह बड़ी सुंदर है। आस-पास देखा, तो दो-तीन छोटी-छोटी दुकानें थी, जहाँ बोतलबंद पानी, चिप्स, कोल्डड्रिंक, चॉकलेट्स, नमकीन आदि के पैकेट लगे हुए थे। कोल्डड्रिंक देखकर उसे एकाएक गर्मी और प्यास दोनों लगने लगी। उसने एक बोतल पानी और एक छोटी बोतल कोल्डड्रिंक की ख़रीदी। थोड़ी दूर जाकर फिर से गाड़ी रोकी और एक पेड़ के नीचे कच्ची ज़मीन पर जाकर बैठ गई। थोड़ा पानी पिया और कोल्डड्रिंक की बोतल खोल ली। पेड़ की छाह में थोड़ा ठंडा-सा लगा। उसने हैट उतार ली और आँखें मूँद लीं। सड़क पर बहुत आवाज़ाही नहीं थी, तो सब कुछ बहुत शांत था। समंदर भी यहाँ से थोड़ी दूर था, तो उसका शोर भी यहाँ नहीं पहुँच रहा था।

वह सोच रही थी कि हर वक़्त अभाव बुरा ही हो, यह ज़रूरी नहीं है। लहरों का शोर बुरा लगता था, ऐसा तो नहीं था लेकिन यहाँ की शांति भी अच्छी लग रही है। एकरसता सब कुछ उबाऊ बना देती है। स्वर्ग भी शायद उतना सुंदर न लगे यदि वहीं रहने की आपकी मजबूरी हो। तभी तो मेनका, उर्वशी यहाँ तक कि गंगा मृत्युलोक आई थीं, नहीं तो स्वर्गलोक से सुंदर इस पूरे जहान में क्या था लेकिन बदलाव की चाह ही उन्हें धरती पर ले आई। इस पर सितम यह कि यहाँ आकर तीनों ही प्रेम में पड़ गईं। तो क्या सुख भी उबा देता है? शायद हाँ, तभी तो प्रेम करके दुख में पड़ गई तीनों। मनु सोच रही है उसे भी तो सुख ने उबा दिया, तभी तो वह भी प्रेम

में पड़ गई है। वह उठ खड़ी हुई। एकाएक उसे पत्तों से छनकर आती धूप का ज़मीन पर पड़ता पैटर्न दिखा। उसने अपना मोबाइल निकाला और फ़ोटो खींच ली। सोचा, वह इसे इ को दिखाएगी।

फिर ख़ुद ही मुस्कुरा दी। कांबली भीज रही है, भारी हो रही है। उसे ही इसका भार उठाना होगा, अकेले ही...। मगर उसे कोई मलाल नहीं महसूस होता। वह ख़ुद को अलग तरह से बदलता महसूस कर रही है। समझ पा रही है कि क्यों प्रेम का एहसास ख़ास हुआ करता है। एक ही साथ वह हमें ख़ुद से जोड़ता भी है और ख़ुद से विलग भी करता है। एक ही साथ हम कर्ता भी हो उठते हैं और द्रष्टा भी।

फ़ोटो खींचकर जब कम रोशनी में उसने फ़ोटो देखी, तो मन ख़ुश हो गया। पहला ख़याल यह आया कि वह इसे इलहाम को दिखाएगी। फिर यह सोचकर उसे झेंप आई कि वह तो प्रोफ़ेशनल फ़ोटोग्राफ़र है और मनु ने तो इससे पहले कभी फ़ोटो लेने पर विचार ही नहीं किया, न जाने कैसे उसे यह सूझा।

मनु रुकती-रुकती जब अगोंडा बीच पहुँची, तो दोपहर हो चुकी थी। खाने का समय हो गया था। बीच पर ही एक रेस्टोरेंट में जाकर उसने खाना खाया। रेस्टोरेंट फ़र्स्ट फ़्लोर पर था और बीच की तरफ़ खुलता था। एक लंबा-सा हॉल बना हुआ था, जिसके बीच की तरफ़ वाले हिस्से में दो फ़ीट दीवार और फिर एक फ़ीट काँच लगाकर समंदर की तरफ़ खुला छोड़ दिया गया था। उसने ऊपर से देखा, तो दोपहर की तीखी धूप में समंदर पर जैसे हीरे चमचमा रहे हैं। धीरे-धीरे समंदर पीछे जा रहा है। उसने उस गैलरी से लगी टेबल को अपने बैठने के लिए चुना और खाना ऑर्डर कर दिया। ऊपर से ही उसने बीच के दो-चार फ़ोटो लिए। उसे लगा कि उसने एक नई विधा चुन ली है सीखने के लिए।

थोड़ी ही देर में वहाँ बादल छा गए। वह खाना खाकर नीचे चली आई। जब वह बीच पर पहुँची, तो हल्की-फुल्की बूँदें बरसने लगी थीं। जल्द ही बारिश तेज़ हो गई। बीच धीरे-धीरे खाली हो गया। उसी की तरह के इक्का-दुक्का लोग ही वहां बारिश में भी मौजूद थे। उसने आँख भरकर दूर जाता समंदर देखा... खुला-खुला बीच और बीच पर खड़ी वह। वह एकाएक ऊपर वाले रेस्टोरेंट से देखने लगती है। खुली बाँहें, बारिश, समंदर, रेत, हवा... जीवन। आँखें मूँद लेती है। ख़ुद को भीगने के लिए छोड़ देती है।

बारिश रुक गई। मनु पूरी तरह से भीग गई थी। वह कई दिनों से भीग ही रही है। ज़िंदगी में ऐसा वक़्त कम ही आता है। बादल अब भी छाए हुए हैं। वह बीच का एक पूरा चक्कर लगाती है और लौट पड़ती है। जब वह नहाकर निकलती है, तब तक शाम के पाँच बज चुके होते हैं। वह बालों को ऐसे ही झटककर खुला छोड़ देती है और चाय पीने डायनिंग स्पेस में चली आती है।

इलहाम देर तक अलग-अलग चर्च के चक्कर लगाता रहा। एकाध बार बारिश की वजह से उसे रुकना पड़ा। कुछ ऐसा हुआ कि दिन लय में आ ही नहीं पाया। आज वह जिस उत्साह से निकला था, वह धीरे-धीरे ख़त्म होता महसूस होता है। मौसम अच्छा है, सब कुछ ठीक भी है, फिर भी उसका मन उचट चुका है। जल्दी ही उसने तय किया कि वह अब लौट जाएगा। वह जब पहुँचा, तब बीच पर बादल-सूरज का खेल चल रहा था। बारिश का दौर गुज़र चुका था।

जब लौटा, तो दोपहर के तीन बज रहे थे। ज़रा स्टेबल होने के लिए लेटा, तो नींद लग गई। जागा, तो शाम हो चली थी। चाय की तलब लगने लगी थी। वह डायनिंग स्पेस की तरफ़ बढ़ गया। उतरती शाम की चहल-पहल हर कहीं नज़र आ रही थी- रिसोर्ट के कंपाउंड में, बीच पर और डायनिंग स्पेस में भी। कुछ बीच पर

पहुँचने की जल्दी में थे, कुछ दिन भर के टूर से पस्त वहाँ के आधे-अँधेरे, आधे उजाले में बैठ चाय की चुस्कियाँ ले रहे थे। खाली जगह की तलाश में वह आगे की तरफ़ बढ़ा। कोई जगह खाली नहीं थी। खिड़की के पास वाले कोने में एक लड़की बैठी थी, खुले-उलझे बालों में। उसे फिर से मृणालिनी याद आई। यदि वह अपने बाल खोले, तो कैसी दिखेगी? वह चकित था यह सोचकर कि किस तरह उसे गाहे-ब-गाहे मृणालिनी याद आने लगी है। वह क़रीब जाता है, तो पाता है कि वह खुले बालों वाली लड़की मृणालिनी ही है।

'हाय! पहचान ही नहीं पाया तुम्हें।' इलहाम ने कहा।

'अभी से? अभी तो मैं आँखों से ओझल भी नहीं हुई हूँ।' मनु उदास हँसी से कहती है।

'अरे, डोंट गेट मी रॉन्ग। तुम्हें पहली बार इस तरह के आउटफ़िट और खुले बालों में देखा न? वो भी पीछे से... इसलिए।' इलहाम खिसियाकर कहता है। मनु ने लूज़ शॉर्ट पैंट और शॉर्ट कुर्ता पहन रखा था।

'अच्छा! भीग गई थी। मौसम कुछ ठीक है इसलिए बाल सूखने के लिए खुले छोड़ दिए।'

'खुले बालों में अच्छी लग रही हो।' इलहाम ने चाय का घूँट भरकर प्रशंसात्मक दृष्टि डालते हुए कहा।

'हर लड़की खुले बालों में अच्छी ही लगती है।' वह उदास होकर कहती है। उसकी चाय ख़त्म हो चुकी थी।

'तब तुम बाल खुले क्यों नहीं रखती हो?' इलहाम उलझकर पूछता है।

'क्योंकि खुले बाल बाँध देते हैं।' वह कहती है।

'समझा नहीं।'

'सुंदर लगना और लगते रहना भी एक क़िस्म का बंधन है। खुले बाल आपको सीमित करते हैं। काम करने में व्यवधान पैदा करते हैं। आपको दूसरे के लिए सुंदर बनाते हैं लेकिन ख़ुद आपको असुविधा में रखते हैं इसलिए मैं मोटे तौर पर बाल खोलने से बचती हूँ। मुझे अजीब क़िस्म की घबराहट होती है।' मनु कहती है। इलहाम की चाय भी ख़त्म हो चुकी थी।

'क्या किया आज दिन भर?' जाने क्यों इलहाम इस बात से ऊब गया था।

'आज अगोंडा बीच होकर आई। अकेले! स्कूटरेट से।' मनु ने ख़ुशी से उसे बताया।

'अच्छी जगह है। मैं ओल्ड गोवा गया था। पता नहीं क्यों जल्दी लौट आया।'

'ओल्ड गोवा तो मैं भी जाना चाहती थी लेकिन...' मनु ने उदास होकर कहा।

'मुझे पता नहीं था। पता होता, तो ज़रूर तुमसे पूछता।' इलहाम ने अपराध-बोध से भरकर कहा।

दोनों बाहर आ गए। सूरज पूरी तरह से डूब गया था। बीच की लाइट्स ऑन हो गई थीं।

'अब क्या करने का इरादा है?' इलहाम ने पूछा। मनु थकान महसूस कर रही थी लेकिन वह इलहाम के साथ भी रहना चाहती थी। उसने अपने मन को काबू में किया।

'थकान लग रही है। थोड़ा आराम करना चाहती हूँ। तुम्हारा क्या इरादा है?' मनु ने फिर भी पूछ लिया।

'मैं समझ नहीं पा रहा हूँ। ख़ैर, तुम आराम करो। मैं देखता हूँ। मार्केट का चक्कर लगाकर आता हूँ।' इलहाम उदास होकर कहता है। वह मनु का साथ चाह रहा था।

'डिनर पर मिल सकते हैं? साढ़े आठ तक, फिर जागेंगे देर तक।' मनु ने कहा।

'मिलते हैं।' कहकर इलहाम रिसोर्ट के पिछले हिस्से की तरफ़ निकल गया। मनु अपनी हट की तरफ़ आ गई। उसे सिर थोड़ा भारी लग रहा था, आँखें भी भारी हो रही थीं। गले में भी हल्का खिंचाव महसूस होने लगा था। क्या दिन भर भीगने का असर है या फिर कोल्डड्रिंक का? उसे यह सोचकर घबराहट होने लगी कि यदि वह यहाँ बीमार हो गई, तो क्या होगा? हे भगवान! इससे पहले वह कभी बारिश में भीगी ही नहीं। यह क्या बेवकूफ़ी सूझी थी!

वह सो गई।

बदन दर्द तेज़ हो गया था। मनु को कुछ भारी-भारी महसूस हो रहा था। बहुत बेचैनी-सी, उसे डर लगा कहीं उसे बुखार तो नहीं आ गया है। उसने घड़ी देखी, रात के नौ बज रहे थे।

'ओफ़्फ़।' उसे दो तरफ़ा निराशा हुई। एक तो डिनर पर इलहाम उसका इंतज़ार करता रहा, न तो वह वहाँ पहुँच पाई और न ही उसे बता पाई कि वह नहीं आ पा रही है। दूसरे, डिनर पर इलहाम ने इंतज़ार तो किया लेकिन उसके न पहुँचने पर कॉल नहीं किया। दूसरी बात ने उसे ख़ासा निराश कर दिया। मगर

अभी जो उसकी हालत थी, उसमें उसकी चिंता बुखार था। क्या करे? वह विकल्पों पर विचार कर रही थी। तभी बाहर से इलहाम की आवाज़ आई?

'मृणालिनी!'

'एक मिनट।' मनु मुश्किल से उठी और जाकर दरवाज़ा खोला।

'क्या हुआ? डिनर पर वेट कर रहा था, न तुम आई और न ही बताया कि नहीं आ रही हो? ठीक हो न!' इलहाम ने चिंतित होकर पूछा।

एकाएक जैसे मनु के भीतर कुछ बुझते-बुझते जल गया, 'सॉरी, लगता है मुझे फ़ीवर है। शायद भीगने से हो गया है।'

'तब तो डॉक्टर की ज़रूरत होगी? तुमने कुछ खाया भी नहीं होगा, मैं बस अभी आया।' इससे पहले कि मनु कुछ कहे, इलहाम सीढ़ियाँ उतर चुका था।

बुखार तेज़ ही रहा होगा कि लगातार उसकी आँखें मुँदी जा रही थीं। जब डॉक्टर ने उसके सिर पर हाथ रखा, तब उसकी नींद टूटी। थर्मामीटर लगाया, 103 डिग्री।

'स्ट्रिप रखनी होगी सिर पर। मैं कुछ मेडिसिंस आपको यहीं दे देता हूँ। इन्हें अभी खिला दें।' डॉक्टर ने इलहाम की तरफ़ देखते हुए कहा। फिर पूछा, 'कुछ खाया इन्होंने?'

इलहाम के चेहरे पर असमंजस उभरा, 'नहीं।'

'तो कुछ खिला दीजिए, फिर ये टेबलेट्स दे दीजिएगा। फ़िलहाल तो सिर पर पट्टी रखिए। मेरा नंबर ले लीजिए। कुछ ज़रूरत हो, तो मुझे कॉल कीजिएगा।' डॉक्टर ने कहा। थोड़ी देर बाद सिर पर

पानी की पट्टी रखने से मनु की नींद टूटी। बार-बार खुमारी आ-जा रही थी। लगभग आधे घंटे बाद इलहाम ने फिर से उसका टेंपरेचर देखा, 101 पर आ गया था। उसने गहरी साँस ली।

'मुझे फ़ोन करना चाहिए था। वो तो मैं आ गया, नहीं आता तो?' उसने अपराध-बोध से भरकर कहा।

'बुखार से कोई मरता नहीं है इ!' मनु ने मुस्कुराकर कहा, तो इलहाम ने उसे देखा। उसे इ सुनना जाने क्यों बहुत मीठा-मीठा-सा लगा।

जब इलहाम डॉक्टर को लेने गया था, तब वह नारियल पानी, ब्रेड, जैम, बिस्किट और कुछ फल लेकर आ गया था। ठंडे पानी की पट्टियां चढ़ाने और टेबलेट देने से मनु का बुखार उतरने लगा था। बुखार के बाद की कमज़ोरी की वजह से उसे बार-बार नींद आ जाती थी। टेबलेट देने से पहले इलहाम ने दो ब्रेड पर जैम लगाकर मनु को ज़बरदस्ती खिलाए थे।

आख़िरी बार जब उसने टेंपरेचर देखा, तो 98 हो गया था। उसने नारियल पानी और एक सेब काटकर मनु को दिया। मनु ने मुग्ध होकर उसे देखा। वह थोड़ा झेंप गया। सेब खाते हुए उसने इलहाम से पूछा, 'इतनी केयर तुमने अम्मी से सीखी, है न?'

'हाँ, अम्मी से ही सीखूँगा न?' इलहाम ने मुस्कुराकर कहा।

'इट्स सैड लेकिन यदि तुम्हारे अब्बू भी तुम्हारे साथ ही रहते, तब तुम अम्मी से नहीं, अब्बू से सीखते... जो भी वह करते।' मनु ने उदास होकर कहा।

'हाँ, उनसे कुछ अलग सीखता।' इलहाम कहता है।

'तुम अम्मी से नहीं सीखते, मैं यह कहना चाहती हूँ।' मनु कहती है।

'नहीं, बच्चा माँ से बहुत कुछ सीखता है।' इलहाम प्रतिवाद करता है।

'नहीं, बेटियाँ माँ से सीखती हैं और बेटे बाप से।' मनु सेब का आख़िरी टुकड़ा मुँह में डालते हुए कहती है।

इलहाम सोचने लगता है। शायद यही सही है। तभी लड़कियाँ अमूमन केयरिंग होती हैं। वह कहता है, 'यदि लड़कियाँ पिता से और लड़के माँ से सीखने लगें, तो दुनिया शायद कुछ बेहतर हो। तुम्हारी बात में दम है।'

'अरे वाह... ज़र्रानवाज़ी का शुक्रिया हुज़ूर।' मनु मुस्कुराते हुए आदाब करती है उसे।

'चलिए मोहतरमा, अब आप सो जाइए। मैं भी जाकर सोना चाहूँगा।' इलहाम कहता है।

'ठीक है।' मनु कहते हुए लेट जाती है।

'रात में फिर से फ़ीवर आए, तो मुझे कॉल करोगी न?' इलहाम चिंतित होकर उससे पूछता है।

'डोंट वरी। मैं टेबलेट ले लूँगी। मुझे बता दो सब।' मनु उसे आश्वस्त करती है।

'क्यों? मुझे कॉल करने में ईगो आ रहा है या फिर शर्म?' इलहाम पूछता है। मनु का मन करता है कि उससे कहे, इ मैं तो चाहती हूँ कि तुम यहीं रह जाओ मेरे पास लेकिन वह कहने की बजाए आँखें झुका लेती है। न जाने क्यों उसकी आँखें नम हो जाती हैं। तब तक इलहाम उसका टॉवेल और कुर्सी के कुशन उठा लेता है और गैलरी में टॉवेल बिछा देता है।

'मैं यहीं सो जाऊँगा। चलो, अब तुम सो जाओ।'

मनु उसे मुग्ध होकर देखती है। जिया याद आती है, 'खरज सधते-सधते ही सधेगा मनु।' मनु सिर झटककर मुस्कुरा उठती है।

बुखार से आई कमज़ोरी में मनु को बहुत गहरी नींद आती है लेकिन सुबह होते न होते बेचैनी से उसकी नींद खुल जाती है। फिर से बदन दर्द करने लगा था। उसी हल्की खुमारी में उसके कराहे जाने को सुनकर इलहाम उठ बैठा। उसने लाइट जलाई। मनु के सिर पर हाथ रखा। सिर बुखार से तप रहा था, उसने फिर से थर्मामीटर लगाया।

'फिर से 103...!' इलहाम गंभीर हो गया। उसने पानी की पट्टियाँ चढ़ानी शुरू कीं। मनु को जगाकर उसने दवा की डोज़ दी। घंटे भर तक मनु दर्द से कराहती रही। इलहाम सिर पर पानी की पट्टियाँ चढ़ाता रहा। लगभग घंटे भर बाद उसने फिर से थर्मामीटर लगाया, तो बुखार 101 डिग्री पर आ गया था। इलहाम थोड़ा व्यवस्थित हुआ। सोचने लगा, यदि फिर से बुखार आया, तो डॉक्टर से कंसल्ट करना पड़ेगा क्योंकि अगर भीगने से बुखार आया है, तो अब तक ठीक हो जाना चाहिए था। कहीं वायरल फ़ीवर तो नहीं?

मनु एकाएक बेचैनी से उठ बैठी, 'गर्मी लग रही है। पंखा...' उसने इलहाम को इशारा किया।

'ब्लैंकेट हटा लो। बुखार अभी उतरा है, पंखे की ठंडी हवा गड़बड़ कर देगी।'

मनु ने ब्लैंकेट हटा लिया। उसका मुँह सूखने लगा। उठकर बैठ गई और टेबल पर पड़े पानी के जग की तरफ़ हाथ बढ़ाया, तो इलहाम ने उसे टोक दिया, 'पानी चाहिए, तो मुँह से बोलो न! ख़ुद लोगी, तभी प्यास बुझेगी क्या?'

मनु लाड़ से मुस्कुराई। इलहाम ने सहारा देकर मनु को उठाया, 'जाकर ब्रश करो। फ्रेश हो जाओ। कुछ खा लो, फिर शांति से सो जाओ। कमज़ोरी है, आराम की ज़रूरत है तुम्हें।'

मनु के मन में आया कि तुरंत ही इलहाम के गले में झूल जाए। मनु सोच रही है कि पुरुष को प्रेम अभिव्यक्त करते देखना भी एक चमत्कार है। वह याद करती है कि कब किसी पुरुष ने किसी स्त्री को इस तरह से प्रेम किया हो। वह निराश हो जाती है। माँ को लेकर पिता में एक अजीब-सा ठंडापन रहा। जिया ने तो बहुत निराशा सही है इस दृष्टि से। शुभ्रा की लड़ाई अलग ही तरह की रही और ख़ुद मनु... मनु की ज़िंदगी का सच तो और भी ज़्यादा कटु है।

टॉवेल लेकर भीतर जाती मनु ने गहरी साँस ली। वह कुछ नहीं सोचना चाहती थी। इससे ज़्यादा सुंदर ज़िंदगी में क्या हो सकता है, उसकी कल्पना वहाँ तक जा ही नहीं रही थी। एकाएक उसका मन हुआ कि वह यहीं, इसी क्षण मर जाए। मरने के लिए इससे सुंदर वक़्त और क्या होगा? अभी मर जाएगी, तो इलहाम की गोद में उसका सिर होगा। शायद वह रो भी पड़े।

उसे बहुत अटपटी कल्पना आई। वह मर गई है। उसका सिर इलहाम की गोद में है और वह देख पा रही है कि इलहाम रो रहा है, सिसकियाँ भर रहा है। उसे सिहरन हो आई। आँखें भर आईं।

बाहर आई, तो उसके पलंग पर कटे हुए फल और जैम लगी ब्रेड रखी थी। उसने इलहाम की तरफ़ देखा, तो वह गैलरी से सामान उठा रहा था। सामान कुर्सी पर रखते हुए बोला, 'मैं फ्रेश होकर लंच कर आता हूं, तुम्हारे लिए लेता आऊँगा। तब तक तुम आराम कर लो। वैसे मुझे नहीं लगता है कि अब कोई दिक़्क़त होगी लेकिन अगर हो, तो मुझे कॉल करना। मैं आता हूँ दो-तीन घंटे में।'

मनु ने 'हाँ' में गर्दन हिलाई। उसका मन किया इलहाम का हाथ पकड़कर चूम ले लेकिन वह कटा हुआ सेब कुतरती रही। इलहाम सीढ़ियाँ उतरकर चला गया। मनु उसे जाते देखकर उदास हो गई। बस अब कुछ ही दिन रह गए हैं यहाँ रहने के। पाँच-छह दिन बाद उसे लौटना होगा अपने शहर। यह सब कुछ छोड़कर उसी अकेलेपन में। वह बाहर देखने लगती है। समंदर लौट रहा है, वैसे ही जैसे उसे लौट जाना होगा एक दिन यहाँ से। समंदर तो फिर शाम से आने लगेगा लेकिन उसका आना तो शायद अब संभव नहीं हो पाएगा। उसने हिम्मत की और कपड़े लेकर नहाने चली गई। दो बार बुखार चढ़ने-उतरने से सारा शरीर पसीने से भर गया था। एक बारगी बाल धोने का विचार उसने त्याग दिया। फिर सोचा नहा ही रही है, तो शैंपू भी कर ही ले। ड्रायर है ही, उससे सुखा लेगी।

नहाकर आई, तो उसे थकान लगने लगी। उसने कारवां गो में वोकल क्लासिकल वाली अपनी पेनड्राइव इंसर्ट की। पहली ही कंपोज़िशन कौशिकी की राग बागेश्री की थी। मनु पलंग पर आ बैठी। पहले टॉवेल से बालों को रगड़ा, फिर ड्रायर लगाया। बाहर समंदर अपनी पूरी मस्ती में था। दोपहर होने को थी, गर्मी की वजह से बीच खाली होने लगा था। लहरों के शोर के अतिरिक्त और कोई शोर नहीं था। वह समंदर की तरफ़ मुँह करके लेट गई।

लौटने के विचार ने उसे विचलित कर दिया था। उसका मन कर रहा था वह रो ले लेकिन रोना अब उसके लिए सहज नहीं रहा था। कभी वह बहुत जल्दी-जल्दी रो पड़ती थी, जीवन की मुश्किलों ने उससे यह सहूलियत छीन ली थी। बहुत दिनों तक सीने में घुमड़न होती है, बहुत घुटती है, फिर ज़रा रोना आता है।

कमज़ोरी-सी तो थी ही, दिमाग़ के तंतु शिथिल होने लगे। व्यग्रता में वैसा ताप नहीं था। कौशिकी आलाप के बाद बोल पर आ पहुँची

'विनती सुनो मोरी अवधपुर के बसैया...' आँखें मुँदने लगी थीं उसकी। हल्की नींद, हल्की जाग्रति जैसी स्थिति में वह पहुँच गई थी।

जाने कब म्यूज़िक बंद हो गया और वह गहरी नींद में चली गई। अच्छी बात यह हुई कि उसे सुबह के बाद बुखार नहीं आया। थोड़ी कमज़ोरी थी इसलिए उसे लगातार नींद आ रही थी। बुखार के बाद शरीर हल्का-हल्का लगने लगा। बहुत गहरी नींद में थी, जब इलहाम ने आकर उसके माथे पर हाथ रखा। वह चौंककर उठी।

'ठीक हो न? फिर तो फ़ीवर नहीं आया?' इलहाम ने मनु से पूछा।

'एकदम ठीक हूँ बल्कि अच्छा लग रहा है। बहुत दिनों बाद बहुत हल्का लग रहा है।' मनु मुस्कुराकर कहती है।

'खाना खा लो और दोपहर की डोज़ ले लो।'

'तुमने खा लिया?'

'हाँ, मैं खाकर आया हूँ। तुम खा लो, फिर चाहो तो सो जाना।' इलहाम ने कहा।

'न सोना चाहूँ तो?' मनु ने शरारतन पूछा।

'तो मत सोना।' इलहाम ने मुस्कुराकर कहा।

'तुम क्या करोगे यदि मैं सो जाऊँगी तो?'

'थोड़ा फ़ोटो एडिटिंग कर लूँगा रूम पर जाकर।'

'ओह, तब तो मुझे सो ही जाना चाहिए। तुम्हारे काम का नुक़सान हो रहा है।' मनु ने उदास होते हुए कहा। 'वैसे अब मैं ठीक हूँ। तुम चाहो, तो अपना काम कर सकते हो।'

'ओहो... मतलब ईगो हर्ट हो गया?' इलहाम ने आकर सिर पर चपत लगाई।

मनु ने मायूसी से सिर हिलाया, 'नहीं, बस कह रही हूँ कि मेरी वजह से अपने काम का नुक़सान मत करना। अब मैं ठीक हूँ पूरी तरह से। थोड़ी कमज़ोरी है, कल सुबह तक ठीक हो जाऊँगी।'

'अरे प्लीज़... खाना खाओ और आराम करो।' इलहाम ने थोड़ा सख़्त होते हुए कहा।

मनु को ध्यान आया जब सोई थी, तो म्यूज़िक लगाकर सोई थी। उसने टेबल पर देखा, तो उसका कारवां गो बंद पड़ा है। खाना खाकर उसने हाथ धोए और उसे चार्जिंग पर लगाया। इलहाम की तरफ़ देखते हुए बोली, 'मैं सोना चाहूँगी। तुम अपना काम पूरा कर लो। अब तो ठीक हूँ एकदम। हो सकता है शाम को टहलने की स्थिति में आ जाऊँ।'

इलहाम उसे अविश्वास से देखता है, 'कम ऑन... मैं तो बस ऐसे ही कह रहा था। फ़ोटो एडिटिंग कोई प्रोफ़ेशनल काम थोड़ी है कि काम का नुक़सान हो जाएगा। वो तो बस कुछ पर्सनल फ़ोटोज़ हैं, जो पर्सनल कलेक्शन के लिए हैं। कभी भी हो जाएँगे। इतना टची क्यों हो रही हो?'

'नहीं टची नहीं हो रही हूँ, बस...' कहते हुए उसका गला भर आता है। जाने किस बात पर उसकी आँखें नम हो जाती हैं लेकिन वह

बाहर की तरफ़ देखते हुए अपनी उदासी को इलहाम से छुपा लेती है।

'मैं एक काम करता हूँ लैपटॉप और कैमरा यहीं ले आता हूँ। तुम जब सोओगी, तो मैं अपना काम कर लूँगा। वैसे भी इस गर्मी में बाहर घूमना तो संभव है ही नहीं।'

मनु आश्वस्ति की मुस्कुराहट बिखेरती है।

'मैं आता हूँ अपना कैमरा और लैपटॉप लेकर।' कहकर इलहाम सीढ़ियाँ उतर जाता है। मनु बालकनी की कुर्सी पर जाकर बैठती है। इलहाम को जाते हुए देखती है। मन जाने क्यों आज कच्चा-कच्चा-सा महसूस होता है। उसे लग रहा है, जैसे जीवन का रियाज़ उससे छूट गया है। जीवन का रियाज़ छूटना मतलब फिर से उदासी, दुख, व्यग्रता, अशांति और आशंका में जीना।

कल से ही उसे इस विचार ने तो परेशान किया ही हुआ है कि अब दो-चार दिनों में उसे यहाँ से जाना होगा। यह कल्पना उसे और सिहरा देती है कि इलहाम को छोड़कर जाना होगा। फिर से वह इस सवाल में उलझ जाती है कि प्रेम में प्रेम की ही अपेक्षा क्यों होती है? प्रेम प्रेम से ही क्यों मुकम्मल होता है। मैं प्रेम में हूँ, यही चीज़ उसे मुकम्मल क्यों नहीं कर देती है।

उसकी आँखें भर-भर आ रही हैं। वह फिर से लेट जाती है। बुखार की कमज़ोरी की वजह से उसकी कमर दर्द करने लगी है। वह आँखें मूँद लेती है। खटपट से उसे पता चल जाता है कि इलहाम आ गया है। बंद आँखों से ही वह अंदाज़ा लगाती है, इलहाम ने लैपटॉप चार्ज करने के लिए उसके कारवां गो की चार्जिंग हटा दी है। कैमरा टेबल पर रखा और कुर्सी को टेबल के क़रीब खींच लिया

है। हालाँकि वह सब कुछ बहुत एहतियात से कर रहा है लेकिन फिर भी आवाज़ तो हो ही रही है।

इलहाम को लग रहा था कि मनु सो रही है लेकिन मनु आँखें बंद करके उस सबकी कल्पना कर रही थी, अनुमान लगा रही थी कि वह क्या-क्या कर रहा है। यही करते हुए उसकी आँख लग गई। जब उसकी नींद खुली, तो शाम उतर आई थी। बीच पर शोर बढ़ गया था। पर्यटक लौट आए थे। इलहाम ने टेबल पर अपना लैपटॉप रखा हुआ था और मनु की तरफ़ उसकी पीठ थी। जाने क्यों उसका मन उदास हो गया। आज बार-बार उसे इलहाम की पीठ ही दिख रही है। उसने लौटने से इस इत्तिफ़ाक़ को जोड़ लिया था। पानी लेने के लिए वह उठी, तो इलहाम ने पलटकर देखा।

'जाग गई? चाय पिओगी, मँगवाऊँ?' इलहाम ने पूछा।

'हाँ, कल से चाय पी ही नहीं है।' कहकर मनु वॉशरूम चली गई।

इलहाम ने चाय ऑर्डर कर दी और अपना लैपटॉप बंद कर दिया। मनु ने बाहर आकर कारवां गो को चालू कर दिया। चाय आ गई थी। मनु ने बिस्किट निकाले, पैकेट फाड़कर इलहाम की तरफ़ बढ़ाया। उसने एक बिस्किट उठा लिया। मनु ने चाय का घूँट लेते हुए कहा, 'कभी-कभी न चाय ज़िंदगी का घूँट लगती है।' इलहाम ने उसे सवाल करती नज़र से देखा।

'गुनगुना, मीठा... सेंक देती, हील करती।' मनु कहती है।

'कभी-कभी क्यों, ये तो हमेशा ही लगता है।' इलहाम कहता है।

'कभी मुँह भी जला देती है, कभी कड़वी भी होती है, कभी एकदम ठंडी भी... ज़िंदगी की तरह ही चाय कभी-कभी ही परफ़ेक्ट हो

पाती है। पता है कितना ही नापजोख कर बना लो, कभी ही स्वाद, रंगत और गर्माहट देती है! इसी चक्कर में हम चाय पीते हैं, इसी परफ़ेक्शन की तलाश में हम ज़िंदगी जीते चले जाते हैं।' कहते-कहते मनु बाहर की तरफ़ देखने लगती है। उसकी आँखें नम हो जाती हैं।

'तो आज की चाय के लिए क्या कहती हो?' इलहाम मुस्कुराकर पूछता है।

'परफ़ेक्ट तो है... लेकिन!' मनु कहती हुई उदास हो जाती है।

'क्या लेकिन?'

'लेकिन कल फिर से चाय का वैसा घूँट होगा या नहीं?'

'कल नया घूँट होगा, नया स्वाद... जैसे ये आवाज़।' उसने उस दादरा की तरफ़ इशारा किया, जो कौशिकी गा रही थी, 'सावन झर लागे न धीरे-धीरे...'

मनु मुस्कुरा देती है। भीतर कहीं कुछ गड़ता है। सूरज ढलने लगा है।

'बीच पर चलें?' मनु पूछती है।

'पागल हुई हो... आज और रेस्ट कर लो। कल चलेंगे।' इलहाम डपट देता है।

'दिन गुज़र रहे हैं, सब कुछ छूट जाएगा। यह डरा रहा है आजकल।' मनु अपना डर बयान करती है।

'ज़िंदगी ही गुज़र जाती है, तुम तो दिन की बात कर रही हो! लेकिन नया जुड़ेगा कल... हम सिर्फ़ मुस्तकबिल से डरते हैं। सबको कंफ़र्ट ज़ोन पसंद आता है। कल का तसव्वुर न करो, कल का इंतज़ार भी

मत करो। उसे बस आने दो।' फिर मुस्कुराते हुए कहता है, 'मैं भी कभी-कभी फ़लसफ़ा झाड़ ही देता हूँ, नहीं?'

मनु मुस्कुराती है। शाम कमरे में उतर आती है। वह उठकर रोशनी कर देती है। इलहाम कहता है, 'मैं डिनर करके तुम्हारे लिए ले आता हूँ, तब तक तुम आराम कर लो। मैं यह सब रूम पर रख भी आता हूँ। आज तो तुम ठीक हो।'

मनु उसकी तरफ़ उदास नज़रों से देखती है। उसे अपना ठीक होना खटकता है। वह 'हाँ' में अपनी गर्दन हिलाती है। इलहाम चला जाता है। वह कमरे के बिखरेपन को समेटने लगती है। उसी वक़्त उसे अपना आप बुरी तरह से बिखरा हुआ लगता है। वह सोचती है, बाहर के बिखराव को समेटकर क्या भीतर का बिखरापन समेटा जा सकता है? वह सब कुछ छोड़कर बालकनी की कुर्सी पर आकर बैठ जाती है। बीच पर रोशनी जगमगा रही होती है लेकिन लहरें उसी अँधेरे में डूबी शोर कर रही हैं। लोग धीरे-धीरे लौटने लगे हैं।

बाहर के अँधेरे को घूरते-घूरते उसे निराशा होने लगती है। वह भीतर चली आती है। कारवां गो अब भी चल रहा है। राजन-साजन मिश्र का 'रे पिया हम जानी' राग जयजयवंती चल रहा था। यह कंपोज़िशन उसे ख़ासतौर पर प्रिय है। शुरुआत बोल से होती है और फिर बाद में सरगम और आलाप... ऐसा लगता है जैसे सुनने का भी रियाज़ करवाया जा रहा हो। वह सुनते हुए फिर से गुम हो जाती है।

गाना ख़त्म होते-होते वह भर जाती है। अब वह कुछ भी नहीं सुनना चाहती इसलिए म्यूज़िक बंद कर देती है। ऐसा कभी-कभी होता है कि शांति में भी संगीत गूँजता रहता है। उसके भीतर

जयजयवंती चलने लगता है। थोड़ी देर में वह स्थिर हो जाती है। वह इस बात के लिए ख़ुद को तैयार पाती है कि जीवन जैसे और जिस भी रूप में उसके सामने खुलेगा, वह उसे खुली बाँहों से स्वीकार कर लेगी।

कई मौक़ों पर वह इसे अनुभव कर चुकी है कि म्यूज़िक उसे स्पष्ट होने में मदद करता है। सारी धुँध छँट जाती है और वह साफ़ देखने में ख़ुद को सक्षम पाती है। वह ट्रांस में पहुँच जाती है। हर चीज़ से परे हो जाती है। जगह, समय के बोध से मुक्त हो जाती है। देखती है लेकिन ऐसे, जैसे नहीं देख रही है। सुनती है ऐसे, जैसे कुछ नहीं सुन रही हो। ऐसे सोच रही है, जैसे कुछ भी नहीं सोच रही हो...। वह आँखें मूँद लेती है।

बहुत देर बाद जब वह समय में लौटती है, तो उसे दुनिया याद आती है। वह अपना मोबाइल देखती है। दो दिन में कई तरह के नोटिफ़िकेशंस आए हुए हैं। दो दिन से उसने मोबाइल देखा भी तो नहीं है। कई सारे मैसेजेस दिखाई देते हैं। वह मैसेज खोलकर देखती है। शुभ्रा के पाँच-सात मैसेज थे।

'दी, कैसी हैं? कहाँ हैं?'

'वैभव आपके लिए फ़ोन कर रहा है। ऐसा लगता है वह बहुत डेस्परेट है।'

'उसने डिपार्टमेंट में फ़ोन किया। वहाँ से सुनयना ने बताया कि मैडम छुट्टी पर हैं, तो उसने सुनयना से नंबर माँगा।'

'सुनयना ने मुझसे पूछा। मैंने उसे नंबर देने से मना कर दिया।'

'फिर उसने सुनयना से किसी ऐसे व्यक्ति का नंबर माँगा, जिससे वह संपर्क कर आपके बारे में जानकारी ले सके।'

'सुनयना ने मुझसे पूछा... मैंने मना कर दिया।'

'क्या मैं आपका नंबर दे दूँ उसे?' शुभ्रा पूछ रही थी।

मनु का सिर घूमने लगा था। अब वैभव को मुझसे क्या काम है। दस साल पहले ही सब कुछ ख़त्म हो चुका है। अब क्या बचा है? एकाएक वह अस्त-व्यस्त हो गई। कहीं कोई सूत्र, कोई तार, कोई संबंध बचा तो नहीं रह गया। वह सबको सिरे से याद करती है लेकिन कुछ भी याद नहीं आता। वह बेचैनी में उस छोटे से कमरे में चक्कर लगाने लगती है।

इलहाम खाना लेकर आया है। उसे इस क़दर व्यग्र देखता है, तो समझ नहीं पाता कि आख़िर हुआ क्या है।

'क्या हुआ?' वह पूछता है।

मनु कुछ नहीं कहती। वह हताश-सी पलंग पर बैठी हुई है।

'कुछ बोलोगी? अच्छी-भली तो थी, जब मैं यहाँ से गया था।'

मनु उसे देखती है, तो उसकी नज़रें डबडबा जाती हैं।

'हुआ क्या है? कुछ बताओगी, तब ही तो समझ आएगा!' इलहाम थोड़ा चिढ़ जाता है।

मनु समझ नहीं पाती कि क्या बताए! ख़ुद उसे भी तो कुछ समझ आए। वह इलहाम की तरफ़ देखती है, 'क्या बताऊँ तुम्हें, कुछ मेरी समझ में भी तो आए?'

'तुम कुछ भी मत समझो। क्या हुआ है बस यह बता दो।' वह राह सुझाता है।

'कोई ख़त्म हुआ भूत जैसे फिर ज़िन्दा हो रहा है। मेरा एक्स हसबैंड मुझसे संपर्क करना चाह रहा है।' मनु कहती है।

'एक्स हसबैंड...?' इलहाम को कहते हुए लगा जैसे उसके भीतर कुछ चटका।

'हाँ, वह मेरे डिपार्टमेंट में फ़ोन लगा रहा है और मेरा फ़ोन नंबर चाहता है। ईश्वर जाने उसे मुझसे अब क्या चाहिए। पता है, मैं बहुत थक गई हूँ। बहुत मुश्किल से उस नरक से बाहर निकली हूँ। मैं फिर से उसी सबमें नहीं लौटना चाहती।' कहते हुए वह सिसकने लगी।

मनु के इस तरह रोने से इलहाम को ऐसा लगने लगा, जैसे वह क्या कर डाले। उस परेशानी से मनु को कैसे भी निकाल ले। वह गुस्से में भरकर कहता है, 'तो बात करो... क्या चाहता है वह तुमसे?'

'नहीं, मैं उससे कोई बात नहीं करना चाहती। मैं वह सब फिर से याद ही नहीं करना चाहती। उस आदमी की न शक्ल देखना चाहती हूँ, न ही बात करना चाहती हूँ। सब ख़त्म हो चुका है। सब पीछे छोड़कर आगे आ चुकी हूँ मैं...' मनु अपने खुले, बिना सुलझे बालों में उंगलियाँ फँसाकर अपना सिर घुटने पर रखकर रोने लगती है।

इलहाम से रहा नहीं जाता। वह उठकर मनु के पास जाता है। उसे बाँहों में घेर लेता है। मनु बेबस होकर रोने लगती है। इलहाम की छाती में अपना सिर धँसा लेती है। इलहाम अपनी छाती में कुछ फँसा-अटका हुआ महसूस करता है। उसके दिल में अँधड़ जैसा उठता है। मनु के सिर को अपनी दोनों बाँहों में समेटता है, 'तुम्हारा डर क्या है?'

'मुझे नहीं पता लेकिन उसके पूछताछ करने से ही जैसे मैं सहम गई हूँ।' वह फिर रोने लगती है।

'मिली... प्लीज़ ऐसे मत रोओ। मुझे पता नहीं क्या-क्या होने लगा है।' इलहाम रुआँसा होकर कहता है।

मनु अपना सिर उठाती है। आँसुओं से भीगी आँखों को देखकर इलहाम तड़प उठता है। वह उसकी आँखों को चूम लेता है। उसके आँसुओं पर अपने होंठ रख देता है। मनु इलहाम का चेहरा अपने हाथों में ले लेती है और उसके होंठों पर अपने होंठ रख देती है। कुछ कौंधता है जैसे... मनु उमड़ती है, इलहाम थाम लेता है लेकिन जल्द ही वह चैतन्य हो जाता है। झटके से अलग हो जाता है। वह लौटने लगता है। मनु उसका हाथ पकड़ लेती है। उसे फिर से अपने पास बैठा लेती है। उसकी छाती पर अपना सिर रख लेती है। मनु की उंगलियाँ इलहाम की पीठ पर जकड़ती हैं। इलहाम के शरीर में हरकत होने लगती है। उसकी शिराएँ तनती हैं, उंगलियाँ कसमसाती हैं, पहले होंठ और फिर उंगलियाँ मनु की देह पर भटकने लगती हैं। वह होश खोने लगता है, मनु उफनने लगती है। मनु की देह भँवर बनाती है, इलहाम उस भँवर में डूबने लगता है।

मनु अपनी देह को टोहती है इलहाम की देह से। वह ख़ुद तक पहुँचती है। सुख के उस क्षण में इलहाम मनु के कानों में फुसफुसाता है, 'मिली... मिली... मिली...'

मनु उत्तेजना में, प्रेम के उन्माद में डूबती चली जाती है। दोनों की देह के तार तनने लगते हैं। सितार झनझनाता है देर तक, फिर टूट जाते हैं तार। इलहाम मनु के सिर को अपने सीने में छुपा लेता है। मनु पूरी-की-पूरी इलहाम की देह में धँस जाती है।

देर तक नशा-सा तारी रहता है। बाहर घना अँधेरा हो जाता है। बिजली चमकने लगती है। इलहाम मनु को फिर से समेट लेता है। एकाएक लाइट गुल हो जाती है। मनु गहरी साँस लेती है। इलहाम उसके बालों में उंगलियाँ फिराता रहता है।

बाहर बारिश होने लगती है।

इलहाम का ख़ुमार उतरता है। वह जाग जाता है। मनु अब भी उसकी बाँहों पर सिर रखे सो रही है। इलहाम जो कुछ घटा है, उसे याद करता है। बार-बार याद करता है। फिर एकाएक अपराध-बोध से भर जाता है।

वह असहज हो जाता है। मनु से दूर चला जाना चाहता है। उठने की कोशिश करता है, तो मनु उठ जाती है।

'क्या हुआ इ!' मनु सिर उठाकर पूछती है।

'कुछ नहीं...' इलहाम उससे ऊपर देखते हुए कहता है।

मनु उठती है, तो इलहाम भी उठ बैठता है। मनु फिर से उसके कंधे पर अपना सिर रख देती है। इलहाम का हाथ उठता तो है लेकिन वह रोक लेता है।

'तुम ठीक हो?' मनु पूछती है।

'ये नहीं होना चाहिए था।' इलहाम उदास होकर कहता है।

'क्या नहीं होना चाहिए था?' मनु पूछती है।

'जो भी तुम्हारे-मेरे बीच घटा, वह नहीं होना चाहिए था।' इलहाम झिझकते हुए कहता है।

'इसमें तुम्हारी कोई ज़िम्मेदारी नहीं है। इसके लिए पूरी तरह से मैं ज़िम्मेदार हूँ इ।' मनु उठकर अपने बालों को इकट्ठा कर जूड़ा बनाने लगती है।

'तुम जानते हो तुम्हारे ज़रिए मैं ख़ुद तक पहुँच रही हूँ। तुम मेरे और मेरे बीच में मत आओ इ। कुछ भी मत कहो अब... भूल जाओ। मैं इस वक़्त के सहारे जीवन गुज़ार सकती हूँ।' मनु कहकर नहाने चली गई।

इलहाम बेहद अस्त-व्यस्त हो जाता है। ऐसा तो नहीं है कि यह पहली बार हुआ है लेकिन ऐसा क्यों महसूस हो रहा है जैसे पहली ही बार हुआ हो सब। वह किसी उलझन में नहीं फँसना चाह रहा है। ख़ुद से पूछता है कि उसे यह गिल्ट क्यों होना चाहिए? आख़िर उसने यह सब नहीं चाहा था। उसने तो ख़ुद ही ख़ुद को रोक लिया था। तो क्या वह मिली को दोषी मान रहा है इस सबके लिए। यह सोचकर उसका दिल तड़प उठता है। मिली... मिली कैसे दोषी हो सकती है!

मिली ने क्या किया है? मिली ने ही तो चाहा था न...। वह उठता है और बिना कुछ कहे मिली के कमरे से चला जाता है। मनु भीतर से ही कहती है, 'इ, चाय तो ऑर्डर कर दो?'

कोई जवाब नहीं मिलता। वह बाहर आती है, तो पाती है कि इलहाम जा चुका है। बिना कुछ कहे वह बुझ जाती है। वह देर तक इलहाम के साथ रहना चाहती थी लेकिन वह जा चुका है। क्या अब वह कभी नहीं लौटेगा? क्या उसे इन्हीं कुछ दिनों के सहारे ही यहाँ से चला जाना होगा? क्या उसे इन्हीं पलों को समेटकर अब जीना होगा?

वह उदास हो जाती है। सुबह का सूरज उसके कमरे की खिड़की से फ़र्श पर उतर आया है। वह फ़ोन उठाती है इलहाम को लगाने के लिए। कॉल बटन तक पहुँचती है और फिर छोड़ देती है। खरज... खरज मनु...। जिया कहती हुई मुस्कुराती है।

कमरे पर पहुँचकर इलहाम अपने बिस्तर पर ढह जाता है। उसका ज़ब्त छूट जाता है, पहली बार वह इस बुरी तरह से रोता है। समझ नहीं पाता कि वह रो क्यों रहा है? लेकिन रोए चला जा रहा है। तय करता है कि वह अब लौट जाएगा। डायरेक्टर का जब फ़ोन आएगा, तो वह चला आएगा। आख़िर मुंबई से गोवा दूर ही कितना है। फिर ख़ुद डायरेक्टर भी तो मुंबई से ही आएगा।

वह देर तक डूबता-उबरता रहा। वह किसको सज़ा दे रहा है? ख़ुद को या मिली को? ख़ुद को क्यों? क्या उसने किसी भी पल ऐसा होने का तसव्वुर किया या उसने अनजाने भी यह चाहा था? नहीं चाहा था। वह ख़ुद को कुरेद-कुरेद तक ज़ख़्मी कर चुका था। उसे अपने अब्बा याद आए। उनका डीएनए असर तो नहीं दिखा रहा है। वह सोचता है, चाहे जो हो, अब उसे मिली के साथ ही रहना होगा। इससे पहले किसी भी लड़की के लिए उसे यह महसूस नहीं हुआ, मिली को लेकर उसे इतना गिल्ट क्यों हो रहा है?

क्या उसे मिली से इश्क़ हो गया है? इस सवाल ने उसे बेचैन कर दिया। यदि हो गया हो तो...! उफ़्फ़...। वह समझ नहीं पा रहा है कि वह क्या सोच रहा है! अब उसे क्या करना चाहिए?

•••

मनु भविष्य को नहीं सोचना चाहती। भविष्य उसे डराने लगता है। वह रात को बार-बार याद करती है। रोने से आँखें भारी हो जाती हैं। पलकों में आँसू अटकते हैं। वह आँखें बंद कर लेती है। बंद

आँखों में फिर से बीती रात फ्रेम-दर-फ्रेम गुज़रती है। वह तय करती है कि वह इलहाम को स्पेस देगी, उससे संपर्क की कोशिश नहीं करेगी।

आख़िर तो प्रेम में प्रेम की शर्त नहीं होती है न! कोई ज़रूरी तो नहीं कि आप जिसे प्रेम करें उसे आपसे प्रेम करना ही चाहिए। यह तो दिल आने की बात है। मनु को इलहाम से प्रेम हुआ, तो इसका यह मतलब तो क़तई नहीं है कि इलहाम भी मनु से प्रेम करने के लिए मजबूर है।

वह उठती है। कल से धुले बालों को उसने अब तक नहीं सुलझाया है। बालों को सुलझाती है। रेड-ब्लू चेक वाली स्कर्ट और रेड कुर्ता पहनती है। स्लिंग बैग, सन ग्लास और हैट लेकर ताला लगाती है और उतर आती है। आज के दिन वह न तो इस कैंपस में दिखना चाहती है और न ही बीच पर और न ही इस गाँव में। वह बिना चाय पिए ही बाज़ार को पार कर निकल जाती है। ट्रेवल एजेंसी से ओल्ड गोवा के लिए कार हायर करती है। उसे चाय और नाश्ते के लिए किसी अच्छी-सी जगह रुकने का कहकर सीट की पुश्त पर सिर टिका देती है। रात फिर से उसकी आँखों में गुज़रती है।

वह उन सारी यादों को किसी उदास वक़्त के लिए सहेज कर रख देना चाहती है। सोचती है, काश कि यादों को सहेजने के लिए भी कोई मसालदान बनाया होता। मीठी यादें, कड़वी यादें, तीखी यादों का अलग खाना होता। जब मन किया अपनी पसंद की यादें निकाल लीं।

वह आँखें खोल लेती है। याद आता है कि उसका मोबाइल अब भी नेटवर्क में है। वह अपने मोबाइल का नेटवर्क ऑफ़ कर देती है। फ़िलहाल वह सिर्फ़ इलहाम से बच रही है। इसलिए नहीं कि वह

बचना चाहती है बल्कि इसलिए कि वह उसे किसी भी क़िस्म के दबाव या अपराध-बोध में नहीं डालना चाहती।

दो दिन बाद की उसकी टिकट है। वह यह नहीं चाहती कि अनचाहे ही इलहाम का उससे सामना हो। वह चाहती है कि इलहाम जब ख़ुद चाहे, तब दोनों आमने-सामने आएं। उसने ख़ुद को सारी इच्छाओं से परे कर लिया। वह इस बात पर चकित भी है कि उसने कैसे ख़ुद को इस सबसे अलग कर लिया है। वह बाहर देखने लगती है। सुबह की धूप भी यहाँ तीखी हो आई है। वह ड्राइवर से पूछती है, 'चाय कहाँ पिलाओगे भाई?'

वह कहता है, 'बस थोड़ा आगे।'

उसे याद आता है कि उसने ड्राइवर का नाम तो पूछा ही नहीं, 'आपका नाम क्या है भाई?'

'रवि कुमार!' उसने जवाब दिया।

'यहीं के हैं या फिर बाहर से आए हैं?' मनु ने पूछा।

'भागलपुर, बिहार के हैं। कई साल हो गए यहाँ रहते, अब तो यह जगह भी अपनी ही हो गई है। छठ पर होता है, तो चले जाते हैं बस।' कहते-कहते रवि कुमार की आवाज़ में उदासी उतर गई।

मनु का मन भी भारी हो गया। वह चुप हो गई। बाहर की तरफ़ देखने लगी।

रवि कुमार ने एक पुराने से पुर्तगाली शैली में बने भवन के सामने गाड़ी रोक दी। मनु ने देखा, बाहर केले और नारियल के पेड़ लगे हुए हैं। करीने से कटी हैज ने भीतर उगे केले के फूलों को दिखने

के लिए स्पेस दिया है। मनु समझ नहीं पाई कि गाड़ी यहाँ क्यों रोकी गई है? यह तो किसी का घर जैसा लग रहा है।

'मैडमजी, आप चाया-नाश्ता कर लीजिए यहाँ।' रवि कुमार ने कहा।

'आप कुछ नहीं लेंगे?' मनु ने गाड़ी से उतरते हुए पूछा।

'नहीं। मैं घर से ही नाश्ता करके चला था। अब सीधे खाना ही खाऊँगा। बस चाय पी लूँगा, थोड़ी देर में।' रवि ने मुस्कुराते हुए कहा।

उसे भीतर जाकर अच्छा लगा। रवि कुमार के सौंदर्यबोध ने उसे चकित भी किया। आधे-अँधेरे से रेस्टोरेंट में तरह-तरह की रंग-बिरंगी लाइट्स जल रही थीं, जो सिर्फ़ उजाले का आभास दे रही थीं। नाश्ते का समय शायद निकल गया था इसलिए भीड़ बहुत कम थी। हरे रंग के शीशे लगी खिड़की के पास वाली जगह खाली थी इसलिए मनु वहाँ जाकर बैठ गई। न सही खिड़की खुले, खिड़की है, यही बड़ा आश्वासन है। उसने इडली-सांभर ऑर्डर किया और इंतज़ार करने लगी।

जब रेस्टोरेंट से बाहर निकली, तो धूप तेज़ हो चली थी। उसने सनग्लास निकाला और लगा लिया। रवि कुमार चाय का कप रखकर गाड़ी की तरफ़ आया, तो उसे देखकर बोला, 'बहुत अच्छी लग रही हैं आप। मैं आपका एक फ़ोटो खींचता हूँ, अपना कैमरा दीजिए।'

'कैमरा... कैमरा तो नहीं है मेरे पास, मोबाइल से खींच दीजिए।' मनु ने मुस्कुराते हुए कहा।

'अरे... कोई घूमने बिना कैमरा के आता है क्या? आप भी अजीब ही हैं!' उसने झुंझलाकर मनु से मोबाइल लेते हुए कहा।

वह बिना कुछ कहे मुस्कुरा देती है। रवि कुमार उसके कुछ फ़ोटो खींचकर मोबाइल मनु को लौटा देता है। वह गाड़ी में बैठ जाती है। उसका मन नहीं करता कि वह रवि के खींचे हुए फ़ोटो देखे। उसे ख़ुद का कैमरे में क़ैद होना पसंद नहीं आता है। वह ख़ुद को ऐसे देखकर थोड़ा अनमनी हो जाती है। उसे ख़ुद का यूँ ठहरना नहीं पसंद आता है। वह ख़ुद को नदी की तरह बहती हुई देखना चाहती है।

रवि उससे पूछता है, 'कैसे हैं फ़ोटो?'

मनु अपना मोबाइल निकाल लेती है। वह उसका दिल नहीं तोड़ना चाहती इसलिए फ़ोटो देखते हुए कहती है, 'आपका कैमरा सेंस अच्छा है। बहुत अच्छी फ़ोटो खींची हैं आपने।'

रवि ख़ुश होकर गुनगुनाने लगता है। फ़ोटो सचमुच अच्छे खींचे थे। कई एंगल, धूप, रोशनी का इस्तेमाल करके उसने मनु को जैसे सुंदर बना दिया था। क्या सारी कलात्मकता हक़ीक़त को सुंदर बनाने की अतिरिक्त ऊर्जा है? मनु को फिर से इलहाम याद आता है।

रात को बेहद भावुक होकर उसका मिली कहना याद आते ही मनु के भीतर जैसे कुछ ज्वार उठता है। उसकी पलकें भारी हो जाती हैं और शरीर हल्का होकर हवा में उड़ने लगता है। वह ख़ुद मन-ही-मन उच्चारती है... मिली... मिली... मिली...।

•••

इलहाम न जाने कब तक अपने बिस्तर पर यूँ ही पड़ा रहता है। वह उन सारे पलों को, जो मिली के साथ गुज़रे हैं एक-एक कर दोहराता है। बहुत सहज लगता है उसे, कहीं भी कुछ बनाया हुआ,

अतिरिक्त नहीं था। कल भी...। वह कल रात को दोहराता है। मिली का उसके सीने से लगकर रोना... याद आते ही उसका दिल जैसे फटने लगता है। अम्मी के रोने की तरह ही उसे मिली का रोना भी गहरी तड़प और बेबसी से भर देता है। वह बेचैन हो जाता है।

बाहर निकल आता है। उसे सिगरेट की तलब लगने लगती है। कई दिन हुए अम्मी से वादा किए, तब से उसने हाथ नहीं लगाई है सिगरेट। आज मन मचल गया है। वह बाज़ार की तरफ़ चला गया। एक सिगरेट ख़रीदी और वहीं सुलगा ली। उसने सुबह से चाय भी नहीं पी थी इसलिए वहीं चाय के एक ठेले पर पहुँच गया। सुबह की हल्की धूप में ठेले वाले ने प्लास्टिक की कुछ कुर्सियां लगा रखी थीं और बड़े से एल्यूमीनियम के भगोने में बड़े गैस चूल्हे पर रखे दूध को छोटे चूल्हे पर रखी पीतल की काली हो गई हैंडल वाली पतीली में डाल दिया, जिसमें पानी उबल रहा था।

बाज़ार की दुकानें बस खुलनी शुरू ही हुई हैं। दूर से कोई लड़की आती दिखी, उसे लगा मिली आ रही है। वह चकित था कि वह कल से आज तक मृणालिनी को मिली ही सोच रहा है लेकिन यदि सचमुच मिली ही हो तो! यह सोचकर वह थोड़ा असहज हो जाता है। थोड़ा क़रीब आते ही उसे पता चल जाता है कि वह मिली नहीं है। उसे एकाएक लगता है जैसे तनाव कम हो गया है। फिर से वह मिली को सोचने लगता है... अभी वह क्या कर रही होगी? वह अपना मोबाइल देखता है। कहीं उसका कोई मैसेज तो नहीं है।

कोई मैसेज, कोई मिस्ड कॉल न पाकर वह उदास हो जाता है। वह समझ नहीं पाता है कि उसे आख़िर किस चीज़ की उम्मीद है? वह अपने लौटने के विचार को फिर से चुभलाता है लेकिन विचार आते ही उसे ऐसा लगता है जैसे कुछ बहुत क़ीमती उससे छूट जाने वाला है। वह यहीं रहने का फ़ैसला करता है।

कमरे पर आते हुए उसे मिली की हट दिखाई देती है लेकिन उसमें कोई हलचल नहीं होती है। वह सोचता है मिली कहाँ होगी! क्या उसे याद कर रही होगी? और यह भी कि मिली ने उससे कोई संवाद अब तक क्यों नहीं किया? क्या वह भी उसी की तरह अपसेट है? क्या उसे अब यह लग रहा है कि जो हुआ, वह नहीं होना चाहिए था!

इलहाम फिर से उस सबको सोचता है और फिर ख़ुद से पूछता है, क्या उसे मलाल है उस सबका? उसे अपने सीने से लगी मिली, उसकी बाँहों को तकिया बनाकर सोती मिली याद आती है और वह सुख से भर जाता है। वह अनजाने ही मिली की हट तक पहुँचने की सीढ़ियाँ चढ़ने लगता है लेकिन दरवाज़े पर ताला देखकर बहुत उदास हो जाता है। कहीं मिली चली तो नहीं गई है? यह विचार कर वह बुरी तरह घबरा जाता है। वह मिली को फ़ोन लगाता है लेकिन वह बंद है। वह क्या करे? समझ नहीं पाता कि एकाएक उसे यह सब कुछ इतना अजीब क्यों लग रहा है?

वह ख़ुद से संघर्ष करना छोड़ देता है। कमरे पर पहुँचकर वह अपनी बिखरी चीज़ों को समेटता है। लैपटॉप में कैमरे का मैमोरी कार्ड लगाकर सारे फ़ोटो कॉपी होने के लिए छोड़ नहाने चला जाता है। नहाकर आता है, तब तक फ़ोटो कॉपी हो चुके होते हैं। वह लैपटॉप बंद कर देता है। आज वह अपना कैमरा भी रूम पर ही छोड़ देता है और ऐसे ही निकल पड़ता है। नाश्ता करता है और पैदल ही गाँव के रास्ते पर चल पड़ता है। तेज़ होती धूप की चुनचुनाहट उसे महसूस होती है।

•••

पुराने गोवा के चर्च बेसिलिका ऑफ़ बॉम के कैंपस में रवि ने गाड़ी रोकी। भूरे पत्थर से बने यूरोपियन शैली के बड़े नक़्क़ाशीदार खंभों

वाला अपेक्षाकृत लंबा लेकिन उस अनुपात में सँकरा-सा दरवाज़ा भीतर एक ऊँची छत वाले आलीशान भव्य हॉल में खुलता है। सामने की तरफ़ सुनहरे पीले रंग की दीवार और उस दीवार पर ही एक मेहराब बनी हुई थी, जो थोड़े सँकरे चबूतरे पर ले जाती है। चबूतरे के सामने की दीवार फिर से सुनहरे पीले रंग की है और दीवार पर पीले ही रंग के नक़्क़ाशीदार खंभे बने हुए हैं।

बेंचों की तीन पंक्तियां बनी हुई थीं। लोगों का आना-जाना लगा हुआ था। ज़्यादातर पर्यटक ही थे। उसने ज़रा पीछे शांत-सी जगह चुनी। आँखें बंद कर लीं। भीतर आने वाले लोग बहुत धीमे-धीमे बात कर रहे थे। लोगों के बात करने और आने-जाने से कमोबेश सरसराहट जैसी हो रही थी। धीरे-धीरे वह अपने ही भीतर उतरने लगी थी, बाहर की आवाज़ें आनी कम होते-होते बंद हो गई थीं। कुछ पल ऐसे गुज़रे, जिसमें वह ख़ुद भी अनुपस्थित हो गई। फिर जैसे ही वह लौटी, मन भर आया। उसने अगली बेंच पर अपनी बाँह टिकाई और बाँह पर अपना सिर रख दिया। सिसकी निकल आई।

मनु ने पणजी के मार्केट में ख़ूब ख़रीदारी की और वहीं खाना खाया। लौटते-लौटते रात के दस बज गए थे। उसे यह इत्मीनान रहा कि वह रात के अँधेरे में ही चुपचाप रूम पर पहुँच जाएगी और फिर सो जाएगी। आज का दिन बिना व्यवधान के गुज़र गया।

कमरे पर पहुँचकर भी उसने उसे रोशन नहीं किया। कैंपस की कामचलाऊ रोशनी उसके कमरे में आ रही थी। बाथरूम जाकर उसने कपड़े बदले और उसी अँधेरे में जाकर लेट गई। दिन भर धूप, दौड़-भाग रही, तो थकान गहरी थी इसलिए भी उसे अँधेरा भा रहा था। उसे नींद आ गई।

नहीं निगाह में मंज़िल,
तो जुस्तजू ही सही

इलहाम ने फिर से कैंपस का चक्कर लगाया। मनु के कमरे की तरफ़ देखा। रात के आठ बजे भी अँधेरा था, ग्यारह बजे भी। इस विचार ने उसे बेचैन कर दिया कि मिली अब यहाँ नहीं है। उसने फिर से फ़ोन लगाया लेकिन फ़ोन फिर से बंद आ रहा था। उसने रिसेप्शन पर फ़ोन करके पूछा, '24 नंबर वाली मिस वशिष्ठ हैं या चली गईं?'

'वेट ए मिनट सर... नहीं सर अभी तो वह यहीं हैं।' रिसेप्शनिस्ट ने कहा।

'ओके थैंक्स।' इलहाम ने गहरी साँस ली।

'योर वेलकम सर, गुड नाइट।' कहकर उसने फ़ोन डिसकनेक्ट कर दिया।

इलहाम ने एक बार फिर 24 नंबर वाली हट की तरफ़ देखा, मुस्कुराया। दिन भर की ऊहापोह से निकल आया। कमरे पर पहुँचा, तो मन हल्का हो आया था। हालाँकि मन उसका अब भी ऊब-डूब कर रहा था। वह इस बात को मानने के लिए क़तई तैयार नहीं है कि कोई उसकी ज़िंदगी में यूँ उसके अनचाहे ही सेंध लगा दे। फिर भी वह इसे पूरी तरह से नकार भी नहीं पा रहा था कि सेंध न भी लगी हो लेकिन दरारें तो पड़ने ही लगी हैं।

वह ख़ुद को रिक्त-सा महसूस कर रहा था। जाने क्या-क्या उभरने लगा था उसके मन में। वह यहाँ आया ही क्यों? न वह यहाँ आता और न ही उसकी मिली से मुलाक़ात होती। यदि वह भी क्रू के साथ सीधे मुम्बई चला गया होता, तो ज़िंदगी में यह अज़ाब नहीं आता।

वह अपनी ज़िंदगी को रिवाइंड करता है। कब उसे किसी के लिए ऐसा एहसास हुआ था? सौम्या के साथ तो वह कितने महीनों तक संपर्क में रहा। कई बार आउटडोर्स भी हुए। कई बार पार्टीज़ में भी आना-जाना हुआ। उस दिन के बाद भी और दो आउटडोर्स हुए, पर उसे कभी नहीं लगा कि वह ख़ुद पर नियंत्रण खो रहा है।

उसे क्या बुरा लग रहा है, उस रात जो कुछ हुआ वह या आज दिन भर वह मिली से नहीं मिल पाया वह? क्या वह उससे शर्मिंदा है? उसने अपना सिर झटका। वह किस तरह की बातें सोच रहा है! तो क्या मिली गुस्सा है या फिर वह भी शर्मिंदा है? इस आख़िरी विचार ने उसे बुरी तरह से परेशान कर दिया था। वह समझ नहीं पा रहा था कि वह उससे मिल क्यों नहीं रही है! आख़िर देर रात तक वह कहाँ है, अब तक लौटी क्यों नहीं!

जल्दी सो जाने की वजह से मनु की नींद ज़रा जल्दी खुल गई। उठकर उसने घड़ी देखी। सुबह के पाँच बज रहे हैं। समंदर पर धीरे-धीरे अँधेरा छँटने लगा है। सूर्योदय देखने की इच्छा लिए जल्दी से बीच पर पहुँच गई। नंगे पैर बीच की गीली रेत पर चलते हुए उसकी ठंडक जैसे ज़ेहन तक पहुँच रही थी। बीच के दूसरे हिस्से में एकांत देखकर मनु ने सूखी जगह तलाशी और बैठ गई।

पौ फटने लगी थी। हल्की रोशनी के साथ-साथ हल्की हवाएँ भी चलने लगी थीं। मनु को अच्छा लग रहा था। तभी उसे लगा कोई

उसके पास आकर खड़ा हुआ है। उसने सिर उठाकर देखा, इलहाम...।

'कल दिन भर कहाँ थीं? मैं कितना परेशान रहा?' गुस्से से शुरू हुई बात बेबसी में बदल गई।

मनु ने हाथ बढ़ाया, 'श्श्श्श...!' इलहाम ने हाथ थाम लिया। मनु ने आँखों से ही बैठने का इशारा किया। इलहाम उसके क़रीब जाकर बैठ गया।

मनु के हाथ में अब भी इलहाम का हाथ था। वह दूर अँधेरे में आती-जाती लहरों को देख रही थी। इलहाम ने उसे देखा। ग्रे टी-शर्ट के साथ ब्लू लोअर। बाल खुले हुए थे। चेहरे पर सुबह की लुनाई थी... आँखें नींद से उठी-सी लग रही थीं। उसका मन आर्द्र हो आया।

देर तक दोनों ऐसे ही बैठे रहे। सूरज निकल आया था। मनु ने इलहाम की तरफ़ देखा, 'प्रकृति में किसी चीज़ का कोई अर्थ नहीं है, यही उसे सबसे ज़्यादा सुंदर बनाती है। इंसान पूरा जीवन अर्थों की तहों में ही उलझकर ज़ाया कर देता है।'

इलहाम मनु की तरफ़ देखता है। मनु जिस उदासीनता से यह कह रही थी, इलहाम उसका संदर्भ नहीं समझ पा रहा था लेकिन उसे सुनना अच्छा लग रहा था। फिर एकाएक उसे ख़ाला जान के बेटे मोहसिन का वाक़या याद आ गया। उसका मन कसैला हो उठा। नसीम जैसे आँच में बदल गई। वह तल्ख़ होकर पूछता है, 'क्या इंसान होकर जीना इतना आसान है?'

'आसान है इ, हम उसे कॉम्प्लीकेटेड बना देते हैं।' मनु कहती है।

'नहीं मिली, कई बार हम नहीं चाहते लेकिन ज़िंदगी आसान नहीं होती है। कोई एक चीज़ ज़िंदगी में डिसाइसिव हो जाती है। हम

चाहें या न चाहें... जैसे... जैसे...!' वह आगे की बात कहने से ख़ुद को रोक लेता है।

'जैसे क्या इ?' मनु पूछती है।

'कुछ नहीं।' इलहाम कहते हुए दूर देखने लगता है।

'इतना मत सोचो। कह डालो। मन में जो आ रहा है उसे रोको मत।' मनु उसे प्रोत्साहित करती है।

वह उसे अनिश्चय से देखता है। कहना चाहता है लेकिन चुप हो जाता है। मनु देर तक इंतज़ार करती है, फिर पूछती है, 'तुम मुझ पर यक़ीन नहीं करते न?'

मनु के सवाल से इलहाम जैसे तड़प जाता है। वह कहना तो चाहता है कि मिली पर यक़ीन का सिला उसे ख़ुद पर बेयक़ीनी के तौर पर मिला है लेकिन कह जाता है, 'यक़ीन-बेयक़ीन से बहुत दूर हूँ।'

मनु उसे जिस तरह देखती है, उससे वह सिहर जाता है। वह देखता है कि मनु की आँखों में नमी इकट्ठा हो गई है। उसे अपना दिल डूबता-सा लगता है। वह मनु के हाथ पर अपना हाथ रखता है और उसे सहलाता है। मनु रोना चाहती है लेकिन एक गहरी साँस लेकर मुँह दूसरी तरफ़ फेर लेती है। एक तेज़ सिसकी आती है, तो इलहाम उसके और क़रीब आ जाता है। उसका दिल करता है कि वह फिर से उसका सिर अपने सीने पर टिका ले लेकिन जाने उसे संकोच रोकता है या फिर अपनी ही सीमाएँ। वह मनु के कंधे पर अपनी हथेली रखता है। मनु उसकी तरफ़ देखती है, उसकी आँखें डबडबाई हुई हैं। इलहाम उसके सिर को अपनी बाँह से घेर लेता है।

'मैं कल इसलिए तुमसे नहीं मिली क्योंकि मैं तुम्हें वक़्त देना चाहती थी। एक्चुअली मुझे किसी भी चीज़ का कोई गिल्ट नहीं है। मैं

अपनी तरफ़ से एकदम क्लियर हूँ। मैंने ऐसा चाहा नहीं था लेकिन मुझे कोई गिला नहीं है, कोई शर्मिंदगी भी नहीं है। तुमसे कोई एक्सपेक्टेशन भी नहीं है। तुम जिस तरह से चले गए, उसने मुझे आहत किया और लगा कि शायद मैं तुम्हारी ज़िंदगी में घुसपैठ कर रही हूँ। इ, मैं तुम्हारी ज़िंदगी में ज़िम्मेदारी नहीं बनना चाहती हूँ। यदि तुम्हारी ज़िंदगी की ख़ुशी नहीं हो सकती हूँ, तो मुझे तुम्हारी ज़िंदगी में होने का ख़्वाब भी नहीं देखना चाहिए। मैं जानती हूँ तुम्हारी गाँठों को... हो सकता है वे खुल जाएं, हो सकता है कभी न खुलें। मैं हर संभावना, हर आशंका के साथ ओके हूँ। मेरी तरफ़ से कोई मलाल, कोई बोझ मत रखना!' मनु कहती है और फिर समंदर की तरफ़ देखने लगती है।

इलहाम गहरी साँस लेता है। वह समझ नहीं पाता कि क्या कहे! 'आख़िरी बात कहना चाहती हूँ।' मनु थोड़ा ठहरकर कहती है, 'तुमसे उम्र में बड़े होने और एक हद तक अनुभवों में भी बड़े होने की हैसियत से कह रही हूँ कि ज़िंदगी को बाँधा नहीं जा सकता, वह प्रवाह है। उसे रोकने की हर कोशिश हमें अपनी हार की तरफ़ ले जाएगी। ज़िंदगी से लड़कर कोई नहीं जीतता है। जो हमें जीत दिखाई देती है, दरअसल वह ज़िंदगी की तरफ़ से दिया गया कंसोलेशन है। मैं बहुत लड़ने और बार-बार हारने के बाद इस निष्कर्ष पर पहुँची हूँ कि ज़िंदगी को हरा पाना आसान नहीं है। कुछ चीज़ों को आप रोक नहीं सकते।'

'मैं कुछ नहीं रोक रहा हूँ। आई एम लाइक दिस।' इलहाम उसकी तरफ़ देखते हुए कहता है।

'अच्छी बात है। प्रेम या तो होता है या नहीं होता है... होते-होते कुछ नहीं होता है। मैं तुम्हारे साथ के वक़्त को यादों की संदूक में जमा करना चाहती हूँ। इससे ज़्यादा मेरी तुमसे कोई उम्मीद नहीं है।

थोड़ा मुश्किल है यह कहना लेकिन इसके अलावा मेरे पास और कोई चारा भी नहीं है। तुम्हारे साथ गुज़ारे वक़्त के सहारे तब तक तो जी ही सकती हूँ, जब तक कोई और तलब न होने लगे! डोंट वरी, मैं ख़ुद को कैरी कर लूँगी। यह बिखरने का कोई पहला मौक़ा नहीं है।' कहते हुए मनु की आँखें भर आती हैं। इलहाम आँसू पोंछने के लिए हाथ बढ़ाता है, इससे पहले ही मनु अपने आँसू पोंछती है और उठ खड़ी होती है, 'चलें?' कहते हुए इलहाम की तरफ़ हाथ बढ़ाती है।

इलहाम उसका हाथ थामकर उठ जाता है। सूरज आसमान पर और ऊपर चढ़ आया था। बीच पर चहल-पहल बढ़ गई है। कई लोग समंदर के पानी में उतरे हुए हैं। कुछ विदेशी लड़कियाँ स्विमिंग सूट पर स्कार्फ़ पहने बीच पर टहल रही हैं। कुछ मछुआरे जाल खींचकर इकट्ठा कर रहे हैं। लड़कों का एक ग्रुप बीच वॉलीबॉल खेल रहा है। इलहाम के भीतर का कलुष धुलने लगा है। मिली ने इलहाम का हाथ छोड़ दिया और हवा में बिखर रहे बालों को समेटकर जूड़ा बनाने लगी। इलहाम उसे प्यार से देखते हुए कहता है, 'शायद मैंने तुम्हें पहले भी कहा था कि खुले बाल तुम पर अच्छे लगते हैं।'

मनु बाल समेटते-समेटते रुक जाती है, 'हाँ।' उसकी आँखों में जो भाव तैरते हैं, उन भावों ने इलहाम को भीतर तक भिगो दिया।

चाय पीते हुए इलहाम ने पूछा, 'आज का क्या प्रोग्राम है? कल कहाँ थी, यह भी नहीं बताया तुमने तो!'

वह फिर से बाहर खिड़की से दूर देखने लगी, 'आजकल योजनाएँ बनाना छोड़ दिया है इ, जीवन हमारी योजनाओं का गुलाम नहीं होता। जब कभी उसकी योजना से हमारी योजना क्लैश करती है,

वह हमारी योजनाओं को दरकिनार कर देता है इसलिए जीवन की योजनाओं पर निर्भर रहने लगी हूँ। हाँ, मगर परसों मेरी फ़्लाइट है, मेरे लौटने का दिन।' कहते-कहते वह उदास मुस्कुराहट देती है। इलहाम उसे भावहीन होकर देखता है लेकिन उसके भीतर कुछ दरकता है।

'ओह।' कहकर वह भी बाहर का समंदर देखने लगता है। कुछ तेज़ी से सरसराता है। इलहाम ज़रा भावुक होने लगता है कि फिर से उसे बचपन में रोती हुई अम्मी याद आने लगती हैं। वह फिर से ख़ुद को इकट्ठा कर लेता है। वह निर्विकार होकर पूछता है, 'कुछ एडवेंचर करना चाहोगी? वॉटर स्पोर्ट्स?'

मनु की आँखें चमकती हैं, 'हाँ, और कुछ एडवेंचर भी...' शरारत से कहती है और आँख मारती है।

इलहाम थोड़ा असहज हो जाता है। मनु खिलखिलाती है, 'एक बार तुम्हारे साथ बेख़ुद होने का अनुभव भी लेना चाहती हूँ। मैं टुन्न हो जाऊँ, तुम मुझे संभाल लो।' कहते-कहते वह बुदबुदाती है और एकाएक उदास हो जाती है। आँखों में नमी उतर आती है। उसे एंग्ज़ाइटी होने लगती है, वह खड़ी हो जाती है। बमुश्किल इलहाम से कह पाती है, 'घंटे भर बाद मिलते हैं।' और बिना इलहाम का जवाब सुने तेज़ी से अपने कमरे की ओर लौट जाती है।

मनु जब अपने बाल सुलझा रही थी, तब उसे इलहाम ने बाहर खड़े होकर आवाज़ लगाई। मनु ने कहा, 'आ जाओ इ।'

वह पर्दा सरकाकर भीतर आ गया था। उसके हाथ में एक पेम्फ़्लेट था, बता रहा था, 'पैरासेलिंग, बनाना ट्यूब राइड्स, जेट्स्की और स्पीड बोट... क्या-क्या करने का मन है? इस बीच पर यही सब है।

कुछ और करने का मन हो, तो दूसरे बीच पर चलना पड़ेगा। वैसे मेरा मन यहीं डिनर का भी था। यदि तुम्हें कुछ और करना हो, तो कालांगुट चलते हैं लेकिन वह बहुत दूर है।' इलहाम ने तटस्थ होकर कहा।

'पैरासेलिंग करेंगे और रात में कहीं और डिनर करेंगे। कल का दिन बचाकर रखेंगे।' मनु ने अपना फ़ैसला सुनाया।

बाल सुलझाकर उसने पोनी बना ली। इलहाम ने देखा कि आज उसका ड्रेसिंग कुछ-कुछ स्पोर्टी टाइप है। लूज़ वाइन शॉर्ट पैंट और ग्रीन क्रॉप टॉप... कानों में स्टोन के हूप्स, जो बेहद ख़ूबसूरत लग रहे थे। वह हर दिन की तुलना में आज कुछ ज़्यादा फ्रेश और अलग लग रही थी। इलहाम ने उसे जिस तरह से देखा, मनु ने उसे ग्रहण कर लिया। कई बार न कहना, कहने से ज़्यादा अर्थपूर्ण हो उठता है। उसने अपना स्लिंग बैग लिया, सनग्लास लगाए। इलहाम की तरफ़ देखा।

'डिफ़रेंट...!' कहा तो इलहाम ने बस यही लेकिन उसके कहने को उसकी आँखों ने कह दिया। ताला लगाकर जब दोनों नीचे उतरे, तो इलहाम ने उससे कहा, 'सम स्नैपशॉट्स!'

मनु ने उसकी तरफ़ देखा, 'मुझे ज़्यादा पसंद नहीं है इ।'

इलहाम ने उसे मुस्कुराते हुए देखा और कहा, 'आज का दिन मेरा है मिली। पता नहीं हम कभी जीवन में फिर मिलें न मिलें।' कहते-कहते वह भावुक हो गया।

'व्हाय सो सेंटी इ?' मनु ने उसे थोड़ा चिढ़ाते हुए कहा, तो वह बनावटी गुस्सा दिखाते हुए बोला, 'जस्ट सम पिक्स, डोंट स्पॉइल योर मूड।'

उसने अलग-अलग तरह से मिली के कुछ फ़ोटो लिए और दोनों निकल पड़े।

लौटते हुए लंच का समय निकल गया था। रेस्टोरेंट बंद हो गया था। मनु को तेज़ भूख लगने लगी थी। दोनों बाज़ार की तरफ़ निकल गए। बाज़ार में कुछ-न-कुछ तो मिल ही जाएगा। चाइनीज़ के बहुत सारे ठेले लगे हुए थे, मोमोज़ भी... मनु ने नूडल्स लिए और इलहाम ने मोमोज़। दोनों देर तक वहाँ बेतकल्लुफ़ी से घूमते रहे। फिर इलहाम ने कहा, 'तुम जाकर थोड़ा आराम कर लो। मैं शाम को चाय पर मिलता हूँ।'

शाम को मनु उसे उसी आउटफ़िट में मिली।

'तुमने रेस्ट नहीं किया, वैसी ही हो?' इलहाम ने पूछा था।

'लौटने से पहले समेट लेना चाहती हूँ... सब कुछ, जो बिखरा है। वो भी, जो बिखेर नहीं पाई। लौटना भी आसान नहीं होता है न?' मनु के कहने में न जाने क्या था कि इलहाम असहज हो उठा।

डूबती शाम को समंदर का किनारा अपने शबाब पर होता है। मनु एक दिन बाद के जीवन की कल्पना करती है। उसे वह असहज कर देती है। सोचती है कि क्या यहाँ वह किसी चीज़ की तलाश में आई थी या फिर उसकी नियति ने उसके लिए फिर से दुख सृजे हैं। पत्थरों पर ज़रा दूर-दूर बैठे दोनों समंदर में डूबते सूर्य को देख रहे थे। मनु तप्त हो आई थी। एक दिन और... फिर जीवन जैसे दिशाहीन हो जाएगा। ठीक वैसे, जैसे तेज़ प्रवाह में बिना मल्लाहों की नाव। जहाँ प्रवाह ले जाएगा, वहाँ चलती चली जाएगी।

वह पूछती है ख़ुद से, क्या इससे पहले उसने अपनी नाव को बाँधने की कोशिश की थी कभी? यदि नहीं की थी, तो फिर वह इतना व्यग्र क्यों हो रही है!

इलहाम कुछ भी नहीं सोच रहा है। वह सिर्फ़ उस सबका एहसास कर रहा है, जो शायद फिर से कभी उसके जीवन में नहीं घटेगा। ये डूबता सूरज, ये समंदर की लहरें, हल्की हवा, लहरों का शोर, किलकारी मारते बच्चे, थोड़ी दूर पानी में शरारत करता विदेशी जोड़ा, रिंग खेलती लड़कियाँ, बीच वॉलीबॉल खेलते लड़के, रेत पर घर बनाते छोटे बच्चे और ज़रा दूर बैठी एक लड़की... बस ज़रा हाथ बढ़ाने की ही तो देर है। लेकिन उसके हाथ बँधे हुए हैं उसकी यादों से, उसके अभावों और डर से। वह मनु की तरफ़ देखता है। वह समंदर को ऐसे देख रही है, जैसे उसे पूरा आत्मसात कर रही हो। उसे अपने साथ ले जाने वाली हो।

अँधेरा घना होने लगा था। इलहाम ने मनु को देखा। वह एकदम ही अचल, निस्तब्ध बैठी हुई थी।

'चलें?'

मनु एकाएक चौंकती है, 'ऊँ... हाँ। चलते हैं।'

शाम साढ़े सात बजे जब इलहाम ने मनु के कमरे का दरवाज़ा खटखटाया, तो मनु उसे तैयार मिली। वह डिनर को लेकर बेहद उत्साहित थी। बिना देर किए कमरे से बाहर आ गई। ताला लगाया और नीचे उतर आई। जब वह नीचे आई, तो कैंपस में लगे हाईमास्ट की रोशनी में इलहाम ने उसे देखा। आज वह उसे बिलकुल ही अलग लगी। वाइन कलर का जंप सूट पहना था, बाल खुले हुए थे, कानों में बड़े रिंग पहने हुए थी। पहली बार उसकी आँखों में काजल और लाइनर दिखाई दिया और जंप सूट से मैच करती हुई वाइन लिपस्टिक लगाए मिली इलहाम को पहली ही नज़र में अजनबी लगी। एक हद तक वह उसे देखकर यक़ीन ही नहीं कर पाया कि वह इतने दिनों से उससे संपर्क में है। वह उसे

बहुत दूर और पहुँच से बाहर लगी, जैसे अपनी युवावस्था के दिनों में ऐश्वर्या लगा करती थी।

दोनों बीच के कई सारे रेस्टोरेंट और रिसोर्ट को पार करते हुए चले जा रहे थे। मनु ने पूछा, 'इसी बीच पर है न रेस्टोरेंट?' और मुस्कुराई।

इलहाम समझ गया कि वह शरारत कर रही है, 'दूसरे बीच पर हो तो?'

'तो क्या, यहीं थोड़ा बहुत खिला-पिला दो। भूखे पेट ज़्यादा लंबा नहीं चल पाऊँगी। पहले ही बता देती हूँ।'

इलहाम खिलखिलाता है, 'इतना ख़र्च नहीं कर सकता हूँ मैडम। बस आ ही गया है वह रेस्टोरेंट।'

'बहुत कंजूस हो, मैंने तो सुना सिनेमेटोग्राफ़र को बहुत पैसे मिलते हैं?' मनु चिढ़ाती है।

'हाँ, मिलता तो है लेकिन आपका यह दोस्त अभी स्ट्रगलर है। स्टैब्लिश नहीं हुआ है।' कहते-कहते इलहाम गंभीर हो जाता है।

'ओह कम ऑन... इतना सेंटी होने की ज़रूरत नहीं है। आज मेरा फ़ेयरवेल कर रहे हो, सेंटी होने की इजाज़त सिर्फ़ मुझे होगी। ठीक है?' मनु उसकी पीठ पर धौल जमाती है।

दोनों चुप हो गए। लहरों का शोर और हवा से किनारे लगे नारियल के पेड़ों की पत्तियों के सरसराने की आवाज़ सुनते चले जा रहे थे। थोड़ी दूर पर रोशनी दिखाई दी। वह समंदर की तरफ़ खुलता एक बड़ा-सा हॉल था, जिसमें रंग-बिरंगी रोशनी थी। बाहर दीवार के सहारे कुछ मेज़-कुर्सियां लगी हुई थीं। बहुत करीने से सजी मेज़ों

के ऊपर एक शेड में कम रोशनी का बल्ब टिमटिमा रहा था। भीतर से हवाईन गिटार पर गोवा की कोई लोक-धुन बजने की आवाज़ आ रही थी।

'पहुँच गए।' इलहाम ने कहा, तो मनु मुस्कुराई।

'ज़हे-नसीब... जल्दी आ गया। नहीं तो बीच पर से ही अर्थी उठानी पड़ती मेरी।'

इलहाम ने आँखें तरेरीं। बाहर लगी मेज़-कुर्सी में से एक को चुन लिया। शेड में टिमटिमा रहे बल्ब की पीली रोशनी में मनु ने इलहाम को देखा। एकाएक उसका मन बेहद उदास हो उठा। नीली-ग्रे लाइनिंग वाली टी-शर्ट और ब्लू बेसिक डेनिम के साथ लहरदार बालों में इलहाम बहुत दिलकश लग रहा था। मनु की आँखों में पानी आ गया। उसने समंदर पर पसरे अँधियारे की तरफ़ अपनी नज़र कर ली। इलहाम रेस्टोरेंट की गहमागहमी देखकर अंदाज़ा लगा रहा था कि उसका ऑर्डर कितनी देर में प्लेस हो पाएगा।

'हाँ, तो क्या लेना चाहोगी?' इलहाम ने पूछा।

'कुछ एडवेंचर करना चाहूँगी।' मनु ने कहते हुए उत्सुकता से इलहाम की तरफ़ देखा।

'हाँ, तो क्या ऑर्डर करूँ? बीयर, वाइन या रम?' इलहाम ने पूछा।

'मैं तो बिगिनर हूँ, तुम गाइड करो न?' मनु ने खीझकर कहा।

'बीयर ही ठीक रहेगी। रम का टेस्ट एकदम से पसंद नहीं आएगा। वाइन बहुत लाइट हो जाएगी।' इलहाम ने स्पष्ट किया और ऑर्डर के लिए वेटर को बुलाया।

'और तुम... तुम कुछ नहीं लोगे?' मनु ने पूछा।

'नहीं, तुम लो। मैं सॉफ़्ट ड्रिंक लूँगा।' इलहाम ने गंभीर होकर कहा।

'क्यों? तुम पक्के वाले मुसलमान हो, ड्रिंक नहीं करते?' मनु ने उत्सुकता से पूछा।

'नहीं, मज़हब अलग होता है, जीवन अलग। जिस इंडस्ट्री से हूँ, उसमें अपने मुसलमान होने को निभा पाना आसान नहीं होता है।' वह धीमे से मुस्कुराता है।

मनु लाड़ से उसकी तरफ़ देखती है। गुनगुनाती है, 'मय पिलाकर आपका क्या जाएगा, जाएगा ईमान जिसका जाएगा।' और इलहाम की तरफ़ देखकर मुस्कुराती है।

इलहाम भी मुस्कुरा पड़ता है। समंदर से तेज़ हवा का झोंका आता है और मनु के ईयररिंग झूमने लगते हैं। इलहाम वहीं अटक जाता है।

वेटर एक बोतल और दो गिलास देकर चला जाता है। बीयर की बोतल एकदम चिल्ड थी। इलहाम ने मनु के लिए पैग बनाया और उसकी तरफ़ बढ़ाया।

'तो तुम सचमुच नहीं लेने वाले हो?' मनु ने पूछा।

'हाँ, मैं बस तुम्हें पीकर झूमते हुए देखना चाहता हूँ।' इलहाम मुस्कुराया।

'चिंता मत करो। मैं इतना टल्ली नहीं होऊँगी कि तुम्हें मुझे संभालना पड़े। तुम मेरा साथ दे सकते हो।' मनु उसे प्रोत्साहित करती है।

'नहीं, मेरा ड्रिंक आ रहा है। तुम शुरू करो।' कहते हुए वह मुस्कुराया।

दो-तीन पैग के बाद मनु की आवाज़ बदलने लगी। पूरी तरह से नशा तो नहीं चढ़ा था लेकिन नियंत्रण कम हो रहा था। वह उन्हीं लाइंस को फिर से गुनगुनाने लगी थी। 'मय पिलाकर आपका क्या जाएगा...'

इलहाम समझ रहा था, उसे देर तक बस यही लाइनें सुननी होंगी। वह मुस्कुराया। अगला पैग बना ही रहा था कि मनु ने उसका हाथ पकड़ लिया, 'नहीं इ, इससे ज़्यादा नहीं सह पाऊँगी। अभी मेरे पास ख़ुद को डुबो देने का साहस नहीं आया है। मैं नहीं चाहती कि मैं तुम्हारे लिए कोई ऑड सिचुएशन पैदा करूँ। अब खाना खाएँगे।'

'तुम्हें किसी चीज़ का डर है?' इलहाम पूछता है।

'ख़ुद से ही डर लगता है अब तो।' कहा और इलहाम को देखते हुए उसके पार देखने लगी।

खाना खाकर चले, तो फिर से मनु सुरूर में आ गई। फिर ग़ज़ल की वही लाइनें गुनगुनाने लगी। इलहाम मुस्कुरा रहा था। मनु ने आगे बढ़कर उसका हाथ थाम लिया। फिर उसके कंधे पर अपना सिर टिकाकर साथ चलने लगी। इलहाम को अपना आप बहुत ख़ास लगा।

किसी औरत का यूँ ख़ुद को मुक्त कर देना, उसके जाने यह पहला अनुभव था। इसने उसे और ज़िम्मेदार बना दिया। वह सोच रहा था, इतना यक़ीन ही तो इंसान को ख़ुदा बना देता है लेकिन क्या इंसान ख़ुदा बनाए जाने के क़ाबिल है? जब-जब वह ख़ुदा बना है, तब-तब उसने यक़ीन तोड़े हैं। फिर से अम्मी याद आ जातीं हैं। कभी-कभी वह अम्मी की गिरफ़्त में बुरी तरह से कसमसाता है। मगर अम्मी ने तो कभी उसे अब्बू के बारे में कोई ख़राब बात

कही ही नहीं। क्या इसलिए वह अम्मी को लेकर ज़्यादा जज़्बाती रहता है।

मनु एकदम चुप है। बस चल रही है। इलहाम को उसकी चुप्पी बड़ी रूमानी लग रही है। उसके भीतर कुछ बहुत सारा नर्म होता है। वह ख़ुद से छिटक जाता है। ख़ुद को अलग होकर देखता है। कंधे पर सिर रखे लंबे बालों और उदास आँखों वाली उस लड़की के साथ इलहाम को अपना आप अच्छा लगता है। एकाएक वह सिहर जाता है और मनु के हाथ से अपना हाथ छुड़ा लेता है। मनु चौंककर कंधे से सिर उठाती है और उसे देखती है। इलहाम का असमंजस गहरा जाता है।

उस बेख़याली में भी मनु सतर्क हो उठती है। वह इलहाम से अलग हो जाती है। इतनी चेतना रहती है कि उसका ख़ुद पर बहुत नियंत्रण नहीं है। कहाँ पैर रख रही है और कहाँ रखे जा रहे हैं लेकिन इलहाम का यूँ अलग हो जाना उसे आहत कर देता है। सीढ़ियों के नीचे खड़े होकर वह इलहाम को बाय करती है। इलहाम उसे पहुँचाने उसके साथ चलता है तो मनु ठहर जाती है। उसे उदास और आहत दृष्टि से देखती है और कहती है, 'बाय... गुड नाइट।'

इलहाम चौंकता है लेकिन वह धीरे-धीरे सीढ़ियाँ चढ़ने लगती है। दरवाज़ा खोलकर उसके भीतर जाने तक इलहाम नीचे ही खड़ा रहता है। फिर अपने कमरे में लौट आता है। उसे महसूस होता है कि वह थक गया है। उन्हीं कपड़ों में लेट जाता है। परसों मिली चली जाएगी। क्या वह उसे भूल जाएगा? उसका मन भटकने लगता है और भटकते-भटकते थक जाता है।

रात वह गहरी उदासी लिए सोया था लेकिन सुबह उसे अच्छी लगी। उसकी खिड़की से धूप का टुकड़ा भीतर आ रहा था। नीचे बिछी

रंगीन दरी पर उस चोकोर टुकड़े को देखते-देखते उसे उत्साह का अनुभव होने लगा। एकाएक उसे मिली याद आई। उसने फ़ोन उठाया मिली को कॉल करने के लिए लेकिन फिर सोचकर मुस्कुरा दिया कि हो सकता है, वह सो रही हो। उसने उसे 'गुड मॉर्निंग, कॉल मी' का मैसेज किया।

देर तक खिड़की से बाहर की हलचल देखता रहा और फिर फ्रेश होने चला गया। चाय पी और बीच पर उतर आया। थोड़ा टहलने के बाद उसने घड़ी देखी, साढ़े नौ हो रहे हैं। उससे रहा नहीं गया। वह मिली के रूम पर पहुँच गया। दरवाज़ा खटखटाया। उनींदी, ठुनकती आवाज़ में मिली ने पूछा, 'कौन है?'

इलहाम को हँसी आ गई, 'सुबह हो गई मामू, दरवाज़ा खोलो!'

तब तक दरवाज़ा खुल गया था, 'तुम... इतनी सुबह?'

'सुबह... साढ़े नौ बज गए हैं। समझ सकता हूँ रात का सुरूर था लेकिन थोड़ा ज़्यादा हो गया है। जाग जाओ अब!' इलहाम कहता है।

'जाग तो गई ही हूँ।' कहते हुए वह बाथरूम चली गई।

इलहाम ने उसके लिए लेमन टी ऑर्डर की। वह बाहर आई, तब तक लेमन टी आ चुकी थी।

'कैसा रहा?' इलहाम ने पूछा।

'हॉरिबल... क्यों पी जाती है, समझ नहीं पा रही हूँ। अब सिर भारी लग रहा है!' उसने जिस तरह से कहा, उससे इलहाम को उस पर लाड़ आने लगा।

'इसीलिए मैंने लेमन टी ऑर्डर की है। अब क्यों पी जाती है, यह तो वही बता सकता है, जो पीता है। हरेक के पास अपने कारण होते

हैं। मिली, हरेक के जीवन की अपनी तल्ख़ियाँ होती हैं!' कहते हुए वह उदास हो गया।

मनु ने उठकर उसके बाल बिखेर दिए, 'मगर हर तल्ख़ी से लड़ना होता है या सुलह करनी पड़ती है। यूँ उन्हें टाला नहीं जा सकता है। टाल कर उसके साथ नहीं रहा जा सकता है इ।' धूप अब उसके कमरे के भीतर भी आने लगती है।

'तुम चाय नहीं लोगे?' मनु ने चाय का कप उठाया और अपने पलंग पर जाकर बैठ गई।

'मैं पी चुका, मुझे थोड़ी हैंगओवर था।' वह ठहाका लगाकर हँसा। मनु उसे मुग्ध भाव से मुस्कुराकर देखती रही।

'तो आज का क्या प्लान है?' इलहाम पूछता है।

वह कहती है, 'समेटना है इ... सामान भी और ख़ुद को भी। इन कुछ दिनों में मैंने ख़ुद को बहुत फैला लिया है। अब समेटना मुश्किल लगने लगा है।' उसने जिस अंदाज़ में कहा, इलहाम सिहर गया। वह दरी पर फैली धूप को देखने लगा। थोड़ी देर के लिए माहौल भारी हो गया।

मनु ने इसे समझा था। वह समझ रही थी कि वह बार-बार इलहाम को चोट पहुँचा रही है। उसने ख़ुद से सवाल किया कि वह ऐसा क्यों कर रही है? कुछ देर वह चुपचाप अपना सामान पैक करती रही।

थोड़ी देर में सहज हुई, तो उसने पूछा, 'तुम नमाज़ पढ़ते हो?'

एकाएक इस सवाल से इलहाम असहज हो गया, 'हाँ... जुमे की तो पढ़ता ही हूँ।'

'बाक़ी दिन नहीं?' मनु ने सहज जिज्ञासा से पूछा।

'ऐसा कोई क़ायदा नहीं है। जुमे के अलावा जब कभी मन करे।' इलहाम थोड़ा अनमना होकर कहता है।

'ओह, तो तुम वैसे वाले मुसलमान नहीं हो?' मनु रात के अपने जंपसूट को तह करके सूटकेस में रखते हुए बेख़याली में पूछती है।

'वैसे वाले मुसलमान कैसे होते हैं?' इलहाम थोड़ा आक्रामक होकर पूछता है।

'मतलब कट्टर वाले मुसलमान?' मनु पकड़ ही नहीं पाई कि इलहाम को इससे ठेस लग रही है।

'कोई हिन्दू यदि दो समय पूजा करता है या मंदिर जाता है, तो वह कट्टर हिन्दू कहलाता है?' इलहाम अपने गुस्से को भरसक क़ाबू में रखते हुए पूछता है।

'नहीं, मोटे तौर पर हिन्दू कट्टर नहीं होते हैं।' मनु कहते हुए उसकी तरफ़ देखती है।

'तो मुसलमान यदि अपने मज़हबी क़ायदे मानें, तो कट्टर कहलाते हैं? यही परिभाषा है न कट्टरता की!' इलहाम के कहने में कड़वाहट उतर आती है।

'अरे नहीं, दरअसल हिन्दुओं के पास कोई धार्मिक नियम हैं नहीं या इसे यूँ कह लो कि हिन्दुओं के लिए कुछ तयशुदा नियम नहीं हैं इसलिए यदि कोई धार्मिक नियमों का पालन करता है, तो उन्हें लगता है कि यह कट्टर है।' मनु रिपेयर करते हुए कहती है।

'हर संडे प्रेयर में शामिल होने वाले क्रिश्चियंस के लिए भी यही कहोगी?'

'सॉरी, मेरी एक जिज्ञासा थी बस। इससे ज़्यादा और कुछ नहीं। तुम हर्ट हो गए। यदि जानती कि तुम धर्म को लेकर इतने सेंसिटिव हो, तो मैं पूछती ही नहीं।' मनु अपराध-बोध में भरकर कहती है।

इलहाम को समझ आता है कि उसने ओवररिएक्ट कर दिया है लेकिन उसका मन उद्वेलित हो जाता है। वह वहाँ से निकलने के लिए कसमसाने लगता है। किसी नेगेटिव नोट पर विदा नहीं लेना चाहता है इसलिए कहता है, 'दरअसल मैं इतना सेंसिटिव हूँ नहीं। बस इर्द-गिर्द कुछ ऐसा चलता रहता है कि न चाहते हुए भी मैं मुसलमान होता चला जाता हूँ। इट्स सैड बट इट्स ए बिटर ट्रुथ... नो बडी कैन हेल्प अस। सॉरी!'

मनु अनमनी हो जाती है।

'इट्स ओके। असल में हम चाहकर भी तुम्हारी साइकी और इनसिक्योरिटी नहीं समझ सकते। इट्स सैड, बट इट इज़ ऑल्सो ए बिटर ट्रुथ।' कहते-कहते मनु की आँखें भर आती हैं।

'पता है, अब बस मुसलमान होना ही हमारी मजबूरी है। इंसान होने का ऑप्शन ही नहीं है मुसलमानों के पास।' वह उदास होकर कहता है।

'सॉरी। तुम सच कहते हो। कोई भी तुम्हारी मदद नहीं कर सकता है।' वह उदास नज़रों से इलहाम को देखती है। फिर पूछती है, 'क्या सचमुच ये सारी सामाजिक चीज़ें हमारी ज़िंदगियों को इतना प्रभावित कर देती हैं?'

'करती हैं मिली। जब तक हम बच्चे होते हैं, तब तक हम इसे समझ नहीं पाते। जब हम रियल लाइफ़ में एंटर करते हैं, तब एक-एक करके ये हक़ीक़तें हमसे टकराती हैं। पता है, फ़िल्म की शूटिंग

करने का मौक़ा मुझे देर से क्यों मिला? क्योंकि प्रोड्यूसर अपने क्रू में किसी मुसलमान को नहीं चाहता।' इलहाम कहता है।

'क्या सच?' मनु चकित होकर पूछती है।

'सच...' कहते-कहते उसका गला भर आता है। मनु उठकर उसकी तरफ़ जाती है और उसका सिर अपने सीने से लगा लेती है। सोचती है, दुख की कोई शक्ल, कोई रंग, कोई पहचान नहीं होती है। कितनी स्थूल चीज़ें हमारे जीवन को कितने गहरे से प्रभावित करती हैं। हक़ीक़त में तो धर्म जैसी शय को बहुत व्यक्तिगत होना चाहिए था लेकिन व्यक्तिगत होते हुए भी यह कितनी सर्वव्यापी हो गई है कि एक इंसान की पूरी ज़िंदगी इससे प्रभावित और निर्देशित होती है। इसे ऐसा क्यों होना चाहिए? मनु सोचकर विचलित हो जाती है।

इलहाम थोड़ा स्वस्थ होता है। मनु अपने पलंग पर आकर बैठ जाती है। दोनों के बीच एक असुविधाजनक चुप्पी पसर जाती है। इलहाम गैलरी से बाहर देखने लगता है। सूरज बीच पर पसरने लगा है। मनु की आँखें कमरे का मुआयना कर रही हैं।

'नाश्ता किया तुमने?' मनु ने इस चुप्पी और असुविधा को तोड़ते हुए पूछा।

'नहीं, आज मेरा मन नहीं है। तुम करो। मैं लंच पर मिलता हूँ। अभी थोड़ा काम है।' कहकर वह खड़ा हो गया। मनु एकाएक कुछ समझ ही नहीं पाई और इलहाम सीढ़ियाँ उतर गया।

मनु आहत हो गई। गैलरी में गई, तो उसे बाज़ार की तरफ़ जाते हुए देखा। उसका मन पैकिंग से उचट गया। वह एकदम खाली हो गई। कुर्सी खींचकर गैलरी में ही बैठ गई। दोपहर होने को आई, कल इसी वक़्त वह घर की यात्रा पर होगी। यह सोचकर ही उसका

मन उदास हो गया। आँखें भर आईं। थोड़ी देर ऐसी ही मन:स्थिति में बैठी रही और फिर उठकर बचा हुआ सामान समेटने लगी। सब कुछ सूटकेस के पास जमा कर दिया, फिर मनु नहाने चली गई।

इलहाम बहुत अस्त-व्यस्त मन:स्थिति से वहाँ से निकला। कहाँ जाना है, यह तय नहीं किया लेकिन उसने एकाएक ख़ुद को बाज़ार में पाया। बाज़ार में भी एंटीक ज्वेलरी शोरूम के बाहर। जाने क्यों उस दिमागी हालत में भी उसे हँसी आ गई। कुदरत भी हमसे बहुत कुछ करवा लेती है। उसने कुछ तय किया और शोरूम के भीतर चला गया। देर तक वहाँ चीज़ों को देखता रहा, फिर एकाएक उसे एक कड़ा पसंद आया। उसने उसे ख़रीद लिया और गिफ़्ट पैक करवाया। शोरूम से बाहर निकलकर उसे महसूस हुआ कि उसकी सारी कड़वाहट मिट गई है। वह गाँव की तरफ़ जाने वाली सड़क के कोने तक होकर आया।

मनु को फ़ोन लगाया, 'लंच के लिए आ रही हो?'

'तुम पहुँच गए?' मनु पूछती है।

'हाँ, मैं वेट कर रहा हूँ।' इलहाम जवाब देता है।

'बस दस मिनट में पहुँच रही हूँ।' मनु ने जवाब दिया।

लंच के बाद जब दोनों बाहर निकले, तो दोपहर सिर पर आ गई थी। मनु ने कहा, 'मुझे कुछ ख़रीदारी करनी है। तुम चलना चाहोगे?'

जाने क्यों इलहाम को लगा कि मिली ने बहुत रस्मी तौर पर उससे पूछा। उसका मन कटकरें रह गया। उसने मिली को बहुत आहत नज़रों से देखा। उसने इलहाम की तरफ़ देखा, तो उदास स्वर में उसने कहा, 'माना कि कल तुम जा रही हो, यह भी माना कि हम

शायद अब फिर कभी नहीं मिलें लेकिन तुम जाने से पहले क्यों चली जाना चाहती हो?'

मनु का मन हुआ कि कह दे कि मैं तो जाना ही नहीं चाहती लेकिन... उसने कहा नहीं। वह चुप हो गई और उसने अपनी हथेली इलहाम की तरफ़ बढ़ा दी। इलहाम ने उसे थाम लिया। हाथ पकड़े-पकड़े दोनों सड़क पर आ गए।

मनु ने कहा, 'मैं तुम्हारे लिए कुछ ख़रीदना चाहती थी इसलिए चाहती थी कि तुम न चलो लेकिन तुमने तो दिल पर ले लिया।' इलहाम ने उसे लाड़ से देखा, तो मनु की आँखें नम हो गईं और वह अपने पैरों की तरफ़ देखने लगी।

मनु एंटीक की दुकान के सामने जाकर खड़ी हो गई। वहाँ से उसने मेटल का बना हुआ एक छोटा-सा ग्लोब ख़रीदा। बाहर आकर उसने उसे इलहाम को देते हुए कहा, 'तुम चाहो, तो इसे देखकर मुझे याद करना या फिर भुला देना।' कहते हुए उसकी आवाज़ भर्रा गई। इस बार इलहाम ने उसका सिर अपने सीने पर टिका लिया।

'और कुछ ख़रीदना है?' इलहाम उससे पूछता है।

'नहीं, बस हो गया। चलें, अभी तो बीच पर बहुत धूप होगी।' मनु ने कहा और दोनों मनु के रूम पर लौट आए।

'बहुत गर्मी है इ, कोल्ड कॉफ़ी पिला दो आज तो।' कहते हुए मनु बाथरूम चली गई। इलहाम ने कोल्ड कॉफ़ी का ऑर्डर दिया। अपनी तय जगह पर जाकर बैठ गया। एक नज़र कमरे पर डाली। सब कुछ सजा-सँवरा दिख रहा था। पास पड़ी सेंटर टेबल पर रखे सूटकेस के पास सारा सामान जमा था। ऐसा लग रहा था जैसे

मनु गेट-सेट-गो का इंतज़ार कर रही है। उसका मन ऊब-डूब करने लगा। सामने की खिड़की से दिखते बीच की सूखी रेत पर सूरज की किरणें फैली हुई थीं और आँखों को असुविधा हो रही थी। उसने अपनी नज़रें वहाँ से हटा लीं। पास पड़ी टेबल पर रखे कारवां गो को उसने चालू कर लिया। फ़िल्मी गाना बजने लगा। मनु टॉवेल से मुँह पोंछती हुई बाहर आई और पूछा, 'कर दी कॉफ़ी ऑर्डर?'

'हाँ, बस आती ही होगी।' इलहाम ने कहा। मनु ने गैलरी में जाकर टॉवेल फैलाया और सेंटर टेबल के पास पड़ी दूसरी कुर्सी पर जाकर बैठ गई। वह गुनगुना रही थी, 'प्यार अरमानों का दर खटकाए...' इलहाम उसे देखने लगा। वह गुनगुनाते हुए आँखें मूँद लेती है। इलहाम को कुछ अलग-सा एहसास होता है, कुछ-कुछ रूहानी। वह कुर्सी की पीठ पर सिर टिका देता है। गाना ख़त्म होता है। मनु उठकर चीज़ें समेटने लगती है। उसके पैरों की आहट से इलहाम फिर से वर्तमान में लौट आता है।

इलहाम ख़ुद में लौट गया। गाना चल रहा था 'तेरी आँखों की चाहत में तो मैं सब कुछ...' इलहाम को आवाज़ बड़ी दिलकश लगी थी। उसका ध्यान चला गया। 'तमन्ना है कि रोशन हो तेरी दुनिया, तेरी महफ़िल...' एकदम से उसके भीतर जैसे जज़्बातों का तूफ़ान आता है और वह उठकर सामान समेटती मनु की तरफ़ चला जाता है। एकाएक उसे बाँहों में ले लेता है। मनु एकदम से तरल हो आती है। सिर उठाती है, तो इलहाम उसका माथा चूम लेता है। मनु एकदम से मचलती है और फिर तुरंत संभल जाती है।

अपनी कुर्सी पर बैठते हुए इलहाम कहता है, 'मैं कल रात को सोच रहा था कि मैंने तुम्हारा गाना नहीं सुना। मैं तुम्हें गाते सुनना चाहता हूँ।'

मनु ने उसे थोड़ा मान से देखा। मुस्कुराई, 'विदाई का गीत...?'

इलहाम ने उसे आहत होकर देखा, 'नहीं, ऐसी बात नहीं है। मैं इसे विदाई की तरह देख ही नहीं पा रहा हूँ। पता नहीं क्यों?' कहते हुए वह थोड़ा उदास हो गया।

मनु की आँखें भर आई थीं, 'मगर मैं इसे इसी तरह से देख रही हूँ लेकिन ठीक है... इट्स ऑल पार्ट एंड पार्सल ऑफ़ लाइफ़। पता है इ, ज़िंदगी हमें हमारी कुव्वत और औक़ात भर ही दुख और सुख देती है। मैंने कभी किसी को दुख से मरते नहीं देखा और किसी को सुख से पागल होते नहीं देखा। कई बार तो यूँ लगता है कि प्रकृति हमें हमसे बेहतर जानती है। वह हमारी क्षमताओं और कमज़ोरियों को हमसे बेहतर समझती है। तभी तो हम दुख से उबर जाते हैं। कोई भी दुख स्थायी नहीं रहता।' कहकर वह दूसरी तरफ़ देखने लगती है।

अभी इलहाम तय नहीं कर पाया कि वह क्या कहे कि कॉफ़ी आ गई। जैसे वह किसी धर्मसंकट से बच गया हो। कॉफ़ी पीते हुए दोनों देर तक चुप रहे। बाहर सूरज मद्धम पड़ने लगा था। मनु ने उसे देखकर गहरी साँस ली। इस शहर की यह आख़िरी शाम है। कल की शाम उसके अपने शहर में होगी। अस्त होता सूर्य का चेहरा भी हर जगह अलग हो जाता है, 'तुमने कभी इस तरह से सोचा कि शहरों की भी शक्लें होती हैं?'

इलहाम हँसा, 'शक्ल का तो नहीं पता लेकिन तासीर होती है। जैसे हैदराबाद की तासीर रसीली और गर्म है, मुम्बई की रूखी और गर्म... हो सकता है तुम्हारे शहर की अलग हो।'

मनु ने उसे चकित होकर देखा, 'तुमने तो और भी आगे की बात कह दी। मेरे शहर की तासीर वसंत की तरह है, ख़ुशबूदार, मीठी, गुनगुनी... तुमसे बात करते हुए महसूस हुआ मुझे। मुझे तो ऐसा भी लगता है कि हर इंसान अपने शहर को अपने भीतर लेकर चलता है। न चाहते हुए भी वह शहर उसके भीतर से झाँकता है।'

'हाँ, जैसे तुम अपने शहर की नदी अपने में लिए फिरती हो!' कहते हुए इलहाम मुस्कुराता है। बाहर साँवलापन फैल जाता है।

मनु उसे आँखों से ही लाड़ से झिड़कती है। 'नदी का मामला अलग है। नदी के किनारे रहने वाले नदी की मस्ती को अपने भीतर लेकर चलते हैं। पता है, वही लोग जब रूखे-सूखे शहर में आते हैं, तो उनके भीतर की नदी भी सूख जाती है। वे भी उसी तरह के रूखे-सूखे हो जाते हैं। जो अपनी नदी बचाकर रखते हैं, वे ही उन बड़े शहरों में सुख से जी पाते हैं। क्योंकि सूखने पर सुख नहीं बचता है।'

इलहाम उसे चकित होकर देखता है, कुछ कहता नहीं है।

मनु आगे कहती है, 'नमी और तरलता ही जीवन का गुण है इ... इससे वंचित आदमी न ख़ुद के लिए कुछ होता है और न ही किसी और के लिए। मुझे तो लगता है कि बाक़ी सारी चीज़ों से ज़्यादा ज़रूरत इस बात की है कि हम अपने भीतर की तरलता को बचाए रखें, वही हमें हर चीज़ से उबार सकती है। दुख से भी, तल्ख़ियों से भी। मेरी अपनी जद्दोजहद तो यही है। आख़िर तो जीवन है, हमें जीना ही है, हम क्यों उसे काटें... जी क्यों नहीं लें?'

इलहाम उसकी इस तक़रीर से असहज हो उठता है। वह अपने जज़्बातों से लड़ रहा है। वह तो पहले क़ुबूल ही नहीं करना चाहता है कि वह मिली को लेकर जज़्बाती हो रहा है, उस पर बार-बार की उमड़न...। वह इन सारे जज़्बातों को वक़्ती फ़ितूर मान रहा है। हो सकता है कुछ दिन उसे इस सबकी शिद्दत से याद भी आए लेकिन फिर सब ठीक हो जाएगा। कौन-सा दुख, अभाव है, जो दूर तक साथ चलता है। यह तो एक अजनबी से मुलाक़ात और कुछ राब्ता है बस।

मनु उत्सुकता से देखती है, फिर निराश होकर बाहर की तरफ़ देखने लगती है। अँधेरा गहराने लगता है। उसका दिल बैठने लगता है। काश कि वह सूरज को पकड़कर हथेली पर सजा लेती, उसी की रोशनी से रात को रोक लेती और कल का दिन रुक जाता। फिर अपनी ही इस बेवक़ूफ़ी पर वह फीके-से मुस्कुरा देती है। इलहाम कुछ कहना चाहता है, उसे याद आता है कि वह क्या चाहता है, 'तुम गाना कब सुनाओगी?'

मनु एकदम से लौट आती है, 'रात को जमाते हैं महफ़िल... अभी सब पैक कर लूँ।'

इलहाम को जैसे अवकाश मिलता है। वह खड़ा हो जाता है, 'डिनर कब तक करना चाहोगी?'

'नौ बजे तक। तुम अभी जा रहे हो?' मनु पूछती है।

'हाँ, थोड़ा रेस्ट करना चाहता हूँ। नौ बजे मिलते हैं डिनर पर।' इलहाम कहता है और सीढ़ियों की तरफ़ जाते हुए मनु का उदास स्वर सुनता है, 'द लास्ट सपर!'

वह भी उदास हो जाता है।

मनु कल पहनने के कपड़े और कल की ज़रूरत का कुछ सामान छोड़कर बाक़ी सब पैक करने लगती है। कारवां गो रखने के लिए हाथ बढ़ाती है, फिर सोचती है और छोड़ देती है। अपने बिखरेपन को समेटने में बहुत सारी बाहरी चीज़ों की मदद लगेगी ही। मनु अपनी दुनिया के बारे में सोचने लगती है। शुभ्रा, कबीर, उमा, क्लास, लेक्चर, रियाज़, परीक्षा, इंटरनल और एक्सटर्नल मार्क्स... एक्सपर्ट्स, तानपुरा, कुछ किताबें...।

बस...? क्या इतनी ही बड़ी है उसकी दुनिया? कितने कम लोग हैं उसकी दुनिया में। कितना कम बिखराव है, कितने कम अर्धविराम, पूर्णविराम, नुक़्ते, मात्राएँ हैं... बहुत ही कम हैं। फिर भी इतनी बेचैनी है... किसलिए? किससे? सामान समेट लिए जाने के बाद उसे यह कमरा पराया-पराया-सा लगने लगता है।। एकदम से उसे बेचैनी आ घेरती है। वह सूखने लगती है। इससे पहले कि वह आज-कल के सिरों के बीच भरभराए, वह बाहर फैले उस अँधेरे का हिस्सा होने के लिए बाहर निकल पड़ती है।

उतरकर वह सोचती है कि उसे किस तरफ़ जाना चाहिए। ख़ुद को भूलने के लिए बाज़ार से बेहतर कोई जगह नहीं होती। इतना सारा विजुअल होता है कि आप बाहर ही भटकते रहते हैं, भीतर की न तो याद आती है और न ही तलब उठती है। वह बाज़ार की तरफ़ क़दम बढ़ा लेती है। बाज़ार में ख़ूब रोशनी है। ख़ूब सारे रंग हैं, शोर है, लोग हैं। वह देर तक भटकती रहती है।

अपने कमरे पर पहुँचकर इलहाम बहुत अनमना हो जाता है। उसे बहुत दिनों बाद ख़ुद के एकदम से अकेले होने का एहसास होता है। वह अपने पलंग पर लेटकर छत की ओर ताकता है। छत ढलवाँ है। बाँस की खपच्चियों की चौकड़ी पर फूस का छप्पर छा दिया है। छत ऊँची है। बीच के हिस्से पर लोहे का एक एंगल इस

दीवार से उस दीवार के बीच लगाकर उस पर पंखा टाँग दिया है। वह अपने भीतर के खालीपन को भूलकर कमरे का मुआयना करने लगता है।

बाहर की छोटी-सी गैलरी को पार करके कोने में एक दरवाज़ा है। उसी दीवार पर दूसरी तरफ़ एक बड़ी-सी खिड़की है। सामने की दीवार पर एक अलमारी है और खिड़की के बिलकुल सामने एक दरवाज़ा है, जो बाथरूम में खुलता है। बाईं ओर की दीवार में एक बड़ी-सी खिड़की है, जो सीधे बीच की तरफ़ खुलती है और उसी से लगा हुआ पलंग है। उसके सामने एक टेबल और उसके इर्द-गिर्द दो कुर्सियाँ रखी हुई हैं। बाथरूम के पास दीवार में बनी अलमारी के नीचे एक छोटी टेबल रखी हुई है। वह पलंग के पास रखी खिड़की से बाहर देखने लगता है। बीच पर अँधेरा पसरने लगा है। अब तक जो भीड़ और शोर था, वह कम होने लगा है। वह करवट ले लेता है। उसे अब कैंपस की हलचल नज़र आने लगती है।

वह उस कोलाहल से बेचैन हो जाता है और अपनी आँखें मूँद लेता है।

डिनर के लिए जब मनु पहुँची, तब तक इलहाम आया नहीं था। उसने सोचा, फ़ोन करे लेकिन फिर सोचा कि शायद आता हो। डायनिंग हॉल एकदम खाली था। ज़्यादातर लोग बाहर लगे कुर्सी-मेज़ पर ही बैठना पसंद करते हैं इसलिए देर से आने वालों को बाहर जगह कम मिलती है। आज बाहर जगह मिली, तो मनु ने उसे हथिया लिया। उसे लगा जैसे यह शहर, यहाँ के लोग, बीच, हवा, पेड़ सब उसकी विदाई कर रहे हैं।

उसके सामने एक परिवार बैठा हुआ था। दो युवा बच्चे थे। शायद जुड़वाँ थे, लड़की ने एंकल लैंथ लूज़ पैंट पहन रखी थी और

लड़के ने बरमूडा। उनके साथ एक बुज़ुर्ग महिला, एक मध्यवय का जोड़ा, जिसमें पुरुष लगभग 50 की वय का था और उसकी पत्नी भी लगभग उसी उम्र की थी। उसने जींस और टॉप पहन रखा था लेकिन देखते ही लग रहा था कि वह इस तरह की ड्रेसिंग की आदी नहीं है। वह अपने कपड़ों को लेकर बहुत अलर्ट लग रही थी। टेबल पर खाना लगा हुआ था और पति का सारा ध्यान खाने पर ही था। लड़के के हाथ में मोबाइल था और दोनों भाई-बहन मोबाइल में सिर घुसाए हुए थे। जाने क्यों उसे महिला को देखकर बहुत दया आई। वह सहमी हुई सास और पति को खाना परोस रही थी। बच्चे शायद अपनी डिश के आने का इंतज़ार कर रहे थे।

मनु ने अपनी नज़र वहाँ से हटा ली और बीच की तरफ़ देखने लगी।

'यहाँ हो? मैं अंदर देखकर आया अभी।' इलहाम पीछे से हॉल में घुसा और सामने से निकलकर मनु के सामने खड़ा हो गया। मरून टी-शर्ट और आइस ब्लू जींस पहने इलहाम बहुत स्मार्ट लग रहा था।

'कूल!' उसके बैठते ही मनु ने कहा।

'सच? मुझे ब्राइट कलर्स पहनना ज़्यादा पसंद नहीं है।' वह ज़रा झेंपते हुए कहता है।

'क्यों?'

'मुझे बड़े फ़ेमिनिन लगते हैं कलर्स!' इलहाम कहता है।

मनु हँसती हैं, 'तभी पुरुषों के पास जीवन का आनंद लेने के लिए दो ही चीज़ें हैं, एक खाना दूसरा सेक्स! पुरुषों के दिल का रास्ता पेट से होकर गुज़रता है, यूँ ही तो नहीं कहा गया न?'

'ओह कम ऑन। तुम यह आरोप लगा रही हो!' इलहाम आपत्ति करता है।

'कई उदाहरण दे सकती हूँ। एक तो तुम्हारे पीछे ही है।' कहते हुए मनु विजयी मुस्कुराहट देती है। इलहाम पीछे की तरफ़ देखता है और फिर पलटकर मनु को देखकर मुस्कुराता है।

'ठीक है मान लिया। अब यह बताओ, आज क्या खिलाने वाली हो?' इलहाम पूछता है।

'अपन तो घास-पात ही खिला सकते हैं। तमाम तरह के घास-पात में से जो भी पसंद हो, ऑर्डर कर दो।' मनु कहती है।

गर्म पानी के बाउल में उंगलियाँ डुबोते हुए मनु कहती है, 'कल चेकआउट करूँगी। बिल क्लियर करना होगा आज। इससे पहले कि रिसेप्शन बंद हो जाए, यह काम निबटा देना होगा। कल दोपहर एक बजे की फ़्लाइट है। यहाँ से सुबह नौ बजे निकलना होगा।'

'चलो, पहले यह काम निबटा लें।' इलहाम कहता है।

रिसेप्शन पर एक बीस-बाइस साल का क्यूट-सा लड़का बैठा हुआ मिलता है। मनु उससे कहती है, 'कल चेकआउट करूँगी। हट नंबर 24 का बिल तैयार कर दें।'

लड़का कहता है, 'मैम वेट ए लिटिल।'

मनु पूछती है, 'हाउ मच?'

'अबाउट 15 टु 20 मिनिट्स। इफ़ यू हैव सम वर्क देन फ़िनिश दैट अदरवाइज़ यू कैन सिट एंड वेट हियर।' लड़का मुस्कुराकर कहता है।

'ओके। आई विल कम आफ़्टर हाफ़ एन आवर, इज़ दैट ओके?' मनु पूछती है।

'श्योर मैम।'

दोनों रिसेप्शन से निकल आए और सीढ़ियाँ उतरकर बीच पर पहुँच गए। मनु को बीच के रेस्टोरेंट, बार और रिसोर्ट्स की पीली रोशनी में समंदर बड़ा उदास-सा लगता है। वह गहरी साँस लेती है। सोचती है कि जब आप उदास होते हैं, तो सारी दुनिया उदास ही नज़र आती है। हर रात बीच पर इसी क़िस्म की रोशनी होती है। हर रात समंदर इस तरह अकेला होता है। चूँकि आज मनु उदास हो रही है इसलिए उसे सब उदास लग रहा है। यहाँ तक कि इ भी। वह इलहाम की तरफ़ देखती है, जो बीच पर घूम रही दो युवा विदेशी लड़कियों को देख रहा था। वह मुस्कुराती है।

एकाएक इलहाम का ध्यान टूटता है। वह मनु को देखता हुआ पाता है। उसे लगता है जैसे वह कोई गुनाह करते हुए पकड़ा गया। वह ख़ुद को थोड़ा शर्मिंदा-सा महसूस करता है। मनु ताड़ जाती है। वह खिलखिलाती है, 'बॉयज़ विल बी बॉयज़...!'

इलहाम को थोड़ा संकोच होता है। वह आँखें झुका लेता है। थोड़ी देर लगती है उसे इस सबसे उबरने में, फिर कहता है, 'आँखें देखने के लिए ही दी हैं ख़ुदा ने?' और मुस्कुराता है।

'हाँ, और सिर्फ़ मर्दों को ही नहीं, औरतों को भी देखने के लिए ही दी गई हैं।' मनु कहते हुए खिलखिलाती है।

'हाँ, तो किसने इनकार किया है औरतों को? देखें, जिसे चाहे देखें!' वह संकोच से भरकर कहता है। मनु मुस्कुराती है। दोनों मुक्त भाव से बीच पर टहल रहे हैं। मनु ख़ुद को हर बंधन, अपेक्षा, सपने,

असफलता, दुख, अभाव से मुक्त पाती है। उसके मन में विचार आता है कि वह अभी यहीं मर सकती है। मरने के लिए इससे बेहतर और क्या होगा जीवन में। वह गर्दन मोड़कर इलहाम की तरफ़ देखती है। उसका ध्यान कहीं और रहता है। मनु अपने हाथ से उसके सिर के बाल बिखेर देती है। इलहाम उसे लाड़ से देखता है और मुस्कुराता है।

'यदि अभी, यहीं मर जाऊँ तो?' मनु पूछती है।

'तुम पागल हो!' इलहाम कहता है।

'मेरी बात का जवाब दो... मैं पागल हूँ, यह पुरानी जानकारी है।' वह मुस्कुराती है।

'अरे, फ़ालतू बातों के जवाब नहीं होते हैं। चलो, आधा घंटा हो गया है। समय पर नहीं पहुँचे, तो या तो काउंटर बंद हो जाएगा या फिर ड्यूटी बदल जाएगी। नए बंदे को हिसाब ढूँढ़ने में समय लगेगा फिर।' वह बात टालते हुए कहता है।

'वेरी स्मार्ट... बात टाल गए!' मनु बनावटी गुस्से से उसकी तरफ़ देखती है।

दोनों जल्दी-जल्दी रिसेप्शन पर पहुँचते हैं। लड़के ने बिल तैयार कर दिया होता है। हिसाब क्लियर करके दोनों बाहर आते हैं। इलहाम पूछता है, 'क्या मुझे तुम्हारा गाना सुनने को नहीं मिलेगा?'

मनु मुस्कुराई, 'रोना सुन लिया, अब गाना भी सुनोगे?'

इलहाम ने मनु को सिर पर चपत लगाई, 'कितने सवाल करती हो?'

चलते-चलते दोनों मनु की हट तक आ पहुँचे थे।

'आओ।' मनु ने कहा।

वहाँ पहुँचकर इलहाम ने देखा कि सब कुछ सजा-सँवरा है, जैसे गेस्ट के आने से पहले हुआ करता है। उसे बड़ा उदास और अजबनी-अजनबी-सा लगा। मनु कपड़े लेकर बाथरूम चली गई। कपड़े बदलकर लौटी। ग्रे टी-शर्ट और बॉटल ग्रीन लोअर पहना हुआ था। उतारे हुए कपड़ों की तह की और खुले हुए सूटकेस में रख दिए।

'ज़रा फ़ोन करके पता करो, अभी चाय मिल सकती है क्या?' मनु ने इलहाम से कहा और टेबल पर रखा कारवां गो, उसका चार्जर सब सूटकेस में रखने में व्यस्त हो गई।

'चाय आ रही है।' इलहाम ने सूचना दी, फिर कहा, 'तुमने रूम को ऐसा कर दिया है, जैसे गेस्ट के लिए कर दिया जाता है। यहाँ एकदम से ही अजबनी-अजनबी-सा फ़ील हो रहा है?'

'अब अजनबीयत की आदत डाल लो। कल से तुम्हें यह कैंपस भी अजनबी ही लगेगा।' मनु ने एकदम ही निस्संग भाव से कहा। इलहाम थोड़ा असहज हो गया।

मनु मोबाइल लेकर बैठी थी। उसने इंटरनेट ऑन किया, तो हज़ारों मैसेजेस की झड़ी लग गई। उसने बिना उन्हें देखे बंद कर दिया। एक 19-20 साल का नेपाली लड़का चाय लेकर आ गया।

'कब तक मिलती है चाय?' इलहाम ने पूछा।

'बस हम सोने ही जा रहे थे।' उसने जवाब दिया।

'थैंक यू बॉस, रात के ग्यारह बजे चाय पिलाने के लिए।' इलहाम ने कहा लेकिन वह तब तक धड़ाधड़ सीढ़ियाँ उतर गया।

इलहाम ने चाय का कप मनु की तरफ़ बढ़ाया। मनु ने कोस्टर अपने बेड पर रखा और उस पर कप रख दिया। कुछ सोचा, थोड़ा गुनगुनाया। चाय का एक सिप लिया। इलहाम की तरफ़ देखा, फिर नज़र झुका ली, 'फ़ैज़ की ग़ज़ल है।'

इलहाम ने उसे नर्म निगाह से देखा।

'नहीं निगाह में मंज़िल, तो जुस्तजू ही सही, नहीं विसाल मयस्सर तो आरज़ू ही सही!' मनु ने दो लाइनें गाईं और इलहाम की तरफ़ देखा। उसकी आँखें बंद थीं। मनु का गला भर आया। वह रुकी, चाय का घूँट लिया। फिर आगे गाया।

इलहाम ध्यान की मुद्रा में बैठा था। गाते-गाते मनु बाहर की तरफ़ देखने लगी।

'गर इंतज़ार कठिन है, तो जब तलक ऐ दिल, किसी की वादा-ए-फ़रदा की गुफ़्तगू ही सही' शेर को गाते-गाते मनु बिखर गई और रो पड़ी।

इलहाम ने उठकर उसका सिर अपनी बाँहों में ले लिया। मनु देर तक रोती रही। इलहाम ने उसका चेहरा उठाया और माथा चूमा। मनु की भरी आँखें देखीं। वह असहज हो गया। पलटकर सीढ़ियाँ उतर गया। मनु अकेली रह गई।

देर तक वह ऐसे ही बैठी रही, बेसुध। जब सुध आई, तो उठी, पानी पिया, मोबाइल में सुबह सात बजे का अलार्म लगाया, दरवाज़ा लगाया और सो गई।

इलहाम कमरे में पहुँचकर सीधे लेट गया। वह धीरे-धीरे इस बात को लेकर निश्चिंत हो रहा था कि मिली को लेकर सारा असमंजस

सिर्फ़ उसके यहाँ रहने तक है। कल का दिन और स्थिर होकर निकाल लेगा, तो फिर से सब कुछ सहज हो जाएगा। साथ रहने से हमें किसी की भी आदत हो सकती है। मिली भी इलहाम की आदत की तरह ही है। हो सकता है कुछ दिन उसे याद आए, बहुत शिद्दत से भी याद आए बस...। उसे इस विचार से जैसे सांत्वना हो आई। आँखें बंद कीं, तो कब नींद आई उसे पता ही नहीं चला।

सुबह नींद खुली, तो आठ बज गए थे। 'अरे बाप रे... नौ बजे मिली को जाना है।' वह जल्दी से फ्रेश हुआ, गिफ़्ट का पैकेट, कैमरा उठाया और उन्हीं कपड़ों में मिली के हट की तरफ़ भागा। दरवाज़ा खुला हुआ था और मिली सूटकेस को टेबल से उतार रही थी।

पूरा कमरा खाली हो गया था। उसने एक नज़र मिली की तरफ़ देखा। मिली ने पीकॉक ब्लू कलर का शॉर्ट कुर्ता और हरे रंग की पटियाला सलवार पहनी हुई थी। दाहिने कंधे पर हरे रंग का ही कॉटन का दुपट्टा टंगा हुआ था। कानों में बड़ी सिल्वर रिंग थी। उसने पहली बार मनु को बिंदी लगाए देखा था। माथे पर पीकॉक ब्लू कलर की ही गोल बिंदी लगाई हुई थी। बालों को पीछे क्लिप लगाकर खुला छोड़ रखा था।

उसकी आँखों में प्रशंसा का भाव उभरा। अभी वह जिस मन:स्थिति में था, उसमें वह कुछ भी महसूस कर पाने में ख़ुद को सक्षम नहीं पा रहा था। नीचे गाड़ी आकर रुकी। मनु ने सूटकेस उठाया, तो इलहाम ने जाकर उसके हाथ से ले लिया। पहले इलहाम उतरा, फिर ताला लगाकर मनु उतरी। सूटकेस डिक्की में रखा जा चुका था।

मनु ने चाभी इलहाम को दी, 'रिसेप्शन पर दे देना।' इलहाम ने कहा, 'मैं चल रहा हूँ एयरपोर्ट।'

मनु ने उसे इनकार कर दिया, 'क्या करोगे? आने-जाने में पूरा दिन ख़राब हो जाएगा। मैं चली जाऊँगी।' मनु ने जिस भाव से कहा, इलहाम ने उसे उसी रूप में स्वीकार कर लिया। उसने जेब से निकालकर पैकेट मनु को देते हुए कहा, 'बतौर मेरी याद।'

मनु मुस्कुराई, 'तुम्हें याद रखने के लिए मुझे किसी चीज़ की ज़रूरत नहीं रहेगी इ।' कहते हुए उसने आँखें झुका ली थीं। नमी आँखों की सतह पर आकर ठहर गई। मनु ने इलहाम को हग किया।

'यूँ भी यहाँ से बहुत कुछ लिए जा रही हूँ। उस दिन जब तुम नमाज़ पढ़ने की बात को लेकर गुस्सा हो गए, उस वक़्त मैं बस यही कहना चाह रही थी कि अपनी इबादत में मेरे सुकून के लिए भी दुआ करना... बस।'

अलग होते हुए इलहाम ने मनु के माथे को चूम लिया। वह चुप था। अपने जज़्बातों को संभाले हुए था। कल रात जो कुछ उसने सोचा था, यह सब उससे कहीं ज़्यादा मुश्किल लग रहा था। मनु ने उसके दोनों हाथों को अपनी हथेलियों में लिया, 'दुख को विकल्प मत बनने दो इ, दुख मजबूरी ही रहे, तो बेहतर है। तुमने ही कहा था ग़म को ग्लैमराइज़ नहीं किया जाना चाहिए। इसे भूलना नहीं। मेरी आख़िरी बात है, अब मैं तुम्हें कुछ भी याद दिलाने और सिखाने के लिए नहीं होऊँगी। जो कह रही हूँ, उसे याद रखना। दुख सहकर पार चले जाने के लिए है। उसे रोककर रखना जीवन को ज़हर बनाना है।'

वह उसके चेहरे की तरफ़ देखती रही, इलहाम की आँखें भी भीगी थीं। एकाएक मनु ने हाथ छोड़ दिए, बिना उसकी तरफ़ देखे पलटी, 'बाय' कहा और गाड़ी में बैठ गई। इलहाम कुछ समझ पाता, तब तक गाड़ी नारियल के पेड़ों के बीच से होते हुए, मेन गेट पार कर चुकी थी। सुबह की धूप में सूखी धूल उड़ने लगी थी।

अपनी रात की छत पर
कितना तन्हा होगा चाँद

गाड़ी बहुत तेज़ी से रिसोर्ट के कंपाउंड से निकलकर मेन रोड पर आ गई थी। दिसंबर की शुरुआत थी। गोवा में शबाब का महीना। देश-दुनिया से लोग अब गोवा की तरफ़ रुख करेंगे। शराब, क्रूज़ पार्टी और हर तरह के बीचेस के साथ ही पुर्तगाली कल्चर... पुराने चर्च, क्रिसमस और न्यू ईयर पार्टी का पूरे महीने दौर चलेगा।

मनु मगर अपने घर लौट रही है। अपनी उस वीरान और तन्हा दुनिया में, जहाँ हैं तो बहुत लोग लेकिन फिर भी...। हवा में जो हल्की-सी ठंडक थी, वह भी अब नहीं रही थी। उसने खिड़की के शीशे थोड़े ऊपर कर लिए। ड्राइवर ने एसी चालू कर दिया। धूप धीरे-धीरे पीली से सुनहरी होने लगी। मनु के भीतर सन्नाटा पसरा हुआ था। उसे लग रहा था जैसे वह बहुत तेज़ी से ग्रेविटी के उलट दौड़ रही है। सन, सैंड एंड वेव्स के उस रूम नंबर 24 के नीचे इसी गाड़ी के सामने मनु अब भी खड़ी है इलहाम के सामने, उसकी आँखों में देखती, किसी चीज़ के इंतज़ार में... उसका शरीर इस लोहे के चलने वाले कंटेनर में बंद है और वह बहुत तेज़ी से सड़कों, गाँवों को लाँघकर दूसरी तरफ़ दौड़ रहा है, मन अब भी वहीं अटका हुआ है इलहाम के साथ।

मनु को बहुत दवाब महसूस होता है। आख़िरकार गुरुत्वाकर्षण के उलट दौड़ना सरल तो नहीं होता है। बार-बार उसकी आँखें

भर रही हैं। वह बार-बार अपने रूमाल से आँखें पोंछ रही है। वह समझती है कि जीवन समंदर की लहरें हैं, घटनाएँ रेत पर लिखी इबारत। एक-न-एक दिन इबारतों को मिटना ही है। लहरें तो आती-जाती रहेंगी ही। बस देखना यह है कि इबारत कब तक लहरों के मिटाए जाने से बचती रहती है लेकिन आज जो है, उसका क्या, इबारत के मिटने में वक़्त लगेगा। आज जो दुख है, अभाव है, विरह या विराग है उसका क्या?

दरअसल दुख वर्तमान है। दुख की आशंका त्रास है। उसे दुख है। दुख का चरित्र यह होता है कि वह आश्वासन नहीं देता चले जाने का, कम होने या ख़त्म हो जाने का। अपने या दूसरों के अनुभवों से यदि हम इस तथ्य को याद करें कि आख़िरकार कुछ भी स्थायी नहीं रहता है, तब भी दुख अपने अस्तित्व में इतना संपूर्ण और मज़बूत है कि उस तथ्य को सत्य की तरह हम तक पहुँचने ही नहीं देता और यहीं दुख हमें हरा देता है। यहीं वह हमारे सारे ज्ञान, विचार, संस्कार और व्यक्तित्व से बड़ा हो जाता है और अपने सर्वव्यापी होने का सबूत देता है।

मनु को कुछ भी सूझ नहीं रहा है। उसे लगा कि एकाएक वह बिलकुल अकेली हो गई है। जिया के न रहने पर उसे जैसा महसूस हुआ है, ठीक वैसा ही उसे आज फिर महसूस हो रहा है। वह सोचती है, जीवन उससे इतनी बार छल कैसे कर सकता है? लेकिन क्या इस बार तू ख़ुद भी तो छले जाने के लिए तत्पर नहीं थी मनु?

टैक्सी ड्राइवर को महसूस होता है कि वह रो रही है इसलिए वह एक बार पलटकर देखता है। मनु ख़ुद को संयत करने की कोशिश करती है। ख़ुद को याद दिलाती है, उसे पता था कि राह सरल नहीं है। हो सकता है कभी मंज़िल मिले ही न, तो फिर इस दुख का हासिल क्या है?

हासिल का विचार आते ही उसे हँसी आ जाती है। दुखों के भी हासिल हुआ करते हैं क्या? वह आँखें मूँद लेती है। धूप अब खिड़की के बंद शीशों से भीतर आने लगती है। अब यही विराग तेरा नसीब है मनु। बार-बार वह ख़ुद को यही याद दिलाने लगी। कभी लगता है कि उसने सुलह कर ली है, फिर लगता है कि वह बिखर रही है। बार-बार मोबाइल पर हाथ जाता है। बार-बार उसका मन करता है कि ड्राइवर को कहे, लौटा ले।

इस बार वह फ़ोनबुक में इलहाम के नंबर तक भी पहुँच गई लेकिन फिर बैक-बैक-बैक... 'प्रेम में प्रेम की शर्त भी व्यापार ही है न मनु?'

एक बार जब सुधींद्र को लेकर मनु ने अपनी नाराज़गी ज़ाहिर की थी, तो जिया ने कहा था। 'प्रेम के बदले में प्रेम, प्रेम को भी व्यापार बना देता है या फिर ज़िम्मेदारी। यह क्या बात हुई कि यदि हम किसी को प्रेम करें, तो वह भी हमें प्रेम करे। यह तो बंदिश हो गई न?' मनु जिया को देखती रह गई थी। जिया की आँखों में हालाँकि नमी थी लेकिन चेहरा प्रेम से दीप्त था।

मनु को लगता है कि जिया न होकर भी उसकी मार्गदर्शक बनी हुई है। मनु गहरी साँस लेती है। जिया पूछती है, 'मनु, खरज का रियाज़ छोड़ दिया है क्या?' मनु स्थिर होने लगती है।

बाहर की तरफ़ देखने लगती है। घर, पेड़, दुकानें, बाज़ार, लोग... सब पीछे जा रहे हैं, वह बहुत तेज़ी से आगे बढ़ रही है। वह ख़ुद को भी तो कहीं छोड़ आई है। बस उसका शरीर आगे बढ़ रहा है, तेज़ और तेज़ और तेज़...।

एयरपोर्ट पहुँचते-पहुँचते बारह बज गए थे। भीतर जाते ही उसे याद आया कि अपने शहर में तो सर्दी का मौसम है। उसने सूटकेस से वूलन श्रग निकाला और लगेज लोड करवा दिया। सिक्योरिटी चेक

करते-करते फ़्लाइट का समय हो गया। मन में कहीं कुछ ठंडा-ठंडा बना हुआ है लेकिन चेतना में दुनियादारी आ पहुँची है।

•••

पूरे बारह दिनों बाद वह अपने कैंपस में, अपने डिपार्टमेंट में थी। दिसंबर यहाँ बहुत सर्द होता है। उसने अपने केबिन के खिड़की के पर्दे हटा दिए, शीशों से धूप अंदर आने लगी। मन को धूप का सेंक अच्छा लग रहा था। धूप जैसे सब कुछ के गुज़र जाने का आश्वासन देती है। पंद्रह दिनों का पेंडिंग काम पड़ा हुआ था।

रह-रहकर गुज़रे दिनों की कसक उसके भीतर उठ रही थी लेकिन ज़िम्मेदारी की लहर उसे दबा दिया करती थी। हरेक गहरी साँस इलहाम की याद की अभिव्यक्ति थी। चपरासी एक फ़ाइल टेबल पर रख गया। वह तो भूल ही गई थी कि यूथ फ़ेस्टिवल में उसके डिपार्टमेंट से मिलिंद का सेमी क्लासिकल में और रिंपी का लाइट म्यूज़िक में यूनिवर्सिटी रिप्रज़ेंटेटिव के तौर पर सिलेक्शन हो चुका है। अब इंटर-यूनिवर्सिटी के लिए कंटेस्ट करना है। भुवनेश्वर में होगा नेशनल यूथ फ़ेस्टिवल। उसका सर्कुलर मनु के हाथ में है। वह सोचती है, दोनों को ही तैयारी करवानी होगी।

वह और काग़ज़ देख ही रही थी कि शुभ्रा की चहकती आवाज़ आई, 'इतने दिनों बाद आपको देखकर बहुत अच्छा लग रहा है मनु दी? कहाँ ग़ायब हो गई थीं, मैं जवाब देते-देते परेशान हो गई थी।'

'अरे, मुझे तो लगा था कि मुझे कोई याद करने वाला नहीं है। मरना होगा, तो चैन से मर पाऊँगी लेकिन पता चला कि मुझे भी लोग याद करते हैं!' मज़ाक की बात आख़िर में उसके भीतर चुभती रही।

'कबीर सर ने सबसे पहले पूछा, फिर वैभव ने... सच पूछें, तो वैभव ने जब बताया कि वह आपका एक्स हसबैंड है, तो मुझे बहुत तेज़ ग़ुस्सा आया था। मैंने उससे बहुत रूखे ढंग से पूछा कि आपको क्या काम है मनु दी से?' शुभ्रा जैसे इतने दिनों से सब संचित कह देना चाहती थी।

वैभव का ज़िक्र आते ही मनु की धड़कनें तेज़ हो गईं, 'वैभव को मुझसे क्या काम था? कुछ बताया क्या उसने?' बहुत डरते हुए मनु ने पूछा।

'वह परेशान लग रहा था। इतना ही बताया कि मैं मृणालिनी से माफ़ी माँगना चाहता हूँ। पता नहीं फिर यह मौक़ा कभी मिले या न मिले?' शुभ्रा ने बताया, तो मनु गंभीर हो गई।

'और कुछ नहीं बताया उसने?'

'ऊँहूँ... मैंने पूछा भी नहीं। बस बता दिया कि दी तो बाहर गई हैं। कब आएंगी, यह पता नहीं है। जब भी आएंगी, मैं आपका संदेश उन्हें दे दूँगी। बस...।' शुभ्रा ने कहा। मनु थोड़ा परेशान हो गई। मनु ने शुभ्रा से पूछा, 'वह नंबर दे गया है क्या तुम्हें?'

'नहीं, वह तो सीधे आपसे मिलने यहाँ आया था। आप नहीं मिलीं, तो मुझसे मिला बस...' शुभ्रा ने कहा। मनु को लगा कि पता नहीं अब और क्या-क्या उसके सामने आना बाक़ी है। क्या कभी कुछ नहीं छूटता है? इस विचार ने उसे और परेशान कर दिया।

चपरासी चाय रखकर चला गया। शुभ्रा ने अपना कप उठा लिया। मनु न जाने कहाँ गुम थी, तो शुभ्रा ने उसे याद दिलाया, 'दी, चाय ठंडी हो रही है।'

मनु ने कप हाथ में लिया ही था कि मिलिंद और रिंपी आ गए।

'मैम, यूथ फ़ेस्टिवल की तैयारी करनी है। तीन दिन पहले नोटिफ़िकेशन आ गया है। संजित सर से कहा, तो उन्होंने कहा कि तुम लोग क्या गा सकते हो पहले सिलेक्ट करके लाओ।'

मनु ने दोनों को बैठने का इशारा किया, 'संजित सर की बात भी ठीक है। तुम लोगों ने कुछ सोचा है कि क्या गाओगे?'

रिंपी ने उत्साहित होकर कहा, 'मैम, मैं तो 'बाजे मुरलिया बाजे...' के बारे में सोच रही हूँ, मुझे लगता है मैं गा सकती हूँ। थोड़ा इंप्रोवाइज़ेशन के लिए सरगम का रियाज़ कर सकते हैं हम। ठीक रहेगा न?'

'तुम कर लोगी न? वैसे कर लोगी, बहुत मुश्किल नहीं है गाना। डाउनलोड कर लो और सुनना शुरू करो। कल से तुम्हारा रियाज़ शुरू कर देंगे। तुमने कुछ सोचा है मिलिंद?' मनु ने चाय का आख़िरी घूँट लेते हुए पूछा।

'मैम, कुछ तय नहीं हो पा रहा है। एक तो मिश्र पीलू की ठुमरी 'बरसन लागी सावन...' पर विचार कर रहा हूँ। बाक़ी आप बताएँ, कुछ और आपकी राय में?' उसने मनु को ज़िम्मेदारी दे दी।

'ठीक है। मैं कल बताती हूँ। कल हम हर हाल में रियाज़ शुरू कर देंगे। तब तक तुम अपने लेवल पर भी तैयारी करो।' मनु ने कहा, तो दोनों खड़े हो गए। मनु ने घड़ी देखी। शाम के चार बज गए थे। उसने सामान समेटना शुरू कर दिया। शुभ्रा ने भी पर्स उठा लिया, 'ठीक है। मैं कल आती हूँ। कल हो सकता है मेरा रिज़ल्ट भी आ जाए। आप प्रार्थना करना मेरे लिए।' कहते-कहते शुभ्रा का स्वर नम हो गया।

'मेरी हर प्रार्थना में तुम हो शुभी... तुम्हारा सिलेक्शन पक्का होगा। तुमने बहुत मेहनत की है। कल हम पक्का पार्टी करेंगे। ऑल दि बेस्ट।' टेबल पर रखे अपने पर्स को उठाते हुए मनु ने शुभ्रा को गले लगा लिया। उसका मन भीग गया। प्रेम बस रिसने को आतुर रहता है। उसे बस पात्र चाहिए होता है।

डिपार्टमेंट से निकले, तो देखा कि दिसंबर का सूरज भी घर जाने की जल्दी में है।

मिलिंद के लिए ठुमरी की तलाश उसके दिमाग़ के किसी कोने में है, बस...। बाक़ी वह यंत्रवत सब चीज़ें करती जा रही है, जैसे ड्राइविंग करते हुए याद ही नहीं रहता है कि गियर कब बदला, वैसे ही जो कुछ भी मनु कर रही थी, वह सब एकदम मशीनी तरीक़े से हो रहा था। रात को बैठी थी इंटरनेट पर ठुमरी की तलाश में, दो-तीन ठुमरी ढूँढ़ ली थीं- 'रस के भरे तोरे नैन...', 'आन मिलो सजना...' और खमाज में 'आजा रे मेरे मनमीत...' उसने लिंक मिलिंद को भेज दिया।

क्लास में जब मनु पहुँची, तो मिलिंद और रिंपी पहले से ही मौजूद थे। मनु ने चपरासी से कहकर यूजी के सेकेंड और फ़ाइनल ईयर के स्टूडेंट्स को बुलवा लिया था। यूँ भी आज स्टाफ़ कम था। दूसरे कॉम्पीटिशन की तैयारी ये बच्चे भी देखें, आख़िर ज़िंदगी में आगे इन्हें भी तो यही सब करना होगा। सोचकर मनु थोड़ी उदास हो गई। मिलिंद से पूछा, 'क्या तय किया फिर?'

'मैम 'बरसन लागी सावन...' ही ठीक लग रही है। वैसे 'आन मिलो सजना...' भी अच्छी है, आप बताएँ?' मिलिंद ने फिर से बॉल मनु के पाले में डाल दी।

'आन मिलो सजना वैसे बहुत अच्छी है लेकिन वह फ़िल्म में ले ली गई है। अब जज करने वालों के दिमाग़ का कोई ठिकाना नहीं है। वे इसे टेक्नीकली फ़िल्मी गाना मान लेंगे, तो दावा और तैयारी सब बेकार चली जाएगी, कोई भी रिस्क क्यों लेना?' मनु को एकाएक यह याद आया, तो उसने मिलिंद को कहा।

'जी मैम, तो फिर 'बरसन लागी सावन बुंदिया...' ही ठीक है?' मिलिंद ने कहा।

'तुमने शुरू किया सुनना और रियाज़ करना?' मनु ने पूछा।

'मैम अभी तो नहीं?' मिलिंद ने ज़रा अपराध-बोध से भरकर कहा।

'ठीक है, तो तुम उसे दो-चार बार अच्छे से सुनो और समझो, तब तक मैं रिंपी का सुन लेती हूँ। लंच के बाद तुम्हारा रियाज़ होगा। आज से समय तय हो गया है दोनों का। मुझे पीजी की थ्योरी क्लासेज़ भी लेनी होंगी।' मनु ने कहा, तो मिलिंद उठकर बाहर चला गया।

बारह बजकर पैंतालिस मिनट हुए हैं। लंच में अभी पौन घंटा है, तब तक रिंपी को रियाज़ करवा देती हूँ। मनु सोचती है।

'रिंपी, तुम सुनाओगी? कितना और कैसा रियाज़ हुआ है अब तक तुम्हारा?'

'मैम, एक बार आप बता देतीं, तो आसानी होती।' रिंपी ने शरारत से मुस्कुराते हुए कहा।

'नहीं। तुम सुनाओ, जहाँ लगेगा कि कुछ गड़बड़ है मैं बताती जाऊँगी।' मनु ने उसकी शरारत को समझकर मुस्कुराते हुए कहा।

'आपने सुना है न?' मनु ने तबले पर बैठे एकनाथ से पूछा। एकनाथ ने 'हाँ' में गर्दन हिला दी। रिंपी ने गाना शुरू किया।

'ऊँहूँ, ऊँहूँ... अधर धरे मोहन मुरली पर... प सा नी पम ममम मपम गग।' मनु ने टोका। रिंपी ने दो बार गाया लेकिन हर बार ममम मपम में गड़बड़ हो रही थी। मनु ने एकनाथ को रुक जाने को कहा। सामने दरवाज़े पर शुभ्रा आकर खड़ी हुई थी। मनु ने उसे इशारे से पास बुला लिया। शुभ्रा मनु के पास आकर बैठ गई।

'एकनाथजी मैं शुरू करूँ?' मनु ने पूछा। एकनाथ ने फिर से सिर हिला दिया।

मनु ने गाना शुरू किया, बाजे रे मुरलिया बाजे... बाजे रे मुरलिया बाजे...। मनु जब डूबकर गाती है, तो आँखें मुँद जाती हैं उसकी। शुभ्रा ने मनु को देखा। उसने मनु को गाते तो कई बार सुना है मगर आज उसे कुछ अलग-सा लगा। उसने ग़ौर से देखा। मुँदी आँखों के बावजूद चेहरे पर अतीव शांति और आभा दिखाई दे रही थी, चंचल चतुर अंगुरिया जिस पर कनक मुरलिया साजे... बाजे मुरलिया बाजे... सुने मधुर स्वर राधा गोरी साजे......... एकाएक मनु का स्वर टूट गया। एकनाथ थोड़ी देर तक तबला बजाते रहे। मनु ने आँखें खोलीं, तो शुभ्रा ने देखा आँखें भरी हुई थीं। मनु एकदम से उठी, 'एक्सक्यूज़ मी!' कहकर बाहर चली गई।

थोड़ी देर बाद लौटी, तो चेहरा एकदम नर्म और नम दिखाई दिया शुभ्रा को।

'समझ आया रिंपी?' मनु ने पूछा। शुभ्रा के साथ-साथ रिंपी ने भी आवाज़ में अतिरिक्त नमी का अनुभव किया। रिंपी ने सिर हिलाया। 'एक बार गाकर सुनाना', मनु ने कहा, 'तुम रियाज़ करो, हम लंच करके आते हैं। फिर मिलिंद का समय हो जाएगा।'

मनु ने शुभ्रा की तरफ़ देखा, अपना पर्स उठाया और दोनों कैंटीन की तरफ़ निकल गईं। दोनों ही चुप थीं। शुभ्रा ने मनु को पहली बार इस तरह से देखा था। वह पहले भी मनु को गाते और रियाज़ करते देख चुकी थी लेकिन पहली बार उसे इस तरह से बिखरते देखा है। फिर मनु का एकदम से एंबेरेस होना, इस वक़्त की चुप्पी जैसे किसी चोरी का पकड़ा जाना हो... शुभ्रा सोचती है, क्या मनु दी कुछ छुपा रही हैं? हालाँकि वह जानती हैं कि हर बात, हर वक़्त, हरेक जान ले, यह कोई ज़रूरी तो नहीं है लेकिन वह महसूस कर रही है कि जो गई थीं और जो लौटकर आई हैं, वे दोनों ही मनु दी अलग-अलग हैं। वह देर तक मनु को देखती और तौलती रही, फिर उससे रहा नहीं गया। उसने मनु से पूछा, 'एक बात पूछूं, सच-सच बताएंगी मनु दी?'

'तू पूछ ले शुभी। मेरे पास छुपाने के लिए कुछ है ही नहीं।' जाने मनु ने यह कैसे कहा मगर अंत तक निराशा खिंचकर उतर आई थी उसके कहने में।

'आप जो गई थीं, लौटकर आने के बाद आप वह नहीं लग रही हैं मनु दी।' शुभ्रा ने पूछा भी सूचना देने के अंदाज़ में।

'हाँ, हो सकता है ऐसा हो। इन दस-बारह दिनों का बदलाव दिख रहा हो, स्किन टैन हो गई है, शायद वज़न भी बढ़ गया हो। वहाँ करना ही क्या होता था, खाना और मज़े करना। गर्मी बहुत थी, फिर सी-शोर पर टैनिंग की समस्या तो बहुत आम है ही।' मनु ने बात को समझते हुए भी टालने की कोशिश की। हालाँकि उसने सोचा कि प्रेम को क्यों छुपाया जाए, प्रेम कोई छुपाने की बात है, क्या वह गुनाह है? उस पर भी यदि वह एकतरफ़ा हो तो? क्या प्रेम अंहकार का भी विषय है। यदि प्रेम है और उसका प्रतिदान प्रेम नहीं है, तो क्या इससे प्रेम करने वाला याचक हो जाएगा? मनु सोचती है, प्रेम

करने वाला ही महत्त्व होता है। प्रेम कर लेना क्या सरल बात है, उस स्थिति में, जबकि वहीं से प्रेम मिलने की कोई आशा भी न हो। इसलिए उसने तय कर लिया था कि उसे शुभ्रा से कुछ नहीं छुपाना है। पता नहीं इस क़िस्म की कोशिश वह क्यों कर बैठी?

'नहीं, बदलना उस तरह का नहीं। भीतर से बदली हुई लग रही हैं मुझे... कुछ बहुत गहरा घटित हुआ है जैसे आपके जीवन में।' शुभ्रा ने अपनी बात स्पष्ट की।

'बदल गई हूँ, यह नहीं कहूँगी। हाँ, बदल रही हूँ। ख़ुद भी नहीं जानती... और सच पूछो, तो बदलना चाहती भी नहीं हूँ लेकिन बदल रही हूँ और हाँ, इस बदलाव से मुझे कोई दुख भी नहीं है।' मनु ने बहुत दार्शनिक ढंग से अपनी बात ख़त्म की।

'पता नहीं, आप मुझे एकदम से संतत्व की तरफ़ बढ़ती हुई-सी लगने लगी हैं। यह विरहजन्य है या विरागजन्य... समझ नहीं पा रही हूँ।' शुभ्रा अपनी उलझनें रखती है।

'अरे नहीं... संत होने जितना गुरुत्व अभी तक हासिल नहीं कर पाई हूँ।' मनु ने कहा तो बहुत मस्ती में था लेकिन बहुत गहरी उदासी का बारीक सुर शुभ्रा की पकड़ में आ गया।

'फिर? मुझे जानना है जो कुछ आपके भीतर घट रहा है। यदि मैं ठीक-ठीक समझ पा रही हूँ, तो आप प्यार में हैं।' शुभ्रा ने उसे गौर से देखते हुए कहा। बहुत देर तक दोनों में से कोई नहीं बोला। फिर मनु ने ही चुप्पी तोड़ी।

'हाँ... हूँ प्यार में।'

'किसके प्यार में हैं? आप मुझे कब मिलवाएँगी?' शुभ्रा ने मचलते हुए कहा।

नहीं मिलवा सकती शुभी।' मनु ने दूर देखते हुए उदास स्वर में कहा।

'नहीं! क्यों?' शुभ्रा के पूछने में उत्सुकता से ज़्यादा चिंता थी।

'शुभी, वह प्यार में नहीं है।' मनु ने एकदम से उदासीन होकर कहा।

'आपने उसे बताया?' शुभ्रा लगातार चकित हो रही थी।

'नहीं। बता ही दिया, तो क्या प्यार किया? प्यार कहने की नहीं, करने की चीज़ है मेरी जान।' मनु ने अल्हड़ होकर कहा।

'फिर भी, आपके कहे बिना यदि उन्हें समझ नहीं आया तो?' शुभ्रा ने पूछा।

'तो क्या! प्यार मैंने किया है, वह मेरी पूँजी है। उसका उससे क्या लेना-देना?'

'मगर आप बताना क्यों नहीं चाहती हैं?' शुभी के कहने में खीझ उतर आई थी।

'प्यार तो मैं करती हूँ न! उसे क्यों जानना चाहिए? मेरा यह जान लेना काफ़ी है कि मैं प्यार करती हूँ।' मनु ने बहुत इत्मीनान से कहा।

'तो आप उसे कभी नहीं बताएंगी?' शुभ्रा उलझने लगी थी।

'क्या ज़रूरी है उसे बताया ही जाए?'

'यह जानकर उन्हें भी शायद अच्छा लगे।' शुभ्रा ने अपनी समझ से जवाब दिया।

'होता क्या है कि हम प्यार को उधार की तरह बताना चाहते हैं। जैसे मुझे प्यार है, तो मेरा तुम पर उधार है। मैंने किया, तो तू भी कर... या यह कि तू कर न कर लेकिन यह याद रख कि मैंने तुझसे

प्यार किया है। किसी तरह का नैतिक अधिकार तो तुझ पर है ही मेरा। है न...! सोच ज़रा, प्यार में कोई हिसाब-किताब कैसे हो सकता है। यह ज़ोर-ज़बरदस्ती भी तो नहीं हो सकता न!' शुभ्रा उसे एकटक देख रही थी।

'लेकिन एक बार आपने ही कहा था कि प्यार प्रतिदान माँगता है।' शुभ्रा ने याद करते हुए कहा।

'हाँ कहा था। वह बहुत पुरानी बात है। उम्र और अनुभव का फ़र्क़ बहुत कुछ बदल देता है। पता है, एक बार जब जिया से मैंने यही बात कही थी, तब जिया ने मुझे जवाब दिया था कि प्रेम के बदले प्रेम की ख़्वाहिश व्यापार है, प्रेम नहीं। तब मुझे जिया का कहा बहुत आदर्शवादी लगा था। आज लगता है कि शी वॉज़ राइट। जिया ने प्रेम में आकंठ डूबकर इस मोती को पाया था, आज मुझे भी मिला है। प्यार कुछ नहीं चाहता है, वह बस भीतरी ख़ुशी है।' मनु ने मुग्ध होकर कहा।

'मान लें, यदि वह भी आपसे प्यार करने लगे तो?' शुभ्रा फिर भी संतुष्ट नहीं हुई।

'तब देखा जाएगा।' मनु ने बात ख़त्म करने की गरज से कहा।

शुभ्रा ने भी मनु की कोशिश को समझा और चुप हो गई। दिसंबर की दोपहर में खिली-चटख धूप देखकर मनु ने मुस्कुराकर शुभ्रा की ओर देखा, 'धूप का रंग देखो, कितना अद्भुत है!'

• • •

मिली की सफ़ेद टैक्सी धूल उड़ाती हुई कंपाउंड से बाहर चली गई थी। इलहाम उसे जाते देखता रहा था। जब वह नज़र आना बंद हो गई, तब भी वह बड़ी देर तक वहाँ खड़ा रहा। ऐसे, जैसे उस जगह

की ज़मीन में उसकी जड़ें हों। उस भुरभुरी रेत ने उसके पैरों को जकड़ लिया हो। अब भी वह अपनी हथेलियों में मिली का हाथ महसूस कर रहा था। वह वहीं खड़े-खड़े कंपाउंड पर नज़र घुमाता है, एकाएक उसे लगता है जैसे यह जगह वह नहीं है, जिसमें वह अब तक रह रहा था। एकदम से वह कैंपस, वह जगह, वे हट्स, वह पूरा माहौल उसे अजनबी-अजनबी लगने लगा।

वह वहाँ से चला, तो लगा जैसे उसी जगह, उस हट नंबर 24 के नीचे उसका जाने क्या-क्या रह गया, जाने क्या-क्या गुम हो गया है। चलते-चलते उसने अपना सिर झटका। उसने ख़ुद से कहा, यह कुछ नहीं है, बस अभी-अभी मिली के चले जाने से पैदा हुए जज़्बात हैं। मिली... मिली... कौन है मिली? और उसके जाने से इलहाम इस क़दर परेशान हो रहा है?

इस दुनिया में ऐसे कई लोग मिलते हैं और बिछड़ते हैं। मिली भी उसकी ज़िंदगी में आई एक ऐसी ही औरत है। वह एक इत्तिफ़ाक़ थी, इत्तिफ़ाक़ों का कोई मुस्तक़बिल नहीं होता है। इत्तिफ़ाक़ों का कोई माज़ी भी नहीं होता है। जिन चीज़ों का माज़ी और मुस्तक़बिल नहीं होता, वे ही तो इत्तिफ़ाक़ कही जाती हैं। फिर जब किसी चीज़ का मुस्तक़बिल न हो, उसे लेकर क्यों इतना सोचना!

इलहाम अपनी हट में आ जाता है। उसमें घुसते ही उसे लगता है, जैसे यह वो जगह नहीं है। वह समझ नहीं पाता कि जाने उसकी नज़र ही बदल गई है या फिर यह जगह ही बदल गई है। सब कुछ उजाड़-सा लगता है। उसे लगा कि यदि उसका काम एक-दो दिन में शुरू नहीं हुआ, तो वह यहाँ अब रुक नहीं पाएगा। वह लेट जाता है। छाती में कुछ अटकता-सा महसूस होता है और उसका रोने का मन हो आता है। वह ख़ुद को झिड़कता है, यह क्या पागलपन है?

न जाने कहाँ से आई एक औरत, जो कुछ दिन यहाँ घूमने आई थी, इत्तिफ़ाक़ से मुलाक़ात हुई। आज वह चली गई, तो इसमें इतना परेशान होने की क्या वजह है? मगर सब करके भी वह सुकून नहीं पा रहा था। वह कैमरा लेकर निकल गया। देर तक भटकने के बाद भी उसे करार नहीं आया। उसने घड़ी देखी, दोपहर के दो बज रहे थे। वह बिना नाश्ता किए निकला था और अब खाने का समय हो गया था। इस बीच उसे प्यास भी नहीं लगी, भूख भी नहीं। मगर थकान गहरी हो गई थी। गाँव से सन, सैंड एंड वेव्स आने वाले रास्ते पर ही एक चाय की गुमटी पर रुका। वहीं पानी पिया, नूडल्स खाए और चाय पी। पेट भर जाने के बाद फिर से उसे समझ नहीं आया कि क्या करे।

उसे अचानक अम्मी की याद हो आई। जब से वह यहाँ आया है अम्मी ने ही हमेशा फ़ोन लगाया है, उसने ख़ुद से फ़ोन लगाकर कभी बात नहीं की। उसे शर्मिंदगी हुई। लगा कि वह अब तक जो सोचता रहा है, वही सही है। मर्द मुहब्बत कर ही नहीं सकता है। आज जब वह परेशान है, उसे अम्मी याद आ रही हैं। जब वह मिली के साथ था, तब उसे उनकी याद नहीं आई थी। इस सोच ने उसे और भी ज़्यादा परेशान कर दिया। वह समझ ही नहीं पा रहा था, अब वह क्या करे? उसने फ़ोनबुक खोली, एम... मिली... लेकिन नहीं लगाया।

फ़ोन बजा। बहुत उम्मीद से उसने स्क्रीन देखी, जाने उसे किसकी उम्मीद थी? मिली के फ़ोन की या अम्मी की लेकिन वह कहीं से राहत चाह रहा था। मगर फ़ोन डायरेक्टर के पीए का था, 'कल डायरेक्टर से आपकी मीटिंग है।'

'कहाँ?'

'यहीं कोलाबा उनके ऑफ़िस में।' दूसरी तरफ़ से जवाब आता है।

'अरे, मगर गोवा में लोकेशन देखने की बात थी।' इलहाम ज़रा खीझ कर बोलता है।

'डायरेक्टर की बेटी बीमार हैं। वह शूटिंग लोकेशंस को लेकर आपसे कुछ डिस्कस करना चाहते हैं। शायद एक-दो दिन में यूएस के लिए निकलने वाले हैं।' पीए ने कहा।

इलहाम एकदम से दूसरी फ़िक्र की तरफ़ चला गया। मतलब अब इस फ़िल्म का भी कुछ ठीक नहीं है, पता नहीं शुरू हो या न हो। शुरू हो भी, तो कब हो या फिर जब शुरू हो, तब इलहाम इसका हिस्सा हो या न हो। ख़ैर, जो हो, कल डायरेक्टर से मीटिंग तो करनी ही होगी।

रूम पर पहुँचा। सामान पैक किया। चेक आउट कर लिया। मुम्बई जाने वाली अगली फ़्लाइट शाम छह बजे की है। अभी तीन बजे हैं, वक़्त से पहुँच जाएगा। टैक्सी में बैठते ही जब उसे इत्मीनान आया, तो उसे लगा अच्छा ही हुआ जो उसने अपने जज़्बात पर ज़ब्त रखा। नहीं तो बेवजह उस प्यारी लड़की के साथ धोखा कर बैठता। मर्द की फ़ितरत को उसने सही पहचाना है। उसे हर वक़्त किसी-न-किसी सहारे की ज़रूरत होती है। वह बहुत जल्दी बहल जाता है। अभी तक जुदाई थी, अब करियर आ गया। फ़्लाइट में बैठते ही उसे याद आया कि अम्मी अब तक घर पहुँची होंगी या नहीं?

मुंबई एयरपोर्ट से बाहर आया, तो लगभग सवा सात हो रहे थे। उसने अम्मी को फ़ोन लगाया।

'बिट्टू, कब आ रहा है?' अम्मी की हाँफती-सी आवाज़ आई।

'आप हाँफ क्यों रही हैं?' इलहाम को चिंता हो आई।

'अरे सीढ़ियाँ चढ़ रही हूँ। स्टेशन से निकल रही हूँ। तू कब आ रहा है?'

'तो आप फ़ैक्ट्री जाने लगीं। कब से?' इलहाम को लगा कि वह कितना ग़ाफ़िल रहा इन दिनों। अम्मी की ज़रा भी ख़ैर-ख़बर नहीं ली उसने।

'अरे आज से ही। आपा के एक्सरे की रिपोर्ट कल आ गई थी। अब वह ठीक हैं, तो सोचा मैं भी अपने रोज़ी-रोज़गार की चिंता करूँ।' अम्मी ने कहा।

'तो अभी घर जा रही हैं या ख़ाला के घर?' इलहाम ने पूछा।

'अपने घर जा रही हूँ लेकिन जो मैं पूछ रही हूँ तू उसका जवाब नहीं दे रहा है।' अम्मी के कहने में गुस्सा उतर आया था।

'रास्ते में हूँ, बस घंटे भर में घर पहुँच रहा हूँ।' इलहाम ने कहा।

'तूने बताया नहीं!' अम्मी ने कहा।

'मुझे ख़ुद ही कहाँ पता था। अब थोड़ा रहम कर लें, घर आ ही रहा हूँ। मास्टरनी की तरह सवाल पर सवाल न करें ख़ुदारा?' इलहाम बनावटी गुस्से में कहता है।

'ठीक है। तू आ, तब सवाल करूँगी!' कहकर अम्मी फ़ोन बंद कर देती हैं।

अँधेरा उतर आया था। स्ट्रीट लाइट्स, गाड़ियों, दुकानों, शो-रूम्स की लाइट्स से मुंबई की सड़कें रोशन हो रही थीं। हवा में नमी थी और शाम को घर लौटते लोगों की गहमा-गहमी थी और शोर भी।

इलहाम को एकाएक बहुत उदास-सा महसूस हो रहा था। उसने खिड़की के शीशे चढ़ा लिए। फिर भी पारदर्शी शीशों से आती रोशनी उसे बेचैन कर रही थी। उसने आँखें मूँद लीं। पीकॉक ब्लू बिंदी के इर्द-गिर्द दो पनीली आँखें उसे याद आ गईं। उसका ज़ोर से रोने का मन हो आया था। उसने घबराकर आँखें खोल ली थीं। भीतर-बाहर उसे बेचैनी महसूस होने लगी।

अम्मी के दरवाज़ा खोलते ही वह उनसे लिपट गया था। मन भर आया था, आँखें भी... रेशमा ने कुछ अलग-सा महसूस किया। इससे पहले भी बिट्टू बाहर जाता रहा है, विदेश भी लेकिन इस तरह से कभी नहीं लौटा।

'क्या हुआ बिट्टू?' रेशमा ने पूछा।

'कुछ नहीं अम्मी। कई दिन हो गए, तो आपकी याद आ रही थी।' इलहाम कहते हुए रेशमा से नज़रें चुराता है। रेशमा समझती है लेकिन कुछ पूछती नहीं।

रेशमा देखती है कि इलहाम बेचैन है। वह सब कुछ कर रहा है। काम के लिए बाहर भी जा रहा है, घर के भी काम पूरी ज़िम्मेदारी से कर रहा है। रेशमा से भी बातचीत कर रहा है मगर जो भी रेशमा कह रही है, वह बिना कोई सवाल पूछे, बिना ना-नुकुर किए कर रहा है। उसे समझ आ रहा है कि कुछ ऐसा है, जो बहुत संजीदा है। वह यह भी जानती है कि उसके सीधे पूछे जाने पर इलहाम जवाब नहीं देगा। वह यह भी समझती है कि यदि वह कुछ दिन इंतज़ार करे, तो इलहाम ख़ुद ही उससे बात करेगा लेकिन माँ है, बच्चे की बेचैनी नहीं देख पा रही।

इलहाम की फ़िल्म का काम अभी रुका हुआ है। इस बीच उसे एक ऐड ऑफ़र हुआ, जो लोनावला में शूट होना था। एक दिन

का काम था इसलिए सुबह चार बजे निकल गया। हालाँकि लोकेशन पहले से ही तय थी, मौसम भी मुफ़ीद था, पूरा क्रू साथ ही गया था। मॉडल्स और मेकअप आर्टिस्ट भी, फिर भी काम ख़त्म करते-करते शाम हो गई। जब इलहाम घर पहुँचा, तो रात के नौ बज रहे थे। रेशमा ने उससे फ़ोन करके पूछ लिया था कि डिनर तो घर पर ही करेगा न?

सुबह से निकला इलहाम घर आते-आते बहुत थका हुआ लग रहा था। रेशमा ने उसके लिए गर्म पानी कर रखा था। आते ही उसे नहाने भेज दिया और ख़ुद रोटियाँ सेंकने चली गई। खाने के दौरान ही रेशमा ने इलहाम से कहा, 'बहुत थका हुआ है, खाना खाकर सो ही जाना। कल तो कोई असाइनमेंट नहीं है न तेरा?' रेशमा को बच्चे की सेहत की भी फ़िक्र होने लगी थी।

'नहीं, कल कोई असाइनमेंट नहीं है। कल घर पर ही रहूँगा। मगर क्या फ़ायदा! आपको तो जाना होगा न?' इलहाम ने मायूसी से कहा।

'कल सन्डे है, मेरी भी छुट्टी है।' रेशमा ने बच्चों जैसे उत्साह से कहा।

'अरे वाह, आपके साथ के लिए तरस गया था पिछले दिनों। कल हम दोनों लंबे अरसे के बाद साथ रहेंगे।' इलहाम की आवाज़ भीगी-भीगी-सी लगी थी रेशमा को। उसका मन कटकर रह गया। क्या परेशानी है, जो बच्चे को इतना उदास कर रही है। उसने तय कर लिया कि आज तो थका हुआ है लेकिन कल हर हाल में वह इस सिलसिले में बात करेगी। कह देने से भी मन हल्का हो जाता है।

खाना खाकर इलहाम को कुछ ठीक लगने लगा। उसने रेशमा से कहा, 'अम्मी, एक कॉफ़ी और पिला दें, तो सारी थकान उतर जाए।' वह भी ख़ुद से लड़ते-लड़ते हारने लगा था। दिन में दस दफ़ा पीकॉक ब्लू बिंदी के इर्द-गिर्द की भरी हुई आँखें उसे याद

आती हैं और वह बेचैन हो जाता है। सब कुछ करते हुए भी कुछ ऐसा था, जो उसके रोज़मर्रा के जीवन में अटका हुआ-सा लग रहा था। वह समझ रहा है कि कुछ दिन या फिर हो सकता है कुछ महीने मिली और उसके साथ गुज़ारे वक़्त को भुला पाने में लगें लेकिन उसे यक़ीन है कि वह उस सबको भुला देगा। फिर से अम्मी के साथ वह साधारण ज़िंदगी में लौट आएगा। तब तक लेकिन... उसे ख़ुद को कहीं-न-कहीं एंगेज रखना ही होगा।

रेशमा ने इलहाम को अपने ही कमरे में बुला लिया था। बालकनी में एक और कुर्सी लगा दी और स्टूल पर कॉफ़ी के कप रख दिए। फिर भीतर गई और तेल की शीशी लेकर आई।

'तेरे सिर की मालिश कर देती हूँ, अच्छी नींद आएगी और थोड़ा दिमाग़ में भी सुकून आएगा।' कहते हुए वह पास की कुर्सी पर बैठ गई और कॉफ़ी का कप इलहाम को थमाया। इलहाम ने कप हाथ में लिया और ख़ुद को कहने के लिए सहेजने लगा। इधर रेशमा भी उसे गहरी और बेचैन साँसें लेते देख उससे बात करने के लिए सिरा खोजने लगी।

'अम्मी उस आदमी ने आपसे कैसे कहा कि वह अब आपको छोड़कर जा रहा है?' इलहाम ने आख़िर प्रश्न कर ही लिया।

'बिट्टू, वह तेरे अब्बा हैं। पहले तो बोलने की तमीज़ सीख!' रेशमा ने बिफ़रते हुए कहा।

'अम्मी, आप बताएँ न?' इलहाम ने रेशमा के ऐतराज़ को दरकिनार करते हुए फिर से अपनी बात दोहराई।

'बेटा, इश्क़ में लफ़्ज़ मायने नहीं रखते इसलिए उनकी ज़रूरत नहीं होती है। तेरे अब्बा ने मुझसे कुछ नहीं कहा, मुझे ही लगा कि तेरे

अब्बा अजनबी हो रहे हैं।' रेशमा कहीं माज़ी में उतर गई। उसकी आवाज़ में उदासी की नमी आ बैठी। फिर बहुत गहरी नज़र से उसने इलहाम की तरफ़ देखा, 'मुझे तू भी इन दिनों अजनबी लग रहा है।'

इलहाम इससे अचकचा गया, 'नहीं अम्मी, आप बेफ़िक्र रहें। मैं आपको किसी क़िस्म के धोखे में नहीं रखूँगा।'

'बिट्टू, यदि तेरे अब्बा की दूसरी बीवी तेरे सामने आएगी, तो तू उससे कैसे बर्ताव करेगा? मैं कई बार इस बात से डर जाती हूँ कि कहीं तू उसे देखकर आपा तो नहीं खो देगा न?' रेशमा फ़िक्रमंदी से पूछती है।

'मतलब हाल-फ़िलहाल में उस आदमी से आपका राब्ता रहा है?' इलहाम थोड़ा ठंडेपन से पूछता है।

'नहीं, मुझे नहीं पता कि वह कहाँ हैं? क्या कर रहे हैं? ऐसे ही एक विचार आया कि यदि तेरी छोटी अम्मी और माशाअल्लाह उसकी भी कोई-न-कोई औलाद तो होगी ही, यदि वह तेरे सामने आएंगी, तो तू उनके साथ क्या बर्ताव करेगा?' रेशमा ने इलहाम से सवाल किया।

'आपको क्या लगता है अम्मी, मेरा बर्ताव कैसा होगा?'

'तू जिस क़दर गुस्से में भरा रहता है अपने अब्बू के लिए, तो मुझे डर लगता है कि कहीं तू उन लोगों से कोई बदतमीज़ी तो नहीं करेगा न?'

'अम्मी, उस औरत पर तो सचमुच गुस्सा है मुझे। क्या वह औरत यह सोच पाई कि शादीशुदा मर्द से मुहब्बत और फिर उससे

शादी करके वह कितने लोगों के साथ नाइंसाफ़ी कर रही हैं? मगर उसकी औलाद का क्या क़ुसूर होगा इस सबमें! उसे तो इस दुनिया में लाने से पहले पूछा ही नहीं गया होगा न? वह तो बेचारी बेक़ुसूर ही होगी न!' इलहाम कहता है, तो रेशमा राहत की साँस लेती है।

'बिट्टू, मैं यह कह पाने के लायक पाती हूँ ख़ुद को कि इश्क़ बस हो जाता है। हम इसके लिए किसी को दोष नहीं दे सकते हैं। पहले तो कोई भी औरत किसी शादीशुदा मर्द के इश्क़ में जान-बूझकर नहीं पड़ेगी। इश्क़ और ख़ुदगर्ज़ी दो अलहदा चीज़ें हैं। तेरे अब्बा से उस औरत को क्या मिलना था? तुझे पता है, वह एक हिन्दू औरत है! हिन्दू औरत तो यूँ भी किसी मुसलमान मर्द, वह भी शादीशुदा से जान-बूझकर तो इश्क़ में नहीं ही पड़ेगी।' रेशमा ने कहा और गहरी साँस ली, 'मुहब्बत ही मुहब्बत का सिला हो सकती है बच्चे?'

'तो आपको वो सिला नहीं मिलना चाहिए था अम्मी?' इलहाम फिर से वहीं पहुँच गया था।

'जाने दे बच्चे, बहुत साल हो गए। इतना ज़हर अपने भीतर नहीं रखते हैं। ज़ेहन का ज़हर हमारे जिस्म को भी ज़हरीला बना देता है। फिर कहा तो, इश्क़ बस हो जाता है। तेरे अब्बा को भी हो गया... फिर से हो गया।' रेशमा कहती है और बालकनी से नीचे देखने लगती है।

'कॉफ़ी ख़त्म हो गई तेरी? ला बैठ, तेरे सिर की मालिश कर दूँ।' रेशमा ने कहते हुए तेल की शीशी उठा ली। इलहाम ने कॉफ़ी का खाली कप स्टूल पर रखी ट्रे में रखा और रेशमा के पैरों के पास जाकर बैठ गया। रेशमा ने हथेली पर तेल लेकर उंगलियों के पोरों को उसमें डुबोया और इलहाम के बालों में पोर घुमाने लगी।

"बिट्टू, कुछ लोग होते हैं, जो दिल की कश्ती की सवारी करते हैं। जो दिल कहता है, वह करते चले जाते हैं। कुछ लोग रवायतों के सहारे अपनी ज़िंदगी जीते हैं। मर्द जो हैं, उन्हें रवायतें नहीं बाँध पाती हैं और औरतें इनसे कभी आज़ाद नहीं हो पाती हैं। तेरे अब्बू दिल की कश्ती के सवार थे। वह रवायतों की क़ैद से आज़ाद थे। तेरी अम्मी रवायतों की क़ैदी है।' रेशमा गहरी साँस लेकर कहती है।

'अम्मी, आपने अपनी पूरी ज़िंदगी एक ऐसे आदमी की मुहब्बत में ग़र्क कर दी, जिसने आपकी कभी फ़िक्र नहीं की। आप रवायतों की नहीं, दिल की कश्ती की सवारी कर रही हैं।' इलहाम गुस्से से भरकर कहता है।

'पता नहीं बिट्टू, तू कभी इस बात को समझ पाएगा या नहीं कि औरतें मुहब्बत भी रवायतों की तरह ही करती हैं।' रेशमा ने जो कहा, उसने इलहाम को चौंका दिया।

'और पता है, जो मुहब्बत रवायत हो जाती है वह मुहब्बत नहीं आदत बन जाती है। औरतें अपनी पूरी ज़िंदगी इस ग़लतफ़हमी का शिकार होकर गुज़ार लेती हैं कि आदत ही मुहब्बत है, जबकि ये दोनों अलग चीज़ें हैं।' इलहाम पलटकर अपनी अम्मी को देखता है। वह बालकनी के उस पार इस सदा जागते शहर की रोशनियों को रात के अँधेरे को हराते हुए देख रही होती हैं।

इलहाम रेशमा की गोद में अपना सिर रख देता है। रेशमा उसके सिर पर अपना सिर रख देती है।

'बहुत नसीब वालों को इश्क़ के ग़म मिलते हैं। उसमें मिले आँसू मोती की मानिंद क़ीमती हुआ करते हैं। तेरी अम्मी अपनी आधी से ज़्यादा ज़िंदगी गुज़ारकर यह महसूस कर पाई है कि उसमें

मुहब्बत करने की और टूट जाने की हिम्मत थी। यह हिम्मत ही हमें दुनिया की दूसरी तकलीफ़ों में मज़बूत बनाए रखती है। मैं देख पा रही हूँ कि तू कहीं गुमशुदा है। जब से आया है, तब से तू दरअसल आया ही नहीं है, वहीं कहीं रह गया है।' रेशमा कहते हुए अपना सिर इलहाम के सिर पर से उठाती है और उसके कान में फुसफुसाती है, 'मुहब्बत से ख़ौफ़ खाना कायरता है बिट्टू। मेरा बच्चा कायर नहीं है। है न?'

'अम्मी, एक सवाल पूछूँ?' इलहाम बहुत तौलते हुए रेशमा से इजाज़त माँगता है।

'ऐसा क्या पूछना है तुझे, जो इजाज़त माँग रहा है। पूछ न, जो पूछना चाहता है। यूँ तेरी अम्मी कोई आलिम-फ़ाज़िल तो है नहीं, ज़िंदगी ने जो तजुर्बात दिए हैं, उसी की बिनाह पर कुछ कह दिया करती है कभी।' कहते हुए मुस्कुरा दी थी रेशमा।

'आपको क्या लगता है, मर्द मुहब्बत कर पाता है कभी?' इलहाम ने अपना सिर उठाकर रेशमा के चेहरे की तरफ़ देखा।

'मुहब्बत का मर्द-औरत से क्या लेना-देना है बिट्टू?'

'मुझे लगता है कि मर्द मुहब्बत नहीं कर सकता है। वह सिर्फ़ दिल बहलाता है या फिर अपनी ज़रूरत पूरी करता है। पहले माँ, फिर बीवी... फिर कोई भी औरत?' कहते-कहते वह कड़वाहट से भर जाता है।

'यह सब बकवास तू कहाँ से लाता है? इश्क़-मुहब्बत अल्लाह की तरफ़ से इंसान को तौफ़ीक़ है। इसका मर्द-औरत से कोई लेना-देना नहीं है।' रेशमा चिढ़कर कहती है।

'तो अम्मी, आपके बिट्टू को भी यह तौफ़ीक़ होगी?' इलहाम ने जिस तरह से यह पूछा, रेशमा का दिल भर आया।

रेशमा ने आसमान की ओर सिर उठाया, 'या अल्लाह...!' फिर इलहाम के सिर को थपकते हुए कहा, 'इतना शुबहा क्यों है तुझे। तू मेरी औलाद है, रेशमा की। यदि रेशमा की औलाद मुहब्बत न करे, तो रेशमा का वजूद ही बेवजह हुआ न?'

इलहाम कुछ न कहते हुए रेशमा की तरफ़ भरी आँखों से देखता है।

'रेशमा इस डर के साये में जी रही थी कि कहीं वह औलाद को बिना जज़्बातों के ही देखते हुए तो नहीं मरेगी न?' रेशमा इलहाम के बालों को बिखेरते हुए कहती है।

'मैं देख रही हूँ कि तू जज़्बातों से भरा हुआ है। तेरी ज़िंदगी में भी कोई है। है न?' रेशमा पूछने के अंदाज़ में कहती है।

'अम्मी, आप अच्छा मज़ाक करने लगी हैं आजकल। कहीं से भी, कुछ भी कयास लगाने लगी हैं। चलिए अब नींद आ रही है। शब्बाख़ैर!' इलहाम मुस्कुराते हुए कहता है और खड़ा हो जाता है।

'बेटा राजा, अम्मी हूँ तेरी। तेरे साँस भरने के अंदाज़ से तेरे ज़ेहन में क्या चल रहा है, उसका अंदाज़ा लगा लेती हूँ। मुझसे तू क्या छुपा लेगा बच्चू?' रेशमा कहते हुए इलहाम का माथा चूम लेती है।

•••

दिन भर की सरगर्मी से कबीर अस्थिर और अस्त-व्यस्त हो गया था। देवेंद्र और अन्नू के बीच की तनातनी ने उसे फिर से सब कुछ सोचने को मजबूर कर दिया था। क्या बचपन के दोस्त बाद में इस क़दर अलग हो जाते हैं? क्यों नहीं होंगे! आख़िर तो सबका परिवेश

अलग है, पृष्ठभूमि, मानसिक, बौद्धिक स्तर और आर्थिक स्थिति सब कुछ तो अलग है। तो विकास की दिशा भी तो अलग ही होनी है।

अन्नू एक मध्यवर्गीय नौकरीपेशा परिवार से है, तो उसके सपनों की हद सरकारी नौकरी की हो सकती है। देवेंद्र एक निम्नवर्गीय पारंपरिक परिवार से है। उसने परिवार में एक ख़ास तरह की राजनीति का रुझान भी देखा है। वह देखता है कि आर्थिक समृद्धि और राजनीतिक रसूख किस तरह से दूसरों के जीवन को प्रभावित कर सकता है और लोग किस तरह से समृद्ध और रसूखदारों के प्रति आदर और सम्मान से भरे रहते हैं, तो ज़ाहिर-सी बात है कि उसके मन में भी दूसरों के सामने स्थापित होने की ख़्वाहिश जागती ही होगी न? आलोक समृद्ध व्यापारी परिवार से है लेकिन उसने यह देखा है कि इस परिवेश में उसे हर तरफ़ अपनी स्वतंत्रता से समझौता करना होगा। सरकारी नौकरी का वह सपना नहीं देख सकता है क्योंकि उसका एकेडमिक करियर इतना ब्रिलियंट नहीं रहा है कि वह कॉम्पीटिशन में आगे निकल सके।

ख़ुद कबीर की पारिवारिक पृष्ठभूमि इन सबसे बेहतर थी। नाना कर्नल, नानी टीचर और माँ डॉक्टर... एक मानसिक, बौद्धिक और आर्थिक रूप से सम्पन्न पारिवारिक पृष्ठभूमि। फिर नानी सेल्फ़ मेड हैं, माँ ने विद्रोह किया है और एक मुसलमान लड़के से शादी की। नानी का विद्रोह अलग तरह का रहा है। वह दामाद की माँ के साथ बहनों की तरह रह रही हैं। अब इतनी उदार पृष्ठभूमि में पलकर कबीर, कबीर ही हो सकता है न, देवेंद्र तो नहीं। इस विचार ने उसे कुछ बेहतर महसूस करने में मदद की। उसे लगा कि उसे सबके प्रति समदृष्टि रखनी चाहिए क्योंकि हरेक अपनी-अपनी परिस्थितियों की मिट्टी से ही तो पोषण लेगा न?

...और मनु? मनु का विचार आते ही उसे कुछ अलग-सा महसूस होने लगता है। न चाहते हुए भी वह मनु को जिया की ही प्रतिकृति की तरह देखता है। हालाँकि जिया और मनु में बहुत फ़र्क़ है। ज़ाहिर है, यह फ़र्क़ उम्र का भी है और अनुभव का भी लेकिन बहुत सीमा तक वह जिया की तरह ही लगता है उसे। शायद इसीलिए वह उसे इतनी पसंद है।

कबीर जानता है कि मनु की जीवन यात्रा कई मुश्किल पड़ावों से होकर गुज़री है। मनु के पीजी के दिनों में कबीर उस शहर में जिया के यहाँ पहुँचा था। दुबली-पतली, गेहुंआ रंग की, सहमी और चुप-चुप रहने वाली लड़की थी उन दिनों मृणालिनी। कबीर भी नई जगह पहुँच कर थोड़ा सहमा हुआ तो था ही, उस पर माँ अमेरिका जाने की तैयारी कर चुकी थी। इस सबने मिलकर कबीर को थोड़ा उदास कर दिया था लेकिन जिस तरह से जिया ने उसे बेटे की तरह प्यार और आश्वासन दिया, कबीर जल्द ही उस सबसे उबर गया।

मनु का जीवन उन्हीं दिनों बड़ी मुश्किलों से गुज़र रहा था। अक्सर जिया उसे इसलिए बुला लिया करती थी कि मनु का मन बहला रह सके। संजना मैम भी कई बार रात के खाने पर या फिर किसी संडे साथ हुआ करती थीं। कबीर ने देखा था मनु को संघर्ष करते हुए।

वह सोचता है कि अब तक उसने मनु को इस तरह से कैसे नहीं सोचा? क्या उसने मनु को टेकन फ़ॉर ग्रांटेड ले लिया था। वह मनु को फ्रेम-दर-फ्रेम याद करता है। उस दिन ब्लैक ड्रेस में मनु, यूनिवर्सिटी में सिलेक्शन की ख़ुशी में जिया की दी हुई पार्टी में पीली और नीली कांजीवरम साड़ी में आत्मविश्वास से लबरेज़ मुस्कुराती मनु, पीएचडी की पार्टी में गुलाबी बेस पर काली और सिल्वर बॉर्डर की लिनन की साड़ी में विनम्र और अभिजात्य-सी

दिखती मनु, जिया के न रहने पर लाल चेहरा, सूजी और उदासी से भरी नम आँखों वाली मनु... और भी बहुत सारे चित्र। मधुर के दोस्त के घर आने पर गुस्से से लाल भभूका हुई मनु और जिया के प्यार के तले नम और नर्म होती मनु... कितने चित्र हैं। अजीब बात है कि इससे पहले उसने कभी इस तरह से मनु को देखा-सोचा ही नहीं। क्यों?

सुबह दादी ने उसे नींद से जगाया, 'कब्बू, तेरा दोस्त आया है।'

'कौन?'

'वही उस दिन वाला!' दादी ने जिस तरह से कहा, उससे कबीर को यह महसूस हुआ कि दादी भी दरअसल देवेंद्र को पसंद नहीं करती हैं। नानी ने भी ऐसा कोई संकेत तो दिया ही था। वह ब्रश करते हुए सोचता है कि आख़िर ऐसा क्या है, जो दादी और नानी दोनों ही नापसंद करती हैं उसे।

नीचे आकर उसने देवेंद्र से हाथ मिलाया। दादी तब तक चाय के कप रख गई थीं। कल रात ही शंभू काका और सावित्री काकी आ गए थे। बाहर शंभू काका क्यारियों की सफ़ाई कर रहे थे और सावित्री काकी घर की सफ़ाई कर रही थीं। शायद नानी ने दीपक को कुछ कहा हो, तो दीपक पोर्च में लाकर गाड़ी धो रहा था। कबीर को घर भरा-भरा लग रहा है।

कुछ इधर-उधर की बातें हुईं, देवेंद्र लगातार बाहर देख रहा था। कबीर महसूस कर रहा था कि वह घर को कुछ ज़्यादा ही ग़ौर से देख रहा है। थोड़ी देर बाद देवेंद्र ने बिना संदर्भ के ही उससे पूछा, 'तूने फ़्यूचर के बारे में क्या सोचा है? वहीं रहेगा या फिर कहीं और जाएगा?'

'अभी तक सोचा था कि यूएस चला जाऊँ, माँ भी बुला रही है। मगर अब लगता है कि क्यों? यहाँ क्या बुरा है!' कहते हुए वह देवेंद्र को देखता है। उसे लगता है जैसे देवेंद्र कुछ असहज हो गया है।

'तो क्या शहर में ही रहेगा?' उसने उसी असहजता में प्रश्न किया।

'हाँ, फ़िलहाल के लिए तो...? अभी कुछ ज़्यादा नहीं सोचा है।' कबीर इस बातचीत से ऊब गया था।

'तुझे ऐसा नहीं लगता है कि तू इस उम्र में नानीजी और दादी को यहाँ अकेले रखे हुए है? ठीक है कि हम यहाँ हैं लेकिन बढ़ती उम्र में बुजुर्गों को अपनों की ज़रूरत होती है। मुझे लगता है तुझे दोनों को अपने साथ ही रखना चाहिए। आख़िर तू भी तो वहाँ अकेले रहता है।' देवेंद्र ने कहा, तो कबीर को अपराध-बोध हुआ। उसने अब तक इस तरह से क्यों नहीं सोचा? एकाएक उसका बातचीत से मन उचट गया। वह बाहर देखने लगा।

उसने नानी को आवाज़ लगाकर पूछा, 'नानी, हम कहीं जाने वाले हैं क्या आज? दीपक गाड़ी धो रहा है।'

नानी बाहर आ गईं, 'हाँ, सोचती हूँ बगीचे होकर आएँ। देखें तो संतरे और आम के क्या हाल-चाल हैं। आख़िर तो संतरे का सीज़न जो शुरू होने को है। फिर तू आया है, तो देख कि अजय ने वहाँ क्या-क्या किया है?'

'तो हम कब तक निकलेंगे?' कबीर देवेंद्र से ऊब गया था।

'जितनी जल्दी निकलेंगे, उतना ज़्यादा वक़्त मिल जाएगा?' नानी के इस जवाब से जैसे कबीर को रास्ता मिला था। देवेंद्र उठ खड़ा हुआ, 'ठीक है, फिर कभी मिलते हैं। आज तो तुम लोग बगीचे हो आओ।'

कबीर पूरे दिन यही सोचता रहा कि उसे नानी और दादी को शहर ले जाना चाहिए। देर शाम जब सारे लौटे, तो बहुत थके हुए थे। कबीर ने पिज़्ज़ा ऑर्डर कर दिया था। सबने पिज़्ज़ा खाया। कबीर ने कॉफ़ी बनाई और तीनों हॉल मे आकर बैठ गए। दिन भर जो विचार उमड़ रहे थे, वही विचार कबीर ने दोनों बुजुर्ग महिलाओं के सामने रख दिए, 'क्यों नहीं हम इस घर को बेच दें और आप दोनों मेरे साथ शहर चलें। वहीं घर ख़रीद लेते हैं। आख़िर तो मुझे आप लोगों के साथ रहना चाहिए न?'

'तू पागल हुआ है क्या कब्बू? तेरे सामने तेरा करियर पड़ा हुआ है। हम बुढ़ियाओं का क्या है! आज हैं, कल नहीं हैं। तेरा करियर बनाने का समय है। तुझे यूएस भी जाना है। हमें शहर ले जाकर क्या तू जा पाएगा!' नानी ने कहा, तो दादी ने भी 'हाँ' में गर्दन हिलाई।

'मैं सोचता हूँ कि मैं यूएस जाने का प्लान ड्रॉप कर दूँ। यहाँ क्या कमी है, जो यूएस में पूरी हो जाएगी?' कबीर ने हवा में देखते हुए कहा।

'तेरी अम्मा हैं न वहाँ!' नानी ने रोष में भरकर कहा।

'नहीं नानी, मैं माँ के पास रहने का विचार नहीं कर सकता हूँ।' कबीर ने गंभीरता से कहा।

'तब ठीक है। तेरी शादी हो जाए, तब हमें ले चलना जहाँ तू चाहे। हम तेरे बच्चों को पाल लेंगी।' दादी ने मुस्कुराते हुए कहा।

नानी हो-हो कर हँसने लगीं, 'इस मरी के मुँह में भी जुबान है। देख कैसी कतरनी की तरह चल रही है। मुझे तो लगा था बस हूँ-हाँ के अलावा कुछ कहना जानती ही नहीं है यह।'

कबीर मुस्कुराया। पड़ोस के किसी बच्चे ने अनार जलाया, उसका रिफ़्लेक्शन उस कमरे में भी आ रहा था। उससे तीनों के चेहरे झिलमिला रहे थे।

•••

कबीर मनु के साथ बाहर था, पहाड़ की यात्रा पर। बीच कटोरे जैसा मैदान था और इर्द-गिर्द पहाड़ थे। मनु कबीर के साथ किलक रही थी। ऊँचाई पर खड़े होकर मैदान का नज़ारा बड़ा अद्भुत लग रहा था। मनु बड़ी मुग्ध होकर देख रही थी। इर्द-गिर्द चीड़ के पेड़ थे, मैदान एकदम हरा था और बीच में एक छोटा-सा पानी का तालाब-सा था।

मैदान में अलग-अलग रंग के कपड़े पहने सैलानियों के झुंड जैसे उस मैदान की हरियाली के एकाधिकार को तोड़ रहे थे। कबीर मनु के मुग्ध होने को मुग्ध होकर देख रहा था। मनु ने कचनार के रंग का लंबा कुर्ता पहन रखा था, जिस पर हरे रंग के छोटे-छोटे गोलाकर पत्तों का प्रिंट था। बाल खुले थे, धूप से उसकी आँखें झिपझिपा रही थीं।

वह ख़ुद से ही कुछ गुनगुना रही थी। कबीर ने ऑब्ज़र्व किया कि इन दिनों जब भी मनु ख़ुश होती है, ख़ुद से ही गुनगुनाने लगती है। उसका गुनगुनाना सुनकर कबीर अंदाज़ा लगाता है कि वह बहुत ख़ुश है। उसकी यह ख़ुशी कबीर को संतुष्ट करती है। आख़िर कबीर का जीवन में होना मनु की ख़ुशी की वजह है। वह ख़ुद को ख़ास महसूस करता है। वह घास पर लेट जाता है। मनु गुनगुनाते हुए उसकी तरफ़ देखती है, उसे लेटा देखकर मुस्कुराती है।

वह सुख से आँखें मूँद लेता है। देर तक मनु के गुनगुनाने को सुनता रहता है, फिर आवाज़ धीमी पड़ने लगती है। वह बहुत धीमी आवाज़

भी सुनता रहता है। फिर आवाज़ आना बंद हो जाती है। वह ख़ुमार में है और सोचता है, इसी वक़्त यदि वह मर जाए, तो उसे ज़िंदगी में कोई मलाल नहीं होगा। वह गहरी साँस लेने लगता है।

वह ऐसे ही पुकारता है, 'मनु!'

उसे जवाब नहीं मिलता। वह फिर कहता है, 'मनु, ख़ुश तो हो न मेरे साथ?'

फिर से उसे जवाब नहीं मिलता है। वह आँखें खोलता है। जहाँ मनु बैठी थी, वह जगह खाली थी। वह झटके से उठ बैठता है। उस जगह पर मनु का हरे रंग का स्कार्फ़ पड़ा होता है। वह बेचैन होकर आवाज़ लगाता है, 'मनु... मनु... मनु...!'

उन पहाड़ों से उसकी आवाज़ लौटकर आ जाती है। वह पागलों की तरह मनु को पुकारने और ढूँढ़ने लगता है। उसकी आवाज़ फटने लगती है, गला सूखने लगता है और सिर चकराने लगता है। वह सिर पकड़कर बैठ जाता है। पसीना-पसीना कबीर एकदम से ब्लैंकेट हटाकर बैठ जाता है।

स्ट्रीट लाइट की रोशनी खिड़की से उसकी स्टडी टेबल पर पड़ रही थी। साइड टेबल से पानी की बॉटल उठाकर पानी पीता है और दीवार से सिर टिकाकर बैठ जाता है। देर तक वह उस सपने को याद करता है, बार-बार रिवाइंड करता है और आँखें मूँद लेता है।

थोड़ी देर बाद वह ब्लैंकेट में सरक जाता है और सोने से पहले तय कर लेता है कि वह जल्द ही लौटेगा। जल्द ही नहीं, कल ही...

कितने दिन हुए मनु को देखा नहीं, मिला नहीं...

सिर तो आख़िरकार हमें भी ख़ाक की ओर झुकाना है

सुबह जब कबीर ने नानी को बताया कि वह आज लौट रहा है, तो घर में जैसे सन्नाटा-सा हो गया। उसे घर में और भी ज़्यादा घुटा-घुटा-सा लगने लगा। दादी बिना कुछ कहे ही बहुत कुछ कह जाती हैं। उनके चेहरे की उदासी भी कबीर को दिखाई दे रही थी। नानी ने उलाहना देकर पूछा, 'तू तो पंद्रह दिन रुकने वाला था?'

'हाँ, सोचा तो था लेकिन छुट्टी कैंसल हो गई है। हॉस्पिटल में लोड बढ़ गया है और दो-तीन कलीग्स के साथ कैजुएल्टी की स्थिति है।' उसने नानी से झूठ बोला। 'एकाध महीने में फिर आ जाऊँगा।'

'कौन जीता है तेरी जुल्फ़ के सर होने तक?' कहते हुए नानी लॉन में चली गई। कबीर ने अपने मन को संभाला। ख़ुद से ही यह वादा किया था कि वह नानी को ख़ुशख़बरी सुनाने जल्द ही लौटेगा। उसने नाश्ता किया और दस बजे वाली बस में बैठ गया। उसे कुछ अजीब-सा लग रहा था, कुछ डर, कुछ ख़ुशी, कुछ उत्साह और बहुत सारी आशंकाएँ। कल्पनाओं के घोड़े दौड़ रहे थे, सपनों को पंख लगे हुए थे। कभी-कभी जैसे बस को ब्रेक लगता था, वैसे ही वह भी ख़ुद को नियंत्रित करने की कोशिश करता था।

दिसंबर की सुबह बस में उतनी गहमा-गहमी नहीं थी। जो भी थे, गर्म कपड़ों में लदे-फदे खिड़की से आती धूप के आग़ोश में ऊँघ रहे थे। खिड़कियाँ सारी बंद थीं, फिर भी झिर्रियों से हवा भीतर आ

रही थी। उसने अपने काले लेदर जैकेट की ज़िप ऊपर तक खींच ली और वुलन कैप को खींचकर कान ढँक लिए। रात की नींद की खुमारी बची हुई थी और दादी के हाथ के हरी मटर के परांठे खाकर हल्की नींद भी आने लगी थी।

दो घंटे का सफ़र है, एक झपकी तो वह ले ही सकता था। उसने आँखें मूँद ली थीं। आधी नींद, आधी जाग्रति की स्थिति में बहुत सारे चित्र फिर से उसकी यादों में आ-जा रहे थे। मनु के साथ का वक़्त रह-रहकर चलचित्र की तरह गुज़र रहा था। कई-कई बार उसने उन सारी शामों को याद किया, जो मनु और जिया के साथ और जिया के न रहने पर मनु के साथ उसने गुज़ारी हैं।

घर से निकलने से पहले उसने शुभ्रा को कॉल किया, 'मनु आ गई? उसने ज्वॉइन कर लिया क्या?'

'हाँ, तीन दिन हो गए।' शुभ्रा ने बताया।

'आज आई है डिपार्टमेंट?'

'हाँ, अभी मनु दी के साथ लंच करके ही लौटी हूँ। वैसे आपका झगड़ा हुआ है क्या मनु दी से? आप ख़ुद क्यों नहीं कॉल कर लेते!' शुभ्रा ने चुहल की।

'मैं मनु को सरप्राइज़ देना चाहता हूँ इसलिए तुमसे पूछ रहा हूँ।' कबीर ने हँसते हुए कहा। शुभ्रा को उसकी हँसी में अतिरिक्त उत्साह और ख़ुशी महसूस हुई।

कबीर जब कैंपस पहुँचा, तब शाम के चार बज रहे थे। धूप उतार पर थी, कैंपस में भी कम ही बच्चे दिखाई दे रहे थे। यूँ भी सर्दियों में जल्दी अँधेरा हो जाता है और कैंपस शहर से दस किमी दूर है, फिर पीजी में एक ही शिफ़्ट में क्लासेज़ लगती हैं, तो तीन-साढ़े

तीन तक लगभग क्लासेज़ ख़त्म हो जाती हैं। टीचर्स भी चार-साढ़े चार तक निकलने लगते हैं। कबीर कई बार मनु से मिलने कैंपस आ चुका है इसलिए मनु का रूटीन उसे पता है। पार्किंग में वह मनु की बैंगनी स्विफ़्ट देख लेता है। उससे थोड़ी दूर कदम्ब के पेड़ के नीचे वह अपनी गाड़ी टिकाता है और म्यूज़िक यूटीडी के गेट पर नज़र टिका देता है।

पैरेट ग्रीन कलर की साड़ी और वाइन कलर का कोट पहने एक लड़की सीढ़ियाँ उतरती दिखाई देती है। कबीर का दिल ज़ोर-ज़ोर से धड़कने लगता है। मनु ही है। वह गाड़ी के भीतर बैठे-बैठे मनु के पार्किंग तक आने का इंतज़ार करता है। मनु जैसे ही पार्किंग की तरफ़ आती है, कबीर उसके सामने पहुँच जाता है और उसे बाँहों में घेर लेता है। मनु सहज हो जाती है। पर्स को दोनों हाथों से संभाले मनु कबीर के कान में फुसफुसाती है, 'हम कैंपस में हैं कबीर।' मनु के कहने से कबीर संभलता है। थोड़ा शर्मिंदा होता है। वह मनु की तरफ़ देखता है। काली बिंदी, कानों में छोटी गोल्डन रिंग, बीच की माँग निकालकर ढीला बँधा जूड़ा, जैसे पहली ही बार वह मनु को देख रहा हो। वह मुग्ध होकर मनु को देखता है। मनु नज़रें झुका लेती है। उसे लगता है, जैसे उसके इर्द-गिर्द कुछ परेशान करने वाला घटित होने वाला है।

'ओह मनु, तुम समझ नहीं सकती। मैंने इन दिनों तुम्हें कितना मिस किया है। ऐसा लगा, जैसे पहली बार मुझसे मेरा 'मैं' ही खो गया है।' कबीर मचलकर कहता है।

मनु उसे चौंककर देखती है।

उसे समझ नहीं आता है कि उसकी ज़िंदगी में यह सब क्या हो रहा है। एकाएक इतनी सारी उलझनों के लिए वह ख़ुद को तैयार नहीं

पाती है। वह अजनबी नज़रों से कबीर को देखती है। कबीर अपनी गाड़ी का दरवाज़ा उसके लिए खोल देता है।

'मैं भी गाड़ी से आई हूँ।' कबीर इस बात को जानता है, फिर भी वह उसे बताती है।

'मैं कल तुम्हें छोड़ जाऊँगा।' कबीर मचलकर कहता है।

'बट कबीर?'

'प्लीज़ मनु, हैव फ़ेथ इन मी!' कहते हुए कबीर उसके कंधे पर हल्के से दबाव देता है। कोई रास्ता न देखकर मनु गाड़ी में बैठ जाती है।

'पता है, तुम्हारे यूँ चले जाने से मैं बहुत हर्ट हुआ। तुम्हें मुझे बताना चाहिए था।' कबीर ने शिकायत की।

'दरअसल मैं कुछ वक़्त अकेले रहना चाहती थी, सोचना चाहती थी, प्लान करना चाहती थी कि अब ज़िंदगी का क्या किया जाना चाहिए?' मनु एकदम उदासीन होकर कहती है।

'हाँ, तो ठीक है न? मुझे बताती, तो मैं भी तुम्हारी मदद करता।' कबीर कहता है।

'नहीं कबीर, हरेक को अपनी सलीबें ख़ुद ही ढोनी पड़ती हैं। कोई किसी की उदासी, परेशानी, दुख, ज़िम्मेदारी नहीं उठा सकता है।' मनु के कहने से कबीर आहत हो जाता है।

'मनु तुम मुझे अपना नहीं समझती हो और मुझे ऐसा लगता है जैसे तुम्हारे सिवा मेरी ज़िंदगी में और कुछ है ही नहीं। मैं...' कबीर की बात पूरी होने से पहले ही मनु उसे टोक देती है।

'मैं बहुत उलझनों में हूँ कबीर... मेरी उलझनें और मत बढ़ाओ प्लीज़।' मनु आर्द्र होकर कहती है।

'मैं तुम्हारी उलझनें सुलझाने की ही तो बात कर रहा हूँ मनु।' कबीर कहता है।

'प्लीज़ कबीर, मैंने ख़ुद को ख़त्म कर लिया है। मैं ख़त्म हो चुकी हूँ। तुम्हारी ज़िंदगी शुरू होनी है।' कहते हुए मनु के शब्द लरजने लगते हैं।

कबीर गाड़ी रोक लेता है, 'इसका क्या मतलब है?'

'कुछ नहीं, मैं तुम्हें तकलीफ़ नहीं देना चाहती लेकिन मैं फ़िलहाल बहुत नाज़ुक मन:स्थिति में हूँ। आई होप यू अंडरस्टैंड एंड कोऑपरेट!' कहकर मनु अपना सीट बेल्ट खोलती है।

'मनु...!' कबीर हतप्रभ होकर मनु की तरफ़ देखता है।

'प्लीज़ फ़ॉरगिव मी कबीर... फ़ॉर एवरीथिंग।' कहते हुए मनु हाथ जोड़ती है और कार का दरवाज़ा खोलकर उतर जाती है। कबीर थोड़ी देर ठहरता है, फिर गाड़ी बढ़ा लेता है। मनु देखती रहती है। थोड़ी आगे जाकर गाड़ी रुकती है। लाल गुलाबों का गुलदस्ता सड़क पर फेंका जाता है और फिर गाड़ी बढ़ जाती है।

मनु की आँखें भर जाती हैं। उसे लगता है, जैसे ज़िंदगी उसका इम्तिहान लेने पर आमादा है। उसे फिर से जिया शिद्दत से याद आती है। इस वक़्त जब वह अपने अकेलेपन से, निराशा और हताशा से जूझ रही है, उसे किसी की ज़रूरत है लेकिन फ़िलहाल उसके साथ कोई नहीं है। जो हो सकता था, वह भी नहीं...।

मनु अब भी उस सड़क के किनारे असमंजस की स्थिति में खड़ी है। वह तय ही नहीं कर पा रही है कि उसे आख़िर जाना किस तरफ़ है। दिमाग़ उसका सुन्न हो चला है। बार-बार भरने से आँखें भी धुँधला रही हैं। एक ऑटोवाला रुका, जो शहर की तरफ़ जा रहा था। मनु बिना कुछ सोचे उसी में बैठ गई।

यूथ फ़ेस्टिवल की सरगर्मियाँ तेज़ हो गई थीं। मिलिंद और रिंपी का रियाज़ अच्छा चल रहा था। शुभ्रा का रिज़ल्ट फिर टल गया था। ज़िंदगी जैसे थम गई थी। सब कुछ तयशुदा तरीक़े से हो रहा था। मनु समय पर यूटीडी पहुँचती थी। पूरी तैयारी से क्लास लेती थी। रियाज़ भी करवाती थी, ख़ुद भी घर पहुँचकर दो घंटा रियाज़ करती थी। फिर रात को कुछ पढ़ना, सुनना या फिर कुछ देखना। मगर सब कुछ करते हुए भी जैसे ज़िंदगी नहीं थी उसमें।

उस शाम वह रियाज़ करके उठी ही थी कि शुभ्रा का फ़ोन आ गया। वह बहुत ख़ुश थी, 'मनु दी, रिज़ल्ट आ गया है। मेरा सिलेक्शन हो गया बीडीओ के पद पर।'

'देख मैंने कहा था न, तेरा सिलेक्शन होगा। क्या ख़बर सुनाई है शुभी। बता तुझे क्या गिफ़्ट दूँ इस सक्सेस के लिए?' मनु ने उत्साहित होते हुए कहा।

'आपसे आपकी कोई रात उधार लूँगी किसी दिन। मैं आज जिया के यक़ीन पर खरी उतर आई दी।' कहते-कहते शुभ्रा भावुक हो गई।

मनु सोचती है, जिया ने कितनों को अपने यक़ीन से बाँधे रखा है। मगर किसी ने जिया को अपने यक़ीन से नहीं बाँधा। जिया ऐसे ही चली गई। बँधकर ही मुक्ति का मर्म समझा जा सकता है। जिसे कभी किसी ने बाँधा ही न हो, उसके लिए न बंधन का कोई अर्थ

होता है, न मुक्ति का। सारे रिश्तों का एक अर्थ यह भी है कि वे जीवन की धूप-छाँह का अनुभव भी करवाते हैं।

बहुत दिनों बाद मनु ने कोई अच्छी ख़बर सुनी थी। थोड़ा ही सही, मन हल्का हुआ था। ऐसा नहीं है कि ज़िंदगी में सब बुरा ही बुरा होता है। कितनी ही कड़ी धूप हो, छोटी-छोटी बदलियाँ या झाड़ियों की छाँह से धूप सहने लायक हो जाती है। ज़िंदगी भी ऐसी ही है। इम्तिहानों के बीच ही छोटी-छोटी राहतें मिलती रहती हैं। ज़िंदगी ऐसे ही जीने लायक बनी रहती है। मनु गहरी साँस लेती है।

•••

फ़रवरी महीने का ही रविवार था। रेशमा वॉशिंग मशीन लगा रही थी इसलिए इलहाम से भी धोने के कपड़े पूछ लिए थे। उसने कुछ कपड़े निकालकर रख दिए। रेशमा को इससे पहले भी एक-दो बार इलहाम के पास से सिगरेट की बदबू आई थी। उसने सोचा था कि पूछे लेकिन फिर सोचा कि एक-दो बार और ऐसा होगा, तो बात करेगी।

आज भी उसके रखे कपड़ों में से सिगरेट की बू आ रही थी। इन दिनों इलहाम की शूटिंग का शेड्यूल शाम का है इसलिए सुबह वह घर में ही रहता है। सुबह-सुबह चाय का कप लेकर वह ड्रॉइंग रूम वाली बालकनी में बैठा हुआ था। वह पिछले दो महीनों से बेचैन है, यह रेशमा समझ रही थी। एक बार बात करने की कोशिश भी कर चुकी थी लेकिन इलहाम कुछ खुलकर कह नहीं रहा था। फिर रेशमा सोचती है कि अपनी परेशानियों से ख़ुद ही लड़ना भी जीवन का अहम सबक़ है। तो जब तक वह अपने आप कुछ कहने के लिए राज़ी नहीं होता, तब तक रेशमा उसे नहीं कुरेदेगी। हालाँकि यह रेशमा के लिए मुश्किल हो रहा था, आख़िर माँ जो ठहरी। बेटे

की ज़ेहनी परेशानी उसे भी परेशान कर रही थी लेकिन औलाद को ज़िंदगी के अच्छे-बुरे वक़्त के लिए तैयार करना भी तो माँ-बाप का फ़र्ज़ है। यह सोचकर वह ज़ब्त करती रहती है।

'बिट्टू, फिर से सिगरेट पीना शुरू कर दिया है तूने?' रेशमा ने ज़रा सख़्त आवाज़ में पूछा।

'अम्मी वो... रोज़ नहीं, बस जब कभी काम का प्रेशर ज़्यादा रहता है, उस दिन जागने के लिए कभी-कभी... बस।' इलहाम खिसियाकर कहता है। उसे ख़ुद ही अपने कहने पर ऐतबार नहीं होता।

रेशमा उसे भेदती निगाहों से देखती है, 'पानी की प्यास पानी से ही बुझती है बिट्टू, आग में प्यास बुझाने की कुव्वत नहीं होती है।'

'अम्मी! आप क्या कह रही हैं, मेरी समझ में नहीं आ रहा है?'

'मसलों के हल निकाले जाते हैं बच्चे, उन्हें धुएँ में नहीं उड़ाया जा सकता है। जो मसला है, उसे हल करो। सिगरेट फूँककर हल नहीं हो सकता है। उसे टाल रहे हो लेकिन कुछ मसले ऐसे भी होते हैं, जिन्हें टाला नहीं जा सकता। यदि मैं समझ पा रही हूँ, तो मसला बहुत संगीन होता जा रहा है।' रेशमा उसके सामने बैठते हुए सीधे उसकी आँखों में देखती है।

इलहाम थोड़ा असहज हो जाता है, 'ऐसा कोई मसला नहीं है अम्मी। वो बस यूँ ही।'

'जब से गोवा से लौटा है, तू नॉर्मल नहीं है। कुछ ऐसा है, जो तुझे परेशान कर रहा है और तुझसे हल नहीं हो रहा है। तू मुझे भी नहीं बतानी चाहता है। ठीक है मत बता लेकिन उससे निजात तो पा।' रेशमा कहती है।

'दिल से निजात मिल जाएगी क्या अम्मी?' कहते हुए इलहाम फफककर रेशमा की गोद में सिर रख देता है। रेशमा उसे देर तक रोने देती है। उसके बालों को सहलाती रहती है। जब इलहाम थोड़ा संभलता है, तो उसके बालों को चूम लेती है।

'माशाअल्लाह तो मसला इश्क़ है?' कहते हुए मीठा-सा मुस्कुराती है।

'अम्मी, आपको मज़ाक सूझ रहा है?' इलहाम चौंककर रेशमा की तरफ़ देखता है।

'इकतरफ़ा तो नहीं है न?' रेशमा ने थोड़ी फ़िक्र से पूछा।

'नहीं...।' इलहाम ने सिर झुकाकर जवाब दिया।

'तब क्या मसला है?'

'दिमाग़ कहता है, यह इश्क़ नहीं है।'

'और दिल क्या कहता है?' रेशमा चुहल करते हुए पूछती है।

'अम्मी मज़ाक नहीं।' इलहाम ऐतराज़ जताता है।

'मज़ाक नहीं कर रही हूँ बिट्। दिल जो कहता है, उसी को मानो। दिमाग़ हमें मजाज़ी दुनिया का तसव्वुर देता है, दिल ही के पास हक़ीक़ी दुनिया का विरसा है। कुछ कह लो, दिल ही क़ाबिल-ए-ऐतबार हुआ करता है।' रेशमा फ़लसफ़ाना तरीक़े से कहती है।

'मज़हब का मसला...?' इलहाम फिर पूछता है।

'इश्क़ ख़ुद ही सबसे ऊँचा मज़हब है, इतना न उलझ!' इलहाम चौंकता है अम्मी से इस तरह की तहरीर पर।

'यह आप हैं? यक़ीन ही नहीं आता!' इलहाम कहता है।

'इश्क़ कीजे फिर समझिए...!' कहते हुए रेशमा मुस्कुराती हुई उठती है और इलहाम के बालों को अपनी उंगलियों से बिखेर कर निकल जाती है।

फ़रवरी की सुबह मीठी-गुनगुनी धूप से झिलमिलाने लगती है।

●●●

कबीर की रात नानी से बात हुई थी। उस शहर में कुछ साम्प्रदायिक विवाद हुआ है। हालाँकि नानी का घर शहर के आउटस्कर्ट्स में है इसलिए वहाँ इस तरह का कोई तनाव तो नहीं है, फिर भी कबीर को दादी के लिए थोड़ा डर लगा था। कबीर ने देवेंद्र को फ़ोन करने की कोशिश की लेकिन फ़ोन लगा ही नहीं। बाद में अन्नू को लगाया, तब अन्नू ने बताया कि उस विवाद में देवेंद्र को गोली लगी है। वह अस्पताल में है। कबीर ने अन्नू को घर का ध्यान रखने के लिए कहा। वैसे वह जानता था कि अन्नू के लिए भी कहाँ यह सब आसान होगा। अन्नू जिस जगह रहता है, उसी के आसपास तो विवाद हुए हैं। सारे विवाद आमतौर पर पुरानी बसाहटों में ही होते हैं।

कबीर सोचता है कि इतने वर्ष साथ-साथ रहते हुए भी लोगों में एक-दूसरे को लेकर विश्वास पैदा नहीं होता है। जब लंबा साथ भी विश्वास पैदा नहीं कर सकता है, तो फिर दुनिया में ऐसी कौन-सी चीज़ होगी, जो दो लोगों के बीच विश्वास पैदा कर सके।

दो लोग...।

उस शाम के बाद से कबीर बहुत आहत है। महीने से ज़्यादा हो गया, न मनु ने उसकी कोई खोज-ख़बर ली और न ही उसने मनु से कोई बात की। क्या इतने बरसों के रिश्ते का यही अंजाम होना

था? ऐसा क्या हो गया, क्यों हो गया ऐसा? क्या कबीर ने मनु से कुछ ज़्यादा चाह लिया या कि उसने मनु की ज़िंदगी में अपने लिए किसी जगह की माँग की थी?

कबीर थोड़ा स्थिर हो गया। यदि वह मनु की ज़िंदगी में उस तरह से नहीं है, तो क्या इस संबंध को ही ख़त्म हो जाना चाहिए? अब तक उसने इस पर इस तरह से सोचा ही नहीं था। जैसे ही उसने ऐसा सोचा, उसका मन रोने को हो आया। मनु ने इस सबको इतना कॉम्प्लिकेटेड क्यों कर दिया है? इट्स ओके... लेकिन क्या मनु ने ही इसे जटिल कर लिया है, कबीर ने अपनी तरफ़ से कोई पहल क्यों नहीं की?

उसने मनु को यह समझाने की कोशिश क्यों नहीं की कि वह मनु की इंडिविजुअलिटी का सम्मान करता है। जहाँ मनु कोई रेखा खींचेगी, वह उससे आगे जाने का सपना भी नहीं देखेगा। कबीर को लगा कि यदि इस क़दर अबोला रहा, तो फिर कभी बोले जाने की शुरुआत हो ही नहीं पाएगी लेकिन क्या यह इतना आसान होगा?

...

मनु का हर एक दिन भारी गुज़र रहा था। कर वह सब कुछ रही थी लेकिन ऐसा लगता था, जैसे किसी भी चीज़ में जान नहीं बची है। उसके कपड़े बेरंग होने लगे थे, फिर बदरंग भी। शुभी इसे महसूस कर रही थी। वह चकित थी कि इस तरह के रंग तो मनु दी के पास थे ही नहीं, एकाएक ये सब कहाँ से आ गए?

उस दोपहर लंच पर जाने के दौरान शुभी ने पूछा, 'मनु दी, इतने बुरे रंग कहाँ से ला रही हो आजकल? कितने ख़राब रंग पहनने लगी हो!'

मनु ने उसे उदासीन नज़रों से देखा, 'न जाने कब से थे ये रंग मेरे पास!'

'मगर पहले तो नहीं पहने देखा आपको!' शुभी ने कहा।

मनु फीके से मुस्कुराई, 'रंगों के भी मौसम हुआ करते हैं। आजकल इस तरह के धूसर रंगों का मौसम है। पतझड़ तो ऐसा ही होता है न शुभी?' कहते-कहते आवाज़ भीग गई थी मनु की।

इस साल सर्दी ज़रा ज़्यादा ही लंबी खींच गई थी। फ़रवरी में भी कड़ाके की सर्दी थी। मनु ने पीच कलर की साड़ी पहन रखी थी और उस पर भूरे रंग का फ़र वाला कोट। माथा कई दिनों से सूना था और आँखें तो कभी-कभी ही काजल से सजती थीं। बालों को पीछे बाँध कर जूड़ा बनाया हुआ था। माथे का सूनापन चेहरे को ज़्यादा स्निग्ध और उदास बना रहा था।

पगडंडी पर बॉटलब्रश, बेर की झाड़ी, सप्तपर्णी और कदम्ब के पेड़ों से छनकर धूप आ रही थी। हवा के झोंके सर्द से थे।

मनु का फ़ोन बजा, 'हैलो! कबीर!'

'...'

'अरे, तबीयत कैसी है फिर दादीजी की?'

'...'

'मैं आती हूँ। बस निकल ही रही हूँ।'

'...'

जब मनु हॉस्पिटल पहुँची, तब कबीर डॉक्टर से कुछ बात कर रहा था। मनु को आता देखकर वह असहज हो गया। डॉक्टर ने बताया

कि यदि रात तक होश आ जाता है, तो चिंता की कोई बात नहीं होगी। ब्लड लॉस ज़्यादा हो गया है इसलिए डर बना हुआ है।

मनु एकदम कबीर के सामने खड़ी थी। कबीर उदासी से मुस्कुराया। मनु ने उसकी मुस्कुराहट का कोई जवाब नहीं दिया। भीतर पहुँची, तो कबीर ने नानी से मनु का परिचय करवाया। मनु ने नानी के पैर छुए। फिर उसने कबीर की तरफ़ देखा, 'ब्लड, ओ पॉज़िटिव!'

कबीर उसे देखता है, फिर ब्लड डोनेशन के लिए ले जाता है।

'कुछ खा लेते हैं।' कबीर मनु से कहता है।

'लंच करके आई हूँ।' मनु जवाब देती है।

'यू नीड टु ईट... चलो!' कबीर बहुत अधिकार से कहता है।

'क्या लोगी?' कैंटीन में कबीर पूछता है।

'मैंने कहा तो, मैं लंच लेकर आई हूँ।' मनु अपनी बात कहती है।

'दो अनार जूस और एक सैंडविच।' कबीर ऑर्डर देता है।

'आई एम सॉरी फ़ॉर ऑल दैट।' कबीर साहस जुटाकर कहता है। 'एक्चुअली मुझे लगा था कि मैंने तुम्हें अपनी बेवकूफ़ी में खो दिया है।' कबीर ने कहते हुए नज़रें झुका ली थीं। मनु ख़ुद को संयत कर रही थी।

'इसे बेवकूफ़ी नहीं कहते हैं कबीर, इसे ही नियति कहते हैं। मैं उस सबके लिए तुमसे माफ़ी माँगती हूँ। तुम इस दुनिया में मेरे सबसे अच्छे दोस्त हो। मेरे जीवन, उसकी तकलीफ़ें, सब कुछ तो तुमने क़रीब से देखा है। इस फ़ेज़ को भी तो तुम्हें देखना होगा न?' मनु मायूसी से कहती है।

'मुझे भी तो यही लगा था मनु कि तुम मेरी सबसे अच्छी दोस्त हो। मेरी हर दिक़्क़त, परेशानी, ख़ुशी में मेरे साथ रही हो। क्या हमेशा साथ रखने की ख़्वाहिश में ही तुम्हें खो दूँगा?' कबीर का गला भर आता है।

मनु उसे देखती है। कबीर उसके हाथ पर हाथ रख देता है, 'मैं तुम्हें खोना नहीं चाहता। तुम मेरी स्ट्रैंथ हो।'

'मगर मैं ही ख़ुद को खो चुकी हूँ कबीर! यही तो उस दिन भी कहा था।' मनु कहती है।

कबीर उसे देखता है, 'मैं तुम्हें परेशान नहीं करना चाहता हूँ, नहीं करूँगा। मुझे तुम्हारे होने का अश्योरेंस चाहिए बस।'

मनु मुस्कुराती है। उसे लगता है, न जाने कितने दिनों से कोई भार लेकर घूम रही थी, आज वह उतर गया। तभी कबीर का फ़ोन बजा, 'कबीर शब्बो को होश आ गया है।' फ़ोन पर नानी की आवाज़ लरज रही थी। कबीर की आँखें फिर से भीग गई थीं। दोनों वॉर्ड में पहुँचे। दादी दर्द के बीच भी मुस्कुरा रही थीं।

डॉक्टर आ गए। बताया, कमज़ोरी बहुत है। दो दिन और हॉस्पिटल में रखेंगे। फिर डिस्चार्ज कर दिया जाएगा। कबीर और नानी दोनों के चेहरों से थकान उतर गई। बड़े दिनों बाद मनु को कुछ अच्छा लग रहा था। वह सोच रही थी कि छोटी-छोटी चीज़ें कितना कुछ बदल देती हैं। बड़े-बड़े का इंतज़ार करते रहने से ज़िंदगी ज़ाया हो जाती है। उसे याद आया कि जिया कहा करती थी, 'छोटे-छोटे सपने देखो, छोटी-छोटी चीज़ों से ख़ुशियाँ बटोरो। बड़ा तो कई वर्षों में होता है, छोटा-छोटा परिवर्तन तो बस झट से हो जाता है।'

सिर में टांके लगे हैं इसलिए डॉक्टर दो-तीन दिन और इंतज़ार करना चाहते थे। दादी और नानी दोनों ही हॉस्पिटल से घबरा गए थे। मनु ने स्पष्ट कर दिया कि जब तक सब ठीक नहीं हो जाता, दादी को जिया के घर में रखा जाएगा। कबीर ने भी विरोध नहीं किया। एक तो ख़ुद उसके पास वन बीएचके ही था, दूसरे यहाँ उमा उसकी देखभाल के लिए थी, वहाँ नानी को ही सब करना पड़ता। दो दिन बाद आख़िर दादी को जिया के घर में शिफ़्ट कर दिया गया।

उमा ने मोर्चा संभाल लिया था। शुभ्रा का भी आना-जाना लगा रहता। यूनिवर्सिटी में परीक्षा की तैयारियों का दौर था। मनु के लिए छुट्टी लेना संभव नहीं था। कबीर ने कहकर नाइट शिफ़्ट ले ली थी, ताकि दिन में साथ रह सके। मनु का घर भरा-भरा रहने लगा। उसका मन भी बहला हुआ था लेकिन रात में सोने जाते हुए या अकेले होते ही उसका जी घबराने लगता था। अब तो उसे यह सोचकर भी डर लगने लगा था कि ये सब चले जाएँगे, तो उसे फिर से इस घर में अकेले ही रहना होगा। कबीर से बात कर लेने के बाद मनु का मन थोड़ा हल्का हो गया था।

फ़रवरी आधा बीत गया था। ठंड का असर कम होने लगा था। उस सुबह जब कबीर हॉस्पिटल से लौट रहा था तो एक साइकिल उसकी गाड़ी के ऐन सामने आकर रुकी। उसने तेज़ी से ब्रेक लगाए और झल्लाया, 'इडियट... मरना है क्या?'

हेलमेट उतारते हुए रायना हँसती है, 'हाहाहा... देखा? डरा दिया न! मेरे जाते ही सारा भूत उतर गया। आ गए फिर से कार में?'

कबीर गाड़ी से उतरा। हँसते हुए पूछा, 'तुम? कमाल हो... एकाएक ग़ायब हो गई। न कोई कॉल, न कोई मैसेज। फिर एकाएक टपक पड़ी। गई कहाँ थी और लौटी कब?'

'अरे, बहुत लंबी कहानी हो गई। वर्कशॉप पर शिमला गई थी, वो तो तुम्हें बता कर गई थी। यह भी बताया था कि दो महीने में नॉर्थ ईस्ट में आठ शोज़ हैं, तो वहाँ रही। कल ही तो लौटी हूँ।' रायना ने चहकते हुए बताया।

'अरे, तो कोई मैसेज तो करना चाहिए था न! मुझे तो लगा कि फ़ाइनली शहर ही छोड़ दिया है, तो सोचा होगा कि इस शहर के लोगों को भी क्यों याद रखना?' कबीर अनमना हो गया।

'शिमला में ही मोबाइल फ़ोन गुम हो गया। नंबर, एड्रेस सब उसमें ही थे। बहुत सारी जगह नंबर ब्लॉक करवाया। कई जगह इंफ़ॉर्म किया। अब नए मोबाइल में नंबर भी तो नहीं थे किसी के? नंबर बताओ अपना।' कहकर उसने अपना मोबाइल फ़ोन निकाला।

'अच्छा सुनो, इस बार वसंत पंचमी पर बाबा की षष्टिपूर्ति है। एक सरप्राइज़ पार्टी है, म्यूज़िक प्रोग्राम है और सुबह बंगालियों वाली सरस्वती पूजा भी है। आओगे?' रायना पूछती है।

'देखता हूँ। असल में दादी और नानी दोनों ही यहाँ है। दादी का एक छोटा-सा एक्सीडेंट हुआ था, तो उनका यहाँ ट्रीटमेंट हुआ है। सुबह तो शायद न आना हो। यू नो, यूँ भी पूजा-वूजा में मेरा कोई इंटरेस्ट नहीं है। शाम को आ सकता हूँ।' कबीर कहता है।

'तो कहाँ है दादी और नानी, चलो मिल लेती हूँ।' कहकर रायना साइकिल साइड में ले जाने लगती है।

'मेरे साथ नहीं हैं। एक दोस्त के घर पर हैं। उसका घर बड़ा भी है और देखभाल करने के लिए भी लोग हैं वहाँ, इसलिए...!' कबीर ने कहा।

'ठीक है फिर, मिलते हैं!' कहकर रायना हेलमेट पहन लेती है।

'यहाँ तक आई हो, तो अंदर तो आओ?' कबीर कहता है।

'फिर कभी... आज एक वर्कशॉप है मेरी। दस बजे मुझे वहाँ पहुँचना है। तुम पार्टी में आ जाना।' कहते हुए रायना ने बाय किया और चली गई।

•••

फ़रवरी वसंत के आगाज़ का महीना है। वसंत में ही मनु बहलती है अक्सर। मगर इस बार का वसंत उसके लिए पता नहीं क्या लाया है। जिया कहा करती थी, 'हर दुख हल्का हो जाता है, हर टीस मद्धम पड़ जाती है, हर अभाव के साथ हम एडजस्ट करना सीख जाते हैं। इंसान को क़ुदरत ने बड़ी जटिल मिट्टी से रचा है मनु... हर चीज़ से ऊपर चला आता है।' मनु सोचती है, वह भी किसी दिन इस सबसे ऊपर आ ही जाएगी। कुछ भी तो स्थायी नहीं रहता है न?

शुभ्रा ने याद दिलाया, 'कल वसंत पंचमी है मनु दी। पीली साड़ी तैयार है न आपकी?'

मनु मुस्कुराती है। जिया को कितना क्रेज़ था वसंत पंचमी का। पीले कपड़े तैयार करती थीं। हर साल पहले ही से कुछ पीला ज़रूर ख़रीदकर लाती थीं। कितनी पीली साड़ियाँ और पीले कुर्ते हैं जिया के मनु के पास। मनु और जिया ने मिलकर वसंत पंचमी को दीपावली जैसा ही मनाना शुरू किया था। घर में सुबह रंगोली बनती थी। जिया ने पीएचडी अवॉर्ड होने पर मनु को सरस्वती की एक मूर्ति गिफ़्ट की थी। सुबह दोनों उसकी पूजा करके घर से निकलती थीं। शाम की सारी तैयारी उमा करके रखती थी। शुभ्रा भी उन्हीं के साथ आ जाती थी, कबीर भी आता था।

हर साल जिया एक छोटा-मोटा गेट-टुगेदर किया करती थीं। जिया और मनु के कुछ दोस्त, स्टूडेंट। उमा सारी तैयारियाँ करके रखती थी। जिया की प्रिय जगह पर दरी बिछाई जाती थी, इर्द-गिर्द घर की ही कुछ कुर्सियाँ लगा दी जाती थीं। थोड़ा खाने का इंतज़ाम घर में ही हो जाता था, थोड़ा बाहर से आ जाता था। घर की बाउंड्री वॉल के सहारे जिया ने एक पट्टी लगवाई थी, तीन-बाय-तीन की। कुछ दो फ़ीट ऊँचाई पर। उस पर एक छोटा गद्दा बिछा दिया जाता था। देर तक गाना-बजाना और हँसी ठट्टा चला करता था। दीपक लगाए जाते थे और आतिशबाज़ी की जाती थी।

लंच के बाद मनु अपने केबिन में बैठी थी। खिड़की से बाहर वसंत की धूप फैली हुई थी। बोगनवेलिया पर गुलाबी, सफ़ेद फूल पत्तियों की शक्ल में लदे हुए थे। हवा में मीठी-मीठी-सी ख़ुशबू थी। बहुत दिनों बाद मनु का मन ज़रा फिर से स्थिर होने लगा था। भीतर 'पिया संग खेलूँ होली फ़ागुन आयो रे...' चलने लगा था। वह ख़ुद ही मुस्कुराई, फिर एकाएक उदासी ने आ घेरा। क्या वसंत फिर से कभी वैसा हो पाएगा, जैसा जिया के साथ हुआ करता था?

मनु को याद आई थी लेकिन उसका मन इस बार कुछ भी करने का नहीं हो रहा था। फिर भी पूजा तो वह करेगी ही। यूनिवर्सिटी से लौटते हुए मनु ने कुछ मिठाई, फल और पूजा का सामान ख़रीद लिया। इस सिलसिले में उसने किसी से भी चर्चा नहीं की। यदि चर्चा करेगी, तो फिर वो सब होगा, जो जिया के वक़्त हुआ करता था। पिछले साल का मसला अलग था, वह जिया के न रहने पर पहला त्योहार ही था। इस बार का मसला अलग है।

रात के खाने के बाद जब सारे लोग बैठकर हॉल में टीवी देख रहे थे, मनु माफ़ी माँगकर ऊपर अपने कमरे में आ गई। कबीर भी अपनी ड्यूटी पर चला गया। उसने अपनी अलमारी खोली।

जिया की ही पीली और बैंगनी सिल्क की साड़ी पर उसका ध्यान गया। इसके साथ पहनने के लिए बैंगनी रंग का स्ट्रेचेबल ब्लॉउज़ भी है उसके पास। वह साड़ी निकाल लेती है उस पर हल्की प्रेस फेरती है।

उसने तय किया कि वह सबके जागने से पहले ही पूजा का काम निबटा लेगी। इसके लिए उसे थोड़ा जल्दी उठना पड़ेगा लेकिन ठीक है, शाम को लौटकर थोड़ा आराम कर लेगी। इस बार तो कुछ हंगामा होना नहीं है। पूजा ऊपर ही जिया की स्टडी में होती है, यह भी सुविधा है। नीचे के कमरे में नानी और दादी सोती हैं, पास ही में जिया के कमरे में कबीर। उमा रात का खाना बनाकर चली जाती है।

पूजा की पूरी तैयारी करके वह जल्दी ही सो गई थी। सुबह छह बजे ही उठ गई। नहाकर पहनने के लिए उसने अपना पीला और ग्रे सलवार-कुर्ता निकाला। नहाकर जल्दी से पूजा कर ली। सब करते हुए भी साढ़े सात बज गए। नीचे उतरी, तो उमा आ गई थी। कबीर अब भी सोया हुआ था, नानी हॉल में बैठी अख़बार पढ़ रही थीं और दादी कमरे में तस्बीह फिरा रही थीं।

मनु ने उमा को और नानी को प्रसाद दिया, तो उमा ने चौंककर उसे देखा, 'आज वसंत पंचमी है दीदी?'

'हाँ।' कहकर मनु फीके-से मुस्कुराई थी। उमा ने उत्सुकता से उसके चेहरे की तरफ़ देखा लेकिन मनु ने उससे नज़रें चुरा ली थीं। फिर कुछ सोचकर उमा ख़ुद ही मुस्कुरा दी।

लंच के लिए जब शुभ्रा आई, तो मनु ने उसे मुग्ध होकर देखा। उसने पीले और गुलाबी रंग की फ़्लोरल प्रिंट की शिफ़ॉन साड़ी पहन रखी थी। मनु ने उसे गले लगा लिया, 'कितनी सुंदर लग रही है शुभी।'

शुभ्रा शरमा गई, 'आप भी तो मनु दी। जिया होतीं, तो पक्का आपकी नज़र उतारतीं।' मनु ने सुनकर लंबी साँस ली। लंच के बाद शुभ्रा अपने डिपार्टमेंट में चली गई। मनु के पास म्यूज़िक कॉलेज से फ़ोन आया, 'मैम आप प्रेक्टिकल लेने आ रही हैं न?'

'उफ़्फ़... कैसे भूल गई। मैं बस अभी निकल रही हूँ। सॉरी, मैं बिलकुल ही भूल गई थी।' मनु को कहते हुए शर्मिंदगी महसूस हो रही थी।

'इट्स ओके मैम, हमने यूँ भी समय ढाई बजे का दिया हुआ है।' दूसरी तरफ़ से आवाज़ आई। मनु ने राहत की साँस ली। सामान उठाया और निकल गई।

शुभ्रा डिपार्टमेंट से निकलने के लिए सामान ही समेट रही थी कि चपरासी ने आकर बताया, आपके लिए फ़ोन है। फ़ोन मनु दी के डिपार्टमेंट से था, 'कोई मृणालिनी मैम से मिलने आया है, क्या मैम आपकी तरफ़ हैं?'

'नहीं, मनु दी तो लंच के बाद डिपार्टमेंट ही गई थीं। हो सकता है घर निकल गई हों। फ़ोन लगाकर पूछ लीजिए।' शुभ्रा ने जबाव दिया।

'आप यहाँ आ जाएँगी क्या? ये साहब फ़ोन नहीं लगाना चाहते हैं।' दूसरी तरफ़ से बताया गया।

'ठीक है। मैं आ रही हूँ, उन्हें वहीं रोके रखें।' कहकर शुभ्रा मनु के डिपार्टमेंट की तरफ़ चली गई। वेटिंग रूम में शुभ्रा ने देखा लंबा क़द, गठीला शरीर, लंबी गर्दन, लंबा चेहरा और लहरदार बालों वाला एक लड़का उसका इंतज़ार कर रहा है। उसने शुभ्रा को देखकर बड़ी सभ्यता से हैलो कहा।

'हाय, मैं क्या मदद कर सकती हूँ आपकी?' शुभ्रा ने पूछा।

'मैं इलहाम हूँ, मृणालिनीजी का दोस्त, मुम्बई से, उनसे मिलना चाहता हूँ। असल में मैं उन्हें सरप्राइज़ देना चाहता हूँ इसलिए मैंने उन्हें फ़ोन नहीं लगाया। मुझे इतना पता था कि वह यूनिवर्सिटी में काम करती हैं। उनके घर का पता मुझे नहीं मालूम है। यहाँ वह हैं नहीं।' एक साँस में ही उसने सारी बात कह दी और मायूसी से अपने कंधे उचकाकर छोड़ दिए।

'हो सकता है दी घर चली गई हों। चलिए, मैं आपको ले चलती हूँ।' शुभ्रा ने इलहाम से कहा। शुभ्रा को जिया की वसंत पंचमी भी याद आई। जब शुभ्रा पहुँची, तब दादी दीवान पर दीवार के सहारे तकिया लगाकर बैठी थी। नानी उन्हीं के पास वाली कुर्सी पर बैठी थीं। दोनों शाम की चाय पी रही थीं। उमा सामने की कुर्सी पर बैठी थी। कबीर भीतर सो रहा था क्योंकि एक तो उसका आज ऑफ़ था, दूसरे कल उसने नाइट ड्यूटी की थी।

पहुँचकर शुभ्रा ने सबको नमस्ते किया और उमा की तरफ़ देखकर पूछा, 'मनु दी कहाँ हैं? सो रही हैं क्या?'

'नहीं, दीदी तो अब तक आईं ही नहीं।' उमा ने जवाब दिया।

'आईं नहीं लेकिन यूनिवर्सिटी में भी नहीं हैं वह तो?' शुभ्रा ने आश्चर्य जताया, 'मनु दी से मिलने कोई आए हैं। वह नहीं चाहते हैं कि दी को फ़ोन पर उनके आने का पता चले। मनु दी वहाँ थी नहीं इसलिए मैं उन्हें यहाँ ले आई। सोचा, यहाँ तो मिलेंगी ही।' इलहाम तब तक बाहर ही खड़ा था। शुभ्रा को याद आया, तो उसने आवाज़ लगाई, 'आप अंदर तो आइए।'

इलहाम भीतर आया, तो शुभ्रा ने परिचय करवाया, 'ये मुम्बई से आए हैं, मनु दी के फ्रेंड हैं।' फिर इलहाम की तरफ़ देखते हुए

कहा, 'यह मनु दी के फ्रेंड कबीर सर की नानी हैं और यह उनकी दादी।'

'नमस्ते।' दोनों को इलहाम ने नमस्ते किया। दादी का चेहरा उसने फिर से देखा... दादी...। इलहाम सकते में आ गया, दादी यहाँ। उसे ख़ुद ही पता नहीं चल पाया कि वह कब दादी के सामने जाकर खड़ा हो गया, 'दादीजान, आप यहाँ कैसे?'

दादी ने इलहाम को ग़ौर से देखा। इशारे से बुलाकर पास बैठने का इशारा किया, 'बिट्टू... मुझे पहचान गया बेटा? कितना बड़ा हो गया है!'

इलहाम जाकर दादी के गले लग गया। नानी, उमा और शुभ्रा सब अचरज से देख थे। दादी ज़ोर-ज़ोर से रोने लगीं। नानी ने कंधे थपथपाए। इलहाम की भी आँखें भर आईं। इस सारी सरगर्मी से कबीर की भी नींद खुल गई। वह आँखें मलते हुए बाहर आया। नानी के भीतर डर सरसराया। जाने कबीर का रिएक्शन इस पर क्या हो?

दादी ने कबीर की तरफ़ देखा, 'बिट्टू... कबीर!'

इलहाम उसे देखता रहा। कबीर ने इलहाम को आश्चर्य से देखा। कबीर के पैर जैसे ज़मीन ने जकड़ लिए हों, दिमाग़ सुन्न पड़ गया। आँखें फटी हुईं इलहाम को ही देख रही थीं। इलहाम भावावेग में था, उठकर कबीर के पास चला गया और उसे गले लगा लिया, 'कबीर... भाई।'

कबीर वैसे ही फ्रीज़ खड़ा रहा। इलहाम इस सबसे बेख़बर रोए चले जा रहा था। इलहाम के आँसुओं का ताप कबीर के सीने में भी पहुँचा। उसने भी इलहाम को भींच लिया। उमा और शुभ्रा इस

सबको भौंचक होकर देख रही थीं। दादी कह रही थी, 'अल्लाह ऐसा करम करेगा, कभी सोचा नहीं था।'

•••

यों स्टुडेंट तो बारह थे लेकिन निबटते-निबटते साढ़े पाँच हो गए थे। अच्छे से पिटाई करने के बाद रोकर सोए बच्चे को सहलाती माँ की तरह ही वसंत की धूप सहला रही थी। मनु की गाड़ी जब पोर्च में दाख़िल हुई, तो जाने उसे ऐसा क्यों लगा जैसे घर ही कोई षड्यंत्र रच रहा हो। एक झलक उसने जूही, चमेली वाले मंडप की तरफ़ देखा। वहाँ कुछ बदला हुआ-सा दिख रहा था। कुछ सफ़ाई हुई हो जैसे लेकिन मनु ने ज़्यादा ग़ौर नहीं किया।

मनु की गाड़ी की आवाज़ आते ही उमा चहकी, 'मनु दी आ गईं।' सुनते ही इलहाम सबसे पहले सीढ़ियाँ उतरकर बाहर आया। मनु ने पोर्च में गाड़ी खड़ी की। पास की सीट से पर्स उठाया, चाभी निकाली, साड़ी संभालकर दरवाज़ा खोला। दरवाज़ा बंद करके जैसे ही पलटी सामने इलहाम को देखकर जम गई। गाड़ी से टिक गई, आँखें समंदर होने लगीं, यक़ीनों की लहरें उठने और मिटने लगीं। किसी वक़्त हम यक़ीन पर भी यक़ीन नहीं करना चाहते हैं।

वह यक़ीन नहीं कर रही थी। वह यक़ीन करना चाहती थी लेकिन उसे जो यक़ीन था, वह उसे इस पर यक़ीन नहीं करने दे रहा था। उफ़्फ़! वह आँखें बंद कर लेती है। इलहाम गाड़ी की डिक्की पर कोहनी टिकाए बस मनु को देख रहा था। मनु कार के दरवाज़े पर हथेली टिकाए, आँखें मूँदे खड़ी थी। आँसू बह रहे थे। सब कुछ ठहर गया था। पिछला सारा गुज़र गया था।

इलहाम के पीछे उमा और शुभ्रा खड़ी थीं। सब कुछ किसी चित्र-सा दिखाई दे रहा था। इलहाम आगे बढ़ा। मनु के सामने जाकर

खड़ा हो गया। मनु अब भी आँखें मूँदे खड़ी थी। इलहाम ने उसके कंधों पर हाथ रखा था, 'मिली... मुहब्बत जीतती है, तब मर्द हार जाता है। इलहाम हार गया, मिली जीत गई।' वह मनु को अपनी बाँहों में घेर लेता है। मनु उसके कंधे पर सिर रखकर बिखर जाती है। देर तक रोती रहती है। फिर सिर उठाकर कहती है, 'मिली तुम्हारी हार का जश्न भी नहीं मना सकती है इ।'

कबीर भी सीढ़ियाँ उतरकर आ जाता है। उसका मन चीखने का हो जाता है। वह पलटकर खड़ा हो जाता है।

मनु कहती है, 'मुझे यक़ीन था तुम नहीं आओगे। मुझे यक़ीन नहीं था, तुम आओगे।'

इलहाम हँसता है, 'मुझे यक़ीन नहीं था कि मैं हार जाऊँगा। मैं चाहता रहा कि तुम जीत जाओ।'

•••

उमा ने शाम की सारी तैयारी कर रखी थी। मनु चेंज करने के बहाने अपने कमरे में चली गई। नीचे कबीर ख़ुद को सहेज रहा था, इलहाम ख़ुद को बिखेर रहा था। दादी इलहाम और कबीर को साथ-साथ बैठे देखकर निहाल हो रही थी। नानी भावुक होकर दोनों को देख रही थी। शुभ्रा उमा के साथ उत्साह से बाहर की व्यवस्था देख रही थी। वसंत की शाम ज़्यादा सिंदूरी हो रही थी। मनु सुन्न अपने कमरे की खिड़की से लगी कुर्सी पर चौखट से सिर टिकाए बैठी थी।

एकाएक उसे जिया की आवाज़ आती है, 'या कुंदेन्दतुषारहार धवला... या शुभ्रा वस्त्रावृता/ या वीणावरदण्डमण्डितकरा या श्वेदपद्मासना।' वह बालकनी से झाँककर देखती है। नीचे वसंत

पंचमी की सारी तैयारी हो चुकी है। शुभ्रा की नज़र उस पर पड़ती है, 'अब आ जाओ दी।'

मनु सीढ़ियों पर आकर खड़ी होती है, तो कबीर उसे देखकर तुरंत उठता है। वह लगातार मनु को देख रहा है। उसके भीतर लहर-दर-लहर कई चीज़ें उठती हैं। वह देखता है इलहाम को मनु को मुग्ध होकर देखते हुए... वह मनु को गुम होते देखता है। उसके भीतर बहुत दबाव महसूस होता है। वह एकदम से वहाँ से अनुपस्थित हो जाना चाहता है। कबीर देख रहा है कि नानी लगातार उसकी तरफ़ देख रही हैं। उसे अपना आप बहुत अकेला, बहुत बेचारा लगता है। वह ख़ुद से सवाल करता है, मनु ख़ुश है, क्या तुझे उसके ख़ुश होने की ख़ुशी नहीं है? मगर इसका जवाब नहीं आता है, आती है तो तेज़ रुलाई। इससे पहले कि वह यहाँ फट पड़े, वह बहुत धीमे से लॉन में उतर आता है। नानी उसे लॉन में उतरते देखती हैं।

शाम उतर आई है। अब तक उमा ने पोर्च की लाइट्स नहीं जलाई थीं। मनु को तो जैसे कुछ याद ही नहीं है। उसे लगा, जैसे वह विस्मृति की शिकार हो गई है। उसे अब सब कुछ नए सिरे से इकट्ठा करना होगा।

सब अपनी-अपनी तरह से व्यस्त हैं। शारदा बाहर निकलकर जाती है, तो देखती है कि कबीर की गाड़ी नहीं है, वह जा चुका है। एकाएक शारदा के मन में संशय उठता है, कोई ख़लिश उसके मन में ठहर जाती है।

उमा और शुभ्रा दीये लेकर आ गई हैं। उमा मनु के हाथ में थाली देती है। मनु इलहाम की तरफ़ थाली बढ़ाती है, इलहाम दीया उठाकर बाउंड्री वॉल पर रख देता है। वह लौटकर मनु से पास आता है

और उसके कान में फुसफुसाता है, 'तेग़ तले ही क्यूँ न उसके गर्दन डालके जा बैठे/सर तो आख़िरकार हमें भी ख़ाक़ की ओर झुकाना है।' मनु की आँखें भर आती हैं, मन तरल हो आता है। उसकी साड़ी का पीला रंग उसकी आँखों के पानी में दिपदिपाता है।

जिया के घर में वसंत उतर आता है और घर एक साथ कई दीयों और कई ख़ुशियों से जगमगाने लगता है। दूर कहीं सूरज डूबता दिखता है, अँधेरा फैलने लगता है। छोटे-छोटे टिमटिमाते दीये अँधकार से आँखें मिलाकर मुस्कुराने लगते हैं।

कबीर की गाड़ी रायना के जगमगाते, उत्सव मनाते घर के भीतर चली आई है।

•••